ハヤカワ文庫 NV

〈NV1464〉

レッド・メタル作戦発動

〔上〕

マーク・グリーニー＆H・リプリー・ローリングス四世

伏見威蕃訳

早川書房

8507

RED METAL

by

Mark Greaney and Lt. Col. H Ripley Rawlings IV, USMC

Translated by
Iwan Fushimi
Originally published by
BERKLEY
an imprint of PENGUIN RANDOM HOUSE LLC
First published 2020 in Japan by
HAYAKAWA PUBLISHING, INC.
This book is published in Japan by
arrangement with
MarkGreaneyBooks LLC and Hunter R. Rawlings
c/o TRIDENT MEDIA GROUP, LLC
through THE ENGLISH AGENCY (JAPAN) LTD.

つぎの大きな一歩をともに歩むときに、素晴らしい愛をあたえ、応援してくれたエリンに捧げる（わたしも含めたおおぜいを戦場で手当てしてくれたことにも感謝する）。

――リップ（H・リプリー・ローリングス四世中佐）

過去、現在、そして（願わくば）永遠のNATO部隊に捧げる。

――マーク・グリーニー

謝辞

著者ふたりは、さまざまな専門分野のひとびとや友人たちが、研究、思考、支援に時間を割《さ》いてくれたことに、おおいに感謝している。彼らのおかげで、本書はかなり正確なものになった。本書のすべての部分で、わたしたちはふんだんに想像力を駆使して執筆したので、不正確な描写は当然ながら著者の過失であり、以下にあげるひとびとにはなんら責任がない。

空軍

ネリス空軍基地の米空軍兵器学校の第66訓練飛行隊の全チームの支援と助けに感謝する。とりわけ、エドワード・〝ヌーナー〟・ブレイディ少佐（A‐10教官）、デイヴィッド・〝チャンクス〟・チャドシー中佐（飛行隊隊長）、ブライアン・〝シュフィング〟・エリクソン中佐、スコット・〝ファーボール〟・レドモン少佐に感謝する——〈豚の飼槽《ホッグ・トロー》〉で過ごした時間は、一生忘れられないだろう……宿酔《ふつかよい》も含めて。トラヴィス・〝フォグ〟・ライアン少佐（米空軍の爆撃機の権威、多才で頼りになる男）に感謝する。

陸軍と海兵隊

ローレンス・ニコルソン中将――海兵隊で久方ぶりの抜群の指導者で、ファルージャではリップ（H・リプリー・ローリングス四世中佐）の司令官だったことに感謝する。クラウス・フェルドマン准将（ドイツ連邦軍機甲部隊司令官）――現代の機甲戦について説明してくださったことに、深く感謝する。リック・アンジェリ大佐、ロバート・〝ドニー〟・バーバリー少佐（米海兵隊、航空・地上顧問）、オーエン・〝ナッツ〟・ナッキ中佐（米海兵隊、航空）、ベン・パッパス中佐（米海兵隊）、匿名大尉（米陸軍、アパッチ・パイロット。彼女は匿名を希望したが、〝グリッター〟を創造する材料をわたしたちにあたえてくれた）に感謝する。

海軍

スコット・ボロス中佐（米海軍、海軍の航空機すべて）、ルーク・オリンジャー少佐（米海軍、潜水艦隊とすべての原子力艦と兵器）、リー・エンズリー中佐（米海軍、退役）に感謝する。

その他

くたびれた老歩兵を寛恕《かんじょ》してくださった、コンファレンス・グループ3、海兵隊大学、指揮幕僚課程の男女のみなさんに感謝する。リップの共犯者で、きわめて優秀な教授、ダグ・ストルーザンド博士、ローリングス家とフェルガー家の力と愛情と献身に感謝する。ジョシュ・スミス大尉（米海兵隊、退役）とフランス軍特殊部隊のローラン・ボンセット中佐に感謝する。忠実な読者で友人の、テラリア家、フリードマン家、ホーング家、セリテッリ家、ダシュトゥール／ハクサー家、ウェストブルック家のみなさんに感謝する。ジョシュア・フッド、スコット・スワンソン、マイク・コーワン、テイラー・ギリランド、ブランディ・ブラウン、イーゴリ・ヴェクスラー、ボニフェイス・ニョロジに感謝する。

襲撃は、情報の確保、敵の擾乱《じょうらん》、人員あるいは装備の捕獲、軍事目標もしくは戦闘能力の破壊など、特定目的のために敵領域内に強行侵入して、臨時に地域を占領確保する作戦行動。

——統合作戦向けの米軍ドクトリン、統合公刊資料三‐〇（二〇一七年一月二十七日発行、二〇一八年十月二十二日改訂）

命令が存在しないときには、なにかを見つけて、それを殲滅《せんめつ》しろ。

——エルヴィン・ロンメル陸軍元帥

登場人物

ダン・コナリー海兵隊中佐……………アメリカ国防総省統合参謀本部事務局戦略・計画・政策部（J5）部員。元第2海兵連隊第3大隊大隊長
ボブ・グリッグズ陸軍少佐……………同部員
ニク・メラノポリス博士………………アメリカ国防総省NSA（国家安全保障局）アナリスト
ケネス・キャスター海兵隊大佐………アメリカ海兵隊連隊戦闘団5団長
トム・グラント陸軍中佐………………アメリカ陸軍第37機甲連隊（ドイツのグラーフェンヴェーア駐屯）戦車兵站・整備部長
ブラッド・スピレーン陸軍大尉………同暫定作戦幕僚
ダーネル・チャンドラー陸軍中尉……同戦車兵站・整備次長
サンドラ・〝グリッター〟・グリソン陸軍中尉……アメリカ陸軍第3航空連隊のアパッチ攻撃ヘリコプター機長
レイモンド・〝ジャンク〟・ヴァンス空軍大尉……アメリカ空軍A-10近接航空支援機パイロット

ダイアナ・デルヴェッキオ海軍中佐……アメリカ海軍ヴァージニア級攻撃原潜〈ジョン・ウォーナー〉艦長
ジョナサン・ヘンリー……アメリカ合衆国大統領
ボリス・ラザール陸軍大将……ロシア連邦軍南部軍管区司令官
ドミートリー・キール陸軍大佐……同参謀長
エドゥアルト・サバネーエフ陸軍大将……ロシア連邦軍西部統合戦略コマンド司令官
フェリクス・スミルノフ陸軍大佐……同作戦主任幕僚
ダニール・ドゥリャーギン陸軍大佐……同実働部隊指揮官
ユーリー・ウラジーミロヴィッチ・ボルビコフ陸軍大佐……ロシア連邦軍特殊部隊指揮官
ゲオルク・エトゥシュ海軍中佐……ロシア海軍ヤーセン型多用途原潜〈カザン〉艦長
イヴァン・ゾロトフ空軍大佐……ロシア連邦空軍第14戦闘航空連隊〝レッド・タロンズ〟飛行隊隊長。Ｓｕ‐57戦闘機パイロット
アナトーリー・リーフキン……ロシア連邦大統領
アポロ・アルク＝ブランシェット陸軍大尉……フランスの特殊部隊、第13竜騎兵落下傘連隊の士官

ルシアン・ダリエル陸軍一等軍曹
コンスタンチン陸軍伍長 }……アポロの部下

パスカル・アルク＝ブランシェット……フランスの海外情報機関ＤＧＳＥ（対外治安総局）諜報員。アポロの父

ブラッツ・オット少佐……ドイツ連邦軍第２０３戦車大隊整備部長

パウリナ・トビアス……ポーランドの民兵

ウルシュラ……ポーランドの民兵。パウリナの親友

コンラト・ジエリンスキ……ポーランド大統領

范《ファン・》利偉《リーエイ》……中国国家主席

成《チエン・》敏俊《ミンチユン》……中国軍特殊部隊士官

レッド・メタル作戦発動〔上〕

プロローグ

アフガニスタン

三年前

無線機が空電雑音をたてて受信を開始し、ダン・コナリー海兵隊中佐は、高軌道多目的装輪車《ハンヴィー》のダッシュボードに取り付けられたハンドセットをさっと取りあげた。砂漠迷彩のスカーフの端で、アフガニスタン南部の土埃《つちぼこり》を口から拭き取った。そうするのは、これでけさは五度目だ。それから、乾いた唇《くちびる》をなめた。

ハンヴィーの周囲で土煙《つちけむり》の渦が舞いあがり、上の銃手ハッチや、ドアフレームの継ぎ目の隅や隙間《すきま》からはいり込んでくる。爆風除けの重い装甲をあとから取り付けたせいで、フレームがゆがんでいるからだ。おまけにそのハンヴィーは車列の中心を走っていたので、ほとんど見通しがきかない砂塵《さじん》と土煙にたえず包まれていた。

コナリーは、水筒をウェブベルトからはずして、生ぬるい水をひと口飲んだ。マイクに向かっていった。「こちらベティオ6《シックス》（6は指揮官のコールサイン。アクチュアルも同様）、通信を送れ」

勇み立った声で、相手がせかせかといった。「ベティオ6、こちらベティオ本部《メイン》。特別緊急《フラッシュ》、フラッシュ、フラッシュ。デュースの部下からの報告です」

まだ午前十時だというのに、気温はすでに摂氏三五度前後になっていた。コナリーは片手で目にはいる汗を拭《ぬぐ》い、手をのばして無線機のボリュームをあげた。〝第二《デュース》〟は大隊情報幕僚のコールサインだった。そこから最高優先順位の特別緊急通信が届いたのだから、すでにうだるような暑さのアフガニスタンの朝が、いっそう激しい熱気を帯びるだろうと、コナリーは察した。

大隊作戦本部の通信手は、受領通知を待たずにつづけた。「そちらの付近で、何者かが車列を見張っています。車列への攻撃が差し迫っていると、デュースがいっています」

「ベティオ・メイン、ベティオ6、受領した」

くそ。

コナリーは、第2海兵連隊第3大隊大隊長なので、本来ならここにいるような立場ではなかった。近隣の町へ行って町長と話をする任務に佐官クラスが出向かなければならないような、作戦上の理由はない。配下の中隊長——すべて大尉——がやればよいことだった。だが、コナリーがその町をみずから視察したいと思ったのは、住民がタリバンに密接に協力しているという情報があったからだ。

そしていま、何者かがこちらの動きを監視している。反政府勢力の通信をデュースが傍受して解読したのだろうと、コナリーは判断した。

AN／PRC－119無線機のダイヤルをまわして、ふたたびハンドセットのボタンを押した。「リーマ6《シックス》、こちらベティオ指揮官《アクチュアル》。報《しら》せる。厳重に警戒しろ。ベティオ・メインが、われわれをいま見張っているものがいると報告してきた。安全確保のために停止し、やつらのループの内側にまわりこめるかどうか、ためしてみよう」海兵隊の隠語でコナリーは、予想外の行動により、敵が待ち伏せ攻撃を早まって行なうように仕向けると指示した（軍事行動の必須プロセスOODAループのこと。観測から行動に至る四つの手順で敵に先行するという意味。ループの内側にまわりこむとは、本来、空中戦で敵機よりも小さく旋回して有利な位置につくこと）。

リーマ6が、コナリーの命令を受領したことを伝え、車列は速度を落として停止した。

車列の前方で、鼓膜が破れそうな轟音《ごうおん》が鳴り響いた。コナリーは座席で体を揺さぶられ、フロントウィンドウから土煙を透かして覗《のぞ》き見る前に、携帯式発射器から発射された対戦車擲弾《てきだん》が何発も爆発する音と、敵の機関銃の連射音が聞こえた。

前方で巨大な道路の破片が宙を飛ぶのが見え、つづいて炎と煙が噴きあがった。小火器の射撃のさなかで残骸《ざんがい》がいくつも落ちてきて、コナリーのハンヴィーに当たり、混乱と騒音がいっそう激しくなった。

車列の十二台は、ただちに〝矢筈模様《ヘリンボーン》〟の隊形を組んだ。手馴れた戦闘機動のひとつで、一台ずつ交互に左と右に車首を向ける。ハンヴィーの銃塔の射手が、それぞれの受け持ち範囲を五〇口径機関銃で撃ちはじめ、大口径弾で周囲の斜面を撃ち砕いた。

「案の定、さっそくはじめやがったな！」コナリーは、五〇口径のM2ブローニング機関銃の腹に響く銃声と、上のハッチから間断なく落ちてくる薬莢《やっきょう》と金属製の接続部がたてる音のなかでも聞こえるように、運転手に向かってどなった。

コナリーは、後部の通信手のほうを向いた。「ボサ軍曹、ライフルを持っておりろ。わたしの側だ！　行くぞ！」

通信手は、命令をくりかえされるまでもなく動いた。銃撃戦の最中にハンヴィーの車内でじっとしていたら、確実に死ぬ。きょう海兵隊が乗っているのは、装甲が強化された型だが、対戦車擲弾が命中したら大破して、乗っているものも殺《や》られる——しかも、銃塔から機関銃で撃っているせいで、ハンヴィーは対戦車擲弾の集中攻撃を受けるはずだった。

ハンヴィーから抜け出す前に、ダッシュボードの無線機にまた通信が届いた。「シックス、こちらE6P《エコー・シックス・パパ》」リーマ中隊のペレス先任下士官からだった。ペレスは、大隊でもっとも有能な下士官のひとりで、いつもどおり冷静で自信に満ちた口調だった。「リーマ・シックスの車両《ヴィーク》が被弾。びびっているにちがいないが、銃手が応射してるのが見えるから、だいじょうぶだと思います。リーマ・シックスは小隊戦術通信網で、攻撃命令を下しています」

簡易爆破装置《IED》は通常、乾燥させた硝酸アンモニウムと燃料を混ぜたものを一〇〇キロ以上の鉄や鋼鉄の屑《くず》で包み込んでこしらえる。タリバンはそういう爆薬を道路のまんなかに埋める。たいがいの場合、舗装をバッテリー液の硫酸で溶かし、IEDを埋めてから土をかぶせる。IEDの起爆には、対戦車擲弾を数発撃ち込むか、機関銃で掃射する。そして、混乱のさなかに逃げる。

　コナリーは、ライフルを片手で肩付けし、車体の脇にしゃがんで、もういっぽうの手でハンドセットを持った。「受信《コピー》した、エコー・シックス・パパ。そっちの位置へ行く。リーマ・シックスに、戦闘指揮を任せると伝えてくれ」ヘッドセットをハンヴィーに投げ込むと、両手でライフルを持った。

　ボサ軍曹は、分厚い抗弾ベストのせいで、ハンヴィーから脱出するのに手間取っていた。車内を横切り、機関銃手の足のあいだを通らなければならなかったからだが、数秒後には地面に転げ落ちた。

「ボサ、無線機を持ってこい！」コナリーは、車内のＲＰＣ‐１１９を指さしてどなった。若い海兵隊員のボサは、カービンは持ったものの、肝心な大隊長用携帯無線機を持ってくるのを忘れていた。

　ボサが車内に這《は》い込んだとき、敵のＡＫの射撃が、ハンヴィーの反対側の装甲を掃射した。無線機を取ってきたボサがよろよろと出てきて、コナリーのそばへ来た。そこへ大隊上級曹長がくわわった。七・六二ミリ弾が頭上でうなりをあげ、海兵隊員三人は身を低くして、車列に沿って走った。

　ハンヴィーの砲塔がまわって、五〇口径のＭ２機関銃が、攻撃者がいる左を向き、ほとんど間を置かずに連射した。走りながらコナリーは、航空統制官がハンヴィーのボンネット越しにＭ４カービンで応射しているのに気づいた。コナリーは、装備ベストをつかんで航空統制官をひっぱっていった。これから必要になるとわかっていたからだ。

M2機関銃の曳光弾《えいこうだん》が、車列の北に当たる山の斜面に襲いかかった。狙いすました射撃もあり、敵陣地を見つけた射手はそこを集中的に撃っていた。だが、あとの射手は、いかにも海兵隊の機関銃手らしく、たんに山に向けてぶっ放しているだけだった。たとえターゲットが見えなくても、怒りに任せて機関銃を撃ちまくるのを楽しんでいた。

これまでのところは、それが功を奏していた。重火器の一斉射撃で、海兵隊はたちまち火力で優勢になり、敵は露頭した岩の蔭に身を隠した。このまま猛攻をつづければ、山の向こう側で見晴らしのきく場所から動けなくなったタリバンは撤退するはずだと、コナリーにはわかっていた。

コナリー、航空統制官、大隊上級曹長、通信手の四人は、リーマ中隊の中隊長がいる先頭のハンヴィーのところに達した。

中隊長の若い大尉のそばへ行ったとき、コナリーは息を切らしかけていた。「これからどういうふうにやりたい？」

「いい射撃位置を確保できています。運転手を車両《ヴィーク》に残し、必要とあれば移動できるようにしておいて、自分は強襲部隊を率いて左側面にまわります」

「わかった。そうしてくれ。わたしは、なにが位置についているか、航空《エア》統制官にたしかめる」

リーマ中隊が岩の多い斜面を登り、タリバンの攻撃拠点になっている山の裏側に面した高みに向けて進んでいった。コナリーはあとをついていった。ここでの戦闘を指揮しているのはリーマ中隊中隊長の大尉なので、コナリーは大隊長であっても、支援するのが役目だった。

コナリーは、四人だけのチームを、リーマ中隊とは二〇〇メートル離れた岩山の頂《いただき》に陣取らせた。そこから戦場がよく見える。最初にやったのは、航空統制官——数年前から歩兵といっしょに地上にいる海兵隊のパイロット——を戦闘に参加させることだった。

「ビル、ここはリーマとの距離が近いので危険だが、五分以内に空からなにか呼べるようなら、リーマをさがらせる」

「機銃掃射をやりたくてうずうずしているジェット機が、二機いますよ」

「了解。リーマとの相互干渉がないように調整して、やつらを叩き潰せ」

航空統制官が掩蔽物《えんぺいぶつ》の蔭でひざまずき、九行のブリーフィングを作成した。ターゲットを詳述するデータが、各行に盛り込まれている。敵の位置と配置、どういうふうに攻撃してほしいか。必要な無線交信を済ませると、航空統制官はコナリーに、A-10〝ウォートホグ〟近接航空支援機二機が来援すると告げた。

まもなく、A-10が遠くから接近してくるのが音でわかった。やがて、A-10一機が爆音とともに、山頂にいたコナリーと本部に属する三人の真上を通過した。三〇ミリ機関砲が、毎分三千九百発の発射速度で火を噴いた。低空飛行するジェット機の起こす爆風で、コナリーは地べたに倒された。機関砲がブルルルルルルという音を発して、反政府勢力の陣地に三〇ミリ弾を送り込んだ。

うとした。

タリバンの一部は、そこにいたらまちがいなく死ぬと思ったようで、陣地を捨てて逃げよ
遠くへは逃げられなかった。

リーマ中隊が、敵が明け渡した小さな岩峰に向けて、ふたたび登りはじめた。リーマ中隊の小隊や分隊が、支援の近接航空支援機と調整を行なううちに、戦闘が局地的になっていった。一機目のA-10が右に大きく離れ、敵が盛り返して移動できるようになったが、そのときに二機目のA-10が射撃航過を行ない、さらに多数の敵兵を殺した。

海兵隊が群れをなして登り、生き残った敵兵の陣地に接近した。

A-10二機はつぎの航過の準備をするために離れると航空統制官が報告し、コナリーたちはしばし騒音から解放された。コナリーは双眼鏡を出して、リーマ中隊の機動に満足し、彼らの技倆《ぎりょう》と練度を誇りに思ったが、危険を冒して前進する海兵隊員たちのことが心配で、はらわたがよじれそうだった。

突然、コナリーの右の二〇メートルと離れていないところから、AK-47の連射の乾いた銃声が響いた。隣で航空統制官が叫び、地面に倒れた。

上級曹長がすぐさま向きを変え、斜面の下の大岩の上から撃っていたタリバン戦士ふたりに向けて、弾倉一本分の弾丸を放った。命中はしなかったが、タリバン戦士は大岩からおりて、物蔭に隠れた。

コナリーは、パウチから手榴弾《しゅりゅうだん》を一発出し、ピンを抜いた。

「破片手榴弾《フラッグ・アウト》を投げる！」

二〇メートル離れた大岩の左側に向けて投げた。

手榴弾が弾んで、タリバン戦士ふたりの近くに落ちたが、ひとりが蹴とばした。手榴弾は斜面の下に滑り落ち、ごつごつした岩場で爆発した。

望んでいた結果は出なかったが、コナリーは名案を思いついた。

「ビル、だいじょうぶか？」

航空統制官が、苦しげに答えた。「ええ、だいじょうぶです」

コナリーは、岩場で身を低くしたままで、うしろをふりかえった。航空統制官のビルは、一〇メートルうしろでかがみ、右のふくらはぎから血が流れていたが、無線機はしっかりと持っていて、A‐10との連絡は維持できているようだった。

「がんばれ」コナリーはいった。「〝ホグ〟には、ひきつづきリーマが戦っている反政府勢力を攻撃させろ。だが、きみとボサは、短い連射であのふたりを釘づけにするんだ。上級曹長、手榴弾はあるか？」

上級曹長は、航空統制官よりもコナリーに近く、五メートル左にいた。目とライフルは、タリバン戦士が隠れている大岩に向けたままだ。「ええ、中佐、たっぷりありますよ」

「わたしの合図で、一発ずつ、三度つづけて投げろ。一秒か二秒置きに爆発するようにして、わたしが南に進む時間を稼《かせ》いでくれ。三発目が爆発したら、わたしは右側面からやつらを攻撃する」

「わかりました。いつでもいいですよ」

「やれ！」

航空統制官と通信手の連射で、敵の動きを封じておき、上級曹長が手榴弾を三発投げた。タリバン戦士ふたりは、身を低くして、爆発をよけるのに注意を集中した。最初の二発は狙いがそれたが、三発目はかなり近くに落ちて、大岩の蔭にかがんでいたふたりに岩の破片や土くれが降り注いだ。コナリーは右に大きくまわりこみ、ライフルの〈エイムポイント〉照準器を岩場に向けた。敵の側面へ進むと、黒っぽい服を着てAK-47を持っている人影がふたつ見えた。

ひとりが同時にコナリーに気づき、銃口を左に向けようとした。

コナリーは、ニーパッドが地面にぶつかるような勢いで膝射《しっしゃ》の姿勢をとり、二度撃って、二発ともタリバン戦士の頭に命中させた。もうひとりが立ちあがって、むやみに撃ちはじめたが、コナリーがさらに二発放ち、その男は倒れた。男がうめいて膝立ちしたが、通信手が頭に一発撃ち込んで斃《たお》した。

コナリーは起きあがって、大岩の蔭を覗き込み、ひとりが自爆《スーサイド》ベストを身につけているのに気づいた。

「ひとりがSベストを着ている！　掩蔽物に隠れろ。起爆できないように、念のためわたしがとどめの一発を撃ち込む」

コナリーが大岩をまわって、ライフルの狙いをつけたとき、自爆ベストが爆発した。

コナリーはうしろむきに吹っ飛ばされ、山の急斜面を右のほうへ転げ落ちた。周囲の空気を岩の破片や弾子が切り裂いた。コナリーは二度横転してから、体勢を回復したが、そのまなおも滑り落ちていった。

斜面の四メートル下で、岩の多い踏み分け道に、激しく着地した。尻餅《しりもち》をつき、荒々しい着地のせいで膝《ひざ》が痛んだが、体のあとの部分を調べると、爆発そのものによる怪我《けが》はないとわかった。

ちくしょう、コナリーは思った。なんて運がよかったんだ。

コナリーは立ちあがろうとした。膝が痛かったので、近くの岩に手をかけて身を起こした。

上から上級曹長が叫んだ。「怪我はないですか？」

よろけながら数歩進むうちに、膝のぐあいがよくなってきた。「だいじょうぶだ」踏み分け道をおそるおそる歩いて、急斜面を登り、部下のところへ戻った。上級曹長が、バラバラになったタリバン戦士ふたりの死体を見おろしていた。

「中佐、若者がやるようなああいうことをやりつづけたら、膝がもちませんよ」

「忠告ありがとう。年寄りに向いた仕事に雇ってくれる人間が、このあたりにいるかな？」

「いませんね。でも、心がけておきますよ」

ふたりは敵戦士の死体のそばを離れて、通信手と航空統制官のほうへ行った。航空統制官はブーツを脱ぎ、救急用品から出した包帯を巻いていた。ふくらはぎの大きな傷口から出血していたが、包帯ですぐにとまった。

「医療後送《MEDEVAC》を呼ぼう」コナリーはいった。

「リーマが呼びました。あっちも負傷者が何人か出ました。命に別状はないものばかりです。弾子で負傷したり、腕を撃たれたりという程度で」

コナリーは無線機を持ち、身を乗り出して、航空統制官の脚の傷を見た。

「リーマ・シックス、リーマ・シックス、こちらベティオ・シックス、現況は？　どうぞ」

「受信しました、ベティオ。イスラム聖戦士《ムージ》が十七人死亡。そちらでもふたり死亡ですね」

「そうだ。もっといるかもしれないから、気をつけろ。そっちの負傷者を迎えに、MEDE《メデヴ》VAC《アック》ヘリが来るんだな」

「ええ、中佐」

「よし。よくやった、リーマ・シックス」

「デュースに感謝しないといけませんね。IEDのすぐ手前で情報がはいったから、命拾いしましたよ」

「了解。本国に戻ったら、ビールをおごってやれ。これから航空統制官《エアO》を連れて、そっちの位置へおりていく」

コナリーは、ハンドセットを通信手に渡して、肩を叩いた。

航空統制官は、付近を旋回しているA‐10二機の機長と話をして、念のため位置についたままでいるよう頼んでいた。交信しながら、自力で歩きたかったのか、ブーツなしで、血まみれの脚のまま立ちあがろうとした。

上級曹長が、航空統制官を睨《にら》みつけてから、両腕をつかんで、人間型のリュックサックでも背負うように、重い装備ごと自分の背中にかついだ。

一行が斜面をゆっくり下るとき、上級曹長がすこし息を切らしながらいった。「十八年間、タリバンと戦ってきて……ようやく打倒できそうな気がします。どう思いますか？」

コナリーは肩をすくめた。膝がきしんで痛く、坂を下るのがつらかった。「まあ、そろそろそうなる潮時だ。つぎの戦いの準備をする時間が足りないんじゃないかと心配だ。中世に逆戻りしたような連中と戦うのに、われわれは時間をかけすぎた」

「つぎの戦いとはなんですか、中佐？」

「それは、上級曹長、うまくいえないんだが、つぎに戦う相手は、ここのわれわれの敵とは、まったくちがうと思う。ここの敵には、航空資産も海軍も機甲部隊もない。サイバー戦の能力もなく、一撃離脱《ヒット・エンド・ラン》や道路に爆弾を仕掛けるのが精いっぱいで、行動範囲が狭く、輸送手段が乏しく、戦術も限られている。われわれはそのうちきっと、郷愁の念にとらわれて、二度と戻らない旧《ふる》きよき時代だったと思うようになるだろうな。山地でぶっ飛ばされたり撃たれたりしていた時代にあこがれて」

上級曹長が長い沈黙の末にいった。「こういっちゃなんですが、中佐、せっかくのいい気分が台無しですよ」

上級曹長に背負われている航空統制官がくすくす笑い、血まみれのふくらはぎが藪《やぶ》をこすったので、痛みに顔をゆがめた。

レイモンド・ヴァンス大尉は、A-10の機体を左に傾けて、漏斗孔《クレーター》ができて煙が立ち昇っている眼下の道路を眺めた。海兵隊のハンヴィーが、タリバン部隊の生き残りを捜しながら、荒れた地形をふたたび慎重に進みはじめていた。

ヴァンスは二番機の機長を呼び出して、機体を水平に戻した。「おい、ナッツ、残弾は？」

「二千発未満」

「了解、こっちは八百だ。位置を離れないといけないが、下の連中は敵を制圧したようだな」

「おれたちがやったんだ。海兵隊は残りカスを片づけただけだ」ナッツがいった。

「まあな、でも、連中はたいへんだよ」

「どうして？　地べたで暮らすのは、やつらが選んだ道だ。望めばパイロットにもなれただろうに」

「そうかもしれないが、おれたちは三日後には戦域を離れる。連中は何カ月もこんなことをやらなきゃならないんだ」

コールサイン〝シャンク〟のレイ・ヴァンス大尉は、位置を離れることを航空統制官に伝え、海兵隊部隊の方角に敬礼した。

1

ケニア　モンバサの南西
一週間後

ユーリー・ウラジーミロヴィッチ・ボルビコフ少佐は、暑くて薄汚いアフリカのこの僻地《へきち》が大嫌いだったが、そのために命を捨てる覚悟はできていた。

それに、ジャングルと山の下の平地を見渡して、きょうこれから自分がやろうとしていることにも勝算はあると思った。

ボルビコフに対抗して陣容を整えている部隊は、けさ攻撃するために準備を進めていた。情報要報はすべて、その部隊が山を登り、通り道にあるものをすべて破壊して、ここに陣取るだろうと予想していた。最終的には阻止できないだろうが、ボルビコフとその部下たちは、敵部隊の進撃を鈍らせ、血を流させることはできるはずだった。

鬱蒼《うっそう》としたジャングルの樹木に隠れて見えないが、九キロメートル前方では、フランス、ケニア、カナダの連合部隊が、ヘリコプターや装甲人員輸送車とともに待機している。砲兵が配置され、多連装ロケット・システムが、ボルビコフのいる陣地に照準を合わせている。敵の勢力（兵員数を基準とする戦力や部隊規模）をボルビコフは正確には知らなかった。情報要報によれば、ボルビコフの小規模な部隊の七倍にのぼるようだった。

ボルビコフの通信長と兵士十数人が、二階建てのコンクリートブロックの建物の屋上で、立っているか、折り敷いて、背後に設置された八二ミリ迫撃砲二門を護《まも》っている土嚢《どのう》の山の細い仕切りから覗《のぞ》いていた。この戦闘陣地は、集中的な砲撃を受けたら二十秒で壊滅するだろうが、ボルビコフが危険を承知でここへ登ってきたのは、戦場をみずからの目で見たいからだった。交戦開始前に、すこしでも情報を得たいという、将校の願望だ。

ユーリー・ボルビコフは、ロシア連邦軍の第3独立親衛特殊任務旅団に属する、特殊な訓練を受けた兵士の中隊を指揮している。八十八人から成り、いまは全員がそれぞれの防御陣地に散開して、機関銃、迫撃砲、携帯式対戦車擲弾《てきだん》発射器、防空火器に配置されている。

ここにはもっと大規模なロシア軍パラシュート部隊もいる。第106親衛空挺師団・第51パラシュート降下連隊の二個中隊、兵員五百人が、スペツナズ部隊のような訓練は受けていないものの、五週間前から陣地を築き、日に日に避けられないことが判明してきた攻撃に備えていた。第51の兵士たちが勇敢に戦うことを、ボルビコフはおおいに期待していた。

だが、それでは不足だというのが、ボルビコフの見立てだった。ボルビコフは、高度な訓練を受けた歩兵将校だった。モスクワにあるロシア連邦国防軍統合士官学校を学年トップで卒業し、ここに何年も前から配属されて、戦場の戦術状況をほとんど完全に知り尽くしていた。

そして、ボルビコフの知識のすべてが、この山を二時間護りきる見込みが薄いことを示していた。

ロシア軍は三週間前から補給ルートを断たれ、食料、飲料水、その他の物資が不足していた。しかも、フランス軍がミストラル地対空ミサイルを相当数配置しているので、本国からの再補給は見込めない。

この陣地を護ろうとすれば、自分も部下も命を落とすだろうと、ボルビコフは承知していたが、不名誉よりも死を強く望んでいた。ボルビコフは、ロシア連邦を心から信奉していた。西側が母国の権益を脅《おびや》かす陰謀を絶え間なく張りめぐらしているという考えに取り憑《つ》かれていて、きょう降伏するのは自分と部下の兵士たちの名誉を汚《けが》すことになると感じていた。

ボルビコフにとって、この戦いで重要なのは名誉だった。だが、ロシアや西側にとっては、ボルビコフの背後の山にある広く平坦な荒涼とした露天鉱のほうが重要だった。

ロシアが岩の多い荒地とジャングル数平方メートルを護るために、軍隊を派遣したのは、ケニア南東のこの地中で重要な資源が発見され、ロシア連邦の政府、経済、軍が生き延びるために、それが不可欠だという判断が下されたからだった。

専門家によれば、きわめて貴重なレアアース鉱物がこれほど集中して存在している場所は、ここを除けば地球のどこにもないという。最重要鉱物十七種類のうち十一種類が、ロシア軍前線の後背《こうはい》の土と岩に含まれていて、その総量は全世界の供給量の六〇パーセントにあたると考えられている。ロシア軍がそこに陣取っているのは、鉱物を発見し、買いあげ、鉱山を開発したからだった。汚職が暴かれたあとで、ケニア政府は契約を無効として、ロシア軍に立ち退くよう命じた。しかし、一戦も交えずに放棄するのは正気の沙汰ではないと、ボルビコフは考えていた。

膠着《こうちゃく》状態が五週間つづいたあと、ケニアとフランスの当局は、鉱山を防衛している中佐に、これ以上待てないと通知した。中佐はモスクワに連絡し、命令を待った。

ケニアとフランスは、ムリマ山防衛部隊に、ケニア共和国が主権を有する領土を、ただちに武力で奪回すると通告した。

五時間前の午前零時に連絡があり、多勢に無勢であるにもかかわらず、ユーリー・ボルビコフは戦う覚悟を決めた。話し合いと待機の五週間は終わった。ボルビコフは行動の人であり、退屈な籠城《ろうじょう》から戦闘に方向転換するのは、望むところだと思った。

遠くからエンジンの音が聞こえ、ボルビコフは耳をそばだてた。最初の段階でロシア軍の抵抗力を弱めるために、攻撃側はまず砲撃を行なうはずだった。

だが、耳に届いたのは、それとはまったく異なる音だった。うしろで階段のドアがあき、金属がきしむ音が響いた。部下が防御陣地から逃げ出そうとしているのかと思い、ボルビコフはふりむいてどなりつけようとした。だが、部下ではなかった。第51パラシュート降下連隊連隊長のエルチン中佐だった。ここのスペツナズ部隊は、ボルビコフが指揮しているが、鉱山全体と全部隊については、エルチンに指揮権がある。

ボルビコフは、辛辣《しんらつ》なことをいいそうになったが、あとで後悔してもはじまらないので我慢した。「失礼ですが、中佐、この陣地は安全ではありません。まもなく砲撃がはじまるおそれがあります」

エルチンが、土嚢を積みあげたボルビコフの見張り所に近づいた。「朗報だ、ユーリー。攻撃は行なわれない。われわれは武器をおろして、モンバサへ行き、ロシアに帰る便を待つよう命じられた」

ボルビコフは愕然《がくぜん》として、土嚢にもたれた。「なんですって《シトー》?」

「ダー、モスクワがケニアと交渉をまとめた。荷造りと撤収を四時間でやる。装備の一部は置いていくしか――」

「中佐、連合部隊を撃退するのは可能だと、モスクワに伝えましたか? すくなくとも第一次攻撃は撃退できます。攻撃を持ちこたえ、敵の対空ミサイルを狙えば、うまくいったら壊滅させることができます。あるいは空母から再補給してもらい、スペツナズの増援と空挺部隊があれば――」

エルチンは、ボルビコフの言葉をさえぎった。「そんなことは伝えなかった。これは政治的な決定だからだ、ユーリー。戦術は話し合われなかった」

「中佐、ケニア国防軍のことは知っているでしょう。フランスの応援があっても、戦う気などない。戦車は一九六〇年代のものだし、砲はセルビア製で信頼できない。それに、山を登ってきたらどんな猛攻にさらされるか、予想もしていない」

「彼らがこの山を登ってくるのではない。われわれが山をおりるのだ。四時間以内に」

ボルビコフは、ひとりごとをつぶやいた。「信じられない」

エルチンは、ボルビコフの顔をじっと見た。「そうか、ユーリー。きみは本気で戦いを望んでいるんだな」

「中佐はちがうんですか？」

「わたしはこんなくそ壺《つぼ》から脱け出して、家族がいるロシアに帰りたい。まともな食事をして、汚れていない水を飲みたい」ギラギラと光る朝陽を指さした。「くそエアコンがほしい！」

ボルビコフは、軽蔑を隠そうともしなかった。「エアコンですか？」

エルチンが語調を和らげた。「なあ、ユーリー。きみの情熱と勇気は称賛に値するが、われわれは命令に従わなければならない」

エルチン中佐は、それ以上なにもいわずに、屋上の陣地を離れた。

四時間後、ボルビコフ少佐はBTR‐90歩兵戦闘車の司令塔に乗っていた。鉱山を去る長い車両縦隊の五両目だった。フランス軍とケニア軍の前進陣地の前を通過するとき、ボルビコフは、背すじをのばし、胸を張っていた。

自分が指揮をとっていたら、ちがう展開になっていたはずだと、ボルビコフは心のなかでつぶやいた。まったくちがう。鉱山の最後の一線を破られるまで戦えと、スペツナズ部隊とパラシュート降下部隊に命じていたはずだ。建物と装備に仕掛け爆弾を設置し、できるだけ長く持ちこたえる。やがて戦いに敗れたときには、ボルビコフと勇敢な同志たちは、すべて死んでいる。ロシア連邦の市民は、自分たちの国の軍隊の気概を知り、西側はわずか数百人の献身的なロシア兵がどれほど危険な相手であるかを知ったはずだ。

自分の死は祖国《ロージナ》に名誉をもたらすはずだと、ボルビコフは知っていた。だが、指揮をとっていたのはボルビコフではなかった。エルチンが指揮官で、しかもさっさとここから逃げ出したいのは明らかだった。

ボルビコフの車両が山の麓《ふもと》に達して、A12号線（ケニアは国際幹線道路をA、国内幹線道路をBとしている）と海岸線に向かう未舗装路に曲がったとき、ケニア、フランス、カナダの大規模な派遣部隊の兵士たちが、装甲車両に腰かけているところを通過した。降伏して撤退するロシア軍を、彼らはあからさまな軽蔑の色を浮かべて見おろしていた。痩《や》せた牡牛の小さな群れが、熱気のなかでとぼとぼとその横を歩いていた。

ケニア兵がなにやら唱えながら笑っていた。最初はBTRのエンジン音のなかで聞こえなかったが、耳を澄ますと、言葉が聞き取れた。

「行っちまえ《イシア》、ロシア、くそったれ《クママヨ》！　イシア、ロシア、クママヨ！」

ボルビコフはスワヒリ語が話せないが、〝おい、ロシア野郎、さっさと出ていけ〟というような意味だというのは、察しがついた。

前方が騒がしくなり、装甲車両の轟音よりもひときわ高く、男たちの怒声が聞こえた。そのとき、前の装甲人員輸送車に向けて、なにかが飛んでくるのが見えた。そのBTR－90に乗っていたロシア兵は、身をかがめたが、銃は構えなかった。ボルビコフは無線機の送信ボタンに手をのばしたが、ボタンを押す前に、水気の多いべたべたしたものが右からぶつかってきた。

ボルビコフは、道路の右側に立っていた兵士たちを見た。フランスの落下傘兵数人が、塹《ざん》壕《ごう》を掘るスコップを持ち、異様に興奮した笑い声をあげながら、通過する車両縦隊に向けてなにかを投げ飛ばしていた。

ボルビコフは、首と頰にべっとりとくっついたものに指で触れた。よく見ようとして、ゴーグルの前にそれを持っていった。

ひりたての牡牛の糞《ふん》だった。

ボルビコフは、うしろを向き、顔に糞を投げつけた男を睨《にら》んだ。胸を張り、顎《あご》を突き出していたが、はらわたが煮えくり返っていた。ボルビコフはカフカス、ウクライナ、シリアで戦ってきたが、撤退の屈辱を味わったことは一度もなかった。まして、こんな侮辱を受けたことはない。

敵兵の目を覗き込み。周囲の部下の目を見つめて、ボルビコフは重大なことに気づいた。これで終わりだと、だれもが思っている。

だが、ユーリー・ボルビコフだけはちがう。いや……まだ終わっていない。そのとき、その場で、ムリマ山の武勇譚《たん》のあらたな章がいずれ書かれることになると、ボルビコフはひそかに誓った。自分がそれを書く。

自分はかならずここに戻ってくる。ここでロシアは最後の勝者になり、恥辱にまみれて撤退する西側とアフリカの兵士に糞を投げつけるのだ。

2

台湾西岸
三年後
八月二十二日

　黒い人影が海岸線から五〇メートルの海面に現われたとき、細い月が雲間から出た。真っ黒なウェットスーツを着た二十四人が、月光を浴びてちらちらと光を発しながら、低い寄せ波のなかを進んでいった。

　防水の暗視観測機器で前方の砂山に目を配るあいだ、彼らは息を切らしていた。重い装備を身につけた二十四人は、きわめて強健だったが、潜水艦から四海里近く泳いできたのが、さすがに堪《こた》えていた。

　上陸し、潜入が気づかれなかったと確信すると、成敏俊《チエン・ミンチユン》大尉はライフルを肩に吊り、メッシュの装備バッグから赤外線ブイを出した。ブイのスイッチを入れて、海に投げ込み、弱い寄せ波のなかで漂わせた。ブイが漂流物とともに沖へ流れていくと、合成繊維の海底ケーブルが成の手からするするとのびていった。成は長いケーブルの端に取り付けられた杭《ステーク》を、砂浜に押し込んだ。瞬《まばた》きをして、目にはいった海水をふり払ってから、防水暗視ゴーグルをかけ、肉眼には見えないブイの光がその特殊な光学機器で見えることを確認した。

成は部下のほうを向いた。二十三人がすべて砂浜でひざまずき、視線と同じ方向へライフルの銃口を向けながら、それぞれの暗視機器でひと気のない海岸を監視していた。

成大尉が柔らかな音のバードコールをそっと吹くと、全員の目がそちらを向いた。成はなにもいわなかった。片手をあげ、海とは反対の方向を示してから、掌《てのひら》を下に向けておろしただけだった。

チームが全員同時に立ちあがり、銃口を左右に動かしてターゲットを捜しながら、月明かりのビーチを、マングローヴとヤシのジャングルに向けて登っていった。それを出迎えるカエルとコオロギの鳴く声が、男たちの静かな足音をかき消した。

男たちは、ひとりずつ樹木のなかに溶け込んでいった。

成大尉の部隊は、三重の樹冠に覆《おお》われたジャングルを二十分突き進んで、ひらけた場所に出た。成は風にそっとなびいている叢《くさむら》にしゃがみ、暗い空を見あげながら、無線機のメッシュ・パラボラアンテナをひろげた。アンテナのデジタル端子を小さなタブレット・コンピューターに差し込み、キーをいくつか押してから、アップリンクが接続するのを待った。つづいて、〝バースト〟と記されたボタンを押すと、防水タブレットの画面で赤い点が明滅してから、グリーンに変わり、通信が完了したことを示した。

中国のコンピューター技術は信頼できる、と思いながら、成はアンテナをたたみ、叢に覆われた開豁《かいかつ》地で数メートル離れたところに立っていた副長のほうを向いた。劉《リウ》三等軍士長（米陸軍の曹長にあたる）が強い視線で見返し、命令を待った。だが、成は急がなかった。平静だった。特殊部隊将校にとってもっとも重要な長所は忍耐だということを、訓練で叩き込まれている。だから、成はじっくり時間をかけて、自分のチームがたったいま成し遂げたことについて沈思黙考した。

なにしろ、中華人民共和国の特殊部隊、海龍部隊が、わずか二十四人で台湾に侵攻したのだ。

海龍部隊は、敵国台湾と海峡を挟んで対峙《たいじ》している南京軍区に所属する（「軍区」は地理上の概念ではなく方面軍を意味する。ただし、二〇一六年に軍区は統合作戦指揮組織の戦区に改編された）。海龍部隊は他の人民解放軍兵士に崇《あが》められ、上層部に存分に褒《ほ》め称《たた》えられている。つねに台湾侵攻に備えるという特殊任務をあたえられているので、〝前線〟と記した徽章《きしょう》付きの黒ずくめの軍服を着るのを許されている、唯一の部隊だった。

成がうなずいてみせると、劉三等軍士長が二十人を率いる小部隊が、開豁地からジャングルに戻っていった。今後十二時間は、三人組の工作員チームに分かれて活動することになる。

成は通信機器をしまって、バックパックをしっかりと背負い、立ちあがった。決然とうなずいて、南東に向きを変え、歩きはじめた。部下ふたりが、黙ってついていった。

台湾本土に潜入してから四時間後に、成敏俊《チエン・ミンチユン》大尉は、部下ふたりを山の頂上に残して、シルエットができるだけ低くなるように身をかがめて、蔦《つた》に覆われた石塀を乗り越えた。チームはかならず成功を収めるという成の確信を支えるかのように、カーゴポケットのタブレットが震動し、八チームのうちのひとつがすでに任務を達成したことを報《しら》せた。

ふたつ目の低い石塀の縁を進みながら、成は台中《タイツオン》の街を見おろした。日の出の最初の輝きが東に現われたとき、成は石塀に登り、それから木の柵に沿って進んでいった。朝陽の幅《や》眼下の谷底平地の霧を貫きはじめると、遠くの凝った装飾の建物の狭間付き城壁のてっぺんが見えた。

成はタブレットの画面を見た。八チームの位置が、赤とグリーンの点で表示されている。一チームのGPS座標は、一時間前のものだったが、それが咸《シエン》下士（米陸軍の伍長にあたる）のチームで、北行きの十二番公共バスで台北《タイペイ》に向かい、辛亥《シンハイ》トンネルを通っているのだということを、成は知っていた。

画面上で二チームの点がグリーンに変わっていた。任務二件が成功したのだ。西側が商型と呼んでいる093型原潜に向けて長い距離を泳ぐ準備をするために、その二チームが、南の海岸へひきかえしているとわかり、成はほっとした。成のチームも含めて、あとの点六つは、まだ赤いままで、作戦の途中であることを示している。

成は、柵沿いの山の斜面に生えている丈の高い草のなかを進みはじめ、麓《ふもと》の大きな建物に向けて下っていった。前進しながら特定の建物――緑が濃い庭園の中心にある、ラヴェンダー・コテージ――を見分けた。そこはテーマパークの新社《シンシェ》荘園古堡の中心部でもある。

成はふたたび立ちどまって、双眼鏡を目に当て、コテージに焦点を合わせた。かなり大きな群集が、そこに集まっていた。

成は、背中に吊っていたドイツ製の大きなDSR－1スナイパーライフルをおろした。二脚をひらき、木の柵の上でライフルを安定させた。ほんとうなら、中国製の信頼できるQBU－88狙撃歩槍《プーチアン》か、建設《チェンシェ》工業製の新型七・六二ミリJS狙撃歩槍を使いたかった。しかし、そのドイツ製スナイパーライフルを使うのは、一年前に台北の近くで行なわれた演習中に波打ち際で行方不明になった台湾特殊部隊の銃とおなじシリアルナンバーが、刻印されているからだった。きょうの任務が終わったあとで、そのライフルが発見されれば、台湾特殊部隊の隊員が発砲したという仮説が立てられるにちがいない。

望遠照準器《スコープ》の接眼レンズに片目をしっかりと当てたとき、ポケットのなかでタブレットが三度ブザー音を発した。いずれかのチームが、メールで連絡してきたのだ。だが、成はその音も、黒いバンダナに染みとおって鼻に汗が落ちるのも、意に介さなかった。三度のブザー音が悪い報せだというのはわかっている。重大な失敗が起きたのでないかぎり、チームを指揮する軍曹が連絡してくることはない。

だが、いまは他のチームのことを考えている余裕はなかった。スナイパーライフルの光学照準器で、成はコテージの東の庭園に狙いをつけた。大規模な報道陣に取り囲まれて、外交官と軍人がおおぜい集まっている。ゆっくりと狙いを横にずらし、木の演壇を横切りかけていたターゲットを見つけた。スコープの鏡内目盛りの十字線をその男の心臓の上に重ねる前に、歩きかたからターゲットだと識別した。

ターゲットは演台の前に立ち、成の位置と正対して、両手をふった。観衆が応えたようだったが、一〇〇〇メートル離れていた成には、近くにある低木林の鳥のさえずりしか聞こえなかった。

成は、スコープのウィンデージノブをまわして弾着の左右補正を行ない、当初の予定よりも高い位置にいることから、エレヴェーションノブもひと目盛り動かした。そして、床尾を肩にしっかりと押しつけた。

一瞬の間を置いて体の力を抜き、呼吸を安定させた。他のチームからの通信符号のことを頭から追い出し、疲労とストレスを無視して、自分の仕事を客観的に考えるようにして、興奮を抑え、手を安定させた。

午前八時一分、中国人民解放軍海龍部隊の成《チエン》・敏俊《ミンチユン》大尉は、引き金を絞って、谷底平地の朝の大気に向けて三〇口径弾一発を送り出した。演壇の正面の群集の上を越えて、弾丸がターゲットの胸のまんなかに命中した。

演台の向こうに立っていたターゲットが、一歩うしろによろけてから、前に倒れて、マイクに頭をぶつけてから、演壇にくずおれた。

発射の反動で、蔦に覆われた柵に立てた二脚がかすかに持ちあがったが、成はすばやくスコープで照準を合わせ、二発目を放つ用意をした。

だが、その必要はなかった。

ターゲットが死んだと確信すると、成はライフルをその場に残し、大甲渓《ターチアシー》に通じる森林の峠に向けて移動を開始した。山上のふたりも、それぞれのルートで大甲渓を目指す。三人はわずか数百メートルの間隔を置いて進むが、集合するのは一時間以上あとになる。小休止し、タブレットを出し、メールを読んで、一チームがどういう問題に巻き込まれたかを知るために、早く経由点に着きたかった。

小走りに森の間際に近づいたとき、そばで動きがあったので、成はびっくりした。急いで足をとめようとしたが、木の蔭から出てきた女の子を突き倒しそうになった。六歳くらいの女の子で、両手にカエルを抱えていた。女の子が、びっくりして成のほうを見あげた。

成はためらわずサプレッサー付きの拳銃を抜き、女の子の胸を二度撃った。女の子の体が、濃い茂みに音もなく倒れ込み、カエルが手から飛び出した。成はぴくりとも動かない死体をまたいで、森の奥へ姿を消した。

粗漏《そろう》があってはならない。女の子の死は気の毒だが、メディアが創造するようなプロファイルには一致する。

熱心な親中派だった台湾の党首の暗殺が、中国本土と結びつけられることはないはずだった。台湾のマスコミは、現政権の国民党は中国本土との合併を阻止するのに手段を選ばないほど悪辣《あくらつ》なのだと報じるにちがいない。

暗殺も殺人も辞さない、と。

中国が非難されるおそれはない。台湾で最大の味方を中国が殺すはずがない、というのが一般の見かただろう。したがって、この暗殺は台湾の特殊部隊と結びつけられる。国民党のために特殊部隊が動いたのだと見られるだろう。女の子の死は、この任務が熾《おこ》した火に油を注ぐことになる。

一時間後、成大尉は大甲渓の岸に到達し、チームのあとのふたりと合流した。ようやくタブレットを見る時間ができた。ふたりがスキンスーツを着るあいだに、成はタブレットの電源を入れて、指紋認証でロックを解除した。

地図を見ると、八つの球体のうち七つがグリーンで、海岸に向けて進んでいた。

だが、ひとつの球体だけが黄色と黒の点滅になっていた。劉軍士長のチームだったので、成は暗澹《あんたん》とした。地図に添付されていたメモによれば、劉は殺されたが、死体はチームのあとのふたりが回収したという。

偵察と破壊工作の作戦七件が成功し、暗殺一件に成功したが、最高の部下ひとりが犠牲になった。

成は恐ろしい報せをふり払って、小さなネオプレーンのバッグにタブレットを入れ、スキンスーツに着替えはじめた。

自分たちが成し遂げたことがいかに大きな影響を及ぼすかを考えて、成は悲しみと折り合いをつけようとした。劉は重大なことのために死んだのだ。中国を完全な形にするために。

この作戦によって中国は離脱した台湾省を正式に合併できると、成は説明されていた。

そうとも。成は自分にいい聞かせ、誇りで胸をふくらませた。疲労と心痛は去っていた。劉軍士長は、兵士らしく死んだ。英雄の死だ。自分もそういう幸運に恵まれたい。

成とその部下たちは、川の冷たい水にはいり、何時間も前に上陸した海岸に向けて、二海里の距離を泳ぎはじめた。暗くなるまで鬱蒼《うっそう》としたジャングルで待ち、それから潜水艦に向けて、延々《えんえん》と泳がなければならない。

3

ヴァージニア州　アーリントン
八月二十五日　〇七〇〇時

ダン・コナリー中佐は、フォードF－150のセレクトレバーをバックに入れ、バックミラーを見ながら私設車道《ドライヴウェイ》から出ようとした。クラクションとタイヤのなる音が響いたので、コナリーはブレーキを踏んだ。マツダのドライバーが怒りに任せてまたクラクションを鳴らし、通りを走り去った。

「側面を確認！」コナリーは反射的にどなった。下を見て、海兵隊の〝C《チャーリー》〟軍装にコーヒーをこぼさなかったかどうかたしかめた。

だいじょうぶだ。その弾丸はよけられた。

こういう朝早くにはコナリーよりも元気いっぱいの声が、うしろから聞こえた。「側面を確認！」十四歳の娘のエルサが、コナリーをからかっていったのだ。

エルサの隣では、十二歳の息子ジャックが、海兵隊将校の父親の声色《こわいろ》を精いっぱいまねて、低い声でおなじ決まり文句をくりかえした。「つねに側面を確認！」

子供ふたりは携帯電話に注意を戻し、コナリーは通過した車とのニアミスに面くらっているのが態度に出ないようにした。

こんどは肩越しにふりかえって、きちんと確認し、二度目はちゃんと道路にバックで出ることができた。「パパがいつもいっているように、戦場の戦術では、くりかえし練習することがだいじなんだ。それと、適切な方法を戦場に応用することが重要だ」

ジャックが、携帯電話から顔をあげずに答えた。「ドライヴウェイからバックで出るのは、まさに戦場の戦術」

「あのときは、マツダが敵だった。スタンバイ（こちらから再度呼びかけるまで応答を控えて聞け、という意味）」かつて所属した第5海兵隊第3大隊の部隊章が描かれた海兵隊の大きな赤いマグカップから、コナリーはコーヒーをひと口飲んだ。それから、カップホルダーに戻した。「エルサ、学校へはママが迎えにいく」

「わかってる」

「それから、ジャック、今夜は野球があるのを忘れるなよ。練習を終えたら、マーロンさんが、マーコとおまえを迎えにいく。それに、今夜は〈テラリア〉で食事をする。二〇〇〇時ごろに、家に帰る途中でおまえを拾う」

「わかってる」ジャックが、まだ携帯電話から顔をあげずに答えた。

ふたりとも、父親が朝に一日の予定をくりかえし確認するのに慣れていた。イラクやアフガニスタンに何度も出征したときに、身についた習慣だった。

コナリーは、学校のドライヴウェイに車を入れて、ムーディー校長に手をふり、子供たちをおろした。ジャックとエルサは、フォードから跳び出して、さよならもいわずに、親と子供たちの群れに混じって、校舎へ向かって行った。

アーリントン・ブールヴァードに戻ったコナリーは、東に向かった。右のウインカーを点滅させたが、右車線の車が速度をあげて、車線変更を阻《はば》もうとした。コナリーは、大きなピックアップ・トラックを運動エネルギー兵器として使い、強引に割り込んで、そのあとはきょう一日のことを考えながら、ラジオで音楽を聴いていた。

テロとの戦いのために、何年もひっきりなしに海外派遣されたあとで家に帰ったのは、いい気分だった。身も心も疲れ果てていたので、二年間のワシントンDC勤務は、みずからの充電や妻子との関係を回復するのに、うってつけの機会だった。

コナリーと妻のジュリーは、結婚して十七年になるが、おなじ家にずっと住み、これほど長くいっしょにいられるのは、過去十年ではじめてのことだった。

携帯電話が鳴り、コナリーはコーヒーをカップホルダーに戻して、携帯電話をさっと取った。

「コナリー中佐だ」

コンピューター合成の声がいった。「こちらはウォルター・リード病院自動音声メール、宛先のソーシャル・セキュリティ・ナンバーの末尾四桁《けた》は4472。予約なさっていることを念のためお伝えします……本日、八月二十五日木曜日……〇九三〇時に……デル・レイ中佐の診察があります。予約どおり来院の場合は1を、キャンセルの場合は3を押してください」

コナリーは1を押して、合成の声が礼をいうのを聞いてから、電話を切った。

この膝《ひざ》が問題だ、と思った。完治させなかったら、指揮官の資格を失う。去年の十一月の海兵隊戦闘適性試験《CFT》では闘志で合格したが、膝の痛みは日増しに、いや一時間ごとに激しくなっているし、ワシントンDC界隈《かいわい》に寒い冬が訪れたら、関節に悪影響があるにちがいない。今年のCFTの前に、痛みを和らげる方法を見つけなければならない。

七トン積みのトラックから跳びおり、砂漠を歩きまわり、海兵隊の歩兵二十数人のあとを追う日々が、あまりにも長すぎた、と思った。それに、あのとき〝スタン〟（アフガニスタンのこと）で、戦闘装備をすべて身につけて、斜面を滑落し、岩場に足から着地した。

エルサとジャックが大人になってなにになるにせよ、歩兵になるのだけはやめてほしい。

米海兵隊に二十二年勤務してきたダン・コナリー中佐は、海兵隊に命じられたありとあらゆる〝過酷な〟歩兵部隊指揮官の職務を引き受けてきた。二十一歳のときには、ヴァージニア州立軍事学校を卒業した直後に、カリフォルニア州ペンドルトンで勇猛果敢な〝地獄の犬《デヴィル・ドッグ》〟（海兵隊員の異名）二十六人を指揮する小隊長に任命された。つぎは三十歳のときに日本の沖縄でライフル中隊の中隊長をつとめ、そこからイラクに二度展開した。その後、第2海兵連隊第3大隊の大隊長をつとめた。この大隊は、第二次世界大戦中に太平洋の小さな火山島ベティオ島を奪取して前線を護《まも》り抜いたことから、強力な〝ベティオの野郎ども〟と呼ばれている。

四十三歳という男盛りに、コナリーは大隊長に抜擢《ばってき》されたが、イラク、アフガニスタン、その他の土地に八度派遣されたあとでは、指揮下の若い兵士たちに遅れをとらないようにするのに、身長一八五センチの体でありったけの力をふり絞らなければならなくなった。

コナリーは、膝のことはジュリー以外のだれにも打ち明けていなかった。それにはもっともな理由がある。慢性的に痛むことを上官にいえば、短期的な利点はある。海兵隊はあらゆる手を尽くして面倒をみてくれるはずだ。州で最高の医師を紹介されて、必要な治療をすべて受けられる。

しかし、二度と歩兵部隊の指揮官にはなれないだろう。連隊長になる道は阻まれ、海兵隊は他の将校を任命するにちがいない。

より健康な人間だからだと、上層部はいうだろうが、瘢痕《はんこん》組織が増えて、関節が痛むのを何年も隠してきた人間よりはましだというのが本音だと、コナリーにはわかっていた。

だから、コナリーはおなじ立場の将校たちとおなじように、黙って痛みに耐えていた。

すこし不安はあったが、きょうの診察は問題にはならないだろうと、コナリーは自分にいい聞かせた。慢性の痛みがあることはあまりいわないで、関節炎治療薬《コーティゾン》を注射してもらえば、膝は新品同様になる。

それが効かなくても、精いっぱい騙《だま》し騙しやるつもりだった。鎮痛剤《タイレノール》を飲み、熱いシャワーをゆっくり浴びれば、力が戻ってくる。

ジョージ・ワシントン・メモリアル・パークウェイを走っているときに、ラジオからニュースが聞こえ、コナリーは即座に注意を惹《ひ》かれて、体の痛みや悩みのことを忘れた。
「衝撃的な報《しら》せが、本日の朝、台湾から届きました。台湾の特殊部隊が総統候補の台湾親民党の党首孫敏健《スン・ミンチアン》将軍の殺害に関わっていた可能性があると、台湾当局が発表しました。中国本土との関係改善を唱えていた野党党首の殺害に与党が関与していたことが立証されれば、台湾・中国問題に壊滅的な影響があると、識者の意見は一致しています。中国の范利偉《ファン・リーエィ》国家主席が、まもなく北京で演説を行なう予定ですが、台湾政府を激しく非難するだろうと、中国の事情に通じている専門家は予想しています」

コナリーは信じられないというように首をふった。海兵隊員になってからずっと、中国と台湾の関係を興味深く追ってきたが、台湾政府が野党の総統候補を殺害するというのは、道理に合わないと思った。孫将軍が当選する見込みはほとんどなかったし、与党が殺害に関与したことが発覚すれば——そういう流れになっているようだが——中国との戦争が起こりかねない。

台湾はアメリカの支援がなかったら、その戦争には勝てない。それに、数百万人の命が失われるだろう。

今週はずっとこの朝のニュースに影響を受けるだろうと、コナリーは思った。診察の予約を変更しなければならなくなるのではないかと、心配になった。

ダッシュボードの時計を見ると、〇七四〇時だった。右のウインカーを点滅させると、右車線の車がいっせいに速度を上げて、合流を邪魔しようとするのがわかった。DCのドライバーはいつもこうだ、と思った。自分の車線に合流させるくらいなら、ヘッドライトを撃ち抜かれてもいいと考えている。

コナリーは、合流を妨害した一台のうしろにピックアップを割り込ませ、国防総省の南駐車場に曲がり込んで、空きスペースを探した。

4

ヴァージニア州　アーリントン
国防総省
八月二十五日　〇七五五時

コナリーはゲートの列に並び、若い男にチップ・スキャナーのほうへ呼び寄せられて、ようやく前に進むことができた。ペンタゴン防護局（PFPA）は、スキャナーにかけないで入館させる警衛を見つけようとしているが、この伍長は規則どおりにやっていた。コナリーもそれに異存はなかった。

自分も規則をきちんと守る人間だからだ。

コナリーはバッジをスキャナーにかけてゲートを通り、〝J5〟（統合参謀本部事務局戦略・計画・政策部）の自分のオフィスに向けて歩いていった。

いつもならコナリーが部内でいちばん早い出勤者なのだが、けさは空軍少佐ふたりがすでに仕事をはじめていた。体が半分くらい、パーティションに隠れている。そのふたりは統合航空計画課の人間で、コナリーと仕事上の直接のつながりはないが、オフィスを共用している。

コナリーは、会釈してから自分のデスクへ行った。そのオフィスには仕切られたワークステーションがふたつあり、陸軍少佐と共用している。

少佐はまだ出勤していなかったが、コナリーには意外ではなかった。ボブ・グリッグズ少佐は、八時十五分くらいにならないと現われない。何度も叱ったが、たいして効き目はなかった。

コーヒーを注ぎ、コンピューターを立ちあげて、ボイスメールを聞いてから、数分前の中国国家主席の演説のおおまかな翻訳文を読んだ。

怖れていたよりもずっと恐ろしい内容だった。国家主席は、十二月末に極右国民党の総統が当選したときには、その犯罪者たちのくびきから解放するために、台湾と戦争することも辞さないと脅していた。

壁のカレンダーをちらりと見た。四カ月後に太平洋で戦争が起きるのか？

演説の翻訳を読み終えたとき、ボブ・グリッグズ少佐が戦略・計画・政策部にはいってきたが、遅刻しても明らかに不安そうではなかった。

「おはようございます」グリッグズがいった。

「グリッグズ」コナリーは、にべもなく答えた。グリッグズが反省するとは思えなかったが、わざと時計を見た。

グリッグズが、上官の無言の叱責には気づかないふりをして、バックパックを置いた。目をあげたコナリーは、グリッグズが箱入りのドーナッツを持っているのに気づいた。「〈クリスピー・クリーム〉の行列がすさまじくて。ああ、遅刻ですね。でも、ひとつどうですか？」

コナリーは、溜息をついた。「ほんとうにひとつ、そこにはいっているのか？　それとも、それは空箱か？」

「八つありますよ、ボス。ボスにふたつ、空軍の連中にふたつずつ、あとのふたつはおれの分」

コナリーは思わず笑い、朝にドーナッツを六つ食べたことなど、これまでに一度でもあっただろうかと思った。

グリッグズが、うしろの会議テーブルにドーナッツの箱を置いて、空軍少佐ふたりに、朝食を持ってきたことを教えてから、自分のワークステーションに戻って、コンピューターの電源を入れた。

グリッグズが腰をおろすと、コナリーはきいた。「ニュースを聞いたか？」

「台湾軍が対立候補を殺した件ですか？」

「ありえないだろう？」

グリッグズが、肩をすくめた。「台湾の特殊部隊は、過激なくらい国民党に忠実だし、孫将軍が率いる親民党は、台湾の中国共産党シンパの傀儡《かいらい》ですからね」

コナリーは体をまわして、グリッグズのほうを向いた。「それじゃ、台湾で軍が反対勢力の候補者を殺したのは、意外ではないと思っているのか？」

「近ごろでは、意外なことなんかありませんよ。間抜けなやりかたですけどね。将軍を殺しても、中国を怒らせるだけで、なにも達成できない。孫将軍を殺したせいで、狭い海峡の向こうの隣国が怒り狂い、侵攻の口実を手に入れてしまった」

コナリーは、デスクを指でコツコツと叩いた。「そういう計画だったとしたら？」

グリッグズが笑った。「戦争をはじめるのが？　たしかに、中国の強硬派のなかには、台湾を武力で統合したいと思っているものがいますが、台湾にはそんな馬鹿なことを考えるやつはいないでしょう。中共《チコムズ》に侵攻されたら、焦土と化してしまう」

海軍作戦部に勤務する大佐が、オフィスのドアをあけた。オフィスの四人が立ちあがった。

「おはようございます」四人のうち三人が声をそろえて挨拶《あいさつ》し、ボブ・グリッグズがそのあとから、ひとりで「おはようございます」と間延びした声でいった。

大佐は、ふだんよりも興奮しているように見えた。「コナリー、いっしょに来てくれ」

「アイ、サー！」

三十分後、コナリーはオフィスに戻った。空軍のふたりは会議のために出かけていて、ドーナツの空箱がゴミ箱からはみ出していた。コナリーは、デスクに向かっていたグリッグズの目つきを見て、ドーナツを食べて、ドアを眺め、ボスが戻ってくるのを待つほかには、なにもやっていなかったのだと察した。コナリーが帰ってきて事情を話すのを聞きたくて、うずうずしていたにちがいない。

「当ててみましょうか。台湾を中共《チコムズ》から取り戻さなければならなくなったら、ビーチに上陸する最初の揚陸艇におまえたちが乗れと、命じられたんですね」

「たいへんだが、その程度ならましなほうだ。台湾の暗殺事件だけでも手に負えないところに、べつのとんでもない事案を抱え込むことになった。インターネットに動画が流された――ホテルの一室にいる男と女が」コナリーは間を置いた――「〝イン・フラグランテ・デリクト〟」

グリッグズが、首をかしげた。「スペイン語はわからない」

「ラテン語で、意味は、要するに、セックスをしているということだ」

「すげえ《クール》」

「すごくない、ボブ。ぜんぜんすごくない。動画に映っている男は、インド太平洋軍《INDOPACOM》情報本部の新本部長デイル・ニューマン陸軍中将だ。女は太平洋艦隊副司令官リーア・ケリー海軍上級少将だ。ケリーは中将に昇級して、INDOPACOM参謀長に任命される予定だった。ふたりとも結婚しているし、おたがいが配偶者ではない。どれほど前から関係があったかについては、まだ情報がない」

「まいったな」

「ニューマンもケリーも、すでに呼び戻された。太平洋艦隊法務総監《JAG》とINDOPACOM

司令官が、一時間以内にふたりを解任すると知らされた。

　そうだ、陸軍と海軍にとって、とてつもなく大きな汚点になる。さらに重大なのは、中国と台湾の関係がこれまで以上に悪化しているときに、太平洋での米軍の即応性に影響があることだ。

　ニューマンとケリーは、太平洋地域のことをよく知っているし、当を得た有能な指揮チームを築いていた。後任は見つかるだろうが、時間がかかるし、日本との合同演習や台湾の選挙が控えているから、そういう時間の余裕がない」

　グリッグズがいった。「組織的な中傷の可能性はないですか？　諜報機関が仕掛けたような。たとえば中国の。中国には直接の利益がありますよ」

「この動画をアップしたやつに、太平洋で米軍の動きを鈍らせる狙いがあったことはまちがいない」

「つぎの質問」グリッグズがいった。「おれたちに、どう関係があるんですか？」

「中国がホテルの部屋に隠しカメラを仕掛けていたのか、あるいはニューマンとケリーのノートパソコンに監視機器を埋め込んでいたのかどうかを知りたいと、海軍作戦部長《CNO》にいわれた」

「それで？」

「きみとわたしがそれを調べる。それから、その将官ふたりを失うことが、戦域の戦争計画にどう影響するかを調べる」

グリッグズが、そこから派生する問題を考えながらうなずいた。「これが中国情報機関の太平洋艦隊に対する諜報作戦だとすると、過去数カ月の中国人民解放軍による武力誇示は、大規模な軍事行動の前触れだったのかもしれない」

「そうかもしれないが、仮に中国の軍首脳部をふたり追い落とさせるチャンスをわれわれが見つけて、それと同時に海軍と陸軍をスキャンダルにまみれさせることができると判断したら、戦争をはじめる予定がなくても、やっていただろう」

「それはまあそうですが」グリッグズがいった。そして、部屋の向こうの一点に目を凝らした。「こう考えるのは、おれだけかもしれませんが、人民解放軍の将校がホテルでセックスするのをカメラで撮るというのは、想像もできない」

「中国軍の将校は浮気をしないというのか？」

「そうじゃなくて、そういう現場をわれわれが押さえるような幸運はありえないというんです」

コナリーはうなずいた。「ああ、しかし、そういうことをやっている現場を押さえられた将校は、壁際に立たされて銃殺されるから、われわれにはそういうチャンスがないということじゃないのか。色狂いのわれわれの将官ふたりが、きっとそういうことについて本を書いてくれるだろう」

「そのときにはCNOと陸軍参謀総長が動脈瘤《りゅう》を破裂させますよ」グリッグズがいった。

コナリーは、すでに目前の仕事のことを考えていた。「戦争計画の評価には、中国の決意を評価することが役立つだろう」

「そのとおりです。やつらがやったのかどうかと、どうやってやったのかがわかれば、脅しがどこまで本気なのか、手がかりをつかむことができる。これからやつらがはじめようとしていることに、どれほど本腰を入れているのか、判断できる。それに従って、やつらの戦争計画を調べていける」

「問題は、どこから手をつけるかだ」

グリッグズが考え込んだが、すぐに答えた。「この手のコンピューター・ハッキングに取り組んでいる人間と話をしましょう。われわれの尖兵《せんぺい》となるそういう人物を知っています。その男は文字どおり朝食前に、中国軍のメールを読んでいます」

「何者だ？」

「国家安全保障局《NSA》のニク・メラノポリス博士です。知っていますか？」

コナリーはデスクから立ちあがった。「いや、だがきみは知っている。ほんとうに知り合いが多いな。だから、きみをそばに置いているんだ」

グリッグズも立ちあがり、バックパックを持った。「車で出かけましょう」

ＮＳＡ本部は、メリーランド州南部のフォート・ミードにある。その職員と会うのだから、当然そこへ行くのだろうと、コナリーは思った。グリッグズは、その思い込みを正さなかった——メリーランドを北上する２９５号線に乗ったときも、まだ黙っていて、そのまま三十分走るあいだ、ほとんどずっと、アジア情勢を伝えるBBCワールド・ニュースを聞いていた。

だが、コナリーがフォート・ミードの出口でおりようとして速度を落とすと、グリッグズはいった。「もっと早くいえばよかった。ニクはNSA本部では働いていない。BWIに近い秘密施設にいる」BWIとは、ボルチモア・ワシントン・サーグッド・マーシャル国際空港のことだ。

「どんな秘密施設だ？」コナリーはきいた。

「おれから離れないで。闇の世界に案内しますよ」

木蔭の多い通りの突き当たりまで行って、なんの変哲もない九階建てのオフィスビルのドライヴウェイにはいったときには、午前十一時近くになっていた。ふたりはメインゲートで、身分証明書を確認された。

「そもそも、どうしてここを知っているんだ？」セキュリティ・センターに向けて歩きながら、コナリーはきいた。

「中佐が、おれとおなじようになまけものだという事実をやっと認めるようになれば、ほんとうに凄い仕事をやっている人間の群れのなかでは、花から花へと飛びまわって、そういう人間から情報の蜜をすべて吸いあげるだけでいいということが、わかるでしょうね」

コナリーは、グリッグズのほうを見ないで歩きつづけた。「陸軍がいまも薬物検査をつづけていてよかった」

「ちょっと、おれは人生でハイになっているだけですよ、ボス」

コナリーは、最初に会ってからずっと、グリッグズを過小評価していたことを思い返した。はじめのうちは、締まりのない体つきや時間を守らないことばかりに目を向けて評価していたが、オフィスを共有してから数カ月たつと、一見無頓着《むとんちゃく》な態度の下に、ワシントンDC特有の政治駆け引きや一流の人遣いに必要なエリートの資質が隠れているのに気づいた。グリッグズはたしかにインテリジェンス・コミュニティの重要人物を知っていて、必要なときに高レベルの情報を手に入れることができた。それに、グリッグズはイラクとアフガニスタンで、最悪の戦場への展開を何度も経験している。

グリッグズは、いまは勇猛果敢な兵士には見えないが、若いころに務めを果たし、アフガニスタンの前線作戦基地《FOB》よりもペンタゴンの廊下を好むようになっている。

なかにはいると、ふたりは国防総省のIDを差し出して、書類に記入した。ふたりとも機密情報にアクセスできる最高の保全適性認定資格《セキュリティ・クリアランス》を有していたので、すぐに入館を許され、警衛のいる鋼鉄のドアの前で出迎えを受けて、ビルの奥へと案内された。

廊下を歩いているときに、中年の女性が化粧室から出てきた。「おはよう、トルーディ」

グリッグズがいった。

女がヘッドライトを浴びた牝鹿のように目を丸くしたことに、コナリーは気づいた。

「あらまあ、ボブ。わたしに会いにきたのではないわよね？」

「あなたは、きょうの予定にはいっていないんだ。アポなしでニクに会いにきたんだよ」

「きっとおおよろこびするでしょうね」女がとぼけた顔でいった。

トルーディと呼ばれた女はそのまま廊下を進んでいった。案内係の警衛がロックされたドアをキーパッドで開錠して、グリッグズとコナリーを通した。一行は、背の高いパーティションで仕切られたワークステーションが数カ所にある、広いオフィススペースにはいっていった。グリッグズとコナリーは、迷路のようなそこをしばらく警衛についていき、ようやく、暗い片隅にある広めのワークステーションに達した。デスクには書類があふれ、本が山積みになっていた。

警衛がいった。「メラノポリス博士、お客さんですよ」

レンズの厚い眼鏡《めがね》をかけ、顔の下半分に剃刀《かみそり》で手入れしている細い顎鬚《あごひげ》を生やした四十代のがっしりした男が、椅子ごと体をまわした。かなり重みがかかっている椅子がきしみ、うめいた。

ニク・メラノポリスは、椅子の向きを変えているときにグリッグズの姿を見て、そのまま椅子をまわしつづけ、結局、三六〇度回転させて、モニターのほうを向いた。

グリッグズとコナリーに背中を向けたままで、メラノポリスがいった。「きょうはだめだ、ボブ。もうふらふらなんだ」

グリッグズは、メラノポリスのデスクの横にあった椅子二脚のいっぽうに腰をおろした。コナリーは、メラノポリスの言葉を意識して、気を遣いながら、そのうしろでべつの一脚に座った。

「ああ、たいへんな一日だったにちがいない」グリッグズが陽気にいった。

「あんた、一日どころじゃないよ。一日どころか、きのうの午後十時からいままでずっと働きづめだ。その前も一日ずっとやっていた」

「当ててみよう。東京発のあるセックス動画に取り組んでいたんだろう？」

太り気味のコンピューター科学博士が、手を動かしながらうなずいた。「ああ。十二時間ずっと働きづめで、やっとまとまってきたところだ。だから、おしゃべりをしている時間はないんだよ」

「ランチをおごるといっても？」

メラノポリスは、キーボードを叩くのをやめたが、画面から目を離さなかった。「そっちの海兵隊員はだれなんだ？」

「ニク、友人でボスのダン・コナリー中佐を紹介する。海兵隊っぽいのは気にするな。まっとうな人間になりかけているところだ」

メラノポリスは、うしろを見なかった。うんざりしたような口調でいった。「不変の忠誠《センパー・ファーイ》、地獄の犬《デヴィル・ドッグ》」海兵隊がふだんの挨拶として口にするときとはちがって、熱意のこもらない声だった——嫌味なやつかもしれないと、コナリーが思ったほどだった。

「センパー・ファーイ」コナリーは応じた。「ボブに、あなたはコンピューター・アナリストだと聞いた」

グリッグズがあきれたように目を剝《む》き、メラノポリスが笑った。「イエス・キリストが大工だっていうようなものだな」座り直すと、椅子がまたきしんだ。

「まあね。あまり時間がかからないようにするが、重大なことであなたに手を貸してもらえるのではないかと、ボブが思っているんだ」

メラノポリスが、おおげさに溜息をついた。「ニューマン将軍とケリー提督のことなんだろう？」

グリッグズとコナリーはうなずいた。

「ランチをおごってくれるんだな？」

ふたりがまたうなずいた。

メラノポリスが、ショルダーバッグを持った。「わかった。途中でわたしの車に積んであるノートパソコンを取ってこないといけないし、腹ペコだから、なにかうまいものを食おう」コナリーを指さした。「あんたたち海兵隊が食う〝不変の忠誠〟グリーンサラダじゃないやつを。行くぞ」

5

三人はコナリーのピックアップ・トラックに乗り、近くの中華料理ブッフェへ行った。メラノポリスとグリッグズは、発泡スチロールの食器に、炒飯《チャーハン》、左《ツオ》将軍のチキン（左宗棠鶏。揚げた鶏の甘辛餡かけ）、春巻き、その他のサイドメニューを山盛りにした。コナリーは、ミックス野菜と白いご飯のボウルを選んだ。三人はランチを持って、コナリーのピックアップで、野球場やテニスコートが何面もある近くのソーミル・クリーク・パークへ行った。暑い日なので、ほとんどひと気がなかった。目立たないピクニックテーブルを見つけて、三人はランチをひろげた。

　オフィスを出てからランチを食べるために座るまでの二十分間、コナリーはメラノポリスに動画について話をさせ、どうやって世界中に流されたと推理しているのかを聞こうとした。しかし、メラノポリスはグリッグズを相手に、仕事や給付金やコレステロールについての不満や愚痴《ぐち》、自分が住むコンドミニアムの管理組合への苦情をしゃべりつづけた。

自分もグリッグズも、一日を無駄に使っているのではないかと、コナリーは心配になった。しかし、いざ料理を食べはじめると、大柄なメラノポリスは、ランチに招待された理由に注意をふりむけた。「よし、動画のことだな。あんたたちがわたしのところへ来たのは正解だった。わたしは徹夜でハッキングを追跡していたんだ」

「それじゃ……ハッキングだったのか？」グリッグズがきき返した。

「疑問の余地はない。短い説明と長い説明のどっちがいい？」

コナリーはいった。「短いほうがいい。結論付きなら」

メラノポリスが、缶入りのアイスティーをごくごく飲んだ。「結論付きだ、犯人は中国だよ」フォークに載せた料理を差しあげた。「山盛りの左《ツォ》将軍のチキンがお代だから、満足してくれるといいんだがね」

コナリーは首をふった。「もっと詳しいことが聞きたい。どうして中国だとわかったんだ？」

「口で説明するより、見てもらったほうが早い」メラノポリスが、春巻きをかじってから置き、ズボンで手を拭いて、バッグからノートパソコンを出した。蓋《ふた》をあけ、タッチスクリーンをタップした。すぐさま中国の地図がまんなかに現われた。

「これは中国本土だ。中国のインターネット・トラフィック（インターネットを通じて送受信される情報）を、われわれは常時、追跡している」またタップすると、縦横に交わっている赤い路線図が地図に重なった。メラノポリスが春巻きを持って、ポインター代わりに画面を示した。「われわれはこれを、インターネット経路情報取得ダイヤグラムと呼んでいる。コンピューターがどう接続され、だれと通信しているかを描画する。リアルタイムの道路地図みたいなものだ。ふつう、中国では大衆がインターネットを使うときには、すべて政府のハブを経由する。だから中国では大衆のアクセスを管理できるんだ。国民がなにを見ているかを覗《のぞ》き見し、国民を常時スパイしている。国民のコンピューターや心に忍び込んで、いまも忠実な共産主義者だというのを確認するわけだ」

「よくわかった」コナリーはいった。春巻きをひと口で食べた。

メラノポリスが、地図を東に移動させ、アメリカ大陸が現われた。中国のインターネットとアメリカのインターネットが交差するところに線が集中し、大きなアスタリクスがふたつできていた。

「この大量のトラフィックはなんだ?」グリッグズがきいた。

メラノポリスがいった。「インターネット・ポルノ」

「うわあ」

「あんたがサイバー戦士だとしたら、ほんとうに重要なトラフィックをどこに隠そうとするかな?」中国からアメリカのポルノ・サーバーに接続している膨大な数の線を、メラノポリスは拡大していった。数本の赤い線が、そのなかから分割された。「これはアメリカのサーバー発の従来のトラフィックとは異なる。ふだんなら追跡しない。アメリカ国内から中国に向かって発信されているものだからだ。全トラフィックの〇・一パーセントにあたる」

「それはなんだ?」グリッグズがきいた。

「おそらくポルノ業者の親玉が、利益を確認したり、自分のウェブサイトに新しい客をもっとおおぜい誘い込もうとして、コンテンツを変更したりしているのだと思う」メラノポリスが、また画面上のボタンをいくつかタップした。「しかし、おなじサーバーから、三カ月前にこのトラフィックが出てきた」アメリカの地図が表示された。アメリカ大陸のあちこちにあるポルノ・サイトから、かなりくっきりした線が十二本のびて、二本が太平洋を越えていった。

コナリーはいった。「自分がなにを見ているのか、よくわからないんだが」

メラノポリスが、カリフォルニア発の一本を拡大した。「このIPアドレスは、ロサンゼルス近くの基地のものだ。この手のことが起きないようにあんたたち海軍と海兵隊のコンピューター専門家が、基本的な経路欺瞞《ぎまん》策を講じているから、突き止めるのはちょっと難しいんだが、まあ見ていてくれ」メラノポリスがまたタップすると、赤い線がしばらくアメリカ本土のあちこちで跳ね返ってから、ハワイへとのびていった。ホノルルの基地近くで三度跳ね返ってから、特定のビルに向かった。メラノポリスが、基地の住所とビルの番号を打ち込むと、インド太平洋軍《INDOPACOM》司令部の正面の画像が現われた。

グリッグズがいった。「当ててみよう。ニューマン将軍のオフィスにつながったんだな？」

「そのとおり」

「それじゃ……やつらは将軍のノートパソコンで盗聴できるようにしたのか」

「それどころじゃない」メラノポリスはいった。「将軍の専用ノートパソコンを、小型音声画像レコーダーに変えたんだ。やつらは毎晩、将軍をスパイしていたんだろう。そしてある晩、ツキがまわってきた。東京のホテルで、将軍が提督とセックスしたときに、ノートパソコンの蓋があいていて、カメラがベッドのほうを向いていた」

「オエッ」コナリーはつぶやいた。

メラノポリスがいった。「中共《チコムズ》は何カ月も前からその動画を握っていたが、台湾の暗殺事件後のきのうに流したんだ。われわれの司令部の権威を傷つけ、中国が原因の新たな危機にわれわれが対応するのを妨《さまた》げるか、すくなくとも対応を遅らせるために」

だが、コナリーはあまり納得していなかった。「それをすべて十二時間で突き止めたのか？」

メラノポリスが、フォークに山盛りの炒飯を食べて、平然といった。「いつだってそうさ」

「まちがった方向に誘導された可能性は？」

太り気味のメラノポリスが、ピクニックテーブルに向かって、背すじをのばした。「誘導？」

「真犯人がべつにいるのに、中国がやったとあなたが思い込むように、何者かが仕向けた可能性はないだろうか？」

グリッグズが割り込んだ。「何者が？　いったいどういう理由で？」

「ただ……中国がこれをやって、一日たらずでわれわれがそれを突き止めたというのは、できすぎた話のように思える。それに、台湾の暗殺事件も、現場にライフルが残されていて、わずか数日のあいだに台湾の特殊部隊のものだとわかり、政府の仕業だとされた」

メラノポリスがいった。「あんたの話の要点が、よくわからない、中佐。当事者がちがう。ふたつのべつの国だ。どう結びついているんだ？」

コナリーは、肩をすくめた。「中国が関わっていると思われるようなことが起きるいっぽうで、台湾が関わっていると思われるようなことが起きた。おたがいへの不信がいっそう強まるようなことだ。しかも、アジア太平洋地域の米軍の名誉が汚された。すべてを考え合わせると、胡散《うさん》くさいように思える」

「ワーオ」メラノポリスが、グリッグズのほうを向いた。「この御仁《ごじん》は、いたるところで陰謀を見つけるんだな？」

「ごめん、ニク。あんたの仕事が徹底していることを、中佐はわかっていないんだ」

コナリーは首をふった。「いや、わかっている。あなたはコンピューター・アナリストのイエス・キリストだ」

コナリーは皮肉をこめてそうやり返したが、すぐに手を差し出した。「すみません、博士。わたしは疑り深いたちなんです。博士の時間と情報に感謝します」

「ああ」メラノポリスもすこし自信が揺らいでいるようだった。

メラノポリスをNSAの秘密施設に送り届けるとすぐに、グリッグズはコナリーに向かっていった。「太平洋の米軍を傷つけるために中国がこれをやったという事実を中佐がどうして認めないのか、理解できませんね」

「認めないとはいっていない。ただ、こういうタイミングで起きたことが不審だ」

「他の関係国が戦争を煽《あお》ろうとしていると思っているんですか?」

「ひとつのことに固執してはいけないといっているだけだ。ほかのだれかがバスを運転しているのかもしれない」

国防総省《ペンタゴン》に向けて車が南へと走っているあいだに、グリッグズはコナリーのほうを向いた。だが、口をひらく前に、コナリーの電話が鳴った。

「コナリーだが」

戦略・計画・政策部の空軍大佐からだった。「大統領がたったいま、空母打撃群5を、台湾沖に派遣すると発表した」

空母〈ロナルド・レーガン〉(CVN-76)を旗艦とする空母打撃群5が、日本の横須賀を母港としていることを、コナリーは知っていた。つまり、数日以内に戦域に到着する。

「事態が過熱してきましたね」コナリーはいった。

「そのとおりだ。こっちに戻ってきてほしい」

「向かっているところです」

コナリーはしばらくして電話を切り、グリッグズに対してではなく、ひとりごとのようにそっとつぶやいた。「これが罠なら、われわれはそこに向かって歩きはじめたようだ」

6

ロシア　モスクワ
クレムリン
八月二十六日

ボリス・ラザール大将は、モスクワでよそ者になったように感じていた。モスクワで生まれ、フルンゼ軍事大学を卒業し、モスクワ川を見おろす国防省に長年勤務して、さまざまな歴史的事件に関わってきた。だが、四十一年の軍務のほとんどを、首都モスクワから遠く離れたカフカス、東ドイツ、ウクライナ、ベラルーシ、アフガニスタン、シベリアで服してきたので、ここに戻ると、いつもじろじろ見られているような気がする。

それに、いまはじっさいにじろじろ見られていた。クレムリンのゲート内にあるクタフィア塔のセキュリティ・エントランスに立っていたラザールを、正面にいた正装の武装警衛六人が、まるで額から角が生えているとでもいうように、口をぽかんとあけて見ていた。

だが、なにを見ているのかとラザールがいう直前に、ひとりの大佐が現われて敬礼し、遅れたことを詫《わ》びて、暖かな八月の朝の表にいざなって、トロイツカヤ塔に案内した。

「きみの部下はどうかしたのか、大佐？」ラザールはいった。

「お詫びします。VIP来訪者用エントランスで、彼らはいろいろな有名人に会います。おもに政治やエンターテイナーです。しかし、将軍は兵士の心のなかで特別な地位を占めていますからね。お察しだとは思いますが」

ラザールは、どうでもいいというように鼻を鳴らした。二十年前、にきび面の警衛どもが生まれる前は、たしかに有名人だった。だが、それをこの大佐にいって、名声や伝説を鼻にかけていると見られるのは避けたかった。

ふたりは歩きつづけた。

きょう呼ばれた理由が、ラザールには見当もつかなかった。南部軍管区司令官のラザールは、モスクワから約一〇〇〇キロメートル離れたロストフナドヌーで暮らし、勤務している。だから、社交的な招待であるはずはなかった。

ラザールがこの世で大切に思っているものは、指揮下にある部隊だけだったので、きょうの件はそれと関係がないのではないかと不安になった。軍事命令を授けるためにモスクワに呼んだのであれば、モスクワ川沿いのすこし下流にある国防省で命令書を渡されるはずだった。したがって、きょうの用事は自分が重視しているようなこととは関係がないだろうと、ラザールは予想していた。おそらくリーフキン大統領の閣僚との会合で、政治が論題なのだろう。しばらく我慢して、戦車や部下のもとへ帰り、クレムリンのスーツ組の悪臭を洗い落とせばいい。

ラザールは装飾過多の会議室に案内され、ひとりがすでに来ていることに気づいた。その見知らぬ男は、こちらに背を向け、一七九〇年の第一次ロシア・スウェーデン戦争中の海戦、ヴィボルグ湾の戦いを描いた壁の絵を、ほれぼれと眺めていた。

だが、男の顔を見なくても、どういう生業《なりわい》の人間であるかは即座にわかった。男はラザールとまったくおなじ軍服を身につけていた。やはり陸軍将官で、ラザールが矮軀《わいく》で、胸が厚くずんぐりしているのに対し、その男は長身で痩《や》せていた。

男がふりかえって正面を向いたとき、だれであるかをラザールは知って、きょうの会合についての疑惑がいっそう強まった。

「エドゥアルト？」

エドゥアルト・サバネーエフ大将が、びっくりしたように目をしばたたき、すばやくテーブルをまわって、手を差し出した。

「ボリス・ペトロヴィッチ！　きみに会えるとは、うれしいかぎりだ」

エドゥアルト・サバネーエフ大将は、サンクトペテルブルクに司令部がある西部統合戦略コマンドの司令官だった。

「こんなところになんの用だ？」ラザールはきいた。

「なにも知らないんですよ」握手を交わしながら、サバネーエフが答えた。「妙だと思いませんか？　あなたに会ったら、ますます妙な感じになってきた。このために、わざわざロストフナドヌーから呼ばれたんですか？」

「そうだ。どういう用件であるにせよ」

サバネーエフは、ラザールよりも十二歳若いが、階級はおなじだった。若手将校だったことからの知り合いで、当時はラザールがサバネーエフを後援していた。ふたりは温かく挨拶《あいさつ》をした。

「もう何年になりますかね」サバネーエフがいった。

「ほんとうに長いあいだ会っていなかったな、エドゥアルト」

会議室のドアが突然あいて、将軍ふたりはまたしても大きな驚きを味わった。貫くようなきついまなざしで、自信をみなぎらせている、小柄な男が目の前に現われたからだ。

ロシア大統領アナトーリー・リーフキン。

リーフキンは、満面に笑みを浮かべて、将軍ふたりと握手を交わして、家族のことをたずねてから、間を置いた。会議テーブルに向かって座るよう促されるのかとラザールは思ったが、リーフキンは立ったままで話をした。

リーフキンがいった。「太平洋のニュースはふたりとも注視しているものと思う。アメリカは極東に注意を向けている。十二月に与党の総裁が再選されたら台湾に侵攻すると、中国が脅している。有力な対抗馬がいないから、両国の紛争が起こるのはまずまちがいない。アメリカは空母打撃軍を派遣して、中国を引き下がらせようとしている。アメリカがもっと戦力を投入するはずだという意見も、耳にはいっている。

計画が定まっていて、予測可能なので、われわれはまたとない好機をものにできる。ただし、それには、われわれが持てる力をすべて行使して、それに付け入らなければならない」

将軍ふたりは顔を見合わせてから、大統領に注意を戻した。

リーフキンはいった。「ここ数年、わが国にとっては厳しい時期がつづいた。西側の経済制裁、アメリカとその同盟国の違法な商取引のせいで、祖国《ロージナ》はたいへんな苦しみを味わってきた。

だが、将軍たちよ、きみたちにすばらしい朗報を伝えよう。この西側の不当な攻撃に応戦する決定が下されたのだ。そして、きみたちふたりは、ロシアが国際社会でしかるべき地位を取り戻すための偉大な活動でロシアを先導するために選ばれた」

サバネーエフが、称賛をこめてうなずいた。「大統領、わたしたちの目標は、どのようなものでしょうか？」

リーフキンが笑みを浮かべて、将軍ふたりのそれぞれの肩に手を置いた。「まもなく命令書が渡される。わたしはきみたちの前進を激励し、きみたちの偉大な未来を願うために、その前に顔を出しただけだ」

将軍ふたりは、また顔を見合わせた。こんどはラザールが口をひらいた。「命令書を謹《つつし》んで精読いたします、大統領」

リーフキンが、重々しく将軍ふたりを見つめた。「われわれ全員がとてつもない不屈の精神を要求されることになる。無慈悲にならなければならない。文明人には困難で不快な仕事だとわかっている。だが、われわれの生存、われわれの家族の生存、われわれの人民の生存が懸かっていることを認識すれば……そのときには、やらなければならないことをやれるようになるだろう」

サバネーエフがいった。「わたしたちは大統領と祖国の期待をぜったいに裏切りません」

「そう信じている。完全な不意打ちで迅速に攻撃すれば、勝利をものにできるだろう」

数秒後に、リーフキンは立ち去った。

サバネーエフとラザールは、一瞬、無言で見つめあった。やがて、年下でブロンドのサバネーエフがいった。「あなたとわたしが戦場に行くということのようですね」

ラザールはいった。「不意打ちだと？〝不意打ち〟と大統領はいったな？戦略的不意打ちが不可能だというのを、大統領は知らないのか？」通常兵器によるヨーロッパ攻撃には最低二年の準備期間が必要だと、ロシア連邦軍参謀本部が判断していることを、ラザールとサバネーエフは知っていた。西側の衛星、スパイ、信号情報収集から、そういう準備を隠し切れるわけがない。NATOもその事実を知っていて、主要な防衛部門はロシア軍の生産、訓練、部隊動員スケジュールなどをつぶさに監視している。

相手が西側のどの国であろうと、自分の部隊で不意打ちをする方法はないと、ラザールは思った。

サバネーエフがいった。「大統領は、ヨーロッパだとはいわなかった。アフリカだ――まちがいない。西側がわれわれから奪った鉱山を、小規模な部隊で奪回するのでしょう」

ラザールは肩をすくめた。「どのルートでアフリカへ行く？　戦車に泳ぎを教えてあるのか、エドゥアルト？　わたしの部隊の戦車も、そんな芸当はできない」

サバネーエフが答える前に、リーフキンが出ていった両開きのドアからひとりの大佐がはいってきて、将軍たちが立っていたところのそばのテーブルに、要旨説明書の大きな綴《つづ》りを置いた。

ラザールとサバネーエフは、明らかにまごついていた。サバネーエフがいった。「クレムリンで作戦命令書を受け取ったことは、一度もない。どうして国防省で渡さないんだ？」

大佐が答えた。「秘密保全のためです」

馬鹿げた話だったので、ラザールは笑った。「命令書を受け取ったら、国防省のだれにも知られないようにすることは不可能だ。麾下《きか》部隊に命令を伝えないわけにはいかないんだぞ。それとも、わたしたちに、自分で戦車を操縦しろというのか？　自分で戦車砲を発射しろというのか？」

サバネーエフは笑ったが、大佐はプロフェッショナルらしく冷静だった。「この初期段階では、こうするのが賢明だと、リーフキン大統領とボルビコフ大佐は考えたのです」

サバネーエフがなにかをいおうとしたが、ラザールはさえぎった。「なんという大佐だと？」

「命令書を読んでいただけませんか。わたしが知らないような詳しいことが、書いてあると思います。ボルビコフ大佐は、おふたかたが読み終えたあと、会って意見を伺《うかが》うのを楽しみにしております」

大佐は出ていった。

「ボルビコフとは何者だ？」ラザールがいった。

サバネーエフは肩をすくめた。将軍ふたりは、会議テーブルのいくつか離れた席に腰をおろして、渡された綴りをひらいた。革装の書類綴りには、タイプで打たれた六十ページの命令書、説明、図面があり、プリントアウトされた地図数枚が封筒に入れて添えてあった。

書類の表題のページには、三つの単語が描いてあった。

オペラーチヤ・クラースヌイ・メタル——赤い金属《レッド・メタル》作戦。

その下に日付があった。二〇二〇年十二月二十四日。あと四カ月もない。

六十四歳のボリス・ラザール大将は、眼鏡《めがね》をかけて、書類に顔を近づけた。五十二歳のエドゥアルト・サバネーエフ大将は、書類を持って、椅子に背中をあずけ、ブーツを履《は》いた足を膝《ひざ》に載せた。たがいに口はきかなかった。ひたすら書類を読んだ。

読みはじめてから五分後に、サバネーエフが大きなあえぎを漏らしたが、なにもいわなかった。

一分後におなじところまで読み進んだラザールは、声を殺してつぶやいた。「まさか、冗談じゃないぞ」

ムリマ山のレアアース鉱山から撤退後、ロシアは国際刑事裁判所に提訴したが、西側諸国の圧力で審問は阻止された。

だが、鉱山を取り戻すという目標を、ロシア政府はあきらめていなかった。

ロシア大統領アナトーリー・リーフキンは、アフリカで思いがけず手に入れた資源から膨大な利益を得るという約束を果たせなかったために、国内での支援に手痛い打撃をこうむった。アメリカ、西欧、カナダによってロシア国民がまたしても辱《はずかし》めを受けたと、西側をまるで悪鬼であるかのように非難すれば、一定の効果があったが、権力を掌握《しょうあく》する自分の力が日増しに弱まっていることに、リーフキンは気づいていた。

しかも、リーフキンとその一党は、数十億ドルの損失を出していた。政治資産が崩壊しそうなだけではなく、個人資産も危険にさらされていた。

REE（希土類元素《レアアース》）は、リーフキン政権の生存に直結している。リーフキンの生存にも直結している。だから、それをふたたび支配するために、ロシア軍の戦力のすべてをなんとしても利用しなければならないと、すぐさま決意した。

軍を味方につけるのは、難しくない。リーフキンが将軍や提督の支援を得ているのは、リーフキンが生存のためにREEを必要としているのとおなじように、軍も強大でありつづけるために、それを必要としているからだった。航空機、通信網、ミサイル、コンピューター、誘導システムはすべて、REE資源を使用している。既知の供給源の三分の二以上を西側が握り、残りのほとんどが中国で産出している現在、西側と中国の出かたしだいでは、ロシアの軍事大国としての地位が揺らぐ。

これが、そういう現状を変える。リーフキン政権と国防省は、ひそかに歩調を合わせていて、武力で鉱山を奪回するには計画が必要だと決断した。

計画はすでに立案されていたので、完成させるのに時間はかからなかった。

西側と対決したときに鉱山を守備していたスペツナズ部隊の指揮官、ユーリー・ウラジーミロヴィッチ・ボルビコフが、ロシア連邦国防軍統合士官学校で上申書を作成していて、それがただちにロシア軍で最高レベルの機密扱いになった。上申書には、とてつもなく大胆な戦略を用いて、ケニアの地中にあるロシアの戦略資源を奪回する計画が書かれていた。

ボルビコフは、ロシア各地で軍人、諜報機関関係者、政治家数百人と非公式に会い、二年かけてこの作戦を練った。自分の時間を割《さ》き、自費で数カ国を旅行し、地勢をみずからの目でたしかめた。

危険がともなう計画だったので、国防省の多くの人間が、ボルビコフを奇人だと見なしてうとんじた。その上申書によって、ロシア軍の出世株だったボルビコフの軍歴は傷つきかねなかった。

代償や結果など気にせずに大胆な戦略を示せと、アナトーリー・リーフキンが軍上層部に要求した時点で、ボルビコフの立場は一転した。

国防省の一部の幹部は、破れかぶれになったクレムリンがその現実離れした計画を実行可能だと見なすのを怖れて、握りつぶそうとした。だが、他の幹部は、ボルビコフとその計画概要を、現在の絶望的な状況でロシアがまさに必要としているものだと見なし、ボルビコフの上申書の存在を政府上層部にリークした。政治的タイミングがうってつけだったこともあって、その戦術が功を奏した。

リーフキン大統領本人が、国防相に接触して、立案者本人に上申書の説明をさせるよう要求した。三日後にユーリー・ボルビコフが、プレスのきいた軍服を着てクレムリンに赴き、ロシアを没落から救う自分の計画について弁じた。

ボルビコフがリーフキン大統領と会ってから九カ月後、台湾での暗殺事件と、太平洋におけるアメリカのリーダーシップを崩壊させるための不名誉な動画がインターネットにアップされた翌日に、ロシア軍でもっとも崇《あが》められている将軍ふたりが、クレムリンで会議テーブルに向かって黙然《もくねん》と座り、詳細にわたるボルビコフの作戦計画書を読んでいた。その作戦は、ロシア大統領の全面的な承認を得ている。

7

サバネーエフがすべてを完全に理解するのに一時間以上かかったが、読み終えると、年上のラザールが読み終えるのを辛抱強く待った。二十五分後にラザールが追いつき、書類綴《つづ》りを閉じると、目をあげて、無言で窓の外を眺めた。

ようやく口をひらいた。「いまから百二十日。あまり時間がない」

サバネーエフは、なかば同意した。「あまり時間がないが、じゅうぶんではある」

ラザールは、サバネーエフのほうを向いた。「このボルビコフという男のことは、聞いた憶えがない」

「いま思い出した」サバネーエフがいった。「スペツナズ」

「戦闘計画から、それは察しがついた。特殊作戦の色合いが濃い」

サバネーエフはいった。「こういうものを案出する能力があるとわかっていたら、スペツナズから引き抜いて、機甲部隊に転属させていたでしょうね」

「たしかにこの男は想像力が豊かだ」ラザールはいった。さまざまに解釈できる寸評だったが、サバネーエフはその言葉の意味を見抜いた。

サバネーエフは、驚いて椅子に背中をあずけた。「この作戦計画に感銘を受けなかったというのではないでしょうね？　そんな馬鹿な、ボリス。ヨーロッパを急襲して、シュトゥットガルトのアメリカ・アフリカ軍《USAFRICOM》を殲滅《せんめつ》し、同時にケニアで鉱山奪回の任務を実行する。齢《とし》をとって創造的な考えを正しく評価できなくなったのではないですか？」

「わたしが正しく評価する創造的な考えとは、野外で適切な工具がないときに、凍りついたT‐80戦車の転輪アームを修理する方法を思いつくことだ。ロシアの西部と南部軍管区の機甲部隊の大部分を同時に海外での戦いに投入することではない。祖国は無防備になり、通常兵器による攻撃を受けたら、ひとたまりもなく敗れるだろう」

サバネーエフは肩をすくめた。「そのときには西側の脅威は存在しないし、ごく短い期間です」

ラザールは窓の外をなおも見ていた。「戦争とは不思議なものだ、サバネーエフ。いっぽうの予定表を、もういっぽうが尊重してくれるとはかぎらない」

「ははあ、講義ですか」

「いや、講義ではない。きみはもうわたしの生徒ではない。おなじ階級だ。経験はおなじではないが」

「あなたのほうが、不死身のマントを身につけてきた歳月が長いということですか？」

ラザールは、サバネーエフに目を向けた。「不死身？　まったく逆だ。わたしたちがいかに攻撃に脆《もろ》いかを、ずっと痛感していた。今後もそれは変わらない」

サバネーエフは、手をふってラザールの言葉を斥《しりぞ》け、目の前の書類を持ちあげて、宙でふった。「一見したところでは、わたしたちよりも下級の将校ふたりがやるような任務だが、ボルビコフが優れているのは、けっして細部を限定していないことです。あなたとわたしは、組織化、優先順位の決定、臨機応変の行動を、自由にやることができる。目標は明確に示されているが、作戦はわれわれが適切だと思う形にできる。それに、あなたのほうがずっと有利ですよ、ボリス・ペトロヴィッチ。あなたの部隊のほうが規模が大きいし、レアアースの鉱山を攻撃するだけでいい。この命令によって、わたしはNATOでもっとも強力な陸軍と戦うことになる」――サバネーエフは、にやりと笑った――「いっぽうあなたは、エチオピア軍やケニア軍と戦う」

ラザールは応じた。「きみはわたしとおなじ書類を読んだはずだ、エドゥアルト。これは准将クラスが先鋒部隊を率いてやるべきことだ。わたしたちのような司令官ではなく。それに、さらに重要なのは、目標に到達したときにやるよう求められている行為を、きみがほんとうに平気でやれるのかということだ」

サバネーエフはすかさず答えた。「わたしはこの任務にふさわしい将校だし、命令を実行する」

「答になっていない」ラザールは、書類綴りを掲げた。

サバネーエフが、肩をすくめた。「ただの戦闘です。合法的な戦闘です」

「罪に問われなければいいんだがね」ラザールは、弟子の目を見据えながらいった。

「罪に問われることはない。あなたも」サバネーエフは、つけくわえた。「ひとつ友好的な賭けをやってみませんか？　日限ぎりぎりで目標を達成したほうに、ステーキディナーをおごるというように」

ラザールはまた窓の外の暖かい昼間を眺めた。小雨が降りはじめていた。「戻ったときに死者がすくなかったほうが勝ちというような目標にすべきだ。そうしないのは愚かだし、わたしたちの努力が虚《むな》しくなる」

サバネーエフの笑みが消えた。「もっと高尚な目的を忘れてはならない。あなたが偉大なボリス・ラザール将軍になれたのは、アフガニスタン、ダゲスタン、チェチェン、ジョージア、イングーシ、ウクライナの石灰岩の散らばる大きな墓穴に、あなたが愛していると主張する若者数千人を残してきたからだ。そういうあなたが戦う気概を失ったのだとすると、話はちがってくる。子供たちの死体が地中で腐り果ててから何年もたって、あなたがそういうのを聞いたら、ロシア連邦中の母親が無念に思うでしょう」

ラザールは重々しくいった。「わたしが命令に従ったときには、わたしの命令に従った兵士を多数失った。百二十日後には、またそういうことが起きる。なにも変わっていない」

「あなたが鉱山を奪回したら、なにもかも変わる。世界地図が描き換えられる。ロシアは一世代ぶりに世界の中心になる。わたしにはそれがわかっている。あなたもわかるべきだ」

ラザールは答えた。「アメリカとヨーロッパが、ちがう場所であらたな資源を見つけるだけのことだ。この鉱山をわれわれが取り戻したとしても、彼らは自分たちの鉱山を開発するだろう。政治家が約束したとおりにロシア経済が急上昇することはない」

サバネーエフが、首をかしげた。「エコノミストになったんですか、ボリス？　大草原《ステップ》の山羊《やぎ》飼いのミクロ経済の受け入りみたいだ」

ラザールはすかさずいい返した。「常識だ、エドゥアルト。こういうことは、武勲とは無縁なんだよ。それに、経験。日々注意し、耳をそばだてていることによって蓄積される」

サバネーエフが、チェスの対戦相手が絶妙な手を指したとでもいうようにうなずいてからいった。「いまわたしたちはクレムリンにいるんですよ。大統領に懸念を打ち明けるいい機会じゃありませんか」

ラザールが、すこし身をこわばらせた。「いや。だが、わたしがこの突拍子もない作戦が賢明かどうかに疑いを抱いていることを、きみがリーフキンに教えるかもしれないとは思っている」

ラザールの言葉は、数秒のあいだ宙に漂っていた。ようやくサバネーエフがいった。「もちろん教えませんよ。あなたにこれを最後までやってもらいたいと思っています。あなたがロシア連邦で二番目に優秀な将軍だというのは、はっきりしています」

「たいそうな褒《ほ》めかただな」ラザールはそういって、サバネーエフのうぬぼれに一矢《いっし》報いた。

「問題は……あなたはこの戦いにくわわるのを望んでいるのですか、ボリス？」

ラザールは厚い胸をふくらまし、すこし間を置いた。やがてこう答えた。「練度の低いものではなくわたしが、南方で指揮をとったほうがいいだろう。できるだけ犠牲をすくなくすることに心を砕くような人間が」

「賢人のような口ぶりだ」サバネーエフがいった。「戦士のようではないかもしれないが……賢人のようだ」

ラザールは答えなかった。


二十分後、エドゥアルト・サバネーエフは、午後一時のユーリー・ボルビコフ大佐との会議のために、幕僚車のリアシートに座り、国防省に向かっていた。

それまでの五分間、サバネーエフは作戦主任幕僚のフェリクス・スミルノフ大佐に、レッド・メタル作戦を簡略に説明していた。サバネーエフが作戦計画書を読んだときとおなじように、スミルノフが驚愕しているのがわかった。

スミルノフがいった。「クレムリンが将軍に最重要作戦を命じたのは、賢明でしたね。ヨーロッパ方面作戦は注目を集めるでしょうし、技術的にも困難です。ボリス・ラザール将軍は、二十五年にわたってクレムリンでもてはやされてきましたが、閣下が真の戦士だということに、最高指導部はようやく気づいたようです」

明らかな追従《ついしょう》だったが、それは事実だとサバネーエフは確信していた。ウィンドウから外を見ていると、不意に郷愁に呑み込まれた。「十年前にそういわれたら、わたしは誇りで光り輝いただろう、フェリクス。正直いって、五年前でも。しかし、いまは複雑な気分だ。ラザールは気骨を失った。さきほどラザールはわたしに説教し、自分は兵士の命だけを大切に思っているし、この偉大な企ては人命を粗末にすることだとほのめかした」

サバネーエフは、さらにいった。「いまボリス・ラザールに打ち勝つのは、そうたいしたことではない」スミルノフのほうを向いて、ウィンクした。「きみにでもできることだ」


ボリス・ラザールも自分の幕僚車に乗り、国防省にひきかえす途中だった。参謀長のドミートリー・キール大佐が同行していた。キール大佐は会議室でなにがあったのか知りたくてうずうずしていたが、ラザールは戦闘計画のことをまだひとことも語っていなかった。その話をする時間は、あとでたっぷりある。ボルビコフや情報機関幹部などと何日も会議をつづけてから、モスクワを離れ、部隊のもとへ戻ってから話をすればいい。だが、いまはただ座って沈思黙考したかった。

ラザールの野望の炎は消えかけていた。今回、絶好のチャンスを示されたときに感じたことからも、それは明らかだった。ラザールは、祖国を信じて戦い、自分が護《まも》っているひとびとを信じていた。これが近隣の勢力圏をめぐる争い——ロシアの同盟国に対するＮＡＴＯの脅威か、連邦から独立しようと頑強に反抗する衛星国政府への対処だったなら——これまで以上に献身的になれたはずだと思った。

だが、いまはそうではない。

エドゥアルト・サバネーエフは、まったく異なる人物だった。サバネーエフがかなり知能が高く、カリスマ性があり、将軍として成功するのに不可欠な政治同盟や人間関係を築くのに長《た》けていることはまちがいないと、ラザールは思っていた。しかし、サバネーエフの戦いたいために戦うという衝動や、自分の能力や力を実証できる任務をつかもうとする欲望に、ラザールは興味が湧かなかった。

いまはもう、そういう気持ちにはなれない。

齢をとったせいで野心が薄れただけかもしれないと、ラザールは思った。あるいは、アフリカの石ころのために戦う意欲が、まったくないだけかもしれない。

モスクワの街路に降る夏の雨をウィンドウ越しに見て、ラザールは一瞬、目を閉じて、疑念や優柔不断をふり払おうとした。

目をあけて、咳払いをしてから、参謀長の大佐に向かって話しかけた。キール大佐は、きょうのクレムリン訪問がどういうことだったのかを知りたくて、髪をかきむしりそうな顔をしている

ラザールは淡々といった。「きみもわたしも、クリスマスはアフリカでいっしょに過ごすことになりそうだ、ドミートリー」

8

ロシア　モスクワ
国防省
八月二十六日

ユーリー・ボルビコフ大佐は、国防省本部ビル九階の会議室に立ち、モスクワ川とその対岸のゴーリキー公園を窓から眺めて、まもなくはじまる会議に備え、気を引き締めた。

ボルビコフの軍歴で最高の瞬間だった。数カ月前にリーフキン大統領とクレムリンでひそかに会ったときよりも最高だった。

崇拝するボリス・ラザール大将と会い、自分が創出した作戦について、みずから説明する栄誉に浴するので、ボルビコフにとっては幸先のいい会議だった。

三年前にケニアの鉱山をあとにしてからずっと、ボルビコフはかならず戻るということだけを考えてきた。一日十六時間働いて、作戦計画を入念に作成し、いまこうして、地上部隊の指揮官ふたりにブリーフィングを行なうことになった。

じっさいには……指揮官三人のうちのふたりに。ボルビコフも、作戦に参加するスペツナズ部隊を指揮し、敵前線後背《こうはい》でひそかに数多くの作戦を行なう。ボルビコフは将官ではないが、レッド・メタル作戦の直接行動における自分の役割が、作戦を設計したこと自体とおなじくらい重要であることを知っていた。

ボルビコフは、気を静めるために深呼吸した。作戦そのものだけではなく、ラザール将軍と会えることに興奮しているのだと気づいた。

エドゥアルト・サバネーエフも高名な将軍だが、自力で花形になったのではなく、ラザールの元副司令官として知られていた。他人の蔭で軍歴を送るのはどういうものだろうか、とボルビコフは思った。つねに後継者、乾児《こぶん》だと見なされるのだ。

サバネーエフ大将は、そういう立場だからこそ、力量を示そうとして任務に取り組むにちがいない。好都合だと、ボルビコフは判断した。

その会議室は、一日に二回、盗聴装置がないことを確認されていたが、ボルビコフは対監視チームに、もう一度調べるよう頼んでいた。調べ終わったときに、将軍ふたりがはいってきた。

対監視チームの技術者たちは、邪魔にならないように脇に移動し、ふたりがはいってくると、そっと出ていった。ドアが閉まったときに、将軍ふたりの連れが表に立っているのをボルビコフは見た。きょうの会議はラザール、サバネーエフ、ボルビコフの三人のみで行なうが、これから四カ月間、レッド・メタル作戦に関する会議は、数十回行なわれるはずで、将軍たちの参謀はそのほとんどに出席することになる。

ボルビコフは少年のころからラザールを崇拝していたが、サバネーエフもおなじ階級なので、同等の敬意を払って話をするように気をつけた。

「おふたかたにお目にかかるのは、たいへんな名誉です」将軍ふたりと握手を交わしながら、ボルビコフはいった。

サバネーエフは、俳優のような外見だった。美男子で、いかにもスラブ系らしく顔の骨格がくっきりしていて、顎《あご》の形がよく、灰色が混じったブロンドの髪を秀でた額の上でうしろになでつけている。歯並びのいい歯を見せて笑い、引き締まった長軀は、ボルビコフよりも数センチ低いだけだった。

ラザールは、サバネーエフとは対照的に小柄で、ずんぐりして、顎の肉がたるんでいた。風雪を経た丸顔には皺《しわ》が刻まれ、もじゃもじゃの眉毛が垂れていた。

三人は小さな応接スペースで腰をおろし、ボルビコフが紅茶を注いだ。「レッド・メタル作戦に関して用意されたブリーフィング資料一式を、読んでいただいたと思いますが」

サバネーエフが先に口をひらいたので、ボルビコフは驚いた。「きみはずいぶん謙虚だな、大佐。きみがこれの発案者だというのを、わたしたちは知っている。きみは、確実な指示を下すいっぽうで、地上の指揮官に任せたほうがいい物事については過度の統制を行なわないように、うまくバランスをとるという、たぐいまれな手法を身につけている」

「ありがとうございます、大将。わたしも地上の指揮官を何度となくつとめてきましたし、おふたかたもそうであったことを存じあげております」急いでつけくわえた。「しかも、わたしよりもずっと経験が豊富でおられる。お気づきでしょうが、作戦をできるだけとどこおりなく達成するには、じゅうぶんな自律を維持しなければなりません」

サバネーエフがいった。「一時間前から、きみのことをあちこちで調べた。例の対決のときに、ムリマ山にいたんだな」

「それに、戦う覚悟でした」ボルビコフはいった。「残念なことに、作戦中止を命じられました」笑みを浮かべた。「しかし、いまは……これにうってつけの時機です。この提案を書きあげたときには夢にも思わなかったような事件が一気に重なりました。アメリカはアジアに目を向けている。太平洋では将軍と提督のスキャンダルが起きて、国防総省上層部は大幅な組織改革を余儀なくされ、米軍は危機的状況にあります。

そういうわけですから、本来、ロシアのものであるこのケニアの天然資源を奪回するには、いまやるしかないのです。その方法がレッド・メタル作戦だと、わたしは確信していますし、リーフキン大統領も同意しました」

ボルビコフは、ラザールのほうを向いた。ラザールがまだなにもいわないことに、不安を感じていた。

ラザールが、ようやく口をひらいた。「わたしは、能力の限りを尽くして命令を実行する。あらがいくつかあるが、おもに作戦の兵站《へいたん》面に関するものだし、ここでそういう細かいことを話し合うにはおよばないだろう」

「参謀長からの連絡をいつでも受けられるようにしておきます。昼であろうと夜であろうと。ラザール大将、ご懸念があれば、お聞かせください」

「ありがとう《スパシーバ》」ラザールは、すこし間を置いてからいった。「ひとつだけ、概念上の問題だが、まだよくわからないことがある」

「どうぞ、お聞かせください」

「作戦が失敗したら……鉱山に到達したとき、守備隊から鉱山を奪回するのに必要な機甲部隊や兵員が欠けているか、あるいは手持ちの残存部隊でそこを護《まも》りきるのが不可能だとわかったときには……どうする？」

ボルビコフは、首をかしげた。「ブリーフィング資料に明記されているはずですが」

「そうだな……しかし、とにかく話してくれ。きみの口から聞きたい。立案者から」

「わかりました。任務を完全に達成できなかった場合には、鉱山がレアアースを産出できないようにします」

ラザールはいった。「つづけてくれ」

サバネーエフがすこしあきれて目を剝《む》き、ボルビコフが居心地悪そうにもぞもぞした。

ボルビコフが、ようやくいった。「はい、将軍……命令書に述べられているように、将軍は特殊な砲弾六発を携行します。将軍と機甲部隊が安全な距離に離れたら、砲弾を鉱山に向けて発射します」

ラザールは、ほとんど反応を示さなかった。「それで……その砲弾は、どのように特殊なのかね？」

「将軍、述べられているように、核弾頭付きの砲弾です。それから、将軍の部隊が鉱山を奪回したあと、敵の反撃から護りきれなくなったときには、特別な訓練をほどこしたスペッナズ部隊が、砲弾を静止爆弾に改造できます。その場合は、即製の核爆弾を鉱山の中心に設置し、撤退してから起爆します」

「つまり……もっと明確にいえば、目標を維持できなくなったときには……鉱山全体を核攻撃するということだな」

「そのとおりです」

「それで……そうする理由は？」

サバネーエフが声を殺してつぶやいたが、はっきりと聞こえた。「いいかげんにしてくれ、ボリス」

ボルビコフは、居心地悪そうに将軍ふたりを見比べてからいった。「西側が所有する資格のない戦利品を利用するのを防ぐためです。次世代の世界経済でテクノロジー分野を支配するためです。どうか忘れないでください。将軍がアフリカで率いる部隊は、目前の任務を達成するのにはじゅうぶんですが、アメリカが本気で対応しはじめたら、ロシア軍が長期の攻囲戦を撃退するのは不可能になるでしょう。鉱山に到達してから一カ月後、二カ月後、三カ月後には……どこかの時点でアメリカが対抗し、こちらは奥の手を使わざるをえなくなる。ムリマ山で将軍が核を保有していれば、敵を抑止できます」

ボルビコフは、なおもいった。「鉱山を攻撃すれば自分たちが全滅するだけではなく、世界のテクノロジーが将来衰えることを西側が知ったら……かならず引き下がるでしょう。そして、ロシアに有利な経済取引を持ちかけ、和平条約を結ぶはずです」ボルビコフは、笑みを浮かべた。「核兵器はただの念入りな安全装置です。平和をもたらすための」

サバネーエフが口をはさんだ。「こんなことは議論するまでもない。ボリス・ペトロヴィッチは勝利を収めるに決まっている。ダゲスタンのライオンと呼ばれた男だ。失敗した場合のことなど考える必要はない」

ボルビコフは、サバネーエフに向かっていった。「わたしも勝利を確信しています。しかし、それでも、クレムリンはこの作戦を全面的に承認しているので、作戦は定められたとおりに行なわなければならないでしょう。

ラザール大将、サバネーエフ大将……祖国《ロージナ》は他の手段では解決できない問題を、軍事的に解決する途《みち》を選びました。おふたかたが命じられた作戦は、承認され、割り当てられたものなのです。百二十日後にそれが開始されます……わたしたちの指導者は、それを指揮するのにもっとも適した司令官を選んだのだと、わたしは考えています」

ラザールは掌《てのひら》を膝《ひざ》に置いて、悔やんでいることを示した。「そのとおりだ、大佐。さっきもいったように、わたしはあら探しをしただけだ。軍隊経験が長いので、ありとあらゆるしくじりを見てきているからね。だから疑問を口にする……それがわたしの流儀だ。しかし、わたしの機甲部隊が南進を開始したときに、わたしは先頭に立つし、戦う覚悟はできている」

ボルビコフは笑みを浮かべたが、偉大なるボリス・ラザールという印象は、取り返しがつかないくらい損なわれていた。

9

ヴァージニア州　アーリントン
国防総省
十一月二十一日

中国と台湾が戦争を開始するおそれがあることが国防総省の緊喫の懸念材料なので、ダン・コナリー中佐とボブ・グリッグズ少佐は仕事に追われていた。それまでいたオフィスからEリング（ペンタゴンの五本ある環状廊下のもっとも外側の部分）のJ5部長の統合計画班のオフィスに移った。そこはかつて統合参謀本部議長が使っていたオフィスで、ふたりは陸海空軍および海兵隊の立案者たちに協力するとともに、J5部長の提督のための実質的な戦争指揮所の機能を果たした。

太平洋地域で紛争を焚《た》きつけた台湾の暗殺事件以後の三カ月、コナリーは早朝に出勤し、午後九時過ぎにならないと帰れない日が多かった。グリッグズまでもが本腰を入れて、"定時〟に近い時間にやってくるようになった。コナリーがかつて見たことがない変わりようだった。

コナリーは、サッカーの試合や音楽のリサイタルを何度か見逃し、娘の誕生日パーティにも出られなかった。ジュリーとの夜の食事や家族と過ごす時間を、非常事態が台無しにしていた。もちろん、コナリーは何度も戦域に展開されているので、ジュリーは前にもこういうことを切り抜けてきたのだが、一年半前にコナリーが帰国してペンタゴンでデスクワークに就くとわかったときに、もうずっと家にいてくれるだろうと考えたのだ。

午後六時をすこしまわったばかりだった。コナリーとグリッグズは、二週間前に湛江《チャンチアン》を出港した中国海軍のドック型輸送揚陸艦数隻に関する新情報を検討していた。その艦隊は台湾海峡まで数海里に接近し、衛星画像によれば台湾領海の手前で停止したという。すでに燃料と食糧の補給を受けているので、しばらくよそへ行く予定はなさそうだった。中国は台湾総統選挙後の十二月二十九日に侵攻すると脅しているが、それまで一カ月以上もあるので、選挙結果に影響をあたえ、アメリカのその地域での戦力整備《ビルドアップ》を控えさせる狙いがあるのだろうと、国防総省では推理していた。

後者に関しては、中国の思惑どおりには進んでいない。空母〈ロナルド・レーガン〉を中核とする空母打撃群《ＣＳＧ》５が近海に到着していた。アーレイ・バーク級ミサイル駆逐艦七隻、タイコンデロガ級ミサイル巡洋艦三隻、支援艦艇数隻が空母を取り囲んでいる。

激戦が予測される水域にＣＳＧ－５が赴いたことにくわえて、強襲揚陸艦〈キアサージ〉（ＬＨＤ－３）が沖縄に停泊し、中国が台湾に侵攻した場合に海兵隊一個大隊を派遣する用意をしていた。もう一隻の強襲揚陸艦〈ワスプ〉（ＬＨＤ－１）も日本に再配置されているので、海兵隊二個大隊を台湾に急派することが可能だった。

アメリカは引き下がらなかったが、中国側はためらうどころか、台湾海峡に面した中国の港、廈門《シアメン》にさらに多数の人民解放軍部隊を送り込んだ。

中国とアメリカはいずれも、相手の行動に影響をおよぼそうとして部隊を移動していた。何者かがその方面で不信を煽《あお》る策謀をめぐらしているかどうかには関係なく、中国は明らかに台湾に戦争を仕掛けると脅している。しかし、コナリーは、いま起きている事柄すべてが、気になってしかたなかった。べつの当事者が、西側の目をそちらに向けさせているのではないかという疑念が消えなかった。

一カ月前から、コナリーはロシア発の最新ニュースを克明に追い、統計的に見て正常ではない軍事行動がロシア国内で行なわれているのを知った。燃料消費が減少し、修理が増加していた。

ロシアはウクライナ侵略をもくろんでいるのだろうというのが、国防総省内の反射的な憶測だった。これまでに目に留まったロシアの行動は、ロシアが攻撃する可能性があるべつのターゲット、バルト諸国への侵攻のような大規模攻勢を暗示するような規模ではなかった。したがって、ロシアは限定的な軍事行動の準備を行なっていて、ウクライナ東部での戦闘が激化するにちがいないと、大半のアナリストが考えた。

しかし、ロシアはコナリーの担当課題ではなかったので、環太平洋地域の紛争に取り組む作業に戻った。

書類に目を向けたとき、グリッグズが自分のデスクから呼びかけた。「ひと休みして、食事に行きませんか？」

コナリーは、国会偵察局《NRO》の新しい報告書から顔をあげずにいった。「ああ、名案だ。ビールを一杯くらい飲むか」

「〈シネ〉で？」〈シネ〉は近くのクリスタルシティにあるアイリッシュ・パブで、国防総省職員のたまり場になっている。近いし、料理もうまいので、きょうはどうでもいい物事に頭を使いたくないふたりは、すぐさまそこに決めた。

店にはいるときに、グリッグズが何件もメッセージを受信したので、応答してから席についた。グリッグズは独身で、仕事とは関係ない友人は多くないので、コナリーはそれに目を留めた。

「どうして急に人気者になったんだ？」

グリッグズがいった。「ニク・メラノポリスからですよ。一日ずっとペンタゴンにいて、おれたちのオフィスに寄ったら、だれもいなかったので」

コナリーは、首をかしげた。「彼がきみに会いに来たのか？」

「ええ。奇妙でしょう。とにかく、ここにいるといったら、来るそうです。〈ギネス〉を注文しておいてくれとのことです」

「ああ、注文しよう」コナリーは、あきれて目を剝《む》きながら、自分とメラノポリスの〈ギネス〉を注文し、グリッグズは〈ハープ〉とフライドチーズを注文した。

数分後に、顎鬚《あごひげ》を生やした肥満体のメラノポリスが店にはいってきて、あたりを見まわし、ちょうどなかごろのボックス席にいたコナリーとグリッグズを見つけた。メラノポリスが首をふり、奥の隅を指さした。コナリーとグリッグズがそちらを見ると、近くにほかの客がいない、暗いボックス席が目にはいった。

メラノポリスが、その片隅のテーブルに向かって歩きはじめた。

グリッグズがいった。「おれたちに移動しろといっているみたいですね」〈ハープ〉のグラスを持って、歩きはじめた。

コナリーは、しばし座っていたが、やがてつぶやいた。「コンピューターおたくめ」自分とメラノポリスのビールを持って、ついていった。

三人で席につくと、メラノポリスが泡ごと〈ギネス〉をごくごく飲んでからいった。「あんたたちに見せたいものがあるんだ」

メラノポリスが疲れて顔色が悪く、ストレスを感じていることに、コナリーはにわかに気づいた。

「なあきみ」グリッグズがいった。「温め直した死体みたいに見えるぞ。いったいいつから眠っていないんだ？」

コナリーもいった。「いつから野菜を食べていないんだ？」

メラノポリスが手をふって、ふたりの意見を斥《しりぞ》けた。「おい、まじめな話だ。それに悪い報《しら》せだ」

「そんなに悪い報せなら」コナリーはいった。「アイリッシュ・パブで中堅どころにしゃべっていいのか？　上司に話したほうがいい」

「話した。連中は知っている。いまあんたたちに話すのは……」コナリーのほうを見た。

「あんたの意見が正しかったからだ」

「正しかった？　なんのことだ？」

メラノポリスは、〈ギネス〉のパイントグラスをつかんで、またぐびぐび飲んでから、グラスをテーブルに置いた。バッグからノートパソコンを出し、蓋《ふた》をあけて、テーブルの上を滑らせ、ふたりの方に向けた。

「よし、これを見てくれ。FBIのサーバーにあるデータだ」

コナリーはいった。「待て。なんだって？」

グリッグズがつけくわえた。「まさかFBIのサーバーに侵入しているんじゃないだろうな？」

「ちがう。いまはやっていない。つまり、これはきのうやったやつだ。メタデータからまとめた報告書だ」

コナリーとグリッグズは、目を丸くしてメラノポリスの顔を見た。

「おい、おとなになれよ。FBIがデータをよこすのを拒否したときには、いつもやっていることだ。連中に気づかれず、国家安全保障にとって重要であればやってもかまわないと昔の法律に書いてあるのを隠れ蓑《みの》にしてやるんだ」疑わしげな顔をしているコナリーのほうを向いた。「あんたらみたいなペンタゴンの古くさい堅物《かたぶつ》には、見当もつかないだろうな。サイバー世界では戦争が起きているんだよ——だいぶ前から——わたしみたいな人間が、その最前線にいる」

メラノポリスは、なおもいった。「この手のことでは、われわれは大衆の過敏な反応など気にしなくなっている」

コナリーは、ようやく肩をすくめた。「まあ、わたしがやったわけではないから、良心には一点の曇りもない。なにを見つけたんだ、博士?」

「これは去年、秘密が漏洩した政府のコンピューターのリストだ。もちろんわかっているものだけだが」

コナリーが長いリストを見ていると、メラノポリスがスクロールした。一台が赤で強調表示されていた。「これはニューマン将軍のノートパソコン」メラノポリスがいった。

リストにはコンピューターのOSがなんであるかが記載され、現在使われているOSが多種多様であることがわかった。コナリーは、リストすべてのインターネット・ブラウザを見て、秘密が漏洩したコンピューターが使っていたアプリケーションやサービスプロバイダーも多種多様だというのを見てとった。

すべて太平洋と関わりのある範囲で使われていたという事実以外には、リストに載っているコンピューターには、なんの共通項もないように思われた。「パターンを見つけろといわれても、まったくわからない」

「手を貸してあげよう」メラノポリスが、ハッキングされたコンピューターの報告書にあるメーカー名を拡大した。「すべて二社の製品だ」

「なるほど」コナリーはいった。

メラノポリスが、いくつかの事項を打ち込むと、コンピューター・メーカーのウェブサイトが画面に現われた。

グリッグズがいった。「すべて中国製のコンピューターだ」

「だから、中国が侵入できるような隠れたバックドアのたぐいが、プログラミングに書かれているんだな」

「プログラミングじゃない。それではうまくいかない。だれでもソフトウェアをしょっちゅう消去する。それに、OSはほとんどアメリカ製だし、そういうOSにわれわれはバックドアを仕掛ける」

グリッグズがいった。「われわれが？」

「いまもいったとおり、戦争中なんだ。とにかく、中国はハードウェアのほうに、隠れたバックドアを仕込んでいる。世界のコンピューターの九〇パーセント、携帯電話の七〇パーセントを中国が製造しているから、いとも簡単だ」

コナリーは、理解に苦しんでいた。「それなら、なおのこと中国が黒幕だという証拠になるだろう？」

メラノポリスは、首をふった。「わたしは前から調べていた。どういうわけか、それは見当ちがいのように思えた。それで、かなり古いデータを掘り起こしてみた。三カ月前、六カ月前、九カ月前」キーボードを叩いて、図表を呼び出した。これは約一年前にトレースルート（IPネットワークでノードまでの経路情報を得るためのツール）でたどったものだ。おかしなところがあるのが、わかるだろう？」

「これか？」中国の二点を結ぶ一本の線を、グリッグズが指さした。

「そうだ」メラノポリスが、ノートパソコンの画面をコナリーのほうに向けた。「このサーバー二台のあいだの送受信を見てくれ。片方のサーバーが、もう一台のサーバーの指示を受けている。右側のサーバーは、ハワイにある中国製コンピューターにコードを送って、特殊な結線《ハンドワイヤード》によって仕込まれたバックドアを作動したサーバーだ。だが、もう一台に合点がいかなかった」メラノポリスはリンクを呼び出して、二台のコンピューターのあいだで受け渡しされたコードを表示した。「このコードはかなり長いが、左のサーバーは中国政府のハッキング部門、61398部隊の古い設備にある。この部隊はすこし前に、もっと大型で性能のいい設備に移転した。それが右のサーバーだ。つまり、古いサーバーから新しいサーバーにデータを移しているだけのように見える。ところが、左の古い施設のサーバーは、61398部隊の新しいサーバーがコードをダウンロードしていた三時間、それをずっと奴隷《スレーヴ》（マスター〔制御側〕の対義語。もっぱら制御される側）にしていた。それは別段、変わったことじゃないが、61398部隊はもうその古い設備を運用していない。古いサーバー自体が、もう存在していないのではないかと、わたしは思っている。だが、新しいサーバーはそのことをまだ知らない。何者かが、古いサーバーの設備に、われわれが〝ドッペルゲンガー・サイト〟と呼ぶものを設置し、新しいサーバーに、年配の仲間が通信してきただけだと思わせたんだ。技術的な話になってしまったが、その古い設備に何者がいるのか突き止めるために、わたしはあらゆることを調べた」

ＮＳＡアナリストのメラノポリスが、そこで言葉を切ったので、コナリーとグリッグズは声をそろえてきいた。「何者だ？」

「二〇一四年にロシア版の新ＮＳＡが稼動した。そして、最新型のぴかぴかの一・二ペタフロップ・サーバーを導入した（コンピューターの処理速度を表わす単位で、一ペタフロップは浮動小数点演算を毎秒千兆回実行できることを意味する）。中国はそれが気に入って、数字の処理にときどきそのサーバーの計算能力を利用させてほしいと頼んだ。きのうの共産主義者はきょうの共産主義者を助ける、というやつだよ。たぶんモスクワは、中国のサーバーをダウンリンク局にしたいといったんだろう。それで、中国は６１３９８部隊の旧設備を明け渡した」

グリッグズは理解した。「ロシアがこのハッキングを中国を通じてやり、全世界に流したんだな？」

メラノポリスがいった。「中国はそれと気づかずに、オデュッセウスの羊になった（オデュッセウスがひとつ目の巨人から逃れるのに、羊の腹の下に隠れたことを指す）」

コナリーは唖然としていた。「つまり、この事案全体――米軍将校を恥辱にまみれさせたコンピューター・ハッキングが、台湾侵攻をもくろむ中国の事前行動のように見なされたこと——は、すべてロシアの大がかりな陰謀で、太平洋地域におけるアメリカの力を弱めると同時に、中国が犯人だと思わせるのが目的だったのか？」

「そのようだな」メラノポリスがいった。「わたしはこのデータを徹底的に調べた。じつに頭のいいやりかたで隠蔽《いんぺい》されていたが、わたしの目はごまかせない」

グリッグズがいった。「それで、NSAのあらゆる人間に教えたんだろう？」

「きのうの午後に。それできょう、統合参謀本部の情報部長たちにブリーフィングするために、ペンタゴンに来たんだ」

「それで？」グリッグズはきいた。

メラノポリスは、しおれた顔をした。「それで……彼らの表情や態度からして、どうでもいいという感じだった」

コナリーは、すぐさま事情を察した。「統合参謀本部には、中国を脅威だと見なすような素因がもとからあった。ペンタゴンの上層部のことはわかっている。われわれは、中国が台湾に対する武力行使を開始するのをずっと待ち構えていた。われわれはそれに応じて計画を立てていたから、当然ながら、中国はずっと前からこういう好機を創出しようとしていたと確信した。もうあとには引けないだろう」

「どうして？」メラノポリスがきいた。

「中国の動機が明確だし、それがこちらの思い込みとぴったり一致するからだ。では、ロシアの動機はなにか？　ロシアがなにをもくろんでいるかがわかれば、警報を鳴らせるかもしれない。だが、それがわからない。このサイバーのパンくず（ここではインターネット上に残された足跡くらいの意味。「ヘンゼルとグレーテル」に由来）は興味深いが、中国の侵攻艦隊がいま台湾沖で集結しているという事実を打ち消すものではない」

「おれたちはどうすればいい？」グリッグズがきいた。

コナリーは答えた。「いずれにせよブリーフィングは行なう。ロシアがこの事案でわれわれを操ってきたことを力説する。その理由がわかるまでは、慎重にことを進めよう。われわれの作戦には大きな死角があるし、ヨーロッパで警戒を怠《おこた》ることはできない。せめて、統合参謀たちが決断を下すときに情報に通じているように手配りする」

グリッグズが首をふった。「ダン、これを部長に説明するのは、おれがやったほうがいい」

コナリーは、首をかしげた。「どうして？」

「あなたが提督のところへ行って、ロシアが太平洋でわれわれをひっかけようとしているといい、なにも起こらなかったら、軍歴に傷がつく。おれの場合は……突拍子もない理論を説明しても、だれも気にしない。あなたは汚れずに内部から進めればいい」

そのとおりだとわかっていたが、コナリーはグリッグズの軍歴がどうなるかを心配した。

コナリーが迷っていることに、グリッグズが気づいた。「だいじょうぶ。おれが傷つくことはない。何年も前に出世が頭打ちになったから」

10

台湾　高雄《カオシュン》の一八海里沖の公海
十一月二十二日

アーレイ・バーク級ミサイル駆逐艦〈ステザム〉（DDG‐63）の艦長は、士官室で朝食を食べながら、米海軍協会が発行する月刊の紀要《プロシーディングズ》を膝《ひざ》にひろげていた。おなじテーブルで、べつの幹部士官三人が朝食をとっていた。隣のテーブルでは、初級士官ふたりが、いつもどおり静かに急いで食べていた。ほとんどの初級士官が、そそくさと食事を終えて士官室を出ていく。航海中の若手士官に要求される作業がきわめて多いうえに、食事をして、昇級のための勉強をして、また食事をして、眠るというくりかえしが、秩序正しくはあるが、延々《えんえん》とつづくからだ。

「ジョン」艦長は顔をあげずに、左にいた甲板科の士官にいった。「〈プラー〉（遠征用機動基地艦〈ルイス・B・プラー〉のこと）の新型レーザーの記事は読んだか？」

「読みました。前に〈ポンス〉（ドック型輸送揚陸艦で、レーザー兵器の運用試験に使用された）に搭載したのとおなじやつですね？　ドローン撃墜に使用しています」

フルトン艦長はいった。「われわれが予想しているとおりのことを中国がやったら、レーザー一基では足りない。ドローンの群飛《スウォーム》が接近して――」フルトンが不意に言葉を切り、首をかしげた。「聞こえるだろう？」

「いいえ、なにが聞こえるんですか？」

「機関速力が変わった」艦橋《ブリッジ》の当直員が艦長にきかずに速力を変更することはぜったいにない。だれかがミスを犯したのか、それとも急激な異変が起きたのだ。

フルトンは紀要をテーブルに置いて立ちあがり、近くにあるブリッジと直通の艦長用電話機のところへ行こうとした。

一歩踏み出したとき、甲高《かんだか》いサイレンが鳴り響いた。フルトン艦長はブリッジ目指して全力で走り、甲板科の士官がつづいた。だが、1MC（総員配置・戦闘中に使用される一方向艦内通信）から不安げな声の伝達が流れたので、よく聞くために足をゆるめた。

「総員配置、総員配置！　戦闘部署につけ！　戦闘部署につけ！　応急班、待機しろ。全艦、状況Ｚ《コンディション・ゼブラ》（総員配置、火災や浸水に備えろ）。魚雷が馳走《ちそう》中。艦長はブリッジに来てください！　艦長はブリッジに来てください！」

ふたりはふたたび狭い通路を駆け抜けた。

フルトンはほどなくブリッジに着いたが、副長《XO》がすでにいて、できるだけ急いで状況を説明した。「艦長、魚雷が馳走中で、急速に接近しています。本艦はノイズメーカー三基を展開、潜水艦捜索のために反響測距《アクティヴ》ソナー作動。最大戦速で針路変更中。直接攻撃様態《プロファイル》とニクシー（AN／SLQ‐25曳航型デコイ）での回避プロファイルのどちらにしますか？」

中国が攻撃を決断した理由はあとで考えようと、フルトンは自分にいい聞かせた。まず艦を救わなければならない。

「攻撃プロファイルだ！　回頭して魚雷と正対しろ」

どんな戦闘機動でも、逃げるか追うかをまず決めなければならない。魚雷の雷速はたいがい軍艦の二倍だ。艦長が逃げようと決めても、魚雷は追いすがることができる。逃げるほうに賭けるのは、魚雷の航走距離外に出られる時間の余裕があるときだ。また、逃げれば、艦載の防御システムで魚雷の注意をそらすか、破壊するための時間を稼《かせ》げる。

艦首を魚雷に向けるとき、艦長は、ノイズメーカーで魚雷を迷わせると同時に、攻撃を仕掛けてきた潜水艦の位置を突き止めて攻撃することに賭けている。魚雷が発射された方角のどこかに、潜水艦がいるはずだからだ。

問題は、魚雷に向けて回頭すると、もっとも効果的な魚雷防御のニクシーが使えなくなることだ。ニクシーは、母艦に曳航《えいこう》されて魚雷の注意を惹《ひ》きつける囮《おとり》なので、前方には展開できない。だが、潜水艦はさらなる魚雷を発射できるので、魚雷一本を打ち負かしても、脅威は消えない。回頭して攻撃に転じれば、敵潜を破壊するか、すくなくとも戦闘能力を弱めて攻撃を中止させることができるかもしれない。

フルトン艦長は、落ち着いた声でいった。「魚雷《フィッシュ》についてわかっていることは？　音響は？　磁気は？　ソナー・プロファイルは？」

副長《XO》がいった。「中国製にちがいありません。音響特性からして、Yu－6（Yuは魚〔イュ〕）の可能性があります」

艦内の戦闘指揮所《CIC》から水測員が報告した。「被雷まで三分。ノイズメーカーを追わず、本艦に向かっています。艦長、プロファイルはYu－6です。音響魚雷、有線誘導」水中では音は空中の四倍の速さで伝わるので、潜水艦と魚雷にとってはソナーが最適の捜索手段なのだ。

「よし」フルトンはいった。頭のなかで二十五種類の計算を同時にやっていた。「SSTD発射用意」

SSTD（水上艦対魚雷防御）は、〈ステザム〉が搭載する対魚雷・短魚雷だった。弾頭を備えた小さな水中ドローンのようなもので、敵魚雷を水中で破壊するのが役目だ。魚雷には防御システムがないし、音源の艦船に自動誘導で馳走しているときには、かなり大きな音をたてるので、SSTDシステムには容易に発見できるはずだった。

「被雷まで二分」水測員が報告した。「針路変更なし、依然としてノイズメーカーには向かっていません」

「中国潜水艦の方位はわからないのか？」副長がいった。ソナーで潜水艦を発見できれば、〈ステザム〉はさまざまな兵器を発射できる。

「なにもつかんでいません。魚雷を水中で探知したときの方位だけです。ソナーでいまその方角を捜索しています」

「艦長、ＳＳＴＤ発射許可を求めます」ＣＩＣを指揮しているＴＡＯ（戦術アクション長、海自では哨戒長と呼ばれる）がいった。

「発射しろ」フルトンが命じた。

ＴＡＯが魚雷員に指示し、システムを作動させた。ドンという大きな音が二度響き、つづいてシュッという音が聞こえて、短魚雷二本が〈ステザム〉の発射管から射ち出されたとわかった。

水測員が報告した。「艦長、被雷まで一分です」数秒後にまたいった。「艦長、雑音《ノイズ》を聴知。敵潜かもしれません」

「ノイズに向けて発射。こっちも魚雷を発射するぞ。副長《XO》？」

「はい、賛成です」

ＴＡＯがいった。「Ｍｋ32二本発射許可を求めます、艦長」

「射て、ＴＡＯ」

甲板からまたドンという音が聞こえ、さっきよりも大きなシュッという音とともに、Ｍｋ32二本が三連装魚雷発射管から水中に向けて撃ち出された。

数秒後に水測員が報告した。「艦長、敵潜がわれわれの魚雷の音を聞きつけ、回頭しています。スクリュー音を探知しました――敵潜は速力をあげています。距離三海里、方位〇〇五」水測員が操作し、ブリッジのラウドスピーカーから水中の音響が流れるようにした。中国の潜水艦が、危険なチキンゲームで最後の瞬間に目をつぶったことが、スクリュー音でわかった。〈ステザム〉の魚雷が音響シグネチャーを捉え、中国艦に向けて自動誘導で馳走しはじめた。

〈ステザム〉のブリッジで、ささやかなよろこびが湧き起こったが、水測員の報告で、つぎの瞬間にはそれが衝撃に変わった。「艦長、被雷まで三十秒です。敵魚雷は囮にひっかかりません。まっすぐこちらに向かっています」

「CIC《コンバット》？　SSTDの結果は？」

「だめです。二本とも敵魚雷を捕捉できませんでした」TAOが報告した。米海軍のこの最新テクノロジーも欠陥が皆無ではなく、SSTDはきょうは役目を果たせないようだった。

もうひとつの手段に転じなければならないと、フルトンは悟った。

「操舵《コン》、わたしの指示で急回頭をやる用意」

「操舵、アイ」

「副長《XO》、衝撃に備えてものにつかまるよう指示。全部署にコンディション・ゼブラを確認。さあ、これが最後のチャンスだ」コンディション・ゼブラでは、すべての水密戸を閉鎖し、被雷した場合に沈没する可能性を最小限にする。

「操舵、取り舵いっぱい。魚雷が当たる寸前に舵戻せ」

ぎりぎりになって回頭することで魚雷に針路を修正させ、つぎに舵を逆に切って、魚雷が横をすり抜けることを願う、という回避機動だった。

「CIC、三秒ごとにノイズメーカーを射出。回頭するあいだつづけろ」

「CIC、アイ!」

被雷が迫るなかで、〈ステザム〉のブリッジの当直員たちは、パニック寸前の状態になっていた。

二秒後にドンという発射音がブリッジにまで聞こえ、発射機からノイズメーカーがつぎつぎと射ち出されて、海に落ち、そこで仕事を開始した。数基が録音された〈ステザム〉の航跡音を再生し、ザーッという大きな音が響いた。機関音やスクリュー音を再生するものもあった。

最新型の魚雷は、特定の艦船の特定の音響にロックオンし、いったんロックオンしたら絶対に逃さない。船団や混み合った港内でも、文字どおり脇目もふらずに、魚雷のちっぽけなコンピューターの脳に音響特性が保存されている一隻を目指す。

〈ステザム〉が射出したアメリカの新型対魚雷ノイズメーカーは、じっさいのスクリューや航跡の音を録音して製造されていた。〈ステザム〉が護衛する艦船に共通する音まで入力できる。〈ステザム〉のような対潜駆逐艦は、こういった囮をつかって、護衛している貨物船やタンカーを先進的な音響魚雷から護《まも》る能力を備えている。

ブリッジの操舵員が急な取り舵を切って、〈ステザム〉を左に急回頭させた。甲板がそれに応じて傾き、乗組員は一五度の傾斜を感じた。艦全体が大きく傾いたせいで、対勢作図盤《プロッティング・ボード》と海図台からポットやカップが飛び、乗組員は必死で座席にしがみついたり、倒れないように体をつっぱったりしていた。

甲板からまたノイズメーカーが射出される音が聞こえた。

水測員がヘッドホンをはずして、報告した。「艦長、被雷まで十秒……敵魚雷はそれません」

「了解、操舵員、最後の急回頭だ！」

操舵員が目にも留まらない速さで舵輪を右にまわし、〈ステザム〉が直進に戻りはじめた。全員がまたしがみついて、船体の傾きが戻るのを待った。

回頭の途中で、すさまじい爆発音が鳴り響き、船体と乗組員が激しく揺さぶられた。

青と白の入り混じった水柱が、艦首の向こうで噴きあがり、ブリッジの高さまでそびえるのを、乗組員たちは見守った。水柱が砕けたとき、艦内の明かりが消えた。一瞬また点灯したが、すぐにまた消えた。

フルトン艦長は、爆発で一メートルうしろまで飛ばされたが、倒れはしなかった。「艦首を探知した目標に向けろ！　全機関停止！」落ち着いた態度は消え、声に不安がにじんでいた。

フルトンは、海軍にはいって海に乗り出すことを夢見ていた幼いころから、この瞬間を思い描いていた。しばらくブリッジにいて、それから損害をみずから見にいくことにした。いまは乗組員にそれぞれの作業をやらせることが重要だ。

フルトンは、艦長席に戻った。「副長《XO》、損害と死傷者を報告してくれ」

「アイ、艦長」副長は無電池電話で指示した。「応急6および9、艦首へ行って、そこで応急1および2と合流しろ。CIC《コンバット》、状況報告。機関、損害判定と報告、水密戸がすべて閉鎖されていることを確認」

数分後に損害報告が徐々に届いた。

無電池電話は停電中に使えるが、音声がかなりひずむので、しばらくしてはいった応急科からの報告は、かなり聞き取りにくかった。「当初の判定では、艦首隔壁が五メートル弱裂けています。水密区画は密閉されています。死傷者数はわかりません」

水測員の叫び声が割り込んだ。「艦長、水中で二度爆発です！　ソナーは電源が落ちましたが、水中聴音機が機能しています。中国の潜水艦の船体が裂ける音にちがいありません。魚雷が命中したんです！」

数十分前だったら、それを聞いて歓声が湧き起こっただろうが、非常事態なので、乗組員はそれぞれの責務に集中していて、あまり感情を表わさなかった。

つぎに機関科員の声が聞こえて、主機一基を切り離して発電に使用すれば、まもなく電力が回復すると説明した。

〈ステザム〉は生き延びている。いまのところは。

「無電《スパークス》」艦長が、電信員を昔の名称で呼んだ。

衛星電話と短波《HF》無線を担当する電信員が、艦長のほうを向いた。「アイ、サー」

フルトンは艦長席から立ちあがった。「電力が回復したら、〈レーガン〉を呼び出して、スウィフト提督に出てもらえ。わたしがじかに報告する。わたしは艦首へ被害を見にいく。副長《XO》、ブリッジを頼む」

「アイ、サー」

フルトンは、ブリッジから梯子《ラッタル》を下って、艦首に向かった。乗組員の前では認めなかったが、提督には自分の落ち度だと報告するつもりだった。

攻撃を決定したのは自分だ。逃げないで、中国潜水艦に向かうよう命じた。最終的には自分が責任を負うことになるだろうし、その責任はきわめて重いと、フルトンは悟った。〈ステザム〉が沈まないようにして、乗組員に配慮することが、当面の責務だということもわかっていた。

11

ワシントンDC　ホワイトハウス
十一月二十三日

アメリカ合衆国大統領ジョナサン・ヘンリーは、危機管理室《シチュエーション・ルーム》に最後に到着した。国家安全保障会議の閣僚級委員会が招集されていた。副大統領、国家安全保障問題担当大統領補佐官、首席補佐官、CIAをはじめとするインテリジェンス・コミュニティの長官、国防長官、国務長官、統合参謀本部議長、司法長官、国連大使、国土安全保障省長官、財務長官、エネルギー長官という面々だった。

緊急会議は、統合参謀本部議長の沈痛な言葉で幕があいた。「乗組員十三人が死亡、二十九人が負傷しました。見るも無残な怪我《けが》を負ったものもおります。また、〈ステザム〉は航行不能になりました。台湾まで曳航《えいこう》されます。中国がしつこく自慢することはまちがいありません」

ヘンリー大統領がいった。「中国は、攻撃はなかったといっている。北京からの指示はなかったと。われわれの駆逐艦が先に魚雷を発射したと主張している」

統合参謀本部議長が答えた。「嘘だと立証できます、大統領。甲板カメラの録画は、〈ステザム〉が中国潜水艦の魚雷攻撃に対応していることを明確に示しています」

〈ヘンリーがいった。「中国の国家主席と話をしたときに、攻撃があったのなら、付近には軍艦が数十隻いたのに、魚雷を一本発射しただけで、その後なにもやらなかったのはどういうわけかときかれた。わたしは答えられなかった。合理的な戦略のようには思えないからだ」

統合参謀本部議長はいった。「中国の潜水艦は、誤って発射したのかもしれません。あるいは艦長が血迷ったのか。潜水艦の乗組員が全員死亡した、というのが事実です。潜水艦の発令所から録画を回収できるとは思えないし、仮に回収できたとしても、中国側は公表しないでしょう。攻撃が許可されたものだったかどうかを突き止めることは、まず不可能でしょう」

ヘンリー大統領がいった。「つまり、やつらはわれわれを脅して追い払おうとしたのか、あるいは潜水艦長がドジを踏んだのだろう」その推理に納得していないことは明らかで、長い溜息を漏らした。

国防長官が口をはさんだ。「大統領……わたしには中共《チコムズ》の綿密に組み立てられた決断のように思えます。アメリカの一般市民には、アジアで超大国と戦争をやる意欲はないだろうと考えたのでしょう。そのために、われわれの軍艦一隻を攻撃し、乗組員を何人か殺して、アジアへの艦隊派遣に世論が反対するのを待っているのです」

大統領は、その意見を受け入れた。「問題は、われわれがいまなにをやるかだ」

国防長官が答えた。「十二月二十九日の選挙後に台湾が崩壊するのを見過ごすことはできません。戦争をやらずにそれを防ぐには、われわれに戦う覚悟があると北京に確信させるしかありません」

統合参謀本部議長が横槍を入れた。「シ・ヴィス・パーセム、パラ・ベイルム」

ヘンリー大統領が、統合参謀本部議長のほうを向いた。「平和を望むなら、戦支度《いくさじたく》をせよ。四世紀ローマの軍学者レナトゥスの言葉だな。いまも根本的には、ほとんど変わっていない」

討論は九十分つづいた。国務長官が外交的な対応を強く求めたのは意外ではなかったが、国防長官と統合参謀本部議長が武力の誇示を条件にそれを後押ししたので、大統領は驚いた。中国との戦争はすべての当事者に壊滅的な打撃をあたえる。会議の出席者はひとり残らず、無条件でそれを理解していた。

大統領はようやく意見をいった。「わたしは動員と展開を支持する気持ちになっている。台湾の選挙の前に中国を抑止するのにじゅうぶんな戦力を用意できると、議長は確約しているが、それにはいまから移動を開始しなければならない」言葉を切った。「まずい対応だと思っているようなら、もう一度意見が聞きたい」

国務長官が身を乗り出して、テーブルに肘《ひじ》をついた。

「デイル？」大統領は促した。「話を聞こう」

「世界中から部隊を集めて展開すれば、火に油を注ぐような状況になることが懸念されます。中国がそれを挑発と受けとめて、脅しを行動に移すかもしれません」

「脅し？」統合参謀本部議長が大声を出した。「乗組員十三人が殺されたんだぞ！」

国務長官は、重々しくうなずいた。「ええ。しかし、現時点では、中国の意図がわからない」

国防長官が、ほとんどどなるような声で応じた。「意図はわかっている。台湾の海岸線へ半日で行けるところに揚陸艦隊がいて、海兵隊数千人が乗っている。中国の国家主席は、選挙結果が自分たちの思惑に反したときには介入すると明言している。ほかにどんな手がかりが必要だというんだ？」

「脅しだよ、ロブ」国務長官は、頭の上で片手をふった。「すべて脅しの可能性がある。アメリカと戦争をしたら、中国経済は大打撃を受ける。台湾に部隊を上陸させるというのは、正気の沙汰ではないだろう」

国家情報長官が、国防長官に力強く賛成した。「中国は現在、経済のことなど考えていない」

財務長官がいった。「中国はつねに経済優先で――」

「これはそれよりも重大だ」国家情報長官が、語気鋭く反論した。「台湾再統一は一九四九年からずっと中国共産党の悲願だった。それに、台湾を自分たちの財源にできるから、中国経済は長期的には低迷しないだろう」こんどは大統領に向かっていった。「大統領、中国の指導層は本気で、戦争による不利益よりも再統一の利益のみを考えているというのが、インテリジェンス・コミュニティのアセスメントです」

大統領は一分近く、自分の手に視線を落としていた。

やがて、顔をあげた。「わたしはポーカーではかなり強いんだ。いま、この問題では、いい手札がない。それでも勝つことはできるが、それはこっちの手ができていないのを、相手が知らない場合だけだ。わたしが強気で話をしたとき、范《ファン》主席は、わたしのブラッフを見抜いていた。米軍の現地部隊が、中国の台湾侵攻を撃退するのに必要な戦力の十分の一以下だからだ」

国防長官がいった。「大統領、さきほどご説明した強力な全面展開を行なえば、必要な決断の幅がひろがります。部隊を使用できるよう配置すれば、勝負できる手札がそろいます」

そのあとの短い間合いでは、だれも発言しようとしなかった。議論に負けたと痛感した国務長官は、テーブルに視線を向けたままだった。

ヘンリー大統領がいった。「いまよりもいい手札が必要だ。部隊を現地に派遣するまでは、強い立場が得られず、なにもできない」国防長官のほうを向いた。「やってくれ、ロブ。アジアへ部隊を推し進めろ。みんなとおなじよう、わたしも中国との戦争は望んでいないが、米軍の鋼鉄の手が現地にあれば、威信をもって交渉できるだろう」

国防長官がいった。「力による抑止です、大統領」

大統領は、重々しくうなずいた。「力による抑止。まさにそのとおりだ」

そのあとで国防総省が発した命令は、現況に鑑《かんが》みて、できるだけ断固とした文言で書かれていた。

十一月二十四日の早朝、統合参謀本部議長秘書官発のメール一通が、機密扱いの〝イエロー〟マシーンすべてで同時に受信された。

［準備完了部隊をすべて展開・INDOPACOM・AOR（インド太平洋軍責任地域）に割り当て、進行中の中国の攻撃的行動を抑止するために運用する］

一センテンスの指針のあとに、数ページの具体的な指示が付されていた。

東南アジアのほとんどの国が、アメリカの戦力整備を歓迎した。フィリピンは三大港の使用権を米軍に一時的に許可した。オーストラリアは予備役に待機を命じ、現役部隊をすべて動員した。

日本の総理大臣はアメリカ大統領に電話して、国内の米軍基地閉鎖をすべて棚上げにし、〝アメリカ人のパートナー〟が大規模な部隊で南西諸島や日本本土に戻ってくることを求めた。

そういったことすべてを手配する作業は、米輸送コマンド《USTRANSCOM》が引き受けた。人員と装備をアメリカ各地から海外へ移動するのは、とてつもなく壮大な責務だったが、USTRANSCOMにはその作業をこなす空と海の輸送手段がある。

現地に最初に到着する予定のINDOPACOM抑止部隊は、第二の空母打撃群《CSG》だった。〈ジョン・C・ステニス〉（CVN-74）を中核とするCSG-3が、〈ロナルド・レーガン〉を中核とするCSG-5に合流するために、数日後にワシントン州のキトサップ海軍基地から出航した。

空母打撃群は、もっとも外側の防御に潜水艦を配置し、突出させて、敵の艦船を発見する目と耳の役割を果たさせる。

その内側にはミサイル駆逐艦を配置する。実働能力の高い駆逐艦は、敵潜水艦から艦隊の主力艦を遮掩《しゃえん》する。その内側には無敵のミサイル巡洋艦が陣取っている。潜水艦と駆逐艦がCSGの目と耳であるなら、巡洋艦は楯《たて》だった。最新鋭の通信機器でネットワーク化され、各艦が接続されて、貫くことがほとんど不可能な対空射撃の弾幕を提供する。駆逐艦と巡洋艦は、相棒の人間からインプットを受けなくても、同期して作業を進め、またたくまに精密な射撃諸元を割り出す。

そして、CSGの中心には空母がいる。打撃群の牙として、アメリカ屈指の先進的な電子運搬体《プラットフォーム》を飛行甲板から発進させ、全方位の数百海里先へ送り出すことができる。

海兵隊海外遠征隊《MEU》二個も、現地へ赴くよう命じられた。MEU一個は、一個歩兵大隊を搭載する揚陸艦三隻から成っている。ライフル大隊とも呼ばれるこの部隊は海兵隊の主力で、強制進出作戦で戦う訓練を受けている。

USTRANSCOMは、二十四時間態勢で空輸作戦を開始し、地上部隊を太平洋へ送り込んだ。航空即応性と運航管理で奇跡的な作業を進めて、第18空挺軍団によって編成された全地球対応部隊《グローバル・レスポンス・フォース》を、オーストラリア、日本、グアムへ運んだ。事情通が〝ジェルフ〟と呼ぶＧＲＦは交替制で、米陸軍四個師団のいずれかが、十八時間かそれ以下で〝離陸〟できる状態を維持するよう命じられる。その四個師団とは、ジョージア州フォート・スチュワートの第３歩兵師団、ニューヨーク州フォート・ドラムの第10山岳師団、ノースカロライナ州フォート・ブラッグの第82空挺師団、テネシー州とケンタッキー州の州境にあるフォート・キャンベルの第１０１空挺師団だった。いずれも米陸軍では名高い伝説的な部隊だ。

現在即応態勢にあるのは第82で、ただちに輸送機に乗り込む準備を開始した。

非常時のアメリカ軍の輸送能力がきわめて高いとはいえ、これらすべての部隊を移動し、調整を行なうのは、大きな試練だった。だが、人員、機械、資材をすべて太平洋地域に移動するとともに、アメリカの戦略的輸送能力をそのために注ぎ込んだために、ヨーロッパ戦域の部隊は、ほとんど孤立してしまった。

12

ロシア　ボチェヴィノ
十一月二十七日

エドゥアルト・サバネーエフ大将は、参謀とともにモスクワの東の田園地帯を車列で通過していた。冬が近いのでなにも植わっていないジャガイモ畑やライ麦畑が、遠くのつややかなオレンジと茶色の森までずっとひろがっていた。サバネーエフは、考えにふけってウィンドウから外を見ていた。いつもならロシアの農地を通って車で移動すると、気が休まる。ロシアの農業地帯の景色を見ると、西側がさまざまな問題をもたらしていても、ロシアは生産的な強国だとあらためて感じ、信念をあらたにできるからだ。

だが、いまはロシアの力と国の構造を象徴する光景には目もくれずに、農地の向こうの遠い鬱蒼《うっそう》とした森だけを見つめて、まもなく行なわれるボルビコフ大佐との会議に思いを馳《は》せていた。

西側への奇襲の核になる列車を見たいと、サバネーエフが要求したのは、それなしでは作戦が成り立たないからだ。冬のさなかに実働部隊規模の急襲部隊でNATOのまっただなかに斬り込むには、兵器・燃料・装備補給能力が必要だし、頭上の空から敵を一掃するために機動対空ミサイル中隊も必要だ。

はじめて作戦計画を読んだとき、機甲部隊の攻撃の直後に列車がポーランドに越境すると書いてあったので、サバネーエフは驚いた。うまくいかないだろうと思える事柄が百種類ほど、即座に頭に浮かんだ——ボリス・ラザール将軍の弟子だったときの影響がまだ残っているにちがいない。だが、サバネーエフは懸念を意識から追い出して、任務に邁進《まいしん》していた。ロシア軍でこれほど早く出世したのは、まさにこういう大胆な行動の賜物《たまもの》だったからだ。

それでも、この三カ月間、列車についての懸念はいっかな消えなかった。戦闘に鉄道を使うという考えかたが、時代錯誤に思えたせいだ。

たしかに、人員と資材を〝内線〟つまり後方連絡線から前線に運ぶのに、鉄道を使うこともある。しかし、〝外線〟——前線の外側、敵の戦闘空間内、ひいては外国の領土——での作戦行動に鉄道を使うのは、愚かなように思えた。明白なリスクがいくつもある。敵の航空戦力、地上部隊、損害をあたえることをもくろむ工兵や民間人。列車は容易に発見でき、ルートを予想するのは簡単で、ランチボックスに隠せる量の爆薬があれば、数人の男もしくは女で脱線させ、列車の進行を停止させることができる。

農業地帯を通過するあいだ、サバネーエフは窓の外をずっと眺めていた。数週間前にボルビコフ大佐と司令部で話し合ったときのことを、つくづく考えた。そのときサバネーエフは、ボルビコフに質問した。「西側が列車を攻撃するのを、どうやって阻止する？　列車は回避機動を行なえない。一直線に進むだけだ。戦闘準備が整っていないNATO部隊の下級士官でも、線路を爆撃すればいいだけだと判断するだろう」

「明かりが消えたら、そうはいかない」ボルビコフが、満足げに笑みを浮かべて答えた。「NATOが通信機能を失ったら、そうはいかない。その前に敵地に潜入していたわたしのスペツナズ・チームが、分岐器《ポイント》を操作して、われわれの選んだ路線に列車を入れます。それに、強襲列車は、軍事列車には見えないようにします」

ボルビコフは、なおもいった。「西側の陸軍は、通勤列車を攻撃するような危険は冒さないでしょう」

サバネーエフは、興味をそそられたが、ボリス・ラザールの疑り深い性格の影響が、まだ残っていた。「きみは自分の特殊部隊を過信しているんじゃないか。分岐器の操作を一度まちがえただけで、列車はまったくちがう方向へ行ってしまう」

「わたしの部下は、将軍の部隊をきちんと誘導します。それに、わたしも彼らとともに敵地にいます」

「あまりにもうまい話で、ほんとうとは思えない、大佐」サバネーエフは、そのときはそういったが、思い込みにとらわれないように心がけた。そしていま、ようやく列車をみずからの目で見るために、車両基地へ向かっているところだった。

列車建造計画の秘密を守るために、車両基地はモスクワから車で一時間のところにあり、武装した警衛が詰める検問所に囲まれていた。車列が最初の検問所で速度を落とし、サバネーエフは物思いから醒《さ》めた。

ボルビコフ大佐が、車列を出迎えるために、早くもそこで待っていた。短く挨拶《あいさつ》を交わしてから、ボルビコフは車に乗り込み、リアシートでサバネーエフと西部統合戦略コマンドの実働部隊指揮官のドゥリャーギン大佐に挟まれた。

砂利舗装の長い私設車道を走るあいだに、ボルビコフがいった。「列車は先行部隊につづいて進行します。丸見えですが、実態は隠されています。急襲部隊は線路と平行する道路を高速で進撃します。場所によっては山野を通ります。列車には対空ミサイル、レーダー、間接射撃兵器のような重い装備を積みます。いうまでもありませんが、人員や貨物を運ぶという本来の目的も果たします。予備弾薬、燃料、兵員、補給品」

サバネーエフは答えなかった。

車列は巨大な煉瓦《れんが》造りの建物群の横を通過した。ひとつの棟は、小ぶりなサッカー・スタジアムくらいの大きさだった。異様な形の建物群と、そこに通じている雑草に覆《おお》われた線路から、遠い昔にそこがソ連の鉄道輸送起点として、中間準備や出撃準備に使われていたのだとわかる。

ボルビコフが、冷戦時代の遺物だと説明して、それを裏づけた。かつては重戦車を鉄道でヨーロッパに輸送するのが、旧ソ連の戦略の重要な一部だった。

車列は、そこにある最大の建物の前でとまった。爆風に耐える巨大な鋼鉄の両開きのドアが、蝶番《ちょうつがい》が古いためにきしみながらあいた。幕僚車三台がなかにはいり、いくつもの仮設オフィスの横に駐車した。サバネーエフとその部下の大佐や少佐数人が車からおりて、脚をのばし、周囲を見た。

強力な投光照明が、だだっぴろいスペースを照らしていたが、それでも薄暗かった。丸天井は三階の高さで、金属製の細い通路が垂木《たるき》の下で交差していた。レールや建築資材のような重量物をさばくガントリー・クレーンもある。暖房はなかった――摂氏二、三度だろうと、サバネーエフは思った――湿気の多い建物内は冷え切っていて、食肉の冷蔵室にいるような心地になった。そういう気分を強調するかのように、重い鋼鉄のドアがすさまじいガタンという音とともにうしろで閉まり、サバネーエフはびっくりしてふりむいた。洞窟のような空間にその音がいつまでも反響していた。

薄暗がりに目が慣れると、巨大な建物の内部のようすが、もっと詳しく見えた。角や隅のほうには、レールの歯車（アプト式レールに使われているようなもの）や旧ソ連時代の列車の部品が廃棄されて山積みになり、クモの巣に覆われていた。

何十年ものあいだ放置されていたことは明らかだった。だが、そこはいまあらたな生命を回復していた。ぴかぴかの真新しい民間車両が、建物内に敷かれたレールに乗り、何人もの作業員がその周囲で動きまわり、熱心に働いていた。

サバネーエフはいった。「あれが強襲列車だな？」

ボルビコフが、もっと近くへ案内した。「はい、将軍。誇りを持って、赤い暴風雪《クラースナヤ・メチェーリ》（レッド・ブリザード）1を紹介します。〃ストリシ〃（逐語訳ではアマツバメ。列車のロゴにツバメがあしらわれている。アマツバメは英語ではswiftなので、転じて「速い」を意味する）と呼ばれるロシア製の民間特急列車とほとんど見分けがつきません。本物のストリシは、モスクワとベルリンを二十時間強で結ぶ最新・最速の高速列車として、ヨーロッパで走っています。最高速度は時速二〇〇キロメートルです」

サバネーエフの部下たちが思い思いに列車に乗り、線路に沿って歩いているサバネーエフとボルビコフのうしろから、ばらばらになってついてきた。

ボルビコフは、説明をつづけた。「本物の列車とおなじ、二十両編成です。食堂車の窓も、カーテン越しに乗客のシルエットが浮かぶようにしてあります。照明はLEDで、必要なときには真っ暗にできます」

サバネーエフは手袋をはめた手をのばして、アルミの車体を叩いた。「これで弾丸を食い止められるのか、大佐？」

「いいえ、食い止められません。弾丸が一〇キロメートル以内に近づかないように手を打ちます」

サバネーエフは、疑わしげにうなった。

「三つの事柄を利用するのが、レッド・ブリザード1の基本的な考えかたです。まず、ポーランドでは線路に問題があるので、本物のストリシは、予定もしくは臨時の路線変更をありとあらゆるやりかたで頻繁《ひんぱん》に行なっています。そのため、われわれが強襲列車の路線を変更して、都合のいい路線に入れても、ポーランドの駅員の注意を惹《ひ》くおそれはありません。スペッナズ・チームが、適切なときに適切な路線があいているように手配りします」

「つぎに、ロシア鉄道は二〇一八年に、サッカー・ワールドカップの準備のために、スペインのタルゴ社製の特殊車両を二十四両、購入しました。ヨーロッパ中部と西部は、ロシアとは軌間——左右のレールの間隔——が異なり、この区間では通常、台車か輪軸を交換するような作業が必要で、時間がかかりますが、タルゴ社の軌間可変車両は、自動的に軌間を変えることができます。

わが軍は、二〇一八年のFIFAチャンピオンシップにタルゴ社製車両が使用されたあとで、三両を手に入れて、この偽ストリシ列車を建造しました」

「三つ目は？」

「三つ目は、将軍とその部隊にとっては、もっとも重要でしょう。タルゴ社製車両を原型としているため、通常のストリシよりも幅が広く、したがって、弾薬、燃料、その他、遠征に必要な物資をより多く積むことができます。本物のストリシと並んで停車するようなことがないかぎり、幅のちがいに気づかれるおそれはありません」

サバネーエフはすっかり感心していたが、それを巧みに押し隠した。「装備配置について説明してくれ」

「はい、将軍。先頭から五両目までは、指揮所と士官室です。マップボードや射撃統制コンピューターが完備していて、ドゥリャーギン大佐と急襲連隊を支援するために速度を落とした時点で、レーダー・アンテナや通信塔を出すことができます。つぎの五両には対空砲兵中隊と、二四〇ミリ自走自動迫撃砲三両、ブメラーンク装輪装甲車四両と、それらの弾薬を積載します。つぎの五両には、一個自動車化歩兵中隊、弾薬、食糧を積みます。そして、最後の五両には、戦車用のディーゼル燃料と弾薬を積みます」

ボルビコフは、サバネーエフのほうを向いた。「わたしが設計した実働部隊規模の奇襲では、前線部隊の支援にはこれでじゅうぶんでしょう」

ボルビコフがボタンをひとつ押すと、車両のスライドドアがあいた。ボルビコフとサバネーエフは、ステップを昇った。

「これが将軍の指揮車です」

車両内を歩きながら、サバネーエフは壁に取り付けられ、カバーをまだ剥《は》がしていない薄型ディスプレイを手でなぞった。一台のカバーをめくり、メーカー名を見た。

「ソニー？　ロシアには信頼できるテクノロジーがないのか？」

「このソニーのモニターは、ロシア製のものよりも軽く、揺れや衝撃にも耐えるように作られています。列車の走行中は、震動がひどいですからね」

「システムはスタンバイになっている。電源を入れてくれ」サバネーエフはいった。

「瞬時に立ちあがりますよ」ボルビコフは、回転椅子に座っていた技術員にうなずいてみせた。技術員がそれに応じて操作を行なった。

たちまち、幅が二メートル以上もある二台を含めて、車室のほとんどを占めているコンピューター・モニター十二台の画面が、すべて明るくなった。

「鉄道ルートを表示しろ」ボルビコフが命じた。

現在位置を表示するグーグル・アースの三次元画像が、モニターに現われた。技術員がいくつかキーを叩くと、いまいる施設からモスクワまでの路線が明滅した。

「最初のルートです、将軍」ボルビコフがいった。「じっさいのストリシ列車とおなじ運行時間でモスクワ駅へ行きます。ストリシ列車は、運行からはずされます。モスクワ駅からスモレンスクへ行きます。民間の列車とまったくおなじ路線を走り、見分けもつきません。ちがうのは、駅に停車しないことだけです。わたしのスペツナズ部隊が、分岐器《ポイント》を操作し、都合のいい路線に列車を入れます。ヨーロッパとNATOは、べつの問題で手がいっぱいになるので、許可されていない路線を走るわれわれの列車は、怪しまれるどころか、目に留まらないでしょう」

「きみのやりかたが、だんだん気に入ってきた。見学をつづけよう」

ボルビコフは、サバネーエフと同行者たちを、つぎの列車に案内した。

レッド・ブリザード2は機関車四両・貨車五十八両で、ヨーロッパの貨物列車としてはかなり長い。それを除けば、まったくふつうに見える。だが、サバネーエフがよく見ると、レーダーと通信用のアンテナが隠されていて、二両はすこぶる威力のある射程四〇〇キロのS－400長距離地対空ミサイル発射機を積載していた。

ボルビコフはいった。「この列車は強襲列車の後続として、急襲部隊用に大量の燃料や弾薬を積載します。必要に応じて前進を命じ、燃料や武器を補給し、急襲部隊の人的損耗も補います。防水シートの下には戦車や装甲人員輸送車が隠されています」

レッド・ブリザード3も貨物列車で、レッド・ブリザード2よりさらに長かったが、貨物はまだほとんど積まれていなかった。だが、進攻当日には戦車と装甲人員輸送車を含めて一個連隊が乗ると、ボルビコフは説明した。急襲部隊と完全に入れ替わるためだ。六十八両という長大な貨物列車を牽《ひ》くには、機関車八両が必要だった。鎧《パーンツィリ》S1対空防御システムがすでに多数搭載され、携帯地対空ミサイルの9K333ヴェルバ用の支柱が二十本設置されていた。

見学を終えると、ボルビコフとサバネーエフは、車両基地の中心に設置された暖房付きのトレイラーで腰をおろし、ウォトカで列車のために乾杯をした。

ボルビコフはいった。「つぎの乾杯は、モスクワでの祝勝会ですね。あいにく、将軍とわたしだけです。ラザール将軍は、何カ月もアフリカの鉱山を守備しなければなりませんから」

サバネーエフは、それを聞いてくすりと笑った。上機嫌になり、これまで以上にボルビコフの計画に自信を抱いていた。「ラザールのことは気にするな。ボリスじいさんは、酔っ払いの高級将校といっしょにモスクワでウォトカをがぶ飲みするよりも、ニキビ面の二等兵といっしょにくそまみれの蛸壺《たこつぼ》にこもっているほうが楽しいんだ」

ふたりは乾杯し、レッド・メタル作戦のためにウォトカをまた飲み干した。

13

ヴァージニア州　アーリントン
国防総省
十二月十七日

ダン・コナリー中佐とボブ・グリッグズ少佐は、毎週の調整会議で〝計画監房〟に並んで座り、ひとりひとりの士官が自分の取り組んでいるプロジェクトについて手短に報告するのを聞いていた。コナリーの番になり、グリッグズとともにまとめあげた、太平洋展開部隊の戦力組成を詳しく報告した。

統合参謀本部事務局戦略・計画・政策部の主席幕僚は、海軍大佐だった。提督も出席するが、たいがい最後のほうで発言するだけだ。提督が賢明な教えを最後に口にして、計画部のスタッフが一日の仕事をはじめる、という流れだった。

グリッグズが、会議が終わって発言できるようになる機会を、ずっとうかがっていた。アジアのサイバー諜報活動にロシアが関与していることに提督の目を向けさせるために、もう一度努力しなければならないと、コナリーとグリッグズは考えていた。

「わたしから最後にもうひとつ」主席幕僚の大佐がいった。「忘れるな――インフルエンザのワクチン接種は、国防総省全体の義務だ。省に迷惑がかかるようなことは避けろ。長官に睨《にら》まれないように、期間内にワクチンを注射しろ」やれやれというような顔で、何人もがうなずいた。「よし……ほかには？」大きなテーブルを囲んで座っているスタッフひとりひとりにボールペンの先を向けながら、見まわした。コナリーとグリッグズが指さされたとき、グリッグズが手を挙げた。大佐が両眉をあげた。「グリッグズ少佐、意見があるのか？ 手短にいえ」

「はい、主席幕僚、そうします。ロシアの件で、もうすこし事実と数字を述べる許可をいただけませんか」

「ロシアの件？」大佐は明らかにまごついていた。

「はい、わたしとコナリー中佐は……つながりを見つけたと考えています」

「なんのつながりだ？」

提督が口をはさんだ。「わたしに任せてくれ、主席」コナリーとグリッグズを指さした。「きみたちふたりは、太平洋に展開しているわれわれの部隊の戦力組成と所要を調査するために、この会議にくわえられた。まったく無関係な戦闘コマンドについて心配するためではない。提督と将軍のことでロシアがハッキングに関わっていた可能性があるということは、すでにNSAから報告を受けている。NSAでおおぜいがそれを調査している。きみたちは、割りふられた任務に集中しなければならない。わかったかね?」

「ごもっともです、部長」グリッグズがいった。

「了解しました、部長」コナリーもいった。

主席幕僚の大佐が、ノートを閉じた。「よし、諸君。きょうは諸君に伝えることは、ほかになにもない。今週もがんばってくれ。精勤してくれ」

提督が立ちあがったので、全員が起立した。

「解散」といいながら、提督が出ていった。

一同がぞろぞろと出ていくときに、主席幕僚が呼んだ。「グリッグズ、ちょっと歩こうか」

「了解です」

「わたしもですか?」コナリーはきいた。

「グリッグズだけだ。ついてこい、少佐」

グリッグズが主席幕僚の横に並び、いっしょにブリーフィング・ルームを出て、Eリングを歩き、コナリーとグリッグズが仕事をする、〝予備室《ブルペン》〟と呼ばれる、パーティションで区切られたワークステーションに向かった。

主席幕僚がいった。「グリッグズ少佐、ひとつ気になっていることがあるんだ」

「そうですか? わたしでお役に立てるなら」

「役に立てる。ろくでもないことをいわなければ」そこで主席幕僚は向きを変え、グリッグズのほうを向いた。「きみが割り当てられてもいないくその山をつつきまわしていることに、うんざりしているんだよ。きみとコナリー中佐は、ヨーロッパ担当の事務方がロシアの動向をしっかりとつかんでいないとでも思っているのか？　統合参謀本部の幕僚が馬鹿だと思っているのか？　作戦部《J3》や情報部《J2》の連中が、のらくらしていると思っているのか？」

「いいえ」グリッグズはそういったが、我慢できなくなった。「しかし、Ｊ３やＪ２とは話をしましたが、だれもこれを取りあげて調べようとはしていません。例のコンピューター・ハッキングにロシアがすくなくともある程度関与しているのは認めていますが、ロシアがなにかを企んでいるとは考えていません。ダン……コナリー中佐は――わたしもおなじように考えざるをえないのですが――太平洋でわたしたちを困らせるだけのために、ずいぶん手間をかけていることを、不審に思っています。それに、ロシア軍で装備の修理が増え、燃料備蓄が増加していることも不安材料です。ＩＮＤＯＰＡＣＯＭは、台湾問題に注意を集中し、台湾侵攻の前兆にぴたりと一致すると見なしています。ＥＵＣＯＭは、新年に行なわれる予定のＮＡＴＯ演習しか眼中にない。せめて部長がこれを、副議長の状況把握事項にするよう求めてもらえないかと思いました」

　統合参謀本部副議長の状況把握事項は、主席幕僚の責任だった。

　主席幕僚がいった。「わかった、グリッグズ少佐。きみのいいぶんは聞いた。こちらからもいいたいことがある。まず、けさロシアが、来週ベラルーシで機動展開演習をやると発表したのを知っているか？　クリスマスまでつづくそうだ」

グリッグズは、ゆっくりと首をふった。

「修理と燃料備蓄が増大しているのだから、かなり重要な演習なのだろうと、わたしは確信している」

グリッグズは黙っていた。

「ロシアが機動展開演習のために従属国へ行くだけだ。どこかを侵攻するわけではない。それに、きみがNSAにつかまされたサイバー戦のクズ情報など、なんの意味もない」

主席幕僚の大佐は、なおもいった。「台湾沖ですでに死傷者が出たし、数週間後には中共《チコムズ》との戦争がはじまるかもしれないんだぞ。肥ったケツを仕事場に戻して、命じられたことをやれ！　わかったか？」

大佐が答を待たずに背を向けて歩き去った。

ブルペンに戻ったグリッグズを、コナリーが問いつめた。「だいぶとっちめられたんだろう？」

「どの階級なら、叱られずにすむだろうと思っているんですよ。もう一生分叱られてきた」

コナリーは、グリッグズにコーヒーを注いでやった。「ボブ、階級があがると叱られる回数は減るが、こっぴどく叱られるようになる」

「それじゃ、昇進できないのをよろこばないといけない。そうだ、ロシアがベラルーシで機動展開演習をやると発表したのを、知っていますか？」

「なんだって？」

「中佐とおれは朝からずっとINDOPACOMの計画に取り組んでいたから、そのことを知らなかった。それで主席幕僚は、おれたちがロシアのことをまったくわかっていないと思ったんですよ」

「その機動展開演習は――いつ開始される？」

「来週から、クリスマス中もずっと」

「どうしてクリスマスに演習をやるんだ？」

「見当もつかない」グリッグズはいった。「われわれの大統領にも見当がつかないといいけど」

コナリーは、ブルペンの向こう側を数秒見つめた。「ラザール将軍のことは詳しく知っているだろう？」

グリッグズがうなずいた。「ええ、保守派のロシア軍大将《カーネル・ジェネラル》。三つ星ですが、他の国の四つ星の将軍に相当する地位です。最高の指揮官のひとりで、旧ソ連のドクトリンを支持している。軍事大学の校長を何年かつとめたことがある。最後に戦闘部隊を指揮したのは、チェチェンとダゲスタンで、たしか、十年前です。ラザールがどうかしたんですか？」

コナリーは、コンピューターのほうを向いた。「ちょっと調べていた。INTSUMであることを見つけた」

コナリーは、キーをいくつか叩いて、保存してある秘密扱いのメールの情報要約《INTSUM》を捜した。

「これだ。妙だと思った。ラザールが別荘《ダーチャ》を賃貸に出しているのを、J2が探り当てた。これを見たときには、金に困っているのかと思った。しかし、いまは……」

「いまは、なんですか？」

コナリーは、情報要約を読んだ。「日時群《DTG》2019‐09‐16モスクワ北西。ロシア、トヴェリ州、ガヴリルコヴォ。本日、《モスコフスキー・コムソモーレツ》紙に、ボリス・ラザール大将のダーチャの広告が載った。家賃は一カ月七万ルーブル。ロシア、トヴェリ州、ノヴォザヴィドフスキー、レーニン通り133」

コナリーの肩越しに、グリッグズがいった。「おれたちが政府のコンピューターでロシアの別荘のことを調べていたと知ったら、情報部の連中が逆上しますよ」

「政府のコンピューターでやったほうがいい。われわれの個人用コンピューターにこれがあるのを、きみのNSAの知り合いに見られないですむ」

数秒後に、コナリーはいった。「見つけた！　インターマークサヴィルという不動産会社のサイトだ」ダーチャの画像をスクロールした。「すごくいい別荘だ。ログキャビン。湖を一望。設備もいいし、ザヴィドヴォ国立公園に近い松林の岬にある」

「賃貸期間は？」

「最長で九カ月のようだ」

「おかしな条件じゃないですか？　ふつうは一カ月単位か、半年か、一年でしょう」

「今回の演習に参加するのかもしれない。部隊の訓練や、そのための先乗り移動もある」

「ロシア史上最長の機動展開演習になる。ベラルーシでの演習をだれが指揮するのか、調べてみましょう。ロシアはたいがい発表するので」

グリッグズは、自分のコンピューターのキーボードを叩いた。「ラザールじゃない。サバネーエフというやつみたいだ。やはり大将ですよ」

「ラザールはべつのところで部隊を指揮するのかもしれない」

グリッグズがいった。「ちょっと待って。こんなものを見つけました」

コナリーは、自分のコンピューターの前を離れて、グリッグズのワークステーションへ行った。空軍のふたりが退勤するためにコートを着ていた。コナリーは時計を見た。一八〇〇時を過ぎている。ジュリーに叱られる。三十分後に子供たちをピックアップしなければならない。ワシントンDCのこの時間の交通事情では、もう間に合いそうにない。

「くそ、ボブ、もう帰らないといけないかもしれない」

「その前にちょっと見て」グリッグズは、エドゥアルト・サバネーエフ大将の記事を指さした。ベラルーシで行なわれる軍事演習で最大三万人の兵員を指揮することになっている。モスクワはその記事でサバネーエフの業績を吹聴《ふいちょう》していた。グリッグズがグーグル・トランスレートを使って、それを英語に訳した。クリスマス祝日に演習を行なうのは、〝ロシアの優れたテクノロジーの有効性と、ベラルーシの人民とのパートナーシップ精神を示すために〟、ブメラーンク装輪装甲車共通車体（歩兵戦闘車型と装甲人員輸送車型がある）やT-14アルマータ最新鋭戦車などの新型装備の威力を確認するのが目的だと、ロシアは主張していた。

コナリーはいった。「ああ、これは嘘っぱちだ」

グリッグズが相槌《あいづち》を打った。「でたらめだ。クリスマスにロシア軍が領土内を走りまわるのを、ベラルーシが望むわけがない。でも、モスクワには逆らえない。ロシアは祝日に小規模な演習をやったことがあるけど、たいがい成績のよくない部隊の即応性を試すためだった。これだけの規模のものは……前例がないと思う」

コナリーはいった。「インタリンクで調べよう」インタリンクは、アメリカのインテリジェンス・コミュニティが使用している、秘密保全措置をほどこしたインターネット・グループだ。

グリッグズとコナリーは、数分のあいだエドゥアルト・サバネーエフのファイルを調べた。サバネーエフがロシア連邦軍で最上級の将軍のひとりであることは、明らかだった。学歴、軍歴、人物像にくわえ、興味深いことをコナリーは見つけた。ファイルによれば、サバネーエフは長年、ボリス・ラザール将軍の副司令官だったという。

「インタリンクTSで調べたほうがいいかもしれない」そのポータルサイトの機密扱《トップ・シークレット》いの部分のことだ。

「TSまでやるには、金庫室にはいらないといけない」機密情報にアクセスするためには、特殊なロック機構を備え、完全な秘密保全措置がほどこされている枢要区画格納情報施設《SCIF》に行く必要がある。国防総省にはSCIFが何カ所もあるが、使用するには時間がかかる。

コナリーは、時計を見た。

グリッグズが、それに気づいていった。「もう帰ってください、ボス。おれは残って、こいつの機密情報を調べます」つけくわえた。「NSAとCIAにも問い合わせますか?」

「いや、それをやったら、たちどころに見つかる。ロシアと関係があるどんなことでも、われわれが特別な情報を要求したら、主席幕僚がくそを漏らすだろう」

コナリーは、雨や寒さをしのぐときに海兵隊のクラスBとクラスC軍装の上にはおる、〝戦車兵《タンカーズ》ジャケット〟を着た。「あまり夜更かしするな、ボブ。あしたの朝、元気で、頭がよく働くようにしてもらいたいからな」

グリッグズは、コナリーが出ていくのを待ち、数分間、オフィスに独りで残って、つぎの手を考えていた。ようやく、インタリンクの〝情報資料提供要求《RFI》管理〟ボタンをクリックし、つづいて〝加入者による情報資料提供要求〟をクリックした。新しいボックスがひらき、情報要求には優先度があり、ユーザーが〝緊急〟をクリックしないと、即座に提供できないかもしれないという注意書きが表示された。

グリッグズは、〝緊急〟をクリックした。

かまうものか、と心のなかでつぶやいた。

どういう権限で要求するのかとたずねる、プルダウンメニュー付きのべつのボックスが表示された。グリッグズは、〝戦略・計画・政策部長／あるいは副議長〟と表示されるまでスクロールした。警告が現われた。〝部門の責任者、主席幕僚、あるいは部長の書面による許可を得てから続行すること〟。グリッグズがためらったのは、ほんの一瞬だった。〝続行〟をクリックし、CIAが提供できるエドゥアルト・サバネーエフ大将に関する全情報を要求するのに必要な項目を書き込んだ。

そして、コンピューターの電源を切り、軍のＩＤカードを抜いて、コートを持ち、退勤した。

14

アフリカ東部
ジブチ共和国　ジブチ市
十二月十八日

パスカル・アルク＝ブランシェットは、六十四歳という齢《とし》よりもだいぶ老けて見えるようすで、共和国大通りをよたよた歩いていた。パスカルは以前からずっと、風采《ふうさい》と癖が実年齢よりも年寄りくさかった。ソルボンヌ大学では、クラスメートがタートルネックにベルボトムのジーンズという格好だったのに、ツイードのジャケットと格子《こうし》縞《じま》のウールのズボンだった。当時から、のろのろと足をひきずるように歩いていた。

いま着ているコートは、十年前に買った——もっとも新しい掘り出し物だったし、新品とおなじだと、パスカルは思っていた。服は擦《す》り切れるまで着る。それもパスカルが一生ずっとやりつづけてきたことだった。

午前十一時に近かったが、早起きではないパスカルにとっては、夜明けのようなものだった。パスカルは、気に入っているカフェに向けて歩道を歩き、途中で小さな売店に寄った。ソマリ語の新聞数紙をざっと見てから、フランス語の《ラ・ナシオン》を選んだ。アラビア語の新聞一紙と、〈ジタン〉の煙草《たばこ》も取った。

木のカウンターの向こうにいる店員が、新顔だということに、パスカルは気づいた。店員が八百ジブチ・フランを請求した。パスカルは六百フランを扇のようにひろげて置き、首をふってから、新聞と煙草を持ち、〝外国人税〟をふんだくろうとした店員を睨《にら》みつけた。カウンターの奥で店員が薄笑いを浮かべたが、それでも六百フランを受け取った。

パスカルのような白人は、ジブチではよけいな金がかかるが、市場や屋台をさんざん使ってきたので、いまでは現地住民なみの金しか払わないようになっていた。

〈レストラン・リストリル〉のドアに向けて階段を昇っていると、ズボンがずりさがり、倒れないように裾《すそ》をつかまなければならなかった。立ちどまり、ベルトのぐあいを直して——ズボンはコートの三倍古い——皺《しわ》くちゃのドレスシャツの裾をたくし込んだ。

パスカルはカフェの混み合ったテラスにあがったが、若い白人の観光客のグループに好きな場所を占領されているのを見て、顔をしかめた。

ウェイター頭のナダルがパスカルに気づき、観光客が陣取っている一角をちらりと見た。その連中はテラスの半分近くを占め、大型のバックパックをまわりの椅子やテーブルに置いて、蔦《つた》がからまる格子が日蔭をこしらえている涼しい場所を実質的に封鎖していた。

ナダルが肩をすくめて、テラスの反対側を指さした。パスカルはそこの空いた席へ行ったが、かなり不愉快になっていた。

戸外のダイニング・スペースは混み合っていた。パスカルはそこを通り抜けて、硬い金属製の椅子に座った。手庇《てびさし》をこしらえて、ナダルにうなずいてみせると、ナダルがうなずき、パスカルがいつも注文するものを取ってくるために、店の奥へはいっていった。

パスカルは、テラスの向こう側を見て、白人観光客のグレイのバックパックが置いてあるお気に入りの籐椅子《とういす》に憧れのまなざしを投げた。

腹立ちを追い払い、新聞をひらいて、折り目の下の記事をざっと見ていった。台湾で進行中の危機に関する詳しい記事が載っている。

最新の報道で、中国の閣僚の言葉が引用されていた。「アメリカは、太平洋を越えて中国の人民に固有の政治問題を統裁したり審判したりしてはならない。アメリカは求められていない。立ち去れ！」

パスカルが紙面をめくると、A3ページの記事が目に留まった。見出しには、〝クレムリン、クリスマスの時期に急遽《きゆうきよ》軍事演習をベラルーシで行なうと発表〟とあった。

モスクワのやりそうなことだ、とパスカルは思った。アメリカがアジアを向いていると見て、大規模な軍事演習をポーランド国境付近で行ない、ヨーロッパ中部の緊張を高めようという魂胆《こんたん》だ。エストニアからハンガリーに至るまで、近隣諸国が怯《おび》えるだろう。だが、パスカルは、その演習はヨーロッパへの脅威だとは思わなかった。

ナダルがオレンジジュースとクロワッサンを運んできて、コーヒーを取りにいった。パスカルは新聞を読むのを中断して、クロワッサンにバターを塗りながら、テラスの向こう側でしゃべっている若い観光客グループを眺めた。

ナダルの姿が見えない。コーヒーも来ない。

パスカルは、溜息をついた。パリを懐かしむことはめったにないが、こういうときには懐かしくなる。

パスカル・アルク＝ブランシェットは、東アフリカの小国ジブチの首都でフランス大使館に勤務している。つまり、華々しい経歴の持ち主ではなかった。局に閑職をあてがわれている——ここはどんな人間でも望まないような任地だった——しかし、もうひとつの途《みち》は強制解雇なので、確保できただけでも幸運だった。

パスカルはときどき考える。自分のように経験豊富な幹部にとって、これはあまりにも程度の低い仕事だが、それでもじきに〝引退〟させられ、局から完全に追い出されるにちがいない。そんなことをされたら、デスクにしがみついて爪痕《つめあと》を残すだろう。なぜなら、どこへも行くところがないし、アフリカに張りめぐらされている陰謀が心底大好きだからだ。

ポケットで携帯電話が鳴った。

「もしもし《アロ》」

「アロー、パパ。アポロだよ」

息子からの電話だとわかると、パスカルの悩み——カフェの座り心地の悪い椅子、古いベルトジャケット、行き止まりの仕事、非情な強制解雇——が、すべて瞬時に消えてなくなった。パスカルは携帯電話に笑みを向けて、ナダルがやってきてコーヒーをテーブルに置くと、顔いっぱいに笑みをひろげた。

「やあ、おまえ。電話してくれてうれしいよ」不意にはっとした。「なにもかも、だいじょうぶなんだろうな？」

「もちろん《ビアン・スール》だよ、パパ。パパが国王と反《そ》りが合うかどうか知りたくて、電話したんだ」

パスカルは、そのジョークを聞いて笑った。父親がさえない仕事をしているのを、アポロは知っているはずだ。たしかにアフリカ東部で暮らして仕事をしているが、その仕事というのは、デスクに向かっているか、暗いバー、ホテル、路地をときには深夜まで忍び歩くことだった。

パスカル・アルク＝ブランシェットは、スパイだった。フランスの海外情報機関、対外治《DG》安総《SE》局の諜報員だった。しかも、おなじ八〇年代初期に入局してともに昇進した男女は、いまではフランス共和国の情報部門全体を仕切っているが、パスカルは元植民地のジブチ市で、市場の裏の横丁をうろつき、八〇〇〇キロメートル離れた母国にはあまり価値がないかもしれない情報を拾い集めている。

パスカルは、コーヒーを味わいながら、息子とおしゃべりをした。アポロはベルギーに駐屯するフランス陸軍の大尉だった。話をしているあいだ、パスカルはテラスの向こうの若いバックパッカーのグループのほうを向いていたが、好奇心にかられて観察せずにはいられなかった。受けた訓練とスパイという職業のせいで、いったいどこから来たのか、このアフリカでなにをしているのか、突き止めたくなった。

ぜんぶで九人――男が七人、女がふたり――すべて二十代か三十代だ。男の多くは顎鬚《あごひげ》を生やしている。近ごろの若者は、髭を剃《そ》るのも省く。それも世界が終わる兆候なのだろうかと、パスカルは思った。グループのまわりに置かれた装備から、アメリカの冒険旅行家なのかと思った。たいした距離を旅するわけでもないのに、アメリカ人はバックパックに金をかける。それに、彼らの装備は一流品のように見えた。

パスカルが聞きつけた会話は英語だったが、なまりがあった。

女は髪をひっつめてポニーテイルに固く結び、野球帽の下に入れている。つい体格に目が行った。やけに引き締まった体つきだ。

しかし、いちばん目を惹《ひ》いたのは、やはり装備だった。バックパック、ゴアテックスのシェルジャケット、耐久性のありそうな携帯電話ケース。いずれも新品で、最新型の高価なもののようだった。

「アポロ、ちょっと待ってくれ」パスカルは、携帯電話をカメラ機能に切り換えて、精いっぱいズームし、テーブルの上で安定させた。そして、何気《なにげ》ないそぶりで大きなバックパックに焦点を合わせ、撮影した。画面を見て、メーカーのロゴを拡大した。「あてずっぽうの質問だ。〈ピーク・デザイン〉というバックパックを知っているか？」

アポロがすぐさま答えた。「知ってるよ。そのメーカーは、かなりいいものを作るけど、高いんだ。大型のバックパックだと六百ユーロぐらいだ」

「興味深いな」

「どうして、パパ？　クリスマスプレゼントに買ってくれるのかな？」

「それもいいかもしれない」パスカルは笑った。「もっとも、わたしの給料では、六百ユーロは法外な値段だ」

「ああ、そうだね。アフリカの角《つの》の市場で安売りされてるのは、安っぽいコピー商品だけど、六百ユーロもしない」

「おまえのいうとおりだ」パスカルは、話題を変えた。「新聞にロシアの演習のことが載っていた。おまえのクリスマスがぶち壊しにならないといいんだが」

「ぜんぜん《パ・デュ・トゥー》。おれたちのことは心配いらないけど、ポーランドやリトアニアの士官たちは、不愉快だろうね。西欧のお偉方は、ロシアが侵攻を決断したら、予兆がじゅうぶんに見られるだろうと思ってる」

「戦略的奇襲など、もうありえないのか」パスカルはいった。

「ウイ、上層部はそういってる。それが正しいといいんだけど」

パスカルは、息子との通話を切って、携帯電話をポケットに戻し、ナダルを手招きした。

ナダルが近づいてきて、パスカルのほうに身をかがめた。

「あそこの新しい友人たちだがね」パスカルは、小声でいった。「何者だ？」

「見当もつきません、ムッシュー。さっき来たばかりです。いままで見たことがなかった」

「ここに来てどれぐらいになるのか、小耳に挟まなかったか？　どこに泊まっているかとか、なにをやっているかとか？」

「まったくわかりません。ロシア語はわからないので」

パスカルは、首をかしげた。「ロシア語だって？　英語でしゃべっているのが聞こえたぞ」

「ロシア語をちょっと聞きました。聞かれたくないのか、小さな声で」ナダルが、パスカルにウィンクした。ナダルは、この年配の男がフランス人の諜報員だというのを知っていて、何度か情報の見返りに金をもらったことがある。

「なかなか興味深い」パスカルは、九人のグループのほうを見ていった。

「ほんとうですか？」ナダルが笑みを浮かべた。「どれくらい？」金をもらえるかどうか、探りを入れたのだ。パスカルは、馬鹿にするようにフンと笑った。

パスカルは、ロシア人をジブチ市で何度となく見ていた。港にはいっている船の乗組員か、測量技師か、多国籍企業の社員が多く、たまに出費を切りつめて旅行している冒険家もいた。

あの九人は、服装もやることも観光客に見せかけているが、装備を見ると、出費を切りつめているとは思えない。かなり若いようなのに、大金を出してバックパックを買うというのは奇妙だった。しかし……アフリカ東部のカフェでランチを食べているロシア人を見ただけでは、大当たりの情報とはいえない。

「すまないね、きみ」パスカルはいった。「そんなに興味があるわけではないんだ。しかし、またやってきたら、なにかわかるかどうか、気をつけていてくれ」

パスカルはカフェを出て、通りを渡り、いくつかの売店があって市場のようになっている路地にはいった。上のほうまで暗がりになっている。ライターが山積みになっている大きなプラスティック容器を透かして、通りの向かいにいる自分の街の新来の客をそこから見張った。

数分後に、外国人九人が店を出たので、パスカル・アルク＝ブランシェットはあとを跟《つ》けた。

パスカルは根っからのスパイだし、好奇心にかられた……それに、徒歩で尾行するのは、楽しい気晴らしになる。

15

ヴァージニア州　アーリントン
国防総省
十二月十八日

ダン・コナリー中佐はその朝、ブルペンに一番乗りした。七時前にコンピューターの電源を入れ、IDカードを差し込んで、起動するのを待つあいだにコーヒーを取りにいった。戻ってくると、モニターの下のほうが赤く点滅していたのでびっくりした。それがグリーンに変わったとき、国防総省の警報だとわかった――ふつうは吹雪《ふぶき》や水道管破裂などが表示される。

だが、赤い点滅は、秘密扱いのメッセージを意味する。

コナリーは、それをクリックしてひらいた。

〝情報支援要求に感謝します。CIAヨーロッパ課は副議長の要求に応じて資料を集めることができました。インタリンクTSアカウントをひらいて、要求なさった問題に関係のあるファイルすべてへのリンクをご利用ください〟

コナリーは、汗をかきはじめ、ささやいた。「ボブ、なんてことをやったんだ？」

ボブ・グリッグズ少佐が七時半にはいっていくと、コナリーに睨《にら》まれた。

「おはようございます」

「CIAに情報を要求したのか？」

「率先してやりましたよ」

「副議長の依頼だと伝えたんだな？」

「そのボックスをクリックしたかもしれないけど、副議長の召使いのボックスがなかったので」

「主席幕僚に見つかったら、われわれはたっぷり絞られるぞ」

「絞られるのはおれですよ。接続ポイントにはおれの名前しかない。中佐の名前は、要求したときに予備の接続として書いておいただけですよ。データは見ましたか？」

「もちろん見た」

「だったら教えてください」

コナリーは、胸をふくらませて、大きな溜息をついた。「ダーチャを賃貸に出したボリス・ラザール将軍は、アゼルバイジャンにいて、まもなくイランへ行く」

「イラン？」

「ああ、ロシアとイランの合同演習がある」

「ダーチャは九カ月間、賃貸に出しているんですよ。九カ月間、演習をやるんですか？」

「つじつまが合わないだろう？」

「ぜんぜん合わない。ベラルーシで演習をやる将軍については？」

「そっちの情報もある。サバネーエフは犬を二頭買っている。ボルゾイだ。犬舎に預けた」

グリッグズは、首をかしげた。「九カ月も？」

「いや。二カ月分を払っている。それにしても……ロシアはなにかを企んでいる。イランやベラルーシでクリスマスに演習をやるだけではない。そんな話は鵜呑《うの》みにできない」

グリッグズは同意した。「そうですね。しかし、それがなにかわからないと、上の連中を納得させるのは無理だ。どうしますかね？」

コナリーは、コンピューターのほうを向いた。「調べつづける」

ブルペンのドアがあき、空軍少佐が身を乗り出した。

「主席が捜しているぞ、ボブ。それに、かなりご機嫌斜《なな》めだ」

ポーランド　ワルシャワ
十二月二十一日

朝からランチまでの八時間シフトのあいだ〈ハウス・カフェ・ワルシャワ〉で働いていた店員は、ブロンドの髪をポニーテイルにまとめた二十歳の女性だけだった。その時間の前半はずっとほぼ満席で、ブロンドの女性はときどき布巾《ふきん》で額の汗を拭きながら、飲み物をこしらえ、レジで代金を受け取り、ディスプレイケースからケーキを出し、テーブルを拭くひまがあるときには、狭い店内を走りまわっていた。

ランチタイムも朝とおなじくらい混んでいたが、自分は運がいいと彼女は思っていた。十二月のワルシャワの天気は、ことに雨が多い。窓から外をちらりと見るたびに、横殴りの霙《みぞれ》が目にはいる。そのせいで、ドアからはいってくる客は、どうにかさばくことができる数に減っていた。

二時ごろになると、店が閑《ひま》になったので、パウリナは急いでダブルのエスプレッソをいれて、ものすごく熱いうちにごくごく飲んだ。カップを流しに置き、カウンターに寄りかかって休憩していると、焦茶色《こげちゃいろ》の髪で長身の若い美女がドアからはいってきた。ニット帽を取り、首に巻いたマフラーをはずしたときに、髪が斜《なな》めに垂れた。

その美女、ウルシュラとパウリナは、中学校のころからずっと親友で、会ったときにはいつも、話をする前にたがいの頬にキスをする。だが、ウルシュラが戸口から呼ぶまで、パウリナはカウンターの奥から出てこなかった。

「どうして電話に出なかったのよ？」

「ものすごく忙しかったのよ。三時までわたしひとりだから。ジュリアとレオは、ポーランド・ライフルズに呼び出されたの。天気がひどくてよかった。さもないとランチ前に倒れていたわ」

ウルシュラは、空いている狭いコーヒーショップのテーブル席にバッグを置き、目を丸くしてパウリナの顔を見た。「なにが起きてるか、ほんとに知らないの？」

パウリナが、手を拭きながらカウンターをまわった。「コーヒーと足が痛いことしか知らない。なにが起きたの？」

「わたしたちも動員されてるのよ。わたしは最初の展開なの。もうすぐクリスマスなのに」

パウリナは、カウンターに手をついて、体を支えた。いちばん聞きたくないことだった。

「冗談だといって」

パウリナとウルシュラは、おなじ民兵部隊に属している。民間人兵士の精鋭義勇軍であるポーランド・ライフルズほど攻撃的ではないので、昨夜、コーヒーショップの同僚がただちに軍務に服するよう命じられたことを知ったときも、店主が代わりを見つけるまで仕事が三倍になること意外には、なにも影響がないだろうと思った。

「あした出発よ」

パウリナはうめいた。「あした？　でも、どうして？　ロシア軍がベラルーシで演習をやったことは何度もあるのに、今回はどうちがうの？」

「知らないわよ。知ってるのは、新学期が一月にはじまったらすぐに、美術史の論文の締め切りが来るっていうことだけ。それに、まだ書きはじめてないのよ」笑みを浮かべて見あげた。「勉強する時間は増えそうだけど、泥だらけの塹壕《ざんごう》にしゃがんでやるしかない」

パウリナは、カウンター越しに手をのばし、棚の瓶入りコーヒーシロップの横に押し込んであるハンドバッグを取ろうとした。携帯電話を出すと、着信が四件あり、メールが十三通届いていたことがわかった。パウリナがそれをスクロールしていると、ウルシュラがいった。

「手間を省いてあげる。中央駅に午前六時集合。バスで南のどこかへ行くのよ」

パウリナは、宙を見つめた。「ボスがカンカンに怒るわ」

パウリナは、ウルシュラとおなじようにワルシャワ大学に進んだが、勉学についていく意欲を失って、二年目の春にドロップアウトした。そのあとは、コーヒーのチェーン店で働き、旧市街のここか中央駅の店に出ている。

もうじき副店長になれるかもしれないと思っていたところだし、一日中エスプレッソをいれるのは、理想的な仕事人生ではないかもしれないが、つぎになにをやるかを決めるまでがんばるつもりだった。

それに、パウリナは国家の民兵組織である領土防衛軍《TDF》に参加していた。そこにはウルシュラも含めた友人がいる。格好いいし、愛国的な責務だと意識していた。もっとも、政治、銃、ちくちくする体に合わない軍服には興味がなかった。

それに、ＴＤＦに参加すると、毎月四百ズロチの手当てが出る。百ドル相当の額を年に十二回もらえるので、もうじき中古車が買えるはずだ。正直にいうと、ＴＤＦに志願したのは、それが最大の理由だった。

だが、まさかクリスマス中に展開されるとは思っていなかった。

領土防衛軍は、非常に〝軍事的には軽い〟部隊だった。ひと月に二度、週末に勤務し、ワルシャワ郊外の野営地かあちこちの高校の体育館で訓練を受ける。訓練といっても筋トレのようなことが多く、あとは行進したり、武器の操作を説明するポーランド地上軍《PLF》制作の映画を見たりする。じかに見たことがない武器が登場することもある。

これまでは、自分の部隊が現実に動員されることなどありえないと思っていた。隣国ベラルーシでロシアが機動展開演習を行なうのに対応して、前の週に他の民兵部隊が国のあちこちで招集を受けても、まだそう思っていた。

パウリナの仲間はみんな、自分たちが実戦で戦うために招集されるとは、思ってもいなかった。たとえロシア軍が国境を越えたとしても、領土防衛軍は、避難する一般市民を輸送する車両隊編成、テント村設営、略奪防止のための西部の鉄道駅警備、国軍のポーランド地上軍への装備輸送に使われる可能性が高かった。それに、仮にロシア軍がポーランドを乗っ取ったとしても、領土防衛軍は理論上、ハイブリッド戦争（正規戦、不正規戦、情報戦、サイバー戦などを組み合わせた政治戦争を展開する軍事戦略）の手段として役立つはずだった。三万人の一般市民が——ある程度まで——軍事戦術の訓練を受けているからだ。

中年の夫婦がコーヒーショップにはいってきて、ドアの内側で雨と氷をはらい落とした。パウリナはそのふたりを不愉快そうに見たが、ウルシュラとの話をつづけた。「どうしてワルシャワを離れるのよ？　ロシア軍が侵攻したら、ここにまっすぐ来るはずよ」

「そうなったら、ここには陸軍が残って、戦車を通りに並べるんじゃないの。わたしたちは、南のどこかへ行かされるのよ」

「わたしたちになにをさせたいの？」

「いつもとおなじ。畑に立たされるのよ」

パウリナは、首をかしげた。「トゥトゥスは来るかしら？」

トゥトゥスは痩《や》せっぽちで美男子のDHLドライバーで、中隊のべつの班に属している。

パウリナがトゥトゥスにべた惚《ぼ》れだというのを、ウルシュラは知っていた。

ウルシュラは、あきれて目を剝《む》いた。「中隊全員が行くんだから、あなた。運よくロシアが攻撃してくれたら、トゥトゥスとおなじ蛸壺《たこつぼ》に跳び込めるかもね」

ジョークだったが、ふたりは笑わなかった。

パウリナは、中年の夫婦の飲み物をこしらえた。やがてふたりが出ていくと、パウリナとウルシュラは、客がいなくなったカフェでテーブルを囲んで座った。街の広場の飾りつけを、窓から眺めた。大きなツリーが立てられるのは、二十四日の夜だが、祝日の雰囲気がどうしても目にはいる。

「クリスマスにやるなんて、ほんとに最低」ウルシュラがいった。

パウリナがいちばん心配しているのは、レオとジュリアにつづいて自分もクリスマスシーズンに店に出られなくなるのを、雇い主にいわなければならないことだった。「ロシアが侵攻するとすれば、春か夏だろうって、いつもいわれてるじゃないの。ロシアは冬に大きなことはやらない。わたしでも知ってる」

ウルシュラは、溜息をついた。「ほんとよ。わたしたちに任せてほしいわ」胸をふくらまして、足もとへ大きく息を吐き出した。「やることがいっぱいある。今夜、電話するわ」

16

ベラルーシ　ミンスク
十二月二十二日

モスクワ発十時三十五分着の列車は、八分遅れただけでベラルーシ中部のミンスク旅客駅に停車した。乗客はたいがい十一時間の旅で体がこわばっていたが、ひとりの男だけはすばやい身のこなしだった。ロシア軍の森林・冬用軍服を着ていて、スペツナズ少佐の階級章をつけ、四〇キロ以上の重さの巨大なバックパックを背負っていた。

現代的な広い駅の午前中の人混みを抜けると、少佐は中央口から出て、タクシー乗り場を探した。どんよりと曇った日で、けさのベラルーシ中部の気温は氷点前後だった。昨夜の雪が七、八センチ積もり、きらきら光っている通りやその向こうの屋根までずっと、歩道を覆《おお》っていた。

少佐が歩きはじめたとき、うしろから馬鹿でかい声が聞こえた。

「ミーチャ！」

少佐はふりむき、笑みを浮かべて、〈ゴアテックス〉の冬用パーカにスキーズボンという格好の顎鬚《あごひげ》の男を抱き締めた。その男も巨大なバックパックを背負っていたが、市販品だった。「リョーシャ！　会えてうれしいぞ！」

「一杯やる時間はあるか？」

「いつだってある！」

男ふたりは、駅の屋外カフェに向けて階段をあがり、金属製の椅子をテーブルから引き出して、雪を払い落とし、腰かけた。寒く、雨が多いので、カフェの屋外席は使われていなかったが、少佐はガラス越しにウェイターを呼んだ。ウェイターが足早に近づいてきた。

リョーシャが笑った。「あんたの〝北の軍神〟冬軍装を見て、あわててやってくるぞ」

「あんたはどうだ？　マリファナでラリってる観光客みたいじゃないか。やつら、あわれなリョーシャをどんな目に遭わせたんだ？」

「おれたちは、顎鬚を生やして、着心地のいい流行の服を着なきゃならないんだ。ドイツの女どもは、おれたちのことを、オリンピックに出るオーストリアのスキー選手だと思うだろうな」

こんどはミーチャが笑った。「そんな派手なブルーのジャケットを着ている兵士が、真顔で命令に従えるのかね？」

「ミーチャ、あんたがおれの特殊任務に選ばれなかったのは、顎鬚をのばすことはおろか、きんたま袋にも毛が生えないのを司令部が知っているからだ！」

話が聞こえるところに来ていたウェイターは、男ふたりの下品なやりとりにびっくりしたようだったが、すぐに立ち直った。「コーヒーですか？」メニューを渡しながらきいた。

リョーシャが、手をふってメニューをひっこめさせた。「ちがう。ウォトカだ。二杯」

「バーはまだあいていません」ウェイターが、すこし怯《おび》えながらいった。

「それじゃ、おれたちのためにあけろ。いいだろう？」頼みというよりは命令だった。ウェイターがうなずき、すり足で離れていった。リョーシャがいった。「あんたの部下はどうだ？　これの準備はできてるのか？」

ミーチャはうなずいた。「できている。ウトキン軍曹を連れてきた。憶えてるだろう？」

「二〇一六年にハツァヴィータ（スペツナズの山岳戦訓練所）の連隊コンペで優勝したやつだな？」

「そうだ」

「クマみたいな男だ」

凍《い》てつく風が捲《ま》きあげた雪が渦を巻いてふたりを包んだが、ふたりは寒さをまったく受けつけないようだった。ウォトカが運ばれてくると、ふたりはテーブルの一部の雪をこそげ落とした。ウォトカをなみなみと注いだショットグラスが、ふたりの前に置かれた。代金が払われるのをウェイターが待っていたが、ふたりはそちらには目もくれずに乾杯をはじめた。

「第2旅団に乾杯！　いつでも、どこでも、なんにでも！」リョーシャがどなった。

「第45親衛連隊に乾杯！　狼の群れでもっとも強いものだけが勝つ！」ミーチャが乾杯した。

ふたりの男は、透明な酒を一気に飲み干し、ウェイターのほうを見た。

「ウォトカをあと二杯、ピルスナーを二杯、濃いブラックコーヒーを二杯」ミーチャがいった。

ウェイターが、またすり足で離れていった。

リョーシャがいった。「あとのチームは、いまごろはもうアフリカだな」

ミーチャがうなずいた。「そう聞いた。暖かくて快適だ。あいつらめ。おれたちは今夜、午前零時に国境を目指す。森を通ってウクライナにはいり、ポーランドのソビボルの北で渡《と》河《か》する」

「国境をひそかに越えるには、人数が多すぎないか？」

ミーチャは、肩をすくめた。「総勢四十八人だ。しかし、そのあたりの川は警備されていない。音響センサーがあるが、よけて通ればいい。あんたたちは、どうやって潜入するんだ？」

スキーヤーの服装のリョーシャが答えた。「おれたちも今夜出発するが、民間の列車やバスに乗る。ＥＵに入国できる書類を、情報部からもらっている。完全に合法的だし、一般市民のものだ。男が三十九人、女が十人」

「女？　使えるのか？」

「じゅうぶん使える。全員、スペツナズ訓練を受けている。溶け込むのに役立つ」

「レーザー航法補助装置は？」ミーチャがきいた。

風がやみ、雪がぱらつきはじめた。大きな重い牡丹雪《ぼたんゆき》が、鉄道駅のそばを走る午前の車の流れに沿って漂っていた。

「一部はもう送られて、ポーランドとドイツのチームが受け取っている。おれたちはパーツをスキーバッグやバックパックに入れて、列車に乗る。カメラの機材みたいに見えるから、怪しまれない。チェコで参謀本部情報総局《GRU》工作員がヘリコプター数機を借りていて、ロシア人の優秀なパイロットが送り込まれているから、移動は簡単だ」リョーシャがいった。

「その馬鹿みたいな民間人の格好で逮捕されたら、どうするんだ？」ミーチャはいった。

「スパイとして銃殺されるぞ」

「スキースーツの下に軍服を着る」

「それならいい。あんたたちが航法装置《ナヴィ》を設置すれば、部隊が目標を目指すのが容易になる。あんたたちは祖国《ロージナ》の英雄だ」

「そして、あんたとあんたの部隊が、列車の通り道を統制する。国に帰ったら、リーフキン大統領がみずから、あんたを大佐に昇級させるだろうな」リョーシャはいった。「戦闘中は、どこにいることになるんだ？」

「ルートのどまんなか、ヴロツワフの東にある小都市の近くだ。そこで鉄道路線が交差する。おれはチームЖ《ジェーニャ》に同行する。あんたは？」

「路線の終点まで行く、友よ。チームΓ《グリゴーリー》とともに、ドイツ最高峰へ。A《アンナ》からB《ヴァシーリー》までの三チームは、エルベ砂岩山地へ行く。おれは最高の活動を、自分のためにとっておきたいんだ。最終目標へ急襲部隊を誘導する最後のレーザーを設置する」

「それはすごい。そのあとは？　その派手な厳寒地用装備で国に歩いて帰るのか？」

リョーシャが笑った。「たぶんな」〈ゴアテックス〉のジャケットを見おろして、手でなでた。「そのままもらえるかもしれない。帰りのルートはいろいろある。チェコを通るか、南のオーストリアを通るか、北のカリーニングラートを通るか。おれたちは姿を消し、つぎの段階でまた集合する。一週間後くらいにアフリカへ行って、ラザールの鉱山攻撃を支援する」

「なあ。リョーシャ、おれは運がいいと思っていた。軍服を着た部隊を指揮して、戦闘にくわわれるだろうし、最高の任務だと思っていた。だがいまは、あんたのほうが運がいいと思っている。本物の諜報活動に従事し、第二段階ではアフリカでもそれをやれるんだから」

「そうだな。でも、正直いって、軍服を着ていて捕らえられるのを怖れている」

「それはわかる」ミーチャがビールを持ちあげた。「捕まるんじゃないぞ」

ふたりはグラスを打ち合わせた。「あんたの健康と成功を祈る、友よ。数週間後にモスクワで会おう」

「楽しみにしているよ、きょうだい」

ふたりはたがいの肩を叩き、それぞれが三十ベラルーシ・ルーブル札一枚を、グラスの下に差し込んだ。

ポーランド　ワルシャワ
十二月二十二日

パウリナは、中央駅の外の歩道で足踏みをして体を温めようとしたが、効き目はなかった。鉄道駅の北側は、ほとんど混沌《こんとん》に近いほど騒然としていた。民兵部隊の領土防衛軍《TDF》の志願兵数千人が、巨大な建物の内部と外側に集まっていた。いずれもポーランドのさまざまな地域に送られることになっている。古いスクールバス、新型の長距離バス、カンバスの幌をかけた軍のトラックが、該当する部隊を乗り込ませていたが、志願兵は陸続と集まり、人数は減るどころか増えるいっぽうだった。

自分の中隊がバスでどこに送られるにせよ、寒い兵舎か、それよりももっと寒いテントに入れられ、二週間も缶詰の食糧を食べなければならないのだろうと、パウリナにはわかっていた。やがてロシア軍が、前にもやったような馬鹿げた武力誇示を終え、通勤者のためにエスプレッソを入れる仕事に戻れるようになる。

そうはいっても……クリスマスを台無しにされる。それがクレムリンの馬鹿な連中のせいだというのは、ぜったいに忘れない。

パウリナは、革の負い紐《ひも》で木目仕上げの長いライフルを肩から吊っていた。まるで第二次世界大戦の遺物のように見えるのは、じっさいに第二次世界大戦で使われていた銃だからだ。パウリナが吊っているそのライフルは、あろうことか一九四〇年代のモシン・ナガンだった。

一八九〇年代に帝政ロシア陸軍で設計された木製のボルトアクション・ライフルで、弾倉に五発こめられる。

かつては最新型だったのだが、それは百年以上前のことだ。

領土防衛軍の最新戦闘ライフルは――すくなくとも表向きは――ポーランド製のFBラドムMSBS〝鏃《グロット》〟（ナチスドイツの秘密国家警察に殺害されたポーランドの将軍ステファン・ロヴェツキー将軍の異名）だが、パウリナの中隊では、それを手にしたものはひとりもいない。ライフル兵はたいがいAK-47を支給されていた。パウリナは訓練でAK-47を扱ったことがあるが、ライフル兵ではないので、ポーランド陸軍が旧式余剰装備として保管していたナガンを支給された。パウリナは、ナガンをある程度、使いこなすことができる――父親がもっと古い型を持っていたので、子供のころに何度か撃ったこともある――しかし、父親や男きょうだいとイノシシ狩りに行ったことは一度もなかった。家で本を読むか、夏には友だちと湖へ行くほうが好きだったからだ。

ウルシュラが人混みから現われ、若い女性ふたりはキスとハグの挨拶《あいさつ》をした。ウルシュラは、グリーンと茶色の迷彩服に身を包んでいた。地面に雪が積もっているから、効果的なカムフラージュにはならないだろうと、パウリナは思った。パウリナもおなじ迷彩服だったが、バックパックは大学にいたころに使っていたもので、鮮やかな紫色だった。標準の支給品とはまったくちがう。

パウリナの中隊のバス二台は、駅周辺の渋滞のために二十分遅れて到着したが、やがてウルシュラとパウリナは部隊の仲間といっしょに乗り込み、正午には首都を出ていた。

パウリナの所属する領土防衛軍中隊は、九十三人の男女から成っている。最年少の十八歳も多かった。最年長は、ソ連にポーランドが牛耳《ぎゅうじ》られていたころにポーランド地上軍で調理手をつとめていた、五十七歳のパン焼き職人だった。指揮官はポーランド地上軍の現役士官、二十三歳のロベルト・ノヴィツキ歩兵少尉だった。ノヴィツキ少尉は、タデウシュ・コシチュシュコ陸軍士官学校を一年前に卒業し、戦闘能力向上のために下級将校を交替で民兵部隊に送り込むプログラムによって、中隊長に任じられていた。民兵を指揮するよりも地上軍にいたいとノヴィツキが思っているのは明らかだったが、指揮下の男女を蔑《さげす》むふうもなく命令を実行していた。通常、ノヴィツキが中隊の民兵と顔を合わせるのはひと月に数日だし、民兵はいつでも辞《や》められるので、それは楽ではないだろうと、パウリナにはわかっていた。

しかし、民兵は、思いのままに指揮官に口答えをしたり、合法的な命令を拒否したりすることはできない。とはいえ、そういうことがときどき起きる。中隊の何人かにとって、ノヴィツキは自分たちの半分の年だし、荒っぽい年配の男が大学卒の若者に文句をつけたり、疑問を投げつけたりするのは、めずらしいことではない。

だが、パウリナは命じられたことをやった。ノヴィツキを尊敬しているからではない。コーヒーをいれるときでも、戦闘訓練をやるときでも、勤勉に働くのは、揉《も》め事に巻き込まれたくないからだった。

ノヴィツキは、パウリナのバスで、運転手のすぐうしろに乗っていて、はじめのうちは携帯電話で話をしていた。ワルシャワを出てから三十分後に、ノヴィツキは立ちあがり、運転手の車内放送用マイクを持った。

「よく聞いてくれ。われわれはラドムの西へ向かっている。そこを防衛する任務をあたえられた」──手にしたメモを見た──「国道12号線だ。そこはラドムとピョトルクフ・トリブナルスキーを結ぶ最短ルートだ」

三十五歳の店員がどなった。「どうして?」

ノヴィツキがいらだたしげに見あげて、マイクを顔の前に持っていった。「そうしろと命じられたからだ」

「おれがいいたいのは──」

ノヴィツキはさえぎった。「いいたいことはわかっている。それには答えられないし、あんたが正規軍にいたら、質問すべきではないとわかっているはずだ」

ノヴィツキは、それから数分、細かい説明をした。それでも大声で質問するものがいて、バスの車内は、手に負えない学生たちが代理教員に向かってどなっているような雰囲気になった。

「おれたちはどうして展開されるんだ?」

「ロシアが侵攻すると、だれがいってる?」

「どうしてロシア軍が国道12号線やラドムとピョトルクフ・トリブナルスキーを奪おうとするんだ?」

ノヴィツキが質問に答えられなかったので、パウリナはすぐにそういったやりとりを意識から追い出した。そして、ウルシュラと、自分が好きになったDHLドライバー、トゥトゥスのことを、小声で話し合った。トゥトゥスがもう一台のバスに乗ったので、仲良くなるチャンスがなくなるのではないかと、パウリナは心配していた。ウルシュラはパウリナを安心させようとして、トゥトゥスはあなたが好意を示しているのに気づいていないけど、いろいろな手管を使えばきっと本気で惚《ほ》れてくれるはずよといった。

パウリナは、これから二週間かけてトゥトゥスの気を惹《ひ》こうと決意していた。その計画をロシアに邪魔させはしない。

午後三時、民兵のバスは最初の目的地、ラドムのすぐ西にある製材所の凍った平らな場所に到着した。

バスがとまり、全員がおりると、TDFのトラックが列をなしていた。トラックには、弾薬、食糧、水、テント、特技に応じて支給される班組装備火器《クルー・サーヴド・ウエポン》が満載されていた。

パウリナの中隊の全員に特技がある。パウリナはふたりで操作するRPG-7組だった。中隊その携帯式対戦車擲弾《てきだん》発射器は、フィン付きの擲弾を射程五〇〇メートルまで飛ばす。中隊に割り当てられた発射器は、パウリナが生まれる十年前に製造されていたが、いまも有効な優れた兵器だった。

パウリナと組の相棒、ワルシャワの西にある叔父のタイヤショップで働いている、にきびの痕《あと》だらけのブルーノという十九歳の若者は、RPG-7一挺と擲弾四発がはいっている木箱を割り当てられた。パウリナとブルーノは、どちらもこれまでに六発、RPG－7の擲弾を発射したことがある。すべて去年の夏、陸軍演習場で射った。ブルーノのほうがすこし狙いが精確だったので、配置について発射する役目を命じられている。再装填《そうてん》の補助と、後方爆風にさらされる範囲の安全確認が、パウリナの役目だった。それにくわえて、大きな弾薬帯に収めた擲弾を運び、旧式ライフルでブルーノを掩護《えんご》する。また、ブルーノが射撃をつづけられなくなったときに交替できる態勢でなければならない。

ブルーノとパウリナは、擲弾四発入りの木箱をトラックの荷台からおろし、パウリナが弾薬帯に擲弾を差し込んだ。ブルーノは六挺入りの箱から発射器を取り出し、中隊のあとの射手五人も、自分の発射器を取った。

トラックの荷台で彼らが装備を整えていると、ソフトケースに入れたドラグノフ・スナイパーライフルを背負ったトゥトゥスが、近くを通った。

「ヘイ」パウリナは、何気《なにげ》ないふうを装っていった。

「トビアスか」トゥトゥスが、うなずきながらそういって、通り過ぎた。

ファーストネームを知らないのかもしれない、とパウリナは思った。

トゥトゥスは、班の狙撃兵《シャープシューター》だった。スナイパーと呼ぶのは褒《ほ》めすぎだろうが、ワルシャワ出身の若者にしては射撃がうまい。トゥトゥスは一度パウリナに、ワルシャワの北に叔父の農場があり、子供のころは週末に行ったという話をしたことがあった。いっしょにウサギ狩りに行ったが、自分は生まれつき射撃がうまいと、トゥトゥスは自慢した。

民兵中隊の面々は、バックパックと武器装備を持って、地元住民が運転する古い民間のトラックに乗った。トラックがまもなく大きく揺れて幹線道路をはずれ、農地のあいだを抜ける、森のなかの曲がりくねった土の道を走っていった。

パウリナは、トラックの荷台で揺さぶられながら、夕食には軍の携帯口糧を食べなければならないのだろうかと考えていた。ノヴィツキが無線で呼びかけた。「全部隊に告げる。われわれは車両基地に寄って、防御工事用の材木を積む。それから、国道12号線沿いの豆畑に野営地を設営する」

ウルシュラが、パウリナのほうを向いた。「なんでこれから材木がいるのよ？　さっきまで製材所にいたのに」

パウリナは答えた。「製材所で材木を分けてもらえるわけがないでしょう。わたしたちがもらえるのはクズ材よ。使えないのを拾い集めるのよ」

ウルシュラがいった。「いまでも最悪なのに、もっとひどくなるわけ？」

17

アフリカ東部
ジブチ共和国　ジブチ市
十二月二十二日

　ロシア人グループがジブチのどこに泊まっているのかを突き止めるのに、根気のいる調査を四日つづけなければならなかったが、六十四歳のフランス人課報員、パスカル・アルク＝ブランシェットは、とにかく辛抱強い男だった。一日目は、グループがバルバラ地区行きのバスに乗ったために見失った。その地区には観光客向けのホテルがないはずなので、地元住民の家に泊まっているのかと思った。その地域周辺の知り合いに、賄《まかな》い付き下宿かホステルはないか、十人近いグループを泊められる広い家を持っている人間がいるかどうかを、ひそかに問い合わせた。

　有望な手がかりが見つからないので、いろいろな時刻にその界隈《かいわい》を車で走りまわることにした。時間がかかり、退屈で骨の折れる作業だった。汚れたおんぼろのルノーの4ドアはエアコンが壊れているので、よけいたいへんだった。今年の十二月のジブチは、天候に関しては例年とおなじで、昼間は摂氏三五度以上だし、夜でも二〇度をすこし上まわっていた。だが、パスカルは汗をかく仕事に慣れていた――これまでほとんどずっと、そういう仕事をやってきたのだ。それに、冬にアフリカ以外のどこかで味わう、骨の髄《ずい》まで凍えるような突然の寒さより、この暑さのほうがずっと好ましかった。

ジブチ市にはもともと中心となる観光地などないが、バルバラのバス停車場の周辺地域はなおさら殺風景だった。そこは街の郊外で、雑なつくりの倉庫や、トタン板か錆《さ》びたコンテナからこしらえた掘っ立て小屋が並んでいる。風が運ぶ泥や砂が南から侵食してきて、第三世界の端にある首都のすべての生き物に染みついている。

ホテルはなかったが、作業員向けの宿舎に改造されている倉庫がいくつかあった。パスカルは地元の友人の顔役といっしょに行き、なかを調べてもらうあいだ、表にルノーをとめて待った。

正体不明のロシア人グループを二日捜しまわったあとで、もうよそへ移動したのだろうと、パスカルは判断した。白人が十人前後この界隈にいたら、姿を隠すのは容易ではないだろう。しかし、その日の夕方に、新車のトヨタ・ハイラックスのピックアップが、バス停車場の北から町にはいってきて、パスカルの前を走り出した。はじめのうち、パスカルは尾行するつもりはなかった。地元のナンバープレートで、ほかに目立った特徴がなかったし、ヘッドレストに隠れて、運転している人間も助手席の人間も見えなかったからだ。

しかし、ガソリンスタンドにその車がはいったときに、運転席と助手席からおりてきた男ふたりをパスカルは見た。体が大きく、顎鬚《あごひげ》を生やした白人だった。前の週に〈レストラン・リストリル〉で見かけたグループにいたかどうかは定かでなかったが、数ブロックあともどりして、ガソリンスタンドからピックアップが出てきたら跟《つ》けることにした。

トヨタ・ハイラックスのピックアップは、まもなく五分間走り、頑丈そうな金網のフェンスに囲まれた荒れ果てた倉庫に着いた。パスカルは顔役を連れていなかったので、代わりにようすを見にいってもらうことができなかった。そこで、六ブロック離れた高台まで車を走らせ、白人がこの界隈をうろついていると不審に思われるおそれがあるので、そのまましっと座っていた。

パスカル・アルク＝ブランシェットは、服や高級車には金を使わない。そもそも上等なものなどなにも買わない。しかし、情報部のおかげで、上等なおもちゃは持っている。ヴォルテックス製の〈カイバブ〉高性能双眼鏡を助手席に置いてあったショルダーバッグから出して、その倍率十五倍の光学機器を目に当て、土埃《つちぼこり》の立つなかで遠くに見える倉庫に、焦点を合わせた。

たちまち、屋根にいる白人ひとりが目にはいった。やはり双眼鏡を持っている。見つかったかもしれないと思い、パスカルは一瞬怖れおののいたが、その男は倉庫に近い道路を見張っていて、高台のほうは見ていないとわかった。

男のそばには安物のプラスティック製ローンチェアがあり、ライフルと高級品のバックパックが立てかけてあった。

パスカルのもじゃもじゃの眉毛が、すこしひくひく動いた。ジブチでは、施設を警備するのは悪い考えではない――それはめずらしいことではない――しかし、地元の警備会社を使わずに警備するのは、ふつうではない。

あのロシア人が何者なのかはわからないが、彼らが装っている漂泊の旅人ではないことはたしかだと、パスカルは確信した。

ちがう。なんらかの組織的な活動が行なわれている。企業スパイ？　外見からしてありえない。パスカルの熟練した目には、軍隊らしい几帳面《きちょうめん》さを隠しているように見えた。軍の隠密部隊である可能性が高い。

十人ほどのロシア兵がジブチの倉庫地区に隠れ住んでいるのは、ロシア政府がジブチ国内でひそかに行なっていることを護《まも》るためだろう。そうとしか考えられない。

一時間近く、倉庫の敷地内ではほかになんの活動も見られなかったが、やがて本館らしい倉庫の金属製のスライドドアがあき、トヨタ・ハイラックスが二台出てきた。正面ゲートを出た二台が、南に折れたので、パスカルはいそいでルノーのエンジンをかけた。

薄暗くなりはじめた夕方の国道《RN》5号線を、ベージュ色のルノーのセダンが走っていた。グレイのトヨタのピックアップとは、二〇〇メートルの距離を置いている。ルノーを運転していたパスカルは、弱った目でターゲットを見失わないように、フロントウィンドウの土埃や汚れを透かして目を凝らした。

国道5号線は、ジブチ市から南へのびて、エチオピアに通じている。まず南郊外のだだっぴろい貧民街を通って、ジブチの六大都市のひとつであるアルタの南西部を抜ける。そこからは起伏のある丘陵で、樹木がまったく生えず、河床が縦横に交わっている。この季節はほとんど涸《か》れているが、茶色い水が流れている川もある。

そういった河床のひとつに橋が架かっているところで、ピックアップ二台が国道からそれた。パスカルもルノーの速度を落として、道路脇に斜《なな》めにそれて、ゆるやかな長い丘の頂上の蔭にはいったところでとめた。距離は依然として二〇〇メートル離れていたが、双眼鏡を出して車をおりると、ボンネットを持ちあげるために車首へ行った。

車の故障を装うのは、斬新な手口とはいえないが、パスカルは世界各地で危ない仕事を四十年近くやってきて、ほとんど毎回、それでうまくいっていた。

ボンネットをあげると、あけたままの運転席側のドアに身を隠して、双眼鏡を覗《のぞ》いた。

ハイラックス一台から、白人の男六人がおりた。全員が現役兵の年齢で、橋の上を歩き、下を覗き、携帯電話で写真を撮っていた。のんびりした態度で、さりげないふうを装っていたが、目的があってここに来たことは明らかだった。

ひとりが橋の末端まで行き、欄干《らんかん》を乗り越えて、土の土手を歩いていった。

技師が測量を行なっているようにも見えた。近々《ちかぢか》重量物を運んで橋を渡るので、強度を知りたいのかもしれない、とパスカルは思った。

とも考えられた。

だが、隠密裏に活動しているのは明らかだったので、地元政府の完全な許可を得ていない

これは新機軸だ、と思った。ロシアの特殊部隊が、事前に地質調査任務を行なっている。金やレアメタルのような鉱物資源を探すために、アフリカには世界各国の地質調査隊がやってくる。ロシアがケニアでREE鉱山の採掘権を失ったことを、パスカルは詳しく知っていたので、隠密裏の現地調査なのかもしれないと思った。

目当てのものが見つかる可能性はないだろう。フランスがすでにジブチ市周辺の土地を探査して、利益が出る可能性がある地中の鉱物や石油を探したが、価値あるものは発見できなかった。

パスカルは、大使館に戻り、秘密保全措置をほどこした通信文をパリに送ることにした。地元政府に任せるべき問題だが、ひきつづき調査し、ロシアから来た連中が何者で、ジブチ市の南でどんな秘密の探鉱を行なおうとしているのか突き止めろ、と命じられることをパスカルは望んでいた。

それはただの願望にすぎなかった。パリに自分の仕事を認められるのを期待して、希望を抱いていたわけではなかった。だが、パスカル・アルク＝ブランシェットは、毎日がどんな形でもいいから面白くなることを願っていた。

通信文が書かれ、送られて、翌朝にパスカルは、パリからの応答を受け取っていた。

例によって紋切り型の文章だったが、言外の意味はわかった。

どうでもいいと彼らが思っていることは、明らかだった。

通信文を受領したという報《しら》せにすぎず、さらなる情報の要求も、資源の提供もなかった。

パスカルは溜息をついたが、そのとき携帯電話が鳴った。一週間に一度、息子が電話してくる時間だと気づいて、たちまち気分が明るくなった。「アロー？」

「やあ、パパ。早めだけど、クリスマスおめでとう」

「おめでとう。一週間、どうだった？」

「いつもとおなじだよ。パパのほうは？」

「信じられないだろうが、こっちで興味深いことが起きている」

「ウイ、そのとおり。信じられないよ」

「街にあらたにやってきた連中をたまたま見つけた。外国人だ。冒険旅行の装備を着込んでいて、バックパックとブーツは最高級品だ。十人くらいいるようだ」

「それがどうしたの？」

「わたしの憶測では、おまえとおなじ稼業らしい」

それでアポロは、ほんのすこし興味をそそられた。「外国人だって？」

「カラシニコフとキャビアの国から来た」

ロシア軍のスペツナズが、ジブチに来て私服で活動しているという意味だと、アポロはすぐさま理解した。かなり好奇心にかられていた。「冗談だろう？」

「これについては、冗談ではない」

「そいつら、なにをやってるんだ？」

「橋や幹線道路を調べ、倉庫を保全している。何日も前から来ていて、宿泊している場所のようすからして、しばらくいるようだ」

「民間の武装警備員じゃないの？　ロシアのエンジニアを警護しているんだよ」

「民間企業には見えないし、柔道の猛者《もさ》みたいな体つきのエンジニアなど見たことがない」

「妙だね。パリには報告したんだろう？」

「まったく無視された」

アポロがいった。「こういうこと、前にも聞いたことがある？」

「前代未聞だ。わたしがこの国に来てからは、一度もない。この謎をもうちょっと調べて、わかったことがあったら教える」

「用心して、パパ」

「馬鹿をいうな。近ごろはおまえのほうがずっと危険なことをやっている」

それを聞いて、アポロは笑った。「パパ、大隊は半分が休暇中だし、おれはもうちょっとで書類仕事が終わりそうなんだよ」

「よかった。それなら安心して眠れる」

18

ベルギー　ブリュッセル
十二月二十三日

第13竜騎兵落下傘連隊に所属する三十二歳のアポロ・アルク＝ブランシェット大尉は、携帯電話の通話を切り、回転椅子をうしろにずらして、ブーツを履《は》いた足をデスクに載せた。兵舎にある狭いオフィスは質素そのものだったが、もっとひどい環境でもやっていけるので、アポロはなにも文句をいわなかった。

アポロの大隊は、ＮＡＴＯの超高度即応統合任務部隊《VJTF》の交替制六カ月勤務を終えようとしていた。アポロとその部下たちはフランスへ帰り、ドイツ軍の特殊戦団《KSK》があとを引き継ぐ。

アポロはアフガニスタンに何度も展開して戦闘に参加し、それらの出征でかなりの数の戦闘を経験した。アポロとその部下たちが戦闘で負った傷が、ヨーロッパの特殊部隊のなかでも精鋭であることを立証している。ブリュッセルでは六カ月間、訓練程度のことしかやっていなかったが、ＮＡＴＯの軍務に服したことを、アポロは誇りに思っていた。

NATO・VJTFの交替勤務は、アポロの部下たちが切望するアフガニスタン展開とはまったく異なる。彼らは反撃してくる抜け目ない敵に、本物の鉛玉を浴びせる機会を狙っていた。だが、フランスのスジエ駐屯地でじっとしているよりはましだった。駐屯地では弾薬が乏しく、射撃危険率が高いので、実弾訓練が制限されている。それに、アポロは報告書を書き、装備等請求書に記入するのに、勤務時間の大半を費やすことになる。

だが、いまアポロが考えているのは、そういったことではなかった。父親のことが気になっていた。

アフリカで奇妙なことが起きているという父親の推理を、どう受けとめればいいのかわからなかった。重大なことが持ちあがっていると父親が確信しているのを疑っているのではなく、現場にいる歳月があまりにも長いせいで、幻想を抱きはじめたのではないかと心配していた。

アポロと姉のクローデットは、パスカルがみずから望むことも多かった、世界各地への不規則な旅に付き合わされた。子供のころは、フランス外務省の民間貿易担当だと思っていた。アポロは、フランスで〝機密〟を意味する秘密防衛《スクレ・デファンス》を取り扱う資格をあたえられたときにはじめて、父親が四十年間、対外治安総局《DGSE》の諜報員として働いていたことを知った。

アポロは、父親のことは心配いらないと思おうとした。パスカルは、数多くの外国で、ずっと独力で危機を切り抜けてきた。父親としては気まぐれで、忘れっぽく、ふつうではなかったが、八カ国語をほとんど完璧に操る。

パパは〝ぼんやりした馬鹿なおやじだ〟というアポロの非難に対して、パスカルはいつもフランスの作家ヴォルテールの言葉を引用する。〝父親が子供の講義を受けるとは、なんと楽しいのだろう。自分が植えた柏《かしわ》の木蔭《こかげ》で、ゆったりと体を横たえるようなものだ〟。

父親は頭がよすぎるのがあだになっていると、アポロはいつも思っていた。フランスの特殊部隊に参加することで、アポロは自分なりに父親の歩んだ道をたどっているともいえる。アポロは銃やヘリコプターを使い、父パスカルは投函所《デッド・ドロップ》や暗号化された電話を使うというちがいはあるが、ふたりともフランス政府の僕《しもべ》だ。

アポロの母親はパリ出身の社交的な女性で、アポロがまだ幼いころにパスカルを捨ててべつの男のもとへ奔《はし》った。アポロは顔も憶えていない。アポロは少年のころ、読書や物を書くことが好きだった父親と姉とは反対に、団体でやるスポーツや体を動かす活動に惹《ひ》かれた。

一生ずっと、義務ではない運動に時間を割《さ》いたことがない父親とは、正反対だった。

パスカル・アルク＝ブランシェットは、息子が作家か教師になることをずっと願っていたが、アポロは軍隊にはいってやがて特殊部隊員になった。アポロは戦闘を好み、危険に惹かれ、第13竜騎兵落下傘連隊の肉体的な難関や要求に応えてめざましく働いたので、フランス陸軍の高官たちから高い評価を受けていた。

仕事に危険がともなうので、父親が心配していることを、アポロは知っていた。

父親と話をしたときのつねで、こういったことや、そのほかの思いが、アポロの脳裏に蝟《い》集《しゅう》した。だが、きょうは父親の奇妙なとりとめのない話が、気になってしかたがなかった。

「ジブチにロシアのスペツナズがいる?」耳からはいれば理解できるとでもいうように、アポロはデスクに向かってつぶやいた。

NATO・VJTFのチーム・リーダーという立場を利用して、父親に影響を及ぼしかねない物騒な事態がアフリカで起きているかどうかをたしかめようと、アポロは決意した。立ちあがり、オフィスを出て、ベルギー軍の狭いヘリコプター発着場を横切り、基地の超極秘施設へ行った。

やがて、アポロはVJTF統合情報センター《JIC》にはいっていった。当番中隊をつとめると、秘密扱いの情報にいくらでもアクセスできるという役得がある。それにはデメリットもある。最近は興味をそそることはすべて台湾海峡で起きているので、部下の気のたるみと戦わなければならない。

ああ、よかった、とJICにはいりながらアポロは思った。友人のイタリア軍情報将校ルカ・スカルペッティ少尉が、当直をつとめていた。

「やあ、ルカ」アポロはあたりを見まわした。いつもあわただしい動きが見られるNATOの秘密情報センターは、がらんとしていた。「クリスマス祝日も働かされることになったのか」

「ああ、でも、あとで何日か休みがとれる……つまり、ラ・フェスタ・デグリ・インナモラティ。大がかりでセクシーなお祭に」

「きみが考えているようなものじゃないと思う」

「いや、いや、ちがうよ。その日は——恋人たちのための日、なんていうのかな？」

「ああ、セント・ヴァレンタインズ・デイか」

「そう。それだ。で、どういう用事かな？」

「ロシアのスペツナズが何人か、アフリカのジブチにいるという噂を聞いたんだ。それについて、なにか知らないか？」

「米軍のアフリカ軍司令部《AFRICOM》が告示して、ロシアの識別記号《タグ》を付け携帯電話と衛星電話機でアフリカから発信があるかどうかを調べるよう、NATOの全同盟国に依頼した。われわれは監視しているが、たいしたことはわかっていない。ロシアはつねに、えーと、ちょっとした策謀をめぐらす。あらゆる場所で《トゥット・ア・ポスト》——なにかあったのか？」

「アフリカにあるロシアの衛星電話機の位置を調べる方法があるんだな？」

「シ」

「よし、それじゃ調べてくれ」

「われわれにいまわかっているのは、教えられる——きみには資格があるから——でも、〝口から水をこぼしてはいけない〟」

「口を閉じていろということだな。もちろんそうする。おやじの頭がいかれていないか、たしかめたいだけだ」

「〝おやじの頭がいかれていないか、たしかめる〟？　フランスのいいまわしかな。たとえば……〝確認しろ〟という意味？　きみの国にも、翻訳しづらい言葉があるんだね」

スカルペッティ少尉が、汎世界連合情報交換システム《CENTRIXS》と呼ばれるNATOの情報システムの北アフリカ要覧を呼び出した。いくつかの要覧を確認して、目当てのものを見つけた。いくつかの信号情報収集部隊がまとめたもので、ヨーロッパとアフリカの部分地図が表示された。アフリカと、ロシアにいくつかある色づけされた点が、個々の衛星電話機の位置と、一定期間に使用された回数を示していた。

スカルペッティがいった。「中国は携帯電話にバックドアを仕掛けているし、ロシアは秘話衛星電話機をすべて中国から買っている。われわれは中国のバックドアを利用している。北アフリカにあるロシアの衛星電話機すべてを傍受し、識別記号《タグ》を付けるバッチ（いくつもの手順が必要な処理を自動的に連続して実行するプログラム）を、だれかが作ったんだ」

「このロシアにある点は？」

「アフリカにあった衛星電話機が、ロシアに戻ったということだろう」

赤い点がひとつ、西ヨーロッパにあることに、アポロは目を留めた。「それじゃ、これは？」

「迷子の仔猫《こねこ》かな？　ロシア軍の将軍が、休暇でスキーをやっているのかもしれない」スカルペッティが、自分のジョークに笑った。

「中国製の衛星電話機がスペツナズに支給されたということは、おそらく特別な目的のために使っているんだろう。電話はすべて同時に現われたのか？」

「未処理データを掘り起こすから、ちょっと待ってくれ」スカルペッティが、CENTRI

XSの元の未処理データを検索し、まもなく行列《マトリックス》の集合を見つけた。要するに、時間と日付の図表だった。衛星電話機のリストができあがっているので、SIMカードを差し替えたり、衛星接続のプロバイダーを変えたりしても、資産識別記号によって一台一台を識別することができる。

スカルペッティが、首をかしげた。「これだ。めずらしいことに、すべておなじ週に電源が入れられている。この十日のあいだに」

識別記号を付けられた携帯電話のうちの二台がジブチ市にあるのを、アポロは見た。

「まちがいないか？」アポロはきいた。

「ぜったいにまちがいない」

「それじゃ、これまでにないことが起きていて、ロシア人がアフリカの角《つの》にいる……おやじがいったとおりだ」

「また〝おやじ〟か。でも、これを見てくれ。さっきのスライドで見たこの迷子の仔猫だよ。これはきのうの情報で、ドイツ・アルプスにいる」

「精確な位置は？」

「JICの傍受情報を呼び出す。信号情報班が見ているのとおなじデータを見る」スカルペッティが、統合情報センターの共通作戦画像に、ヨーロッパの地図を重ねた。グーグル・アースのように、世界のさまざまな地域で収集した情報が表示される。スカルペッティは、レーザー情報を除去して、信号情報だけを残し、ヨーロッパで使われているロシアの衛星電話機の資産コードをカット&ペーストした。脈打つ赤い点が、ドイツの領土内に現われた。

「いま発信している」

「だれかがいま使っているのか？」

「ああ、電話で話をしているようだ」

「その位置にズームできないか」

「できる。ほら……」スカルペッティがマウスのホイールを使ってスクロールし、赤い点をさらにズームした。そのとき、点が消えた。

「待て……失探したのか？」

「いや、電話を切っただけだ。どこにいるかはわかる。衛星で位置をつかんでいる。衛星をいくつも使って、位置を割り出すこともある。これはヨーロッパ信号情報班の担当で、すごくいい仕事をしているから、われわれに位置を教えてくれるはずだ。ほら――見て。ドイツ‐オーストリア・アルプスだ。山のてっぺんで、山の名前は……ツークシュピッツェ。調べにいくのか？　あんたたちはまだ緊急待機部隊なんだろう？」

「ああ」アポロは、画面を見ながらいった。「見にいきたい。北アフリカで識別記号を付けられたロシアのスペツナズの衛星電話機がアルプスに現われたんだ。興味津々《しんしん》だよ」

「あんたがアルプス近辺で部隊を動かすのに、上の連中は難色を示すんじゃないか？」

「おれの権限の範囲でやる。調べにいくくらい、さしつかえないだろう。それに、ドイツのKSKの連中は、まだ緊急事態に出動する用意ができていない」

「わかった、アポロ。セクシーなお祭に行きたかったら、声をかけてくれ。ふたりのほうが楽しい。いっしょに女たちのハートをとろけさせよう」

アポロはうなずいて、笑みを浮かべ、イタリア人少尉の背中を叩いた。JICを出たときも、父親が観察したことと、アルプスに一台だけはぐれたロシアの衛星電話機があることの奇妙なつながりについて、考え込んでいた。

19

ベラルーシ　ポジェジュン
十二月二十三日

午前零時過ぎ、ダニール・ドゥリャーギン大佐は、エドゥアルト・サバネーエフ大将との会議のために、雪に覆《おお》われたベラルーシの山野の部隊中間馴致《じゅんち》地域を離れて、ポジェジュンの町にある鉄道駅の外に設営された司令部テントに赴いた。ドゥリャーギンとサバネーエフは、ロシア連邦軍の強力な装甲人員輸送車《BTR》に最近くわわったブメラーンク装輪装甲車のそばで、握手を交わした。ブメラーンクは、二五トンの巨大な共通車体に五一〇馬力のエンジンを積み、厚い装甲で防御し、用途に応じたさまざまな型があり、遠隔操作砲塔に、主砲、対戦車ミサイル発射機、七・六二ミリ機銃など、さまざまな兵器を搭載できる。

たとえば、装甲人員輸送車型のK‐16は、乗員三人のほかに、戦闘員八人が乗ることができ、その兵士たちを戦闘に投入することで、一両あたりの火力が強化される。

レッド・メタル作戦のヨーロッパに対する西部先鋒攻撃には、ブメラーンク百七十両が参加するので、作戦全体がこの新装備に依存することになる。

ダニール・ドゥリャーギン大佐は、長身で、茶色の髪が薄くなりはじめている。筋肉質の痩《や》せ型で、華麗なサバネーエフ将軍の部下の急襲部隊指揮官のようには見えない。だが、押し出しが立派ではないことを、経験とひたむきな姿勢でじゅうぶんに補っている。ドゥリャーギンは、命令は完全に必然で、結果は予測できていると見なし、それが実現するようにたゆまず努力する。ドゥリャーギンはサバネーエフを心の底から信奉し、かけがえのない存在になっていた。

ドゥリャーギンの二十五年の軍歴のうち八年以上、ふたりは協力してきた。その間ずっと、サバネーエフは、ドゥリャーギンの仕事ぶりを入念に観察していた。六カ月前にサバネーエフは、口実をつけて、野外で部下を訓練していたドゥリャーギンのもとを訪ねた。そして目にしたのは、発作的な怒りや感情の激発にとらわれることがない、物静かなプロフェッショナルだった。また、ドゥリャーギンには戦術への理解力が具《そな》わっていて、部下の心をつかむ天才でもある。サバネーエフに必要な、敬愛されるカリスマ的なリーダーだった。

サバネーエフは、自分が部下にあまり共感されていないのを知っていた――それは気にしていなかった。自分は戦場をもっと大きな感覚で捉えていて、下級部隊と上級部隊の狭間にある〝戦争の作戦レベル〟を理解していると思っていたからだ。中隊・大隊レベルの経験しかない戦術家にはそのレベルの作戦が理解できないし、上級司令部の参謀や政治家にも効果的な立案を行なう能力はない。

サバネーエフはきいた。「今夜はどこで睡眠をとるんだ？」

「将軍、この会議が終わったら、その足で偵察部隊へ行きます。そこで泊まる予定です」

「急襲第一波の指揮官たちといっしょにいないのはなぜだ？　きみの効果的な指揮をあてにしているのだ」

「偵察部隊、ＧＡＺ虎《ティーグル》歩兵機動車隊が、成功の鍵を握っていると考えています。彼らが確保した通り道を、われわれはたどります」

ドゥリャーギンは、またしても真価を発揮した、とサバネーエフは思った。ドゥリャーギンは、前線の兵士たちとともにいることを望んでいる。

ふたりは司令部テントへ歩いていき、折りたたみ椅子に腰をおろした。ガスランタンとキャンプ用ストーブがいくつか、明るい光を発して燃えていて、煙が漂い、暖かな雰囲気をかもし出していた。固定されていないテントの垂れ蓋《ぶた》がときどき風であき、煙を渦巻かせ、炎をちらつかせた。

サバネーエフの司令部要員は、歩兵や偵察部隊の兵士とはちがって、寒さに慣れていないので、はいってきた人間に垂れ蓋をしっかり閉めろとひとりが文句をいった。当直の数人は、寒冷地用装備にくるまって、無線機や地図の番をしていた。非番のものは、寒い表に出たがらず、寝袋をまるで繭《まゆ》のように体に巻きつけて、テントの端に固まって眠っていた。

サバネーエフはいった。「わたしの司令部との連絡が途絶えないように気をつけていてくれ。きみたちが単独行動をとるあいだ、支援できなくなる。列車はきみたちから離れないようにするが、いくつかの段階で、きみたちは無線の交信範囲を出る……さらに重要なのは火力支援範囲から出ることだ」

サバネーエフは、椅子のそばの擦《す》り切れた古い革のマップケースを取りながら、炎をじっと見た。地図をひろげて、ポーランド－ドイツ国境の検問所を指さした。「これはなんだ？」

「検問所20です」

「暗記しているのか？」

「すべて暗記してあります」

サバネーエフは、ドゥリャーギンに質問したくなるのをこらえた。部下の知識を確認する必要はない。ドゥリャーギンは、自分が選ばれた理由を承知している。レッド・メタル作戦の重要な西部先鋒部隊を指揮できる人間は、ダニール・ドゥリャーギン大佐しかいないのだ。

「捕虜のことを忘れるな」サバネーエフは命じた。「捕虜はきわめて重要になる。きみの部下は、NATOの階級を憶えていなければならない」

「憶えています」

サバネーエフは立ちあがった。ドゥリャーギンも立った。「幸運を祈る、大佐。帰国する前に、シュトゥットガルトで一杯やろう」

「はい、将軍」ドゥリャーギンが、敬礼とともにいった。

十五分後、運転手がドゥリャーギンを部隊前線に送り届けた。T‐14アルマータ戦車一個機甲中隊が、林のなかに陣地を構築していた。意図的に、夜間カムフラージュをほどこしていなかった。西側が衛星で数を知るはずなので、過小評価させるのが目的だった。

ロシアの最新世代の主力戦車T‐14は、爆発反応装甲《ERA》と44S‐sv‐Shと呼ばれる重層の特殊装甲を備えている。ERAはロシア語で〝マラヒート〟（〝マラカイト〟＝孔雀石）と呼ばれ、来襲するミサイルを吹っ飛ばす爆薬から成っている。ロシアの第四世代の防御システムで、航空機から対戦車ミサイルを発射することに拘泥《こうでい》している西側の攻撃力を弱める狙いがある。

ドゥリャーギンは、森のなかを偵察部隊に向けて歩いていた。偵察部隊は、特別に選ばれたポーランド国境からわずか数キロメートルのところに展開している。戦車兵のキャンプファイアと音楽がうしろに遠ざかると、音をたてない偵察部隊だけがいる森のなかは、かなり静かだった。

「歩いているのはだれか？」木立から高飛車な声が聞こえ、考えごとをしていたドゥリャーギンは、はっとした。

「ドゥリャーギン大佐だ」思ったよりも速く歩いていたと気づいて、ドゥリャーギンは答えた。

「結構です、大佐。確認しますので、そのままお進みください」木立の奥の声の主がいった。

ドゥリャーギン大佐は進みつづけ、声の主がいるとおぼしい場所の手前一〇メートル以内で足をとめた。カムフラージュされた機関銃抵抗巣《マシンガン・ネスト》の輪郭《りんかく》が見えた。暗闇の左近くで動きがあったので、ドゥリャーギンははっとした。農道の脇にある雪に覆《おお》われた雨裂《ガリ》から、スナイパーが起きあがった。

「大佐、お休みにならないのですか？」スナイパーがきいた。

「まだだ。指揮官はどこだ？」

「大佐、中佐はブメラーンク整備班といっしょに、最後の修理を行なっています。この道を百歩進めば見つけられます。かならず見つけられますよ」

「よし。それから、さっきの不意打ちはみごとだった。ひきつづき警戒を怠《おこた》らないように」

「はい、大佐」

ドゥリャーギン大佐は、指示された歩数を進んだが、準備地域の車両を見過ごしそうになった。一台の車両をべつの車両で牽引《けんいん》するために、鎖を取り付ける音が聞こえるだけで、あたりは静かだった。

「偵察部隊指揮官、応答しろ！」ドゥリャーギンは大声でいった。凍《い》てつく十二月の夜陰を探しまわりたくなかったので、必要以上に声が大きかった。

「こちらです」牽引用車両のそばから、声が聞こえた。

「走れなくなった車があるのか？　司令部の報告書にはなにも書かれていなかったが」

偵察部隊を指揮している中佐が、牽引器具を取り付けている部下とともにしゃがんでいた場所で立ちあがった。中佐が、ボロ布で素手を拭《ぬぐ》った。「大佐、これを戦車整備所まで牽引していかなければなりません。バッテリーを新しいものに交換し、駆動装置の部品をふたつ交換する必要があります。二時間もかからないでしょう。所定の時刻には準備ができています」

「それは部下に任せてくれ。ちょっとそのあたりをいっしょに歩きたい。撃たれないように部下に伝えてくれ。今夜はことに警戒しているようだ。きみのリーダーシップの賜物《たまもの》だな」

中佐がぱっと明るい顔になった。「寒いし、横になったらもう起きあがれないかもしれないと思うと、注意力も増します」

冷たい霙《みぞれ》が降りはじめた。ドゥリャーギンは空を見あげた。「この天気がロシアにとっては有利だな」うなずいた。「おおいに結構」

20

ベルギー　ブリュッセル
十二月二十四日

アポロ・アルク＝ブランシェット大尉は、朝の寒さのなかで立ち、フランス特殊部隊のH225Mシュペルクーガー・ヘリコプターが、自分と急遽《きゅうきょ》集めた二個分隊に向けて地上走行してくるのを見守っていた。

フランス製の新型ユーロコプターを用意できたので、アポロはほっとしていた。シュペルクーガーは、ありふれた旧式のAS532クーガーよりも航続距離が長く、積載能力も大きい。

空は暗い灰色で、何人かの表情も暗かった。休暇にはいったばかりだし、ドイツの特殊戦団《KSK》隊員たちが、すでにNATO超高度即応任務部隊《VJTF》を交替する準備にはいっている。だが、アポロは、ロシアの衛星電話機がアルプス山中にあることに興味をそそられて、みずからたしかめるために、部隊から志願者を募った。

二個分隊に相当する人数がそろったので、アポロは兵士たちのことを誇りに思った。「愛してやるんだぞ」アポロは、第2分隊分隊長のルシアン・ダリエル一等軍曹《セルザン・シェフ》にいった。ダリエルは、足もとに置いてあったバックパックのストラップを調整した。「優秀な男たちですよ」と相槌《あいづち》を打った。

十分後、第13竜騎兵落下傘連隊第2中隊第1小隊の二個分隊、計二十三人が、ヘリコプターの下にまとまりなく集合した。

アポロはいった。「聞いてくれ、みんな――クリスマスイブだし、みんな休暇を楽しみたいだろうが、びっくりするような情報があって、確認しにいかなければならない。KSKのドイツ人たちは、まだ迅速に行動する準備ができていないから、われわれの第4ヘリ連隊を呼んで運んでもらう。

われわれは、偵察任務のためにドイツ・アルプスへ行く。いい知らせもあるぞ。誤報でもないとわかったら、ヘリのパイロットに頼んで、ターゲット地域の近くでスキーができるところへ運んでもらう」

一同が歓声をあげたので、アポロは思わず頬をゆるめたが、すぐに真顔に戻った。「NATOが、その地域で怪しい衛星電話機を探知した」

アポロは、情報幕僚に合図した。情報幕僚の少尉が、地面にビニール製の地図をひろげた。二カ所の山頂に、赤い十字が記されていた。

「まずチューリヒの近くを越えて、デューベンドルフ航空基地に着陸する。そこを経由して給油する許可を、指揮所が手配しているところだ。そこからまた空に昇る。最終目的地であるきょうの目標は、ここだ」――アポロは、ツークシュピッツェと呼ばれているドイツ側の山を指さした――「ドイツ・アルプスの最高峰だ」

ほどなくローターの回転があがり、アポロを含めた二十四人が装備とともに乗り込んだ。灰色の空に向けてヘリコプターが上昇するときに、アポロは心のなかでつぶやいた。衛星電話機を持ったロシア兵が山頂にいてもいなくても、今回のクリスマスイブが退屈ではないことだけはたしかだ。

イラン－アゼルバイジャン国境
十二月二十四日

ボリス・ラザール大将は、さえぎるものがなにもない砂漠を見渡した。ザグロス山脈の東にひろがるイラン高原の広大な砂漠が、カフカス山脈を越えてきたラザールの強い視線を受けとめた。

ラザールは、現在はサンクトペテルブルクと呼ばれているレニングラードの出身だった。バルト海の潮くさいその街が、ときどき懐かしくなるが、いまは茶色い川が流れるここにいる。バルト海沿岸の美しい街路とは、まったくちがう。この汚い川の名前はなんだ？　戦闘地図を見て、位置を確認した。アラス川。まるでどぶ川だ、と思った。

海が見えれば、さぞかし気分がいいだろうに。

ラザールは、右腕の参謀長ドミートリー・キール大佐のほうを見た。キールは、ラザールの旅団任務部隊の作戦主任幕僚も兼ねている。ラザールは、コーヒーと煙草《たばこ》のヤニで変色している歯をむき出して、キールに笑みを向けた。無線で話をするのに集中していたキールは、それに気づかなかった。キールはラザールの訓育を受けていない。ラザールには、キールのような男を教育する技倆《ぎりょう》がない。だが、軍隊で生き抜く人間に特有のしたたかさで、十二年前にキールの才気のひらめきに気づいた。キールには高い労働倫理と、計画を細部まで徹底して立案する能力が具《そな》わっている。ラザールは、当時大尉だったキールを、最高の学校に入れ、さらに念を入れて、保護し、他人の目に触れないようにした。上官や同僚の将軍に、キールの明らかな才能のことを話したら、奪われるおそれがある。

ラザールは、キールを宝物のように撫育《ぶいく》した。

ラザールはこれまでの軍歴を通じて、ほんとうに重要な作戦を立案するのに必要な知力が自分にはないことを知っていた。だが、最高の幕僚をまわりに置き、恫喝《どうかつ》や政治力を駆使して、彼らが自分の部下でありつづけるようにした。そしていま、ラザール将軍は、キール大佐やその他の参謀のおかげで、ロシア連邦軍でもっとも緻密《ちみつ》に調整されている部隊を率いている。

ラザールは、木の椅子にドサッと座って、さきほどまで詰め物のあいだに一二五ミリ砲弾三発を収めていたグリーンのプラスティックの空《から》ケースに、足を載せた。砲弾はすでにラザールが乗っているT‐90戦車主砲の自動装塡《そうてん》装置に収まっている。

キール大佐が無線機から顔をあげて、後部のボスのほうを見た。ラザールはキールの正直なふるまいが好きだった。ラザールは、嘘ばかりつくイラン人も含めて、だれも信用していなかった。だが、キールは地球上のどんな人間よりも信用できると、ラザールは確信していた。

キールがいった。「将軍、部隊移動の準備ができました。イラン革命防衛隊機甲部隊が整列し、12号線を国境へ南下するあいだ護衛してくれます。われわれは将軍の命令を待っております」

「よし、ちょっと休憩して、わたしといっしょにトルココーヒーを飲もう。きみはじつによく働く。仕事に戻る前に、すこし緊張をほぐそう」

キール大佐は、心のなかで溜息をついたが、顔には出さなかった。ただうなずいて、アゼルバイジャンの色とりどりの織物を敷いた木の折りたたみ椅子に腰をおろし、泥みたいだとひそかに思っているトルココーヒーの小さなカップを受け取った。見かけはプリンのようだし、炭の塊のような味がする。

ほんとうは、コーヒーなど飲んでいるひまはない。たとえダゲスタンのライオン、ラザール将軍が相手でも。つぎの大がかりな段階のために、部隊をまとめなければならない。クラヴァ大佐は、戦車の燃料を補給するよう命じても、かならずといっていいほどそれを怠《おこた》るので、移動中に隊列が停止するにちがいない。グラッキー大佐は行軍を開始する前につねに愚かな質問をして、出発が遅れる。ニシュキン大佐はなにもいわないが、最新の地図やデータを懇切丁寧《こんせつていねい》に教えないと、走り出してからかならずドジなことをやりはじめる。

いつものように、彼らを無線で叱りつけなければならないだろう。

だが、間に合わせのテーブルの向かいのボスを見たとたんに、数々の懸念は消え失せた。

ラザール将軍は、いつでも将軍然としている。禿《は》げ頭とがっしりした顎《あご》は、昔ながらのソ連人の顔だと、キールは思う。ラザールはすでに現地にすこし溶け込んでいた。ロシア軍の厚手のオーバーコートの下に、北の市場で買ったアゼルバイジャンの毛皮のアンダーコートを着ている。ロシア軍支給の人工皮革のブーツは、新しい厚手のブーツに換わっていた。いずれも、部隊の全員が経験しているこの地域の寒風に適している。身を切るような風が四方で捲《ま》きあげる茶色い砂が、あらゆるものにこびりついていた。

ラザールが、キールをじろりと見て、トルココーヒーをひと口飲んだ。

ラザールはいつも落ち着いている。よくこういうことをいう。「わたしは大きなストレス源だが、わたしにストレスはない」そのストレスは、キールがもっぱら受けとめている。こういうときには、不確実なことが前方に大きくそびえているのを理解している証拠に、ラザールもすこしはストレスを感じている気配を示してもいいのではないかと、キールは思う。

だが、ラザールは、至高の落ち着きを示しているだけだったので、キールは黙って座り、緊張をほぐしているふりをした。

ドミートリー・キール大佐は、コーヒーを飲んだ。ボスの凝視から解放されて、早く仕事に戻りたいと焦《あせ》っていたせいで、ごくりと飲み、唇《くちびる》を火傷《やけど》した。

ようやく、ラザールがキールに向かっていった。「命令を出せ、ドミートリー。戦争に行くぞ」

21

ドイツ・アルプス　ツークシュピッツェ
十二月二十四日

H225Mシュペルクーガー・ヘリコプター二機が、白い渦を捲《ま》きあげながら、氷河に向けて降下した。彼らが選んだ降着地域は氷晶雲《ひょうしょううん》に覆《おお》われそうになっていて、特殊部隊の兵士たちがあけ放たれた昇降口から覗《のぞ》いても、よく見えなかった。

アポロは、この第4特殊部隊ヘリコプター連隊飛行小隊《エスカドリーユ》3に、何度となく命を預けたことがあった。パイロットは本物のプロだった。悪環境のヘリコプター降着地域に、場合によっては敵の銃火を浴びながら竜騎兵を降下させるのが彼らの特技で、すでに非常に高い評価を受けている。

四つの巨大な車輪に機体の重みがかかるのがわかり、兵士たちがほっとした顔になるのを、アポロは見てとった。

シュペルクーガーからおりたアポロは、兵士たちを二〇メートル離れたところへ連れていった。そこで各分隊の軍曹が、装備や機器の数を確認した。複合材のローターブレード五枚が、頭上高くふたつの雪の柱を噴きあげていた。

新型のユーロコプターには、特殊な除氷装置が備わっているが、いまだに旧式のAS532に慣れている経験豊富なパイロットは、エンジンを凍りつかせるような危険は絶対に冒さない。アポロたちがここを離れるまで、エンジンをかけたままにする。そうはいっても、ヘリコプターの上に雪の柱が噴きあがっているのを見て、アポロはNATOの燃料を消費しているのが気になった。本格的な任務ならそれもいいが、衛星電話機の不審な信号を調べにきただけなのだ。

コンスタンチン伍長が、アポロのそばに来た。「敵部隊もスパイも、ここには見当たらないようですが、念のためシュニーハーセンを調べる許可をいただけませんか」

アポロは、そのドイツ語を聞いて首をかしげた。「ユキウサギ？」

体に密着した鮮やかな色のスキーウェアを着た群集を、コンスタンチンが指さした。ほとんどが女性で、〈ツークシュピッツェ氷河庭園〉と呼ばれるアルプス風バー兼レストランの手摺《てすり》から、アポロたちを眺めていた。チームの降着地域は、雪に覆われたスロープの上にあるそこから丸見えだった。クリスマスイブの午後なのに、スロープはかなり活況を呈していた。

もう一機のヘリからおりたばかりのダリエル軍曹が、話に割り込んだ。「大尉、この山にいるものはすべて、おれたちがここにいるのを知るでしょうね。スキーのスロープのまんなかに着陸したのは、そういう計画だったからですか？　それとも第4SFヘリの連中の思いつきですか？」

「ほかに方法がなかった。どのみちここへ着陸する許可は得られないから、スキーヤーの邪魔にならないような救助ヘリコプター降着地域を選んだんだ。おれは数人だけ連れて頂上へ行く。コンスタンチン伍長の電子探知機器で電話の信号を探すには、もっと受信状態のいいところへ行く必要がある。それが使われているかどうかはべつとして」

「了解しました」

アポロは、計画の詳細を兵士たちに説明した。アポロが指揮するチーム1は、山頂ロープウェイのゴンドラでツークシュピッツェの頂上へ行き、異状がないかどうかをたしかめる。チーム2と3は装備とともにヘリのそばに残り、二人組の斥候《せっこう》を出して、レストラン二軒とリフト二本それぞれのスロープ二カ所を、山頂から二〇〇メートル下まで、広い半径の偵察を行なう。

下のリフトは初心者向けスロープ用で、もっとも人気がある。高いところにあるリフトは、山頂の建物群に達していて、アポロがいま立っているところの四〇〇メートル上が終点だった。

山頂ロープウェイの乗り場に向けて歩くアポロ・アルク＝ブランシェット大尉、ダリエル一等軍曹、コンスタンチン伍長、ギャロン伍長、ダリエルが選んだ兵士ふたりは、アルプスのスキーリゾートにはまったく不似合いな集団だった。雪用の白い迷彩服、胸に吊るしたサ

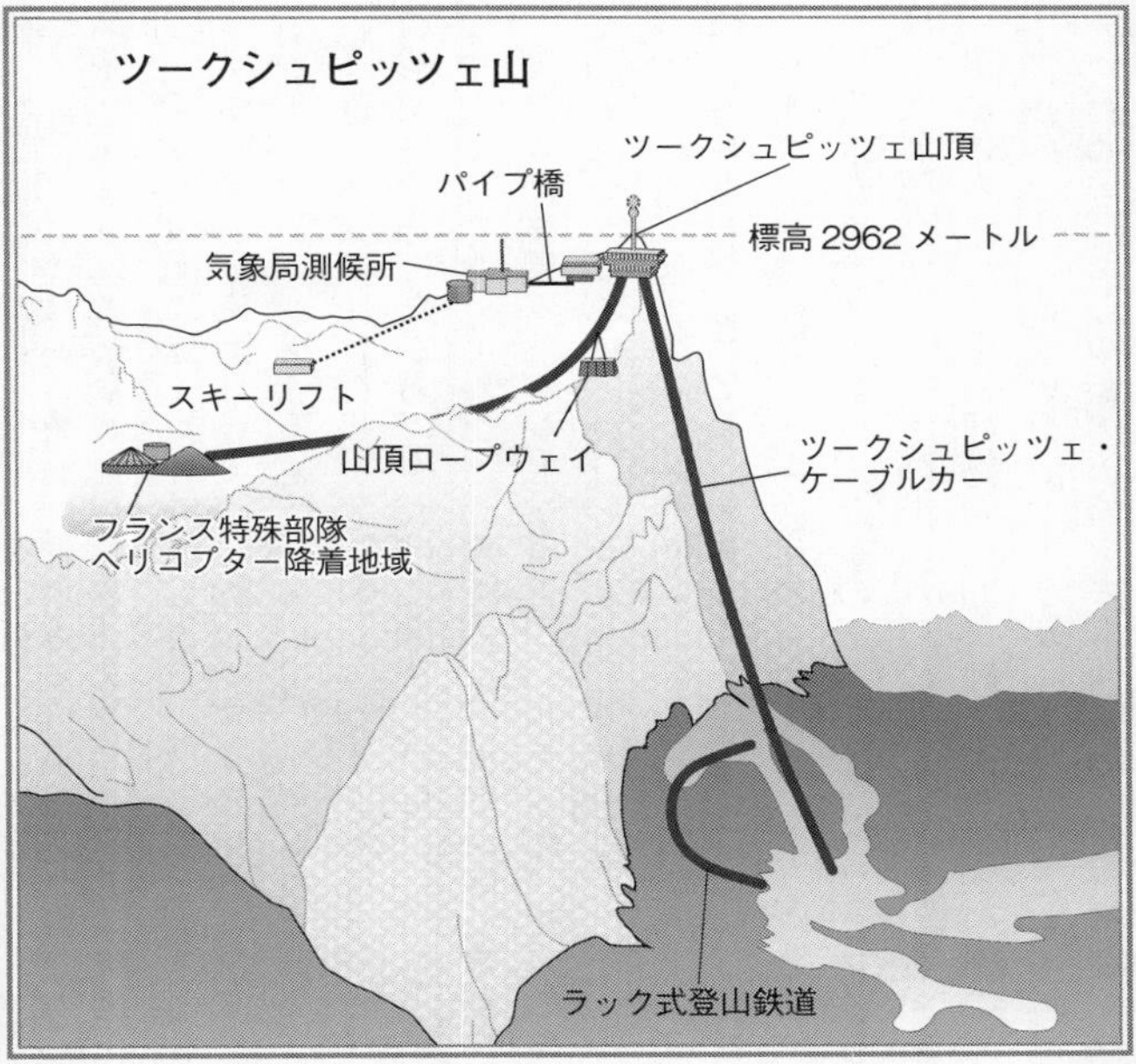
ツークシュピッツェ山
ツークシュピッツェ山頂
パイプ橋
標高 2962 メートル
気象局測候所
スキーリフト
山頂ロープウェイ
ツークシュピッツェ・
ケーブルカー
フランス特殊部隊
ヘリコプター降着地域
ラック式登山鉄道

プレッサー付きのヘッケラー&コッホUMP45SDサブマシンガン、肩にかけたFN・SCAR-Lカービン、腰のホルスターのグロック17のサイドアームが、六人をいっそう恐ろしげな姿に見せていた。

六人は氷河からロープウェイのゴンドラに乗り、ツークシュピッツェの頂上に向かった。ゴンドラはアルプスより高く、ぐいぐい上昇した。眼下ではスキーヤーやスノーボーダーが、白く凍ったスロープに思い思いのシュプールを描き、キラキラ輝く雪をうしろで雄鶏《おんどり》の尻尾《しっぽ》の形に捲きあげながら、楽しげに滑っていた。

やむことのないアルプスの風で、ゴンドラがゆるやかに揺れていた。

アポロは、頂上にゴンドラが近づいたときに、終点のほうを見た。頂上はときどき下の雲に隠れていたが、いまははっきり見える。

「おお《モン・デュー》」幻想的な美しい景色に目を凝らしながら、アポロはそっといった。「神は雲をおのれの戦車《くるま》となし」父親に教わってから、長いあいだ忘れていた、詩篇の一節を口にした。

ロープウェイの終点は、古代の岩をまたぐように造られた巨大なコンクリートの建物だった。大きなガラス窓から、なかのギフトショップとレストランが見える。終点の建物の上のほうに展望台があり、その上にさらに気象局の気象台がある。

風にさらされている建物の周囲では、山々が冬の朝の光を浴びてきらめいていた。

終点のホームに着いたゴンドラが、大きな音とともに固定され、乗客がおりた。揺られていたために、ふらついているものも何人かいた。アポロは、エントランスにいたドイツ人警備員にIDカードを見せて、疑わしい衛星電話機の信号を調べにきたのだと説明した。

「きわめて異例のことですな」五十がらみの肥《ふと》った警備員が、かなりドイツ語のなまりがある英語でいった。「上司に連絡しなければなりません」

アポロは、英語で答えた。「ああ、だれにでも連絡してくれ。だが、なかにはいる必要があるし、上のほうを調べるあいだ、いっしょにいてくれ。長くはかからないが、いまもいったように、われわれはNATOの特別即応部隊で、きちんとした権限がある」

「しかし……どうして武装しているのかね？」警備員がきいた。「危険があるのか？」

「われわれはつねに完全装備で移動するんだ。そういう規則なんだ」

アポロの狙いどおり、ドイツ人のつねで規則を尊重する警備員が黙ってうなずいた。

「肥った子豚ちゃんも、ピストルを持ってますね」コンスタンチン伍長がフランス語でいった。警備員の腰のホルスターには、九ミリ口径のグロックが収まっていた。

「でも、射ったことはないだろうな」ギャロン伍長が、やはりフランス語でいった。

ダリエルが、ふたりを叱った。「よけいなことをいうな」

七人の小集団――迷彩服を着て、武器を携帯し、バックパックを背負っているフランス特殊部隊の六人と、厚手のコートを着てニット帽をかぶった、肥りすぎのドイツ人警備員――は、いくつもの階段を昇って、屋上の展望台へ行った。そこで表に出ると、下で雲海が揺れ動いていた。空では太陽が明るく輝き、いまはあちこちの山頂がくっきり見えている。氷河を背景にバイエルンの広野とオーストリアの山々を望むことができた。

「きっとここからベルギーの司令部も見えますよね」コンスタンチン伍長が、またフランス語でいった。

「そんな遠くまで見えるものか。しかし、よく晴れていれば、シュトゥットガルトぐらいまで見える」ドイツ人警備員が完璧なフランス語でいった。六人は、気まずそうに目配せを交わした。

全員、双眼鏡を出して周囲を観察するようにと、アポロはダリエル一等軍曹に指示した。それから、コンスタンチン伍長に向かっていった。「信号を見つけられるかどうか、おまえの装置を使え。JICでは一キロメートルまでが精いっぱいだったが、もっと絞り込め」

コンスタンチンが、気象台の塔を指さした。「データがよく読み取れるように、あそこに登りたいんですが。この山地で何者かが電波を出しているとしたら、一〇メートルか一二メートル高いほうが、ずっと方向探知しやすくなります」

「わかった」アポロは、警備員にフランス語でいった。「隊員が塔にはいるのを許可してくれますか？」

「わたしはカール・シュナイダーだ。もちろんはいってよろしい。あの塔は――えー――ドイチェ・ヴェテルディーンストのものだ」

「ドイツ気象局ですね。装置類には気をつけるよう命じます」

シュナイダーがベルトから鍵をはずして、小さな塔を囲む金網のフェンスの鋼鉄のゲートを開錠した。コンスタンチン伍長がなかにはいった。塔の梯子《はしご》が氷柱《つらら》に覆《おお》われていたので、昇るのがなかなかはかどらなかった。

コンスタンチンが昇っているあいだに、ダリエルは南のアルプスが見える手摺《てすり》にアポロを連れていった。

息を呑むような眺めで、にわか雪が頭上を過ぎて、峰々がときどき白一色に覆いつくされた。

ダリエルがいった。「残念ですが、ロシアのスパイがスロープをスキーで滑っていて、女たちを口説《くど》いたとしても、ここのNATO同盟国にとっては、たいした脅威ではないですね」

アポロは相槌《あいづち》を打った。「ああ、どうやらガセネタのようだ」

うしろから叫び声が聞こえ、ふたりは気象台の塔に注意を戻した。隊員ひとりが走ってきた。「大尉、コンスタンチンが、なにかを受信したと叫んでいます」

三人は、氷に覆われた金属製のデッキを走り、塔の内側の梯子の下へ行って、上を覗《のぞ》いた。てっぺんのハッチがあいていて、コンスタンチンが見おろしていた。「見つけました。信号を」

「大尉」興奮した明るい声で、コンスタンチンがいった。

「どっちの方角だ？　距離は？」

「大尉、ここから発信しています。この塔から。こっちへ来て見たほうがいいです」

アポロとあとのふたりが凍った梯子を昇り、ドイツ人警備員があとにつづいて、塔の上に着いた。風がうなりをあげて吹きつけた。アポロとあとのふたりはゴーグルをかけていたが、シュナイダーは目をつぶらなければならなかった。また突風が四人に襲いかかって、まわりで雪が舞い、一瞬、視程が数メートル以下に落ちた。

塔の上で五人ともうずくまり、コンスタンチン伍長が風に負けない大声でいった。

「大尉、ここです。大きなアンテナを見てください」コンスタンチンは、塔から四メートルの高さまでのびている、金属棒を指さした。「先端の一メートル下にある装置は真新しいし、見たことがないようなものです。衛星アンテナと、無線アンテナ数本……それに、あれです」

電子レンジくらいの大きさの金属箱が、アポロの目にはいった。いっぽうがガラスで、なかにレンズがあり、それが北を向いていた。中心で赤い光が輝いていた。

「あれはなんだ?」

「大尉、大型のレーザーみたいです。氷があまり着いていないから、一日か二日前に取り付けられたんでしょう」

シュナイダーがいった。「気象局の人間がきのう来て、ここで作業していた。ほかの頂上でも何日か作業するといっていた」

「いまどこにいる?」アポロはきいた。

「それならわかると思います」コンスタンチン伍長が、小さな無指向性アンテナを指さした。「かなり小さいので、見通し線での通信にしか使えません。あのアンテナを使って交信しているやつは、あそこの頂上にいます」おなじ山脈の四〇〇メートル北東の小さな峰を指さした。

シュナイダーがいった。「あそこにも小さな測候所がある。気象局の連中は、あそことあのもっと大きな峰で作業する許可を得ていた」南西五〇メートルの岩山を、シュナイダーが指さした。

アポロは、近いほうの岩山に視線を走らせた。コンクリートと鋼鉄の建物が、岩に埋め込まれて設置され、その上に何本もアンテナが立っていた。冬用の厚手のコートを着た男が四人、アンテナのそばに立ち、ツークシュピッツェのほうを見ているようだった。

アポロは、四人をつかのま眺めてから、手をふった。四人が陽気に手をふり返した。肩越しにうしろを見ると、コンスタンチンがアンテナの鋼鉄の足場をよじ登っていたのでびっくりした。いたるところが氷に覆われているので、ゆっくりとしか登れなかった。

「もっとよく見たいんです」

やがて、コンスタンチンが白い箱のそばに達した。

ダリエルがいった。「伍長、落ちたら、ケツの着地したところを蹴とばすぞ」

一同が笑った。コンスタンチンが金属製の箱のほうに身を乗り出し、そこから出ていたケーブルに手をのばした。風のなかで聞こえるように、どならなければならなかった。「大尉、これのバッテリーをつないでいるケーブルには、キリル文字が書かれています」アンテナからケーブルを一本ひっぱってはずし、箱の背面から抜いた。

コンスタンチンがそれを投げ落とし、ダリエルが受けとめてしげしげと眺めた。

「軍の装備みたいですね」ダリエルがいった。

ガセネタではなかったと、アポロはにわかに悟った。「ロシアの信号盗聴作戦がここで行なわれている。スパイ活動だ。チームを呼び出せ。チーム1の残りとチーム3に、スキーも含めた装備を持って、リフトであのスロープの頂上へ行くよう命じてくれ。向こうの測候所にいるやつらの五〇〇メートル以内に接近できる。短波無線《HF》と衛星通信《SATCOM》をただちに用意させろ。司令部に、調査をつづけるが、重大なことを発見したかもしれないと報《しら》せろ」

「了解しました。取りかかります」ダリエル一等軍曹が答えて、下の氷河にいるチームに命令を伝えた。

アポロはつけくわえた。「チーム2に、氷河から出て、スノーシューを履《は》き、あの峰の東側を登れと指示しろ。そうすれば、測候所の真下に行ける」

「大尉、なんでもなかったら？　気象局の連中が新しい装置を取り付けているだけかもしれませんよ」

「キリル文字のあるケーブルで？」

「さあ。ロシア製の観測装置かもしれない」

「スペツナズとつながりのあるロシアの衛星電話機から発信されているんだぞ」

「ああ……そうですね」ダリエルが無線機で、チーム2に調べにいくよう命じた。

数分後、無線機で相手の話を聞いていたダリエルが、アポロのほうを向いた。「大尉、チーム2はドイツ気象局の連中に接触しようとしています。測候所まで五〇メートルに近づいたそうです。いま、そこの男たちを呼んでいます」

アポロ、ダリエル、コンスタンチンは、北側の手摺へ行って、スノーシューを履いて向こうの峰の斜面を登っているチーム2を眺めた。アポロが双眼鏡を覗くと、チーム2の六人が雪に覆われた急斜面をのろのろと登り、測候所がある岩山まで二五メートルに接近しているのがわかった。風が強いために、チーム・リーダーは測候所の男たちとうまく話ができないようだった。手をメガホン代わりにどなりながら、徐々に近づいていた。

ダリエルがいった。「測候所の男たちはドイツ気象局の制服を着て、ドイツ語で返事をしていると、チーム2が報告しています」

風がチーム2を大きな雪の渦で包み、アポロの視界がさえぎられた。だが、それが静まって、ふたたび焦点が合うと、アポロは見えたものにショックを受けて目を丸くした。

チーム2のふたりが、雪に腹這《はらば》いに倒れていた。あとの四人は折り敷いて、測候所に銃を向けていた。

叩きつける風のなかから銃声が聞こえ、チーム2の兵士のまわりの氷河に弾丸が当たって、雪が舞いあがるのが見えた。

22

ドイツ・アルプス　ツークシュピッツェ
十二月二十四日

「くそ《メルド》！」コンスタンチン伍長が叫んだ。

隣の峰で黄色い閃光がほとばしるのが、アポロの目にはいった。風が音を吹き払っていたが、ライフルの歯切れのいい単射音が聞こえた。

ダリエル、アポロ、コンスタンチンはライフルを肩からおろしたが、測候所の男たちはもう射線方向にはいなかった。

コンスタンチンが、ヘッドセットを耳に当てた。「チーム2が死傷者を報告しています。ひとり死亡、ひとり負傷」

アポロは、隣の峰に通じている細いパイプ橋を見渡した。「ダリエル、あそこを渡るぞ。二方向から交戦しないと、隠れるところがないチーム2が釘づけにされる。きみ、わたし、コンスタンチン伍長が渡るあいだ、機関銃班に制圧射撃をやらせろ」

アポロは、頭を覆《おお》って鋼鉄のデッキに腹這《はらば》いになっていた警備員のほうを向いた。

「シュナイダー、あの橋へどうやって行けばいい？」

隣の峰で銃撃の音がとぎれとぎれに響いているなかで、四人は鉄の階段を駆けおりて、気象台の狭い作業員用通路を進んでいった。シュナイダーが、楕円形の鋼鉄のドアの前に案内し、鎖につけた鍵で開錠して、ひっぱった。

ドアはなかなかあかなかった。パイプ橋の上の狭い通路に通じている機械室に、氷が侵入していた。雪が叩きつけて見通しがきかない表を見たとき、すさまじい突風が吹きつけた。アポロが先頭に立ち、滑り止め加工がなされていても滑りやすい鉄板の上に出た。幅は五〇センチもなかった。

五〇メートルの橋を渡りはじめたとき、ドン、ドン、ドンという音が聞こえた。地面からかなり離れているのはわかっていたが、まわりで小さな吹雪《ふぶき》が起きていたので、どの方向も見えるのは五メートル以下だった。ありがたいことに、下も見えない。

「おい！」アポロは、うしろのコンスタンチンに向かってどなった。「全チームに連絡しろ！　あれは迫撃砲の音みたいだ」

「はい、大尉、ただちに！」

吹雪が去り、つぎの瞬間には明るい太陽を浴びていた。ダリエルが、アポロを追い抜いて橋の先を進んでいた。

「大尉、チーム2が測候所から迫撃砲で攻撃されています！」コンスタンチン伍長がいった。

いい終える前に、足のすぐ下で金属製パイプに弾丸が当たる甲高《かんだか》い音が聞こえ、アポロは度肝を抜かれた。

「くそ！　戻れ！　戻れ！」アポロとダリエルは、向きを変え、急いでもと来た方角へひきかえした。

もう一発が、楕円形の鋼鉄のドアのすぐ上で跳ね返った。アポロはダリエルのすぐうしろから跳び込み、ふたりいっしょに倒れ込んだ。

「コンスタンチン伍長、全チームを呼び出せ。攻撃を調整する」

「わかりました。第4のヘリの機長たちも呼び出しますか？」

「呼び出してくれ。この攻勢に参加してもらう」

コロネット二等軍曹がチーム1および3では先任なので、両チームの全員を指揮した。

「アポロ大尉が、われわれに地上での攻勢を先導しろと命じている。われわれは雪が舞いあがるときを利用して前進を隠す。われわれが移動をはじめたら、大尉がやつらを側面から攻撃する。

戦闘演習とおなじだ――位置を決め、前進する。教科書どおりだ。わかったか？」

「その、コロネット二等軍曹、やつらが何者なのかわかってるんですか？」先任の伍長がきいた。

「大尉は、ロシア人だといってる」

「ロシア人が、ここでなにをやってるんだろう?」

「約十分後には死んでるだろう」


アポロは、深い裂け目の上に架かる橋を、ドアの隙間《すきま》から覗いた。まるで金属の塔を横倒しにしたように見え、鋼鉄の桁《けた》が氷に厚く覆われていた。向こうの端は岩に造りつけた金属の壁で、そこにドアがある。そこが測候所にちがいない。その上の岩棚に男四人がいるのをさきほど見たが、もう視界にはいなかった。

岩山の頂上にいるはずのスナイパーを捜した。アポロのいるところよりも高く、五〇メートルしか離れていない。

なにも見えなかったが、また吹雪が吹き荒れて、雪が叩きつけていた。

「大尉」シュナイダーがいった。「橋の向こう側はウーストライヒ……オーストリアで……わたしには法的権限がない。いっしょに行くことはできない」

杓子定規《しゃくしじょうぎ》なことをいうと、アポロは思ったが、シュナイダーやほかの警備員は、民間人を安全なところに誘導するにちがいない。それにより、アポロたちは必要なことを思いのままにやれる。

「だいじょうぶだ。われわれのうしろを護《まも》ってくれ。やつらがドイツ側に逃げようとしたら、それはあんたの責任になる」

「もちろんだ」肥《ふと》ったドイツ人が答えた。

そのとき、五〇メートル向こうの測候所と、その一〇〇メートル上の岩山に、四〇ミリ擲《てき》弾《だん》がたてつづけに命中した。

攻撃が開始された。

「行くぞ」アポロはドアから凍りついた橋の鉄板に出て、絶壁の上を進みはじめた。コンスタンチン伍長が無線機を持ってすぐうしろにつづき、ダリエル一等軍曹もつづいた。

アポロは、橋とパイプの下を見るというあやまちを犯した。雲が消えていたので、ふたつの峰のあいだの深い裂け目が二〇〇メートル下に見えた。アポロは、片足ずつ前に滑らせながら、すり足で進み、銃を構えて、小さな楕円形のドアとその上の岩山に交互に向けた。

アルプスの凍《い》てつく烈風が吹きつけ、狭く滑りやすい橋から三人を吹っ飛ばしそうになった。それにくわえて、ほとんど垂直に舞いあがった雪が顔に叩きつけて、前が見えなくなった。視程が一〇メートル以下に落ち、三人はさらにゆっくりすり足で進んだ。

姿をさらけ出していた三人のそばの空気を、ライフル弾一発が切り裂いた。ホワイトアウトの状態に近いので、岩山のスナイパーには三人の姿が見えないはずだが、雪に隠れて接近しようとしていると推理したにちがいない。橋の上をでたらめに撃つだけでも、アポロとあとのふたりは、進みづらくなる。

つぎの一発が、橋の側面に当たり、アポロの前方で氷の塊が吹っ飛んだ。

アポロは、自分を励まして、無謀なくらい速く前進をはじめた。落ちたくはなかったが、頭に一発くらって落ちるのもごめんだった。

そのとき、風が弱まり、ホワイトアウトに近い荒れ模様が去って、身を隠せなくなった。アポロはさらに足を速め、うしろのふたりが賢明におなじようにすることを願った。凍りついた鉄板の上で足を滑らせながらどんどん進み、壁まで数メートルに近づいた。

またライフルの銃声が聞こえて、アポロのうしろ、ダリエルの前に弾着した。いつまでも幸運がつづくとは思えなかったので、アポロは狭いパイプ橋の上で駆け出した。

突然、うしろから銃声が聞こえた。はじめはわけがわからなかったが、シュナイダーが向かいの峰のほうを拳銃で撃っているのだと気づいた。高低差があるし、五〇メートル離れている岩山に潜んでいるスナイパーに拳銃弾が命中する確率はゼロだったが、ありがたい掩護《えんご》射撃だった。

最後の数十センチは滑って、アポロは楕円形のドアに達した。岩壁に埋め込まれた小さな鋼鉄の壁に囲まれている。ドアの奥がくだんの機械室とほぼおなじであることを願った。それなら梯子《はしご》や小部屋の迷路で迷うことなく、測候所の上に出られる。

ふたたびライフルの銃声が轟《とどろ》いたので、ダリエルとコンスタンチンは無事だろうかと思い、アポロはうしろをちらりと見た。さいわい、ふたりはすぐうしろにつづいていて、銃を構え、楕円形のドアと測候所の上に油断なく目を配っていた。

コンスタンチンがいった。「大尉、ギャロン伍長から連絡です。スナイパーが壁の上から頭を出して、おれたちを撃とうとしたけど、自分が仕留めたといってます。スナイパーは死にました」

アポロはただうなずき、シュナイダーに渡された鍵を錠前に差し込んで、ノブをまわした。狭い階段があり、二階分昇ると、装備が山積みになった小部屋があった。小さなガスストーブ、寝袋、冬物の服、軍の装備、七・六二ミリ弾の空箱多数が、床に散らばっていた。すべて市販の〈ピーク99〉大型バックパックからこぼれ落ちていた。

ロシア軍の黒い軍服を着た男ひとりが、隅に横たわっていた。体の下に血が溜まり、雪と混じり合ってできたピンクの細い流れが、床の排水口へのびていた。

ロシア軍チームは、気象局の人間のふりをして行動していたが、アポロとおなじようにジュネーヴ条約を知っているので、戦闘がはじまるとあわてて気象局のオーバーオールとコートを脱いだのだろう。軍服を着用していない状態で捕虜になると死刑になるが、それだけではなく、自分たちの国の軍服を着ないで戦うのは不名誉だからだ。何年も汗と涙を流してきた戦士にとって、それは耐えがたい。

「スペツナズのくそ野郎!」アポロはいった。「この軍服は知っている。パラシュートと逆さの短剣の徽章《きしょう》。グループBに属している。ロシアの特殊部隊。潜入工作を行なう小規模部隊の工作員。ここをシェルター兼弾薬庫兼救護所に使っているんだ。チーム2との最初の銃撃戦で死んだにちがいない」

アポロはなおもいった。「士官の肩章。少佐だ。なにかでかいことをやっていたんだ」

ヘリコプターのローターブレードのシュバッシュシュバッという音が、風に乗って聞こえた。

アポロはいった。「飛行小隊3のヘリだ。いいときに来た」

すさまじい銃撃が、金属製の測候所に襲いかかる音が聞こえた。

ドアがぱっとあき、ドイツ気象局のオーバーオールを着たままの男が、ライフルを両手に持って跳び込んできた。ヘリコプターの銃撃から逃げてきたにちがいないが、アルプス用迷彩の戦闘服を着た男三人が向かいに立っているのを見て、その男は啞然《あぜん》とした。脅威に銃口を向けようとした男の顔を、アポロはヘッケラー＆コッホUMP45で二発撃った。サプレッサーで音が弱められていたし、上にいるヘリが測候所に銃弾の嵐を浴びせていたので、聞きつけられるおそれはなかった。それに、チーム1と3が、ヘリの射撃を利用して、測候所までの最後の一〇〇メートルを進んでいるはずだった。

アポロは、コンスタンチンのほうを向いた。「全チームに連絡——測候所内にはいったと伝えろ。おれたちはロシア人をうしろから攻撃する」

無線連絡して、受領通知が返ってくると、アポロは三人チームの先頭に立って測候所の建物を出た。危険を冒して角から覗《のぞ》くと、測候所の敷地の正面にある石と煉瓦《れんが》の厚い防壁が、ヘリコプターの射撃で粉砕されていた。

スペツナズの黒い軍服を着た男が六人、フランス軍のヘリコプターの猛攻を受けながら、防壁の蔭で身を低くしているのが見えた。ほかに三人が、防壁にもたれて倒れていた。死んでいるか、負傷しているにちがいない。

フランス側の射撃が圧倒的で、スペツナズはただ身を縮め、どうやって反撃するかを考えているようだった。

アポロは、うしろのふたりのほうを向いて、手信号と腕の動きで伝えた。敵は六人、角の向こう側。おれの合図で位置につき、それぞれふたりずつ敵を斃《たお》す。

コンスタンチンとダリエルがうなずいて、了解したことを伝えた。手ぶりひとつで、三人とも壁をまわり、射撃を開始した。

アポロは高い位置について立射し、コンスタンチン伍長はその肘《ひじ》のすぐ下から膝射《しっしゃ》した。ロシア人たちが、サプレッサー付きのVSSライフルをフランス人三人に向けようとした。

アポロが五メートルの距離からヘッケラー&コッホで連射して、ふたりを斃した。ダリエル一等軍曹は引き金を引きっぱなしにして、左から右に薙射《ていしゃ》し、並んで立っていたロシア人ふたりをずたずたにした。訓練でつねにやっている抑制のきいた射撃規律には反するが、距離が近いので効果的だった。

コンスタンチンが撃ったふたりが、防壁に激突した。若い伍長は、ふたりに応射する隙をあたえず、顔を撃ち抜いていた。

三人は壁の蔭に戻って、ようすをたしかめた。斜面のチームとヘリコプターの銃手の射撃がまだつづいていた。

アポロは、コンスタンチンの肩をつかんだ。「撃ちかた待てと伝えろ！　用心深く前進しろといえ。表の岩山に、まだ敵がいるかもしれない」

数分後、パラシュート竜騎兵連隊第2中隊のチームが、防壁まで突撃してきて、大声でアポロを呼び、最後の数メートルを登る許可を求めた。アポロは思い切って壁から首を突き出した。ロシア人ひとりが血の痕《あと》を残して、のろのろとコンクリートの上を這《は》っていたが、あとは全員、まったく身動きしていなかった。

「安全だ。目標まであがってこい！」アポロはどなり、チームのふたりとともに外に出た。防壁のそばに横たわっているロシア人たちと、這って逃れようとしているひとりを、いつでも撃てるように、銃を構えていた。スペツナズの男たちの体からじわじわと流れ出している血のにおいと光景が、戦闘のおぞましい証拠だった。

コンスタンチンが衛星無線機を見つけたが、破壊されていた。正体がばれたときには、機密に関わる機器を叩き潰すよう命令されていたのだろう。

アポロは梯子《はしご》を昇って、測候所のてっぺんを見あげた。アンテナの上のほうに、展望台の気象台にあったのとおなじレーザー装置があった。ほかの機器類はすべて破壊されたのに、それだけが無傷なのは奇妙だと、アポロは思った。

「コンスタンチン伍長、だれかに手伝わせて、上へ行き、ロシアのレーザーをはずせ。なんのためのものかわからないが、嫌な予感がする。ドイツ側の気象台にもチームを行かせて、はずさせろ。遠まわりしていいぞ——だれもあのパイプ橋をひきかえしたくないだろう！」

「了解です」

アポロは、冷たいコンクリートに横たわっている負傷したロシア人のほうを向いた。チームの衛生兵が、容態を見ていた。「ひどいのか？」アポロはきいた。

「命は取りとめます」

アポロは、にやりと笑った。「そうか、それじゃ、このロシア野郎にしゃべる元気があるかどうか、たしかめよう。コンスタンチンを連れてこい――母親がウクライナ人だ。ロシア語がすこしはしゃべれる」

アポロは、測候所内の少佐の死体のところへ行った。コートの前をあけて、気象局のカバーオールの下の血がこびりついた軍服を調べた。財布、鍵がいくつかと書類があった。手書きの図をアポロは見た。すべてキリル文字で、ロシア語で書いたメモのようだった。それにくわえて、小さなオーバーレイ（地図に重ねて書き込むのに使う、ビニールなどの透明な素材のもの）があった。

コンスタンチンが、戦闘の興奮で目を血走らせてやってきた。「ねえ、ボス。正気の沙汰じゃないですよ。ピエールのこと、聞きましたか？　額に一発くらったそうです」

「聞いた。捕虜を訊問するから、通訳してくれ。だが、その前にこれを見てほしい」

アポロは、ビニールの地図を重ねたメモを渡した。汗まみれの迷彩服から湯気を立ち昇らせながら、コンスタンチンがそれをしげしげと見た。

「オーバーレイの印は、どういう意味だ？」アポロはきいた。

「ただの字です。字と点。十万分の一の地図に合いそうです」

「おれもそう思ったが、もとの地図か基準点がわからないと、どの位置を示しているか見当がつかない」

「そうですが、大尉、この点のずっと左の字は、ロシア語で〝わたしの〟を意味します。

〝わたしの位置〟じゃないですかね。そうだとして、縮尺も合っているとしたら、東のこの点はすべて、ロシアの他のチームが行動している場所かもしれません」

アポロは、自分が持っていた十万分の一の地図を出して、謎のオーバーレイの横にテーブルに置いた。

「おまえの推理が正しいと思う」アポロは、キリル文字がふられた点の連なりの、いちばん端の点を、地図に重ねた。

「よく見ろ、みんな、この端の点が、ツークシュピッツェのロシア人の位置だとすると、隣の点はここだ」チェコ－ドイツ国境のエルベ砂岩山地を指さした。

ダリエルに向かっていった。「全員、ヘリに乗るようにいえ。負傷者を後送してから、チェコへ行く」

アポロの周囲で、ドイツ・アルプスの古代の高峰がふたたびマントをまといはじめ、生者も死者も、荒れ狂う雪の厚いとばりに覆われた。

23

ロシア　スモレンスク
十二月二十四日　二三五五時

ロシア連邦空軍のSu‐57戦闘機二機が、滑走路のそばの整備用エプロンで、翼端が触れそうなほど近づいて駐機していた。夜になってから小雪が舞い、凍った氷の結晶の霧が、大気に漂っていた。ロシア西端の旧都スモレンスクでは、こういう霧を〝尼僧のヴェール〟と呼ぶが、二機のパイロットたちは、地元のいいまわしを憶えるどころか、朝に雪が溶けるまで長居する予定ではなかった。きわめて厳密な予定時間を守らなければならないし、二分以内に離陸する必要があった。

Su‐57は、世界最新鋭のもっとも先進的な全天候戦闘攻撃機だった。左側のSu‐57のコクピットにはロシア空軍大佐が乗り、もう一機には海軍中佐が乗っていた。ふたりとも世界有数のパイロットなので、一機三十億ルーブルの新鋭機にふさわしい二人組だといえる。

今夜の出撃には、Su‐57二十六機が参加し、おなじような精鋭のパイロットが二機編隊を組む。すでに発進した編隊もいるし、こことおなじような僻地《へきち》の基地からまもなく発進する予定の編隊もいる。それぞれべつのターゲットを同時刻に攻撃することになっている。

Ｓｕ－57はうしろ向きのHDカメラが三台搭載されていて、二台はうしろから追ってくるターゲットにロックオンできるので、パイロットが〝六時（まうしろ）を確認〟する必要がない。だが、イヴァン・ゾロトフ空軍大佐は、カメラを無視して肩をまわし、左うしろと右うしろを見た。不自然な動きのために、座席の灰色のナイロン製四点ハーネスが食い込んだ。ふりむくときに、ゾロトフは操縦桿とスロットルレバーから手を離し、自分の目でうしろを確認したあとでまた前を向いたときに、反射的に握り直した。

ゾロトフは長年の経験で、そういうときには操縦系統をいったん離してから握り直したほうがいいと知っていた。さもないと、三時（右横）、六時、九時（左横）を確認するときに上半身のねじれが、筋肉の不随意の小さな動きになって、機体が反応するからだ。多くのパイロットは、そのあやまちを空で経験する、つまり危ない目に遭う。一瞬、方向感覚を失ったことで、操縦桿やスロットルレバーを強く握りすぎ、予想外の縦揺れを引き起こして、キャノピイに頭を激突させてしまうことがある。

ゾロトフは、空を飛んでいるわけではなかったが、最近、ロシア連邦の飛行場を転々と移動したときの経験から、エンジン覆《おお》いと尾翼を安定させるための索を、地上員がきちんとはずしたかどうかを、うしろを見て確認する必要があると気づいていた。

Ｓｕ－57は第五世代の航空機で、ロシアの保有する他の兵器とはまったく異なる。この新型のスホーイは、安全手順が他のロシアの戦闘機とはちがうので、第14戦闘航空連隊〝赤《クラース》い鉤爪《ヌイエ・コーグチ》〟（レッド・タロンズ）飛行隊のSu－57パイロットが、原隊の基地ではない飛行場から離陸するときには、新型機に慣れていない地上員がきちんと仕事をやることができない場合がある。

だが、ロシア極西のほとんど使用されていない、このスモレンスク－セヴェルヌイ空港のきょうの地上員は、そうではないとわかった。空港の軍事部門は、ゾロトフの飛行隊の任務が重要であることを説明されたにちがいない。とはいえ、最終目標は、まったく見当がつかないだろう。大人数の警備が航空基地をパトロールしていて、地上員の数も倍に増えていることに、ゾロトフは気づいていた。

任務を詮索《せんさく》好きな人間の目にさらしてはならない。

エンジン覆いが空気取入口からはずされ、尾翼を固定していた索がはずされて収納されたとわかると、第14戦闘航空連隊の精鋭、〝レッド・タロンズ〟飛行隊隊長のイヴァン・ゾロトフ大佐は、コクピットで正面を向き、地上員が最後のゴーサインを出すのを、うずうずしながら待った。

スロットルレバーを左手で軽く握り、地上員を見つめていると、飛行前点検とエンジン点検が〝すべて異常なし〟であることを地上員の軍曹が手信号で伝えた。そして、ゆっくりと正式に敬礼をした。

時間はぴったりだ、とゾロトフは思った。

ゾロトフは、スラスター点火スイッチをはじき、さっと答礼した。

ミラーバイザーをかけていたうえに、闇に包まれていたので、第12航空支援中隊の若い軍曹には、パイロットの顔が見えなかった。胴体に描かれた階級だけが、識別の手がかりだった。〝連隊〟を意味するロシア語〝ポルク〟に由来する〝ポルコーヴニク〟という言葉で、大佐だとわかる。

それだけではなく、尾翼には風変わりな赤い鉤爪《かぎづめ》の部隊章が描かれていた。

ゾロトフの前のコントロール・パネルに表示が出た。〝すべて異状なし〟。デジタル計器の数字にかすかな変化があり、ゾロトフは熟練した目でそれをすべて見てとった。

ゾロトフが計器を満足げに眺めたのには、理由があった。Su-57には、現代のジェット機として——いや、第五世代のジェット機としても——革命的な特徴がある。

Su-57は、パイロットを信頼する。

Su-57は、完全な計装《インストゥルメンテーション》（検出・観測・測定・自動制御・自動演算・伝送・処理がとどこおりなく利用できるように計器システムを設計・製造すること）がほどこされている。各計器、指示器、表示、記号、信号表示器を完璧に調整して、パイロット・エラーや情報過負荷を避けられるように簡略化されている。ソ連時代はスホーイ設計局と呼ばれ、いまは一流複合企業の公共株式会社スホーイの航空機設計者は、それをうまく成功させたと、レッド・タロンズ飛行隊のパイロットは見なしている。

ゾロトフ大佐は、二番機《ウィングマン》のタチーエフ中佐のほうを見た。片手で空気を切る手信号で、離陸することを伝えた。タチーエフが、涙滴型キャノピイのなかで、ノメックスの手袋をはめた手の親指と四本の指で、〃準備よし〃を示すOの手信号をこしらえた。

ゾロトフがスロットルレバーをそっと押すと、科学製造合同《NPO》サトゥールン製30エンジン二基がそのコマンドに従い、甲高《かんだか》い音がたちまちなめらかな爆音に変わった。真新しいエンジンはノイズがなく、驚くほどすばやく反応した。古いSu-35Sで味わったようなたどたどしい動きや、耳障りなうなりは、まったくなかった。

ゾロトフは、左右の主翼の車輪ブレーキの拘束装置を解放し、つづいて油圧ブレーキを離して、エンジン空気取入口を完全に開放した。

Su-57は、二機ともパイロンに爆装を満載（Su-57は通常、爆装を兵装庫〔ウェポンベイ〕内に収めるが、大量に搭載する場合にはパイロンを装着する）していたので、大重量での離陸のために、滑走路の全長を使わなければならない。

Su-57二機は、汚れひとつない滑走路26（方位二六〇度すなわち西微南に向かう滑走路）を矢のように滑走し、長い炎を曳《ひ》いて加速した。

二機は暗く冷たい十二月の夜空に向けて、あっというまに上昇した。

ゾロトフ大佐は、右側でタチーエフ中佐のSu-57が降着装置を格納するのを眺めた。ゾロトフも同時におなじことをやっていた。

わずか二メートルしか離れていない両機の翼端をちらりと見ながら、あいつも腕をあげている、とゾロトフは思った。完璧に水平で、推力をこれっぽっちも余分に使っていない。

任務全体の指揮官のゾロトフは、あとの編隊に命令を下す必要がないことに、すこし興をおぼえた。任務中は無線封止を破るわけにはいかない。

ゾロトフは、座席に背中をあずけ、数時間後のことを考えた。

24

ロシア　モスクワ
十二月二十五日　〇一〇〇時

四十四歳のイヴァン・グロウスキー大佐は、部下たちのうしろをゆっくりと歩きまわっていた。たいして見るものもないのに、彼らが働いているのを眺めていた。まるでロボットのように、コンピューター・サイバー諜報活動の専門家集団が三列になって、照明を落とした部屋にずらりと並んだワークステーションに向かって黙然《もくねん》と座り、画面を凝視していた。

その二十六人の専門家集団は、ロシア軍参謀本部情報総局《GRU》の特技兵だったが、兵士のようには見えなかった。くすんだグリーンの正式軍装に黒いネクタイという規定の服装のものはひとりもいない。軍服の上着を着ているものは半数以下で、そのほかの軍の支給品を身につけていた。Tシャツ、軍服のベルト、ズボン。サンダルを履《は》いているものも多く、ワークステーションも服装とおなじように雑然としていた。

だが、グロウスキー大佐は、気にしていなかった。彼らはすべて、グロウスキーが集めた人材だった。ハッキングを成功させたという経歴に基づいて、陸軍と海軍のさまざまな部隊から引き抜いたのだ。グロウスキーは、厳しい面接試験でひとりひとりを質問攻めにして、技倆《スキル》のレベルを見定めた。

グロウスキー本人は、軍服を着ているが、まったく合っていなかった。モスクワ司令部の大佐たちは、たいがい特別誂《あつら》えの上等な軍服を着るが、グロウスキーの上着は袖《そで》が短すぎ、シャツの襟《えり》は太い首を締めつけるので、ボタンをはずしていた。ネクタイを締めるのは、公式行事のときだけだ。

だが、軍隊の堅苦しい正式な服装ではないおかげで、グロウスキーは部下に好かれていた。自分たちは特別で、ほんとうは規則に縛られている厳格なロシア軍の一部ではない、と彼らは感じたからだ。ハッカーというのは、もともと反抗的な集団だ。だから、グロウスキーのやりかたに感謝し、親愛をこめて〝父さんグマ〟と呼んでいた。

しかし、グロウスキー大佐の指揮下で、軍隊の基本的な規律から開放されていたとはいえ、たるんだ状態とはほど遠かった。

表向きの部隊名は軽装甲砲兵牽引車部隊《APT》28だった。GRUの組織図にはそう書いてある。しかし、アメリカをはじめとする西側諸国には、べつの名称で知られている。

実態がわからないときに西側がコード名決定システムで付したのは、〝ファンシー・ベア〟という名称だった。管制センターを〝クマの巣〟と呼んでいたロシア軍のハッカーたちは、おおいによろこんだ。

彼らはロシア軍で最高のハッキング集団だった。コンピューターの一六二センチ・モニターの上に掛かっているグロウスキー大佐のカウントダウン・クロックは、彼らの最重要任務まであと二十分であることを示していた。

グロウスキー大佐は、軍支給の眼鏡《めがね》の上から、大型モニターを見た。グロウスキーと部下のハッカーたちはそれを、〝こけおどしモニター〟と呼んでいる。あまり実用的ではないのだが、管制センターを訪れる人間の目に見えるもので示さないと、ハッカーの世界を理解してもらうことができない。そのため、〝こけおどしモニター〟は、APT28の展示見本、彼らのメイン・アトラクションに使われている。その中央スクリーンに定期的に表示されるデータは、色を変えながらちらちら光り、クリスマスツリーが並んでいるように見える。

じっさいは〝ツリー〟は敵、つまりNATOかアメリカのメインフレーム・コンピューター、重要な端末、接続部だった。その小さな森のような表示で、それぞれの木から、黄色やグリーンのアイコンが滝のように流れ落ち、いくつかはときどき赤に変わっていた。

イヴァン・〝父さんグマ〟・グロウスキー大佐は、そのモニターから顔をそむけて、部下たちのコンピューターの画面を見た。いうまでもないが、グロウスキーもサイバー課報戦の達人で、熾烈《しれつ》な事態になったときには、しつこく歩きまわるのをやめて、自分のワークステーションへ走っていき、部下を手伝うのがつねだった。

そして、まさにいま、十九分後に熾烈な事態になることが予想されていた。

北大西洋
多用途原潜〈カザン〉
十二月二十五日　〇〇一二時

〈カザン〉は、ロシアで最新鋭のヤーセン型高速多用途原潜だった。なめらかな形の現代的な潜水艦で、強力な機関を備え、ステルス性が高く、すさまじい破壊力がある。艦名は沿ヴォルガ連邦管区のタタールスタン共和国の首都にちなむ。〈カザン〉は何日も前から北大西洋に潜んでいたが、いまはアイルランド北端の西で暗く冷たい深みを潜航していた。

艦番号K‐561の〈カザン〉は、ほんのわずか動いているだけで、音をほとんど発していなかった。艦首をわずかに二度下げて、ゆっくりと沈下し、巨大なスクリューは五秒に一回転まわって、どうにか海流に打ち勝ちながら、深度を下げていった。

海泡石《かいほうせき》のような薄いグリーンに塗られた〈カザン〉の発令所は、戦闘用の赤い照明の無気味な光を浴びていた。ぴかぴかの真鍮《しんちゅう》の計器、パイプ、バルブが、薄暗がりでルビー色に輝いていた。

艦長のゲオルク・エトゥシュ海軍中佐《カピタン・フタローヴァ・ランガ》は、発令所のあちこちで制御ステーションを操作している当直員を見渡した。すべての計器、スイッチ、ボタンを、エトゥシュはそらで憶えている。海軍勤務二十年のあいだに、他の潜水艦で目の前のステーション四種類を担当したことがある。

発令所の当直員たちは、数秒ごとに自分の作業から目を離して、手摺《てすり》のそばに立っている艦長のほうをちらりと見た。彼らの目が戦闘照明を反射したが、艦長のようすをうかがっているわけではなく、右うしろの壁にある原子時計を見ているのだと、エトゥシュにはわかっていた。

エトゥシュは、発令所のその場所が気に入っていた。乗組員の目を見て気分を読む機会が得られる。そしていまは、彼らが不安だということがわかる。エトゥシュは、自分も含めた全乗組員全員の胃が、数層下の機関のように音もなく強力にうごめいているのを察知していた。

これまでのところ、エトゥシュは、部下の働きぶりに満足していた。〈カザン〉はわずか数時間前に、敵艦三隻の近くを通過した。米海軍のオハイオ級弾道ミサイル原潜一隻、ヴァージニア級高速攻撃原潜一隻、ノルウェーのウーラ級哨戒潜水艦一隻。かなりの技倆《ぎりょう》と手間が必要だったが、〈カザン〉はその三隻を回避した。

エトゥシュは、自分の群れにいるほかの潜水艦のことを考えた。この作戦で展開されている潜水艦の数を知るのは、サンクトペテルブルクの海軍本部、国防省、クレムリンのごく少数の人間だけだ。ロシアがまもなく直面する脅威のことを考えるなら、現役のヤーセン型四隻すべてが任務に服しているにちがいないし、他の艦級の潜水艦も展開されているはずだと、エトゥシュは確信していた。

エトゥシュは、作戦の全容は知らなかったが、艦隊司令部にはこれまでに見たこともないようなエネルギーがみなぎっていた。廊下ですれちがった艦長たちの多くが、興奮して生き生きとしていた。このことはだれにもいってはならないと、緘口令《かんこうれい》が敷かれていたにもかかわらず、食堂で顔を見ただけで、この作戦にだれが選ばれたか、ほぼ察しがついた。

いまは余念を払いのけて操艦に専念しなければならないと、エトゥシュは自分を戒めた。自分と乗組員は、海中のパズルの小さなひとつのピースなのだし、これから自分たちの仕事をやるのだ。

発令所をふたたび眺めたときも、胃のうごめきはつづいていた。

原子時計を見る目が、また光を反射する。

光る目が、こちらに向けられる。

アメリカを含めたNATO勢力は、ロシア北方艦隊の潜水艦基地があるサイダ湾を厳重に監視している。ロシア海軍の潜水艦が出港後に大西洋のあちこちで探知されるパターンと配置を分析したアナリストたちが、この時期のロシアの潜水艦隊の行動はほぼ正常だと判断していた。それどころか、怪しい兆候は、ロシア海軍工廠《こうしょう》の作業になにも落ち度がなく、艦艇のほとんどが予定どおりに出港していることくらいだった。この効率改善をNATOの情報専門家は見逃していなかったが、ロシア艦隊の運用即応性が向上したという注釈をつけたにすぎなかった。今後の動向を注視する理由が、ひとつ増えただけだった。

ロシア海軍がたえず進展するのを十年も追ってきたのだから、そう解釈したのは意外ではなかった。

しかし、NATOがそういう監視だけでは見抜けない事柄がひとつあった。ロシア海軍の潜水艦隊の一部が選抜されて、大西洋の海底でそれぞれのターゲットに対する攻撃を調整していたのだ。

西側は知る由《よし》もなかったが、それらの潜水艦はレッド・メタル作戦の最初の一斉攻撃にくわわるために、ほとんど完璧に同調して、それぞれのターゲットに迫っていた。

エトゥシュ艦長は、前にある真鍮の手摺をつかんでいった。「艦を水平に戻せ。最大戦速の四分の三。所定の針路に回頭」

発令所の当直員が、はじかれたように行動を開始し、艦と調和して精確に動いた。操舵員ふたり――潜舵と横舵を担当するプレーンズマンと、縦舵を担当するヘルムズマン――がジョイスティックを操り、計器を見ながら、速力があがるあいだ艦を水平に保った。バラストを制御する油圧手たちが、前部トリムタンクからメインバラストタンクへ少量の空気を送り込んだ。航海長が、発令所中央の作図台でデジタルデータと大きな海底地形図を使い、あらためて対勢図を描いた。

「艦長、航海データでターゲットを指定。〝中つ国《ミドガルス》〟。距離二海里。三分後から襲撃航走」

「了解。操舵、宜候《ようそろ》。兵器をクロスチェックしてから自由射撃。ドミートリー、用意ができたら射ってよし」

「アイ、艦長」水雷長が答えた。

「航海長？」エトゥシュは早口でいった。

「アイ、艦長？」

「時間を任せる」

「アイ、サー」航海長が、艦長のそばに手をのばして、デジタルタイマーを二十分に合わせた。水雷長が自走機雷の最初の一本を射った瞬間に、タイマーを作動させる。

命令を精確に伝えることも含め、乗組員のやりとりはすべて、コーヒーショップでの小声のおしゃべりを超える音量にはならなかった。ささやき声よりは大きかったが、ふつうの話し声よりもずっと低かった。水中にいる時間が長いので、大きな声を出したり物音をたてたりして敵に聞きつけられるのを過度に心配するようになっているのだ。

それに、いまは敵艦がいたるところにいて、まったく音を出さずに、ロシア潜水艦がいる兆候を聞きつけようとしているかもしれない。

エトゥシュはいった。「水測員《ソナー》、米艦を最後に探知したのは？」

「艦長、最後の米艦探知は、オハイオ級、〈ジョージア〉と識別。十八時間前。方位二二〇、距離一八海里。自動対勢図は速力針路を維持していると判断。現在は方位一九一、距離一六三海里。以上です」

「了解」エトゥシュはいった。「ウーラのほうは？」

「音響聴知はありませんが、針路を維持していると推定しています」

「了解」ノルウェーの潜水艦についてはさほど心配していなかったが、精確な位置がわからないのは不安だった。「推定距離と方位をひきつづき報告しろ」

「アイ、サー」

水雷長が呼んだ。「艦長、兵器1の準備ができたことを伝えます。時間設定、全兵器から確認の応答あり。ターゲット三つに対する襲撃航走完了まで二十分」

「了解。航海長、対勢図に変更はあるか？」

「ありません。現在の対勢図と攻撃航走を維持します。宜候を推奨します」

「わかった。操舵員、現在の針路と速力を維持」

数秒後に水雷長がいつもよりすこし大きな声で告げた。興奮しているせいだと、エトゥシュにはわかった。「艦長、ターゲット1に向けて射ちます。自走機雷発射」

水雷長がそういうと同時に、航海長がデジタルタイマーに触れ、カウントダウンが開始された。時間設定と対勢図が完璧なら、任務は時間どおり終了するはずだった。

震動やシューッという音はなく、船体の表面を海水が流れている音が聞こえるだけだった。〈カザン〉がこの戦争ではじめて海からの攻撃を行なったことを示す気配は、なにもなかった。

艦内の空気が冷たいのに、操舵員ふたりが汗をかいていることに、エトゥシュは気づいた。現時点では、二十歳の若者ふたりの手にすべてが懸かっていると思い、まるで彼らの立場になったかのように自分も汗をかいていることに気づいた。

だが、エトゥシュは艦長なので、もっと重い責任を担《にな》っている。汗をかいたり、不安な態度を見せたりしたら、自信が揺らいでいると乗組員に思われるおそれがある。二十三年にわたる航海の経験から、こういうときにはできるだけ発令所を歩きまわらないようにして、航法や操艦の細かい原則に注意を集中すべきだとわかっていた。

　エトゥシュは、下向き通気システムの送風口二カ所の下で、身じろぎもせずに立っていた。白髪《しらが》まじりの髪を、冷たい風が吹き抜けた。

　水測員がいった。「発令所、感ありを報告します。方位〇〇六。ノルウェーのウーラです。距離一二海里、一九ノットで近づいてきます」

　通気システムの下に立っていなかったら、エトゥシュも大汗をかいたにちがいない。そこにいても、うなじに汗がにじむのがわかった。エトゥシュは経験豊富な船乗りなので、航海長が数字を割り出す前に暗算していた。方位〇〇六に敵艦がいて、〈カザン〉が最大戦速の四分の三、つまり二三ノットで水中航走しているので、二隻の進路（針路ではなく移動している艦船の未来位置）は約十七分後にほぼ収束する。〈カザン〉がなにをやろうとしているかを、ウーラは知らないだろうが、まちがいなく探知される。

　エトゥシュ中佐が二秒で暗算した計算を、航海長もすぐに終えた。「艦長、現在の針路と速力だと、十七分十秒後にウーラと邂逅《かいこう》します」

「わかった、航海長。水測、データをすべて確認しろ。航海長、最大戦速に対勢図を書き直せ。機雷を整然と敷設できなくても、ケーブルをすべて中継機の部分で破壊できるかもしれない。つぎのターゲットふたつに向かう新針路を準備してくれ。任務が優先だ」

「アイ、計算します」

エトゥシュ中佐は、無言でしばし時計を見た。残り十六分。速めるには水雷員たちが自走機雷のタイマーを設定し直す必要がある。やってくれるだろうと信頼していたが、わかりきったことに念を押さずにはいられなかった。

「水雷、自走機雷をすべてリセットして、新しい時間設定の指示を待て」

「わかりました」水雷長のドミートリーが答えた。下の甲板では、水兵五人と士官ひとりが、おおわらわになって、SMDM-2C自走沈底機雷に入力されたデータをゼロに戻していた。SMDM-2Cシリーズの機雷は、前世代の機雷を大幅に改良したものだが、それでも水雷士がネジをまわして本体のパネルをはずし、時間を再入力しなければならない。〈カザン〉の最初のターゲットへの機雷敷設は成功したので、あとは二本残っているだけだが、つぎのターゲットに向けて射つまで、あと五分しかない。

「水雷長、現況は?」部下をせかしたくはなかったが、必死で計算を進めている兵装ステーションを見て、エトゥシュは聞いた。

「艦長、いま三度目の確認をやっています。仮データを魚雷発射管室に送っています。時間データの更新中です。すぐに最終確認をやります」ドミートリーが水雷員のほうをふりかえると、水雷員が親指を立てた。ドミートリーは、落ち着いた声だったが、興奮がにじんでいるのがわかった。「艦長、航法データ更新しました。最大戦速、三〇ノット、針路〇三〇への変更を推奨します」

「発令所、操舵員、やってくれ」

あらたな対勢図、針路、速力は、すでにデジタルデータで操舵ステーションに伝えられていた。だが、エトゥシュは、眠っていても航海の手順に従うほど、海軍生活が長い。ターゲットに向けて射つまであと三分だと、エトゥシュは気づいた。タイマーでは十三分。最後のターゲットに向けて射つまで、十分ある。つぎの自走機雷を発射管に装塡《そうてん》するには、ぎりぎりの時間だ。

「艦長、兵器再プログラミング、成功しました」ドミートリーがいった。

「了解した。射ったらすぐに報告しろ」

「アイ、艦長。二十秒後に、ターゲット２、〝ケーブルＡＣ‐１〟に向けて射ちます」

エトゥシュは、操舵員ふたりのほうをちらりと見た。頭を剃《そ》りあげた若者ふたりが、ジョイスティックを力いっぱい握り締めている。

水雷長が、発射までの秒をカウントダウンした。「十……九……八……七……六……五……」

二番発射管の現況を示すパネルを、エトゥシュは見た。まだ赤いライトがついている。発射準備ができていない。

「……四……三……」ライトが赤からグリーンに変わった。「……二……一……射て！　指定のターゲットはＡＣ‐１」

瞬時に応答があり、水雷長がほっとした顔になった。「自走機雷、発射管を出ました」

「操舵員、推奨する新針路〇一八、三三ノット」

たまげたな、とエトゥシュは思った。最大戦速を超えている。

「やれ！」

「艦長、水測が報告しています。ターゲット01、ウーラが方位三二二（斜《なな》め左前方）にいます。この接近速度だと、二分後にうしろにまわられます。探信《ピン》を探知し、われわれにロックオンしています」

エトゥシュは、落ち着いた声いった。「やむをえない。最終ターゲットに向けて艦を安定させろ、連続射撃諸元を割り出せ」命令への復唱にためらいがあった。発令所に不安な雰囲気がひろがるのを、エトゥシュは感じ、それを和らげようとした。「ウーラにはわれわれを攻撃する理由がない。自走沈底機雷は音もなく発射管から出て、もう海底へ向かっている。ノルウェーの友人たちが気づくわけがない」

水測員が、ためらいがちにいった。「艦長……ウーラのソナー覆域《ふくいき》を計算しています。最終発射のときには、探知範囲に接近するはずです」

「ああ、その可能性は高いが、挑発されないかぎり、敵対行動は開始しないだろう」

「艦長、ウーラがほぼ左舷正横、方位二六三度にいます。距離は四海里」

「了解」エトゥシュは、魚雷現況パネルを見た。魚雷発射管十門のうち二門が、黄色で表示され、〝発射後、機能回復〟モードであることを示している。七番発射管はグリーンで〝発射待ち〟状態だった。三番発射管だけが、〝赤〟で〝発射不能〟だった。

「水雷長、どういうことだ？」

「はい、いまやっています。魚雷発射管室から連絡です……三本目の機雷のパネルがあきません。ネジの駆動部（頭部の穴）がつぶれているそうです」

「では、あと六分で処理しろ」エトゥシュは落ち着いてそういったが、内心では金切り声で叫んでいた。

25

ロシア　モスクワ
十二月二十五日　〇〇二五時

〝クマの巣〟では、軽装甲砲兵牽引車部隊《APT》28のハッカーたちが、奥の壁の大型モニターの上の時計を見つづけていた。レッド・メタル作戦《オペラーチャ・クラースヌイ・メタル》の最初のサイバー攻撃が、数秒後に開始される。完璧なタイミングで実行するのが重要だということが、彼らの心理に何カ月も前から植えつけられていた。

　作業は大部分終えていたので、彼らの準備が整っていることを、グロウスキー大佐は知っていた。ハッカーたちは、二カ月前から熱心にクッキーを盗むことにいそしみ、NATOのホストコンピューターに埋め込んであるトロイの木馬パケットと連動して、隠匿《いんとく》されたバックドアをあけ、模擬ハッキングや水飲み場型攻撃（特定のユーザーが使用しているウェブサイトを改竄し、それを閲覧すると攻撃が行なわれるようにする手法）を行なってきた。

　そしていま、攻撃パラダイムをすべて一気に利用するときが訪れた。

グロウスキーは、デジタル時計を見た。大西洋の海底のすぐ上を潜航している潜水艦の艦長や、第五世代の戦闘機で空を翔《か》けているパイロットのように、心臓が早鐘を打っていた。

こんどは自分のこと、自分の責任について考え、十週間前に重要人物ふたりがクマの巣にはいってきたときのことを思い起こした。レッド・メタル作戦で地上部隊を指揮する将軍ふたりが訪れると、あらかじめ知らされていたので、クマの巣をそれに備えて準備した。身支度を整え、ネクタイを締め、いつも背中を丸めているのを、ドアがあいたら背すじをのばすよう命じた。

若いハッカーたちは、その訪問に戦々恐々としたが、将軍ふたりが何者なのかは知らなかった。

だが、グロウスキーはふたりをすぐに見分け、たいへんな大物を前にしていることを知った。サバネーエフは、陸軍大将にしてはかなり若く見えて、国営テレビのニュースのアナウンサーのような話しかたをした。

それに、ラザール……ダゲスタンのライオン、ボリス・ペトロヴィッチ・ラザール。たくましく、風雪に鍛えられた風貌で、丸顔だが、ロシア軍ではこの一世代の軍人のなかで、もっとも多くの物語が伝えられている将軍だった。

ふたりとも実戦の経験豊富な司令官だ、とグロウスキーは思った。

それに、すこぶる威風堂々としている。

〝クマの巣〟のハッカーたちが、ポーランドの防空レーダー網に対して重要な準備攻撃を仕掛けるあいだ、将軍ふたりはグロウスキーとその部下たちを観察していた。ほとんど無言で見守っていたが、指揮をとっているハッカーふたりに、いくつか質問をした。

すごい一日になった、とグロウスキーは思った。

将軍ふたりのことを頭から追い出し、自分の戦場に考えを集中した。これからすごい一日になる。

グロウスキーが〝こけおどしモニター〟を見あげると、〝クリスマスツリー〟十本のそれぞれのてっぺんで、グリーンのライトが点滅していた。これまでに発見した裏チャンネルに狙いを合わせて、そこをあけさせたことを意味している。これで敵のレーダー網は無防備になった。あとはAPT28のハッカーたちが、スイッチをはじいて、作動コードを送り込めばいいだけだ。それをマニュアルで実行するのは、システムにすでに埋め込んである侵入コードにタイマーを設定するよりも、隠密性が保たれるからだった。グロウスキーは、タイマーで自動的にやるのは危険が大きすぎると判断していた。

したがって、侵入コードは、起動信号《トリガー》が送られてくるのを待っていた。

〝クリスマスツリー〟のその他のハイアラーキー（いくつもの階層に分けて制御処理を行なう構造）も、グロウスキーの部下たちが能動的にネットワークをハッキングして、コードを挿入しなければならない仕組みになっていた。もちろん、〝クマの巣〟のサイバー諜報専門家二十四人は、このハイアラーキー十本が特異であるのが目に留まらないように、政府、民間産業、軍のターゲット数百に、何カ月も前から陰謀コードを撒《ま》き散らしていた。

すべて、サイバー勝負の一環だった。

ドイツを担当するハッカー集団は、チーム・ブラックベアと呼ばれていた。〝こけおどしモニター〟の彼らのタイマーが、精確に秒を刻んでいたので、チームの面々はキーボードを叩きはじめた。

それ以外のものは沈黙し、それぞれのモニターに目を凝らしていた。ブラックベアの作業が、一六二センチ・モニターに表示されはじめ、ドイツのハイアラーキーが下端から上端までのびた。

ロシア側のコンピューター・コードが、ドイツにあるNATOの端末をすべてシャットダウンさせると同時に、クリスマスツリーのてっぺんがグリーンから赤に変わった。

ベラルーシ

十二月二十五日　〇〇二八時

イヴァン・ゾロトフ大佐は、Su‐57戦闘爆撃機でベラルーシ上空を西に向けて飛びながら、〈ランゲ&ゾーネ〉の腕時計を見た。剛の者だった大伯父が、肝硬変で死ぬ前にその貴重な家宝をゾロトフに授けて、それを手に入れたときの話をした。

レニングラード、ジューコフ将軍の第三突撃軍。一九四三年十月。ゾロトフ大佐の大伯父は、部下の兵卒ふたりにドイツ軍将校の腕を押さえさせ、銃剣で前腕を斬り落としたときの将校の表情を、事細かに語った。

腕時計と大伯父は、ともに悲惨な戦争を生き延びた。その腕時計は幸運のお守りだと、ゾロトフは思った。

これから一時間、ゾロトフとその二番機は、高度の微調整も航路も、完璧な台本どおりに行なう。時刻は〈ランゲ&ゾーネ〉の腕時計で確認する。大伯父の形見は、ふたたび戦闘をくぐり抜けることになる。

腕時計を見ると、ぴったり二分後にポーランド国境を越えるとわかった。

レッド・タロンズ飛行隊は、ロシアとベラルーシの航空基地六カ所から、二機編隊で離陸した。二機は危険なくらいに接近した編隊を組んで、あらかじめ決められた航路を飛行し、指定の位置で大きく旋回する。そういう飛行様態――任務のこの段階における飛びかた――は、NATO防空網の技術兵に、ロシア軍の給油機か旅客機のように見せかけるためだった。二機が密集して飛ぶと、レーダーでは大型機一機のように見える。

ゾロトフは、〈ランゲ&ゾーネ〉の腕時計をもう一度見てから、コクピットの精密時計でもたしかめた。

あと一分。

ゾロトフはスロットルレバーをほんのすこし押し、二番機《ウィングマン》のタチーエフ中佐が瞬時に反応して、速度を同調させたことに目を留めた。スイッチをひとつはじき、ヘッドアップ・ディ《HU》

スプレイ《D》にカメラの画像を表示させて、左翼下の景色を見た。シャッキー国立自然公園が一〇キロメートル南にある。ウクライナ軍の防空兵器の射手に監視されているのはわかっていたが、べつにかまわなかった。一分とたたないうちにポーランドに達するし、そこではもう監視の目にさらされないとわかっている。レーダー網がもう機能しなくなっているからだ。NATOのコンピューター・システムが予定どおりシャットダウンされるだろうと、ゾロトフは確信していた……ポーランド領空に侵入する数秒前に、そうなっているはずだ。

それでも、防空ネットワークに接続されていない独立した対空陣地が残るが、高高度を高速で飛べば、地上の防空施設の脅威にはさらされないはずだ。それも、ゾロトフは確信していた。

時間《パラー》だ！　ゾロトフは心のなかでつぶやき、右に大きくバンクをかけたときに、もう一度時刻を確認した。

ポーランドの都市ヴウォダヴァの明かりが、眼下を流れていった。

国境を越えた。

ポーランド領空にいとも簡単に侵入するという敵性行為を犯したことで、ゾロトフのＳｕ－57は、レッド・タロンズ飛行隊のそのほかのＳｕ－57とおなじように、西側に対する戦闘行為を開始した。

多用途原潜〈カザン〉
北大西洋
十二月二十五日　〇三一時

〈カザン〉艦長エトゥシュ中佐とその乗組員は、三基目の最後の自走機雷を、あと三分弱で発射する予定だった。

だが、自走機雷が協力を拒んでいた。

ネジ数本のために、任務全体が危険にさらされている、とエトゥシュは思った。しかし、設計者を責めるのは酷だろう。SMDM-2Cのパネルは、いま魚雷員がやっているように急いで取りはずし、取り付けるようにはできていない。一度プログラミングして発射するというのが、メーカーの意図した設計なのだ。はずして再プログラミングするのをくりかえすようには造られていない。

だが、戦闘には予想外の齟齬《そご》が付きものなのだ。

エトゥシュは、熟練の水雷長に向かっていった。「ドミートリー」

「艦長、定刻にターゲットのケーブルTAT-15に向けて発射します」

エトゥシュは、古くからの同志の顔を見た。冷静な表情だった。ドミートリーが自分の兵器を信じていることに、エトゥシュは感心したが。自分は不安を抱いていた。

「発令所、ウーラ級は現在、距離五海里、方位一九七です。魚雷の射程外です、艦長」

エトゥシュは、了解したことをうめき声で伝えた。それは意識になかった。もっとも、最後の自走機雷を調定できなかったら、ノルウェーのちっぽけな潜水艦よりもずっと大きな心配事を抱え込むことになる。

「ターゲットまで三十秒」操舵員がいった。エトゥシュは、兵装コンソールを見て、三番発射管の表示がまだ赤く光っているのに気づいた。

「あと二十秒」

エトゥシュは、ドミートリーに視線を据えた。だが、ドミートリーは背を向けていて……片手で水雷科とつながっている電話機を持ち、反対の手で体を安定させながら、兵装コンソールを見ていた。

「あと十秒」

エトゥシュは、ドミートリーの肩越しにコンソールを見た。三番発射管の表示は、依然として赤だった。

「艦長……ターゲットまで五秒」水雷員がつづけていった。「艦長、ターゲットに到達しました」

ドミートリーが、電話機を耳から離し、エトゥシュのほうを向いた。「艦長、水雷士が、時間どおりターゲットに向けて発射したと報告しています。三本目の自走機雷、馳走《ちそう》中です」かすかな笑みが顔をよぎった。三番発射管の表示はいまも赤だったが、七番発射管は発射完了と復旧モードの〝イエロー〟表示になっていた。

「ドミートリー……」エトゥシュ中佐はいった。

「いったいなにを――」

「艦長、ネジの駆動部がつぶれている三番の自走機雷はそのままにして、七番に装塡《そうてん》してあったのを再プログラミングしました。そのほうが早いので」

エトゥシュは、苦笑を押し殺さなければならなかった。発令所に安堵《あんど》の溜息がひろがった。

「艦長、水測です。ウーラは起爆中にターゲットの近くを通過するはずです。爆発のあおりを受ける可能性が高いです」

発令所にいた全員が、原子時計を見た。その精密時計はいまも秒を刻んでいたが、カウントダウンではなく、カウントアップになっていた。爆発まであと一分。

「ウーラは運が悪かったな」エトゥシュはいった。

一分以上が過ぎてから、〈カザン〉の船体を通して、水中爆発が伝わり、波に揺さぶられた。つづいて、それよりも弱いドスンという音が届いた。

数秒後に水測員が報告した。「艦長、ウーラが爆発をくらいました。機雷のすぐ近くで巻き込まれました。ウーラが魚雷を射ちました。三本が馳走中。艦長、われわれに向けて発射されました。われわれに攻撃されたと思ったにちがいありません。しかし、航走距離外からでした。魚雷は三本とも、こちらに達する前に沈みました」

「よろしい……ウーラは爆発をくらって、被害が生じ、艦長が逆上したようだな」

水測員がふたたび報告した。「ウーラが右に回頭しています。船体がへこむ音が聞こえます。浮上しています！　戦闘不能になりました！」

エトゥシュはうなずいた。「これで懲《こ》りただろう。だが、ほかの脅威に備えろ」

「アイ、サー」

エトゥシュは、ドミートリーのほうを向いた。「水雷長、ほかにも奥の手を隠しているんだろう?」

「アイ、艦長。ほかの奥の手五は装塡され、海軍の最新射撃諸元を入力されるのを待っています」

「了解。諸君、戦争の最初の一斉射撃が開始された。海で戦う男たちが今後出遭うことに、神のご加護がありますように」

ロシア　モスクワ
APT28統制センター
十二月二十五日　〇〇三二時

グロウスキー大佐は、クマの巣を歩きまわりつづけ、サイバー諜報専門家チームのうしろで全員に目を光らせていた。

「大佐」アメリカに対するハッキングを担当する、チーム・グリズリーベアのアナリストのひとりが呼びかけた。「アメリカとNATOの海底光ファイバー・ケーブルすべてがオフラインになったのを確認しました。われわれの擬態システムが確立し、NATOの秘密扱いのインターネット・トラフィックを取り込んで偽通信を行なう準備ができています。メインフレーム・システムのデータ移送が開始され、応答を行なっています。毒入り水飲み場が、ひきつづきトロイの木馬を下流に配布します。ヨーロッパとアメリカで、全システムが起動し、機能しています」

「よくやった、みんな」グロウスキーはいった。まわりを見ると、笑みやにやにや笑いに迎えられた。グロウスキーも頬をゆるめかけたが、すぐに笑みを消した。「いい気になってはいけない――これからの十分間が重要なのだ。仕事に戻れ」

ポーランド　ポズナニ
ポーランド防空レーダー中央指揮所
十二月二十五日　〇〇三三時

ポーランド人の若いレーダー技術兵は、まごついた顔で十秒近く自分のモニターを見てから、当直の大尉に内線電話で報告した。

「大尉、侵入があったと思います。南東のPVK《ピーター・ヴィクター・キング》防空空域。ルブリン付近です」

「思うとは、どういう意味だ？」

「それがその、一瞬そこにあったのが、消えました。国境のレーダー・サイトがいくつか信号を送ってきて、その後すべて消えました。システムはすべて異状なしと報告しています。すべて順調に作動しているようです」

「ほかの前哨は、正常だと報告しているんだな？」

「ええ、すべてのレーダー・サイトが、わたしのモニターでは異状なしを示しています。すべて問題ないようです。先週の土曜日に起きた故障のようなものにちがいありません」

大尉は間を置いてからきいた。「すべてのレーダー・サイトが異状なしだったことが、いままでにあったか？」

レーダー技術兵は、画面から視線を離さず、首をかしげた。「一度もありませんでした。一カ所かそれ以上のレーダー・サイトが、故障するか、報告できないことがままあります」

大尉は、通信士のほうを向いた。「ただちにNATOに警報を送るか？」

レーダー技術兵が、疑問を投げかけた。「でも、大尉、システムはちゃんと返信しているんです。レーダー網に途切れ目はありません」

「そんなことはどうでもいい――どうも妙な感じだ。いいから警報を送れ」

通信士は、すでにNATOの周波数に合わせていた。「了解しました。警報を発令します」

26

ドイツ　ガイレンキルヒェン
NATO空中早期警戒管制任務部隊（NAEW&C）
運航本部兼レーダー統合センター
十二月二十五日　〇〇三五時

米軍関係者多数が詰めているドイツの暗い一室で、若い空軍二等軍曹が、二三メートル離れたところに座っている当直士官に連絡するために、マイクのスイッチを入れた。「大尉、ポーランドから二度目の警報です。こんどはポズナニからです。最初の警報はまちがいだったとして撤回されましたが、今回は、レーダーが一度探知した可能性があるが、失探したと報告してきました」

ワトン大尉は、近くのオフィスで、秘密扱いではないコンピューターを使い、八年生の娘がクリスマスの野外劇に出演している映像を見ていた。ワトンは溜息をついて、着信箱に目を向け、通信文変換システム《MCS》によって電子化された今夜の秘密扱いの交信を読んでいった。

すぐに該当するページが見つかった。「ペンタゴンからまた夜間連絡が届いた。これだ。〝ポーランドがベラルーシにおける機動展開演習を過大に解釈し、事前配備部隊の増強を求めるかもしれないと、アメリカ欧州軍司令官《COMUSEUCOM》が懸念している〟。ロシア軍がベラルーシで実働しているときに、なにかに巻き込まれるのは避けなければならない。ポーランドは、アメリカが自分たちとおなじようにロシアを怖れるようになってほしいと考えている。

それで……他のレーダー・サイトからは、侵入の報告はないんだな？」

「ありません、大尉。だれかが早まって警報を発令したのでしょう」

ワトン大尉は、ちょっと考えた。この警報は何事でもないのかもしれないが、責任逃れをしておく必要がある。「よし、この報告を統合レーダー・チームS《シエラ》と照らし合わせろ。わたしは作戦室に連絡し、モンスにメッセージを送るよう頼む」ベルギーのモンスには、NATO最高司令部がある。

ワトンは、つづいてこういった。「当直員、NMCCにメッセージを送れ」国家軍事指揮《NMC》センター《C》は、国家指揮権者である大統領や国防長官の専属機関だ。

イヤホンから応答があった。「了解しました。ただちにやります」

ワトン大尉は、また秘密扱いではないコンピューターで、娘の野外劇の画像を見はじめた。「なにか反応があったら、報《しら》せてくれ」

何度かクリックしたが、つぎのページがダウンロードされなかった。「やれやれ」ワトンはいった。「秘密扱いではないネットワークがダウンしているのかどうか、だれか知らないか？　フェイスブックが見られないんだ」

そのとき、二等軍曹が、ふたたびワトンを呼び出した。「大佐、ラムシュタインの管制官《AC》が陸上有線《ランドライン》で連絡してきました。ハッキングされたといっています」

ワトンは、フェイスブックに戻そうとして、秘密扱いではないコンピューターのブラウザを何度も立ちあげていた。「それをわれわれにどうしろというんだ？　ＮＳＡ（アメリカ国家安全保障局）のテクニカルサポートかなにかに電話すればいいのに」

「了解です。そういってやります」

ポーランド
十二月二十五日　〇〇四一時

Ｓｕ‐57二機は、ポレスキ国立公園の二〇〇メートル上をマッハ一・一で飛んでいた。イヴァン・ゾロトフ大佐は、キャノピイの右をちらりと見て、灯火を消している二番機がいるはずの闇に目を凝らした。かすかに見分けられるだけだったが、海軍中佐が操縦する二番機がおなじ高さを飛んでいるとわかり、ほっとした。二機の翼端は、一メートルも離れていない。よしんばレーダーに探知されたとしても、ほとんどくっつくようにして飛んでいるので、一機だと思われるはずだった。

二機のパイロットは、この航路をフライト・シミュレーターで六十回近く飛んでいる。毎回、こういう密集隊形で、低空を高速飛行した。任務の成功には、この段階が重要だった。たとえ一瞬でも、ポーランド領空通過中に高度をあげたために、ポーランド軍の独立レーダー・システムに探知されるようなことがあってはならない。

任務にくわわっているほかのパイロットたちも、ゾロトフとタチーエフがいまやっているのとおなじことをやっているはずだった。彼らはもっと南を飛行し、ポーランド南部やウクライナを通ってチェコに達する。

数分後にゾロトフは国道で位置を確認し、Su－57二機編隊はプワヴィに近い雪に覆《おお》われた小麦畑の上を通過した。二機は超低空飛行をつづけ、ときにはゆるやかにうねる地形から五〇メートルも離れていないところを飛んでいた。

合図に従って、二機のパイロットはスロットルレバーを戻し、微小な針路変更を行なった。いまも東西にのびるDK－12（国道12号線）が目印になっていた。速度と距離はあらかじめ入念に計算されていて、このあらたな速度で飛べば、定刻どおり三十五分弱で経由目標点に到達する。

このドイツ製の古い腕時計とおなじだ、とゾロトフは思った。つねにぴったり時間が合っている。

ポーランド　ポズナニ
ポーランド防空レーダー中央指揮所
十二月二十五日　〇〇四七時

「大尉、レーダー・ミサイル防空砲兵中隊Q、R、Tがすべて、下の階の当直室に陸上有線《ランドライン》で電話をかけてきました。秘話電話回線がつながらないそうです。砲兵中隊Q－12が、ロシア軍戦闘機二機が上空を通過するのを確認したと報告しています」

「どうしてわれわれのレーダーが探知しなかったんだ？」

「Q－12のレーダーも探知していませんでした。真上を飛ぶのを、彼らは肉眼で見たんです。超音速で西に向かっていたそうです」

「くそ！」大尉《グヴノ》がつぶやき、落ち着いて命令を下そうとしたが、うまくいかなかった。「わかった。よし……陸軍司令部に連絡して、ただちに報せろ」

「でも、どうやって？　秘話電話回線が通じないんですよ。それに、インターネットは接続しているはずなのに、だれにもつながらない」

「下へ行け。必要とあれば、公衆電話を使え。いいからワルシャワに連絡しろ！　ロシア空軍が国境を越えたんだぞ！」

ポーランド・ドイツ国境
十二月二十五日　〇五四時

ゾロトフ大佐とタチーエフ中佐は、オストリッツという小さな町の近くで国境を越えて、ドイツに侵入した。爆装を満載したパイロンのわずか五メートルないし一〇メートル下で、松林が銀色の月光を浴びて光っていた。月が明るく、二番機がよく見えたので、ゾロトフは指を一本立てて、あと一分であることをタチーエフに伝えた。

ゾロトフが計器に目を戻したとき、ジェットエンジンのうなりよりもかすかに大きな音を聞きつけた。

ゾロトフが右を向くと、タチーエフのSu-57がぐらりと揺れ、うしろに遠ざかっていた。ゾロトフが後方カメラの画像が映っているヘッドアップ・ディスプレイ《HUD》に視線を移すと、Su-57二番機の後方で雪の雲が空中に高く噴きあがるのが目にはいった。

タチーエフは、梢《こずえ》をかすめてしまったのだ。

タチーエフのSu-57は姿勢を回復し、水平飛行に戻ったが、ゾロトフの後方数百メートルに離れていた。

ここまで来たのに、最後の瞬間に突発的なことが起きてしまった、とゾロトフは思った。

ゾロトフは高速で水平飛行をつづけ、八割かた前方に注意を払いながら、タチーエフ中佐がじりじりと距離を詰めて横に並ぶのを、後方カメラでずっと確認していた。

ゾロトフは、また腕時計を見た。あと十二秒しかない。おい、海軍さん、と心のなかでつぶやき、相棒が編隊の定位置に早く戻るよう促した。

ビーッという大きい音とともに、計器盤のライトが点滅した。地対空ミサイルにロックオンされたのだ。

さあ、やるぞ。

ドイツの砲兵中隊は、ポーランドの防空砲兵中隊よりもずっと自立したシステムだった。自分たちが誰何《すいか》した航空機が応答しなかったり、目視で敵機だと識別したときには、独立して射撃を行なうことができる。

ミサイルが自分のSu-57に向けて発射されたことを示す兆候を、ゾロトフは目と耳で確認したが、かなり北に遠く離れていて、現在位置よりもだいぶ後方だった。

気にすることはない。どうせ長居はしないのだ。

ゾロトフのSu-57の攻撃様態では、つぎの機動を開始したときに、ミサイルとの距離はさらにひらいているはずなので、電子的な対抗策を講じる必要はなかった。

ゾロトフは、操縦桿から手を離し、首をのばして、肩越しにうしろを見た。タチーエフ中佐が必死に追いつこうとしているのが、キャノピイ越しにわかったが、機体の状態まではわからなかった。機体の損傷がひどければ、飛行をつづけられないはずだが、たとえ些細《ささい》な問題でもゾロトフには気がかりだった。これからアクロバット飛行に近い飛びかたをすることになるからだ。

ドイツ　ガイレンキルヒェン
NATO空中早期警戒管制任務部隊（NAEW&C）
運航本部兼レーダー統合センター
十二月二十五日　〇〇五九時

「大尉、ドイツ軍がたったいま、ドレスデン付近のターゲットに向けて対空ミサイルを発射しました！」

ワトン大尉は、愕然《がくぜん》として、フリーズしたデスクトップ・コンピューターから目をあげた。

「な……なんだと？」

「ドイツのレーダー防空網は、すべてオフラインになっています……連絡事務所の当直士官が、報告しています。無線と陸上有線《ランドライン》がいくらか使えるだけで、あとはすべてダウンしているそうです」

ジェイムズ二等軍曹が見ているのは、NATOの全加盟国連絡事務所――内部でLNOと呼ばれている連絡将校――とすべてのビルを接続している、クローズドループ制御のコンピューターだった。「大尉、これはほんものかもしれません。一階にいるドイツのLNOは、レーダー防空砲兵中隊が、ドイツ領空を侵犯している未確認航空機二機編隊五個それぞれを攻撃したと報告しています。われわれのコンピューターが侵入されたと想定しなければならないと思います。ポーランドやその他のNAEW基地や、空中早期警戒機からは、なんの報告もはいっていません」

「いったいどうなってるんだ？」ワトン大尉は、デスクの前で立ちあがった。「クリスマスなんだぞ！　NATO全体に警報を発令しろ！　わたしがじかに欧州連合軍総司令部《SHAPE》とNATO即応部隊に電話する。全部隊に警戒態勢をとらせる」

「了解しましたが、大尉、どうやって――」

「STU回線を使え」秘匿化電話装置《セキュア・テレフォン・ユニット》のことだ。

「機能していません」いくつか離れたデスクで、下士官がSTU受信機を持ちあげていった。

「衛星通信は？」ワトン大尉はきいた。

べつの技術下士官が答えた。「機能していますが、過負荷です。だれもが衛星通信を使っているようです。優先度の高いメッセージを送ってみます」

ドイツ　ドレスデン
十二月二十五日　〇一〇〇時

時間だ。

ゾロトフ大佐は、操縦桿を大きく引き、Ｓｕ－57を急上昇させた。超音速飛行をつづけるために、スロットルレバーを押した。秒速は三五〇メートル近い。一定の上昇率を維持するのに、アフターバーナーを点火する必要すらなかった。

後部モニターを、もう一度確認した。タチーエフ中佐は、八〇〇メートル下にいたが、やはり急上昇していた。

確実な飛行だ、とゾロトフは思った。優秀な男だ。

ゾロトフは、前方に視線を戻した。キャノピイから見えるのは、満天の星空だけだった。

Ｓｕ－57二機は上昇をつづけ、ドイツ上空をほとんど垂直に翔《か》け昇った。まもなく高度一万八〇〇〇メートルに達し、加速度が大きいにもかかわらず、成層圏に近づくと、地球の重力によってかすかに引き戻されるのが感じられた。急上昇によって燃料消費が増え、空気が薄くなると加速が鈍りはじめた。

ゾロトフはすばやく暗算した。燃料は六八〇〇キログラム近く残っている。タンクの半分以上だ。脱出の際に敵部隊を避ける機動をやりすぎなければ、任務を終えて帰投するのにじゅうぶん足りる。

Ｓｕ－57二機はまもなく、空に描かれた三次元の図面の攻撃位置に達するはずだった。この任務では、ドイツ上空の高度二万一〇〇〇メートルの一点へ行き、ミサイルを発射しなければならない。そのあとのことは、〝頭のいい〟ミサイルがやってくれる。

ゾロトフは、ＨＵＤの高度計からＧＰＳに視線を移し、つづいてディスプレイの時刻を見た。

大伯父の形見の腕時計でも時刻を確認し、秒針がぴたりと合っているので、誇りに思った。

いまだ。

ゾロトフ大佐は、発射ボタンを押した。数分の一秒置いて、兵装管制レバーを切り換え、また発射ボタンを押した。

その対衛星《ASAT》ミサイル二基は、OKB-12（OKBは〝試験設計局〟）とSTR-14と呼ばれ、西側には秘匿《ひとく》して極秘に開発された。祖国《ロージナ》が脅かされ、西側のもっとも重要な戦闘能力のひとつ――汎地球衛星ネットワーク――を排除するという決断が下されたときに、第一撃のオプションとして使用されることになっていた。

ミサイル二基の性質は、大きく異なっていた。一基は短距離衛星キラーだった。もう一基は長射程、高高度向けで、宇宙へ飛んでいって、高い機動を周回するGPS衛星などの静止衛星を破壊するように設計されていた。

西側のGPS衛星を破壊するのは、容易だった。位置データを地球に向けて発信していて、その信号をSTR-14にたどられることなど、まったく心配していないからだ。しかし、GPS衛星は通信衛星よりも高い軌道を周回している。高度は二万キロメートルに近い。弾頭がそこまで到達し、ターゲットを破壊するまで、一時間十二分かかる。

ゾロトフは、ミサイル二基が離れていくのをしばし見守った。特別に調整された固体燃料ロケットで、宇宙に向けてぐんぐん上昇している。高高度で大気の抵抗がほとんどないために、小型で高速のＯＫＢ‐12はすでに時速一万八〇〇〇キロメートルに達していた。二基はきわめて先進的な誘導システムによって衛星に接近し、最後の数キロメートルはターゲットの衛星が発信する信号を利用して自動誘導する。

ゾロトフとタチーエフがいまも拘束されている大気から逃れると、ミサイルのロケットエンジンはほとんど炎を吐かなくなった。

中欧と西欧のあちこちで、レッド・タロンズ飛行隊のＳｕ‐57が、ターゲットを同時に破壊するようにタイミングを合わせて、そのほかの西側の衛星に向けてミサイルを発射していた。ヨーロッパの衛星通信は、民間も軍事も数分後にすべて使用不能になり、その一時間後にはＧＰＳの位置情報もすべて消滅するはずだった。

ヨーロッパはまもなく耳を失い、口がきけなくなる。一時間後には目も見えなくなる。

タチーエフが放ったミサイルが、ターゲットに向けて飛翔するのを見て、ゾロトフは、ひとりうなずいたが、ショーを楽しんでいるとまではなかった。ゾロトフは、Ｓｕ‐57を背面にして、操縦桿を引いた。体に大きな力がかかり、うめき声が漏れた。やがて力が弱まったが、無重力を味わったときに、胃が胸のほうにせりあがった。まもなくキャノピイが垂直になり、Ｓｕ‐57はドレスデンに向けてマッハ一で長い急降下を開始し、速度を増していった。

ゾロトフは、Ｓｕ‐57の機首を起こして、針路〇八〇でポーランドに向けてひきかえした。タチーエフとともに、何度かまた対空ミサイルに対処しなければならないだろうが、ＮＡＴＯの指揮統制コンピューターは使用不能になり、携帯電話と陸上有線《ランドライン》に対する電子妨害《ジャミング》が開始され、まもなく衛星通信も使えなくなるので、NATOは調整能力をほとんど失うはずだった。

ゾロトフ大佐は地球めがけて突き進み、タチーエフ中佐がその右の位置についた。タチーエフが手でOKのサインを出し、ゾロトフはそれに応えた。

モスクワ
APT28統制センター
十二月二十五日　〇一二五時

グロウスキー大佐は、〝ブラウン・ベア〟と呼ばれているポーランド担当チームのうしろへ行った。「やつらはボット（悪意あるプログラムでコンピューターを多数乗っ取ってゾンビコンピューター・ネットワークとして悪用する、ボットネットのこと）を発見したか？」

チーム・リーダーが、部下たちと話し合ってから、立ちあがった。「いいえ。でも、敵は陸上有線《ランドライン》に変更しています。ポーランドのデータ・センターを調べているんですが、ドイツのデータ・センターとはまったくちがいます。古いものは基盤を使わないで手動配線しているので、ハッキングできません。北米担当チームの二線級のボットネットを挿入しました。敵が民間コールセンターとデータ侵入検知戦術を共用していないといいんですが」

「わかった《ポーニャル》」グロウスキーは答えて、ドイツ担当チーム〝ブラックベア〟のほうへ戻った。

そこのチーム・リーダーがいった。「大佐、ドイツは目を失いました。敵はずっと応急措置《ワークアラウンド》をつづけています。安全装置が自動的に作動するようです。民間の通信会社はかなり先進的ですが、コールセンターへのDDoS攻撃（分散型サービス拒否攻撃。サーバーにアクセスできなくなるように、複数のコンピューターから悪意を持って大量のデータを送りつづけるサイバー攻撃）には対処できません。NATO加盟国のシステムで、遮掩がなく防御が手薄なもの――たとえばトルコのコンピューター――をボットにして、大量のデータを送り、STUと秘話電話システムを過負荷にしています。それでうまくいっているようです」

「よし」グロウスキーはいい、NATO担当チームのほうへ行った。

チーム・リーダーが立ちあがっていった。「大佐、NATOは完全に大混乱に陥り、アメリカと遮断されました」

そこでようやく、グロウスキーは歯をむき出して笑った。拳《こぶし》を宙に突きあげた。「やったぞ、きみたち！」

狂ったような歓声が、あたりに響き渡った。

27

チェコ　ジェチーン高原物見櫓《やぐら》

（ドイツ名：高い雪山《ヒューア・シュネーベルク》）

十二月二十五日、〇一一九時

ジェチーン高原《ジェチーンスキー・スネズニーク》は、エルベ砂岩山地のチェコ側でもっとも高い山で、北のドイツのエルベ川流域を数百キロメートルにわたって、なんの障害物もなく見渡すことができる。ホーエンシュタイン侯爵が、その地域の地図作成と交通の目安の三角点として、百五十年前にジェチーン高原物見櫓を建設した。いまはその古い塔が、ドイツ人やチェコ人のサイクリスト多数が走る冒険的な自転車専用道のレストラン兼休憩所になっている。

夏のその地域は、地元住人が〝ボヘミアのスイス〟と呼ぶ断崖《だんがい》や森林の景勝地を通る道を探検するハイカーやサイクリストでにぎわう。しかし、冬には駅もレストランも閉まる。もっとも、管理人夫妻は敷地内に住んでいて、風雪を衝《つ》いてジェチーン高原の頂上に登ろうとする勇敢なグループが来たときには、キッチンで料理を出している。

きのうの午前中、中年のチェコ人の管理人夫妻は、キッチンの窓から新雪を見ていると、重い荷物を背負った十数人のハイカーが、道路を登って近づいてきたので、肝をつぶした。夫と妻は興奮気味に厚いコートを着て、ブーツを履《は》き、その旅人たちを迎え入れる準備をした。そして、玄関から表に出て、数百メートル向こうから近づいてくる一団に手をふり、たちどころに撃ち殺された。

レッド・メタル作戦の主謀者ユーリー・ボルビコフ大佐本人が、不運な地元住民を殺す命令を下していた。民間人の服装のスペッツナズ戦闘員たちとともに、物見櫓に近づいたとき、母屋《おもや》の煙突から煙があがっているのが見えた。敷地内に一般市民がいたら、任務を隠密にしておくことはできないとわかっていた。兵士十六人と自分は登山中の観光客だといっても、だれも信じるはずはない。すれちがっただけならごまかせるかもしれないが、武器を出し、物見櫓を占領して、レーザー航法補助装置をてっぺんに取り付けたら、偽装が通用しなくなることはまちがいない。

そこでボルビコフは、秘密漏洩の原因になるものを取り除けと命じた。

そもそも、ボルビコフがここに来る必要はなかった。ボルビコフがいなくても、スペッツナズ部隊はチェコ北部で目標を達成できる。しかし、ボルビコフは、自分は兵士たちのリーダーであるとともに、兵士でもあると考えていたので、作戦には自分の足と武器を使いたかった。いまボルビコフの麾下《きか》には二十四人以上のスペッツナズ戦闘員がいて、鉄道の分岐器《ポイント》切替所を乗っ取り、レーザー機器の最終調整を行ない、飛行場や軍事基地で航空機や地上部隊の動きを監視している。自分が危険を冒さなかったら、部下が果敢に危険に挑むことは期待できないとわかっていた。そこで、前線で先頭に立つ気概があるのを示すために、レッド・メタル作戦開始にあたってチェコでこの任務に参加することにしたのだ。

数日後に、アフリカでもおなじことをやるつもりだった。

午前中に物見櫓に到着したスペツナズ・チームは、午後から夜にかけて、レーザー航法補助装置を取り付けて、調整した。意外なことに、ほかには一般市民の姿をいっさい見かけなかった。一日ずっと、霙《みぞれ》や凍《い》てつく雨が降りつづいていたからにちがいない。もう午前一時をまわっていたが、作業は完了したので、引き揚げのためのヘリコプターが到着するまで、チームの警備を維持すればいいだけだった。

一行は木造の二階建てレストランにはいって、暖炉の火で暖まり、疲れた旅人がたまたまやってきたときのために食料品庫に用意してあった肉やチーズを食べた。ボルビコフが禁じたにもかかわらず、タップからこっそりマグカップにビールを注ぐものもいた。

べつにかまわないだろう？　と彼らは思った。もうじき帰るんだ。残された作業は、鉄道の分岐点に配置されたスペツナズ・チームの任務だけだ。

このチームにとっては、ヨーロッパにおけるレッド・メタル作戦は、ほぼ終わったようなものだった。数日後にアフリカへ行く手はずなので、武器をクリーニングし、弾倉に弾薬をこめ、暑い地域用の服を用意しなければならない。

ボルビコフは、雪のなかを歩いて、物見櫓の正面にある道路の一〇〇メートル先まで行った。まわりではスペッナズの兵士たちが、最後の装備を開豁地《かいかっち》に運んでいるところだった。ヘリコプターが着陸したら積み込みやすいように、バックパックやさまざまな機器を積みあげていた。

もう、軍隊などではないように見せかける必要はない。まだ軍服の上に市販の服を着ていたが、AKS‐74Uカービンを負い紐《ひも》で首から吊り、暗視ゴーグルをかけて、ライフルの弾薬や擲弾《てきだん》の弾帯を肩から斜《なな》めにかけていた。

ボルビコフは時計を見て、引き揚げの時刻までまだ十分あると思ったが、無線機を持っている兵士が、大声で呼んだ。

「櫓の見張りが、ヘリが来るといっています」

「了解」ボルビコフはいった。「櫓の見張りを解散させるよういってくれ。全員、この降着地帯に集合させろ」

「はい、大佐」

ボルビコフは、暗視ゴーグルを目の上に引きおろし、山頂にそびえている櫓を見あげて、その歴史に思いを馳《は》せた。十九世紀の地図作成や地形学と比べると大幅に進歩したテクノロジーで、その櫓の昔ながらの目的を再現できることを願った。ドゥリャーギンの機甲部隊の進撃ルートに配置するように命じた、レアアースのイッテルビウムを使うレーザーの仕組みは、ボルビコフにはまったくわからなかったが、それらは役目を果たすはずだとわかっていた。それにより、ロシア軍急襲部隊は、GPS衛星を使わずに〝道を見る〟ことができる。

いまごろは目を失っているNATO軍に対して、ロシア軍はとてつもない優位をものにできる。

灯火を消して飛んでいるはずのヘリコプター三機を見ようとして、ボルビコフは夜空に暗視ゴーグルを向けた。遠くからヘリコプターの音が聞こえたときに、通信担当の兵士がいった。「大佐、ヘリは航空任務周波数に応答しません。われわれかヘリのどちらかが正しい暗号化無線周波数を使っていないことを、暗号ネットワーク識別装置が示しています」

ボルビコフは、溜息をついた。そういう馬鹿なミスを犯した人間を、厳しく罰するつもりだった。「わかった。照明弾を配置しろ」

軍曹ふたりが群れから離れて、照明弾四発のピンを抜いた。四発とも大きなパンという音をたて、四方の暗い森の際から、その鋭い音が跳ね返った。雪に覆《おお》われた松に火明かりがちらちらと無気味に反射し、石造りの古い櫓に薄気味悪く踊る影が映った。

ヘリは二キロメートル以内に接近したようだったが、エンジン音は山のドイツ側の崖のほうから聞こえているように思えた。チェコ側の低地に隠れて近づいてくるという取り決めだったのだ。

「あの馬鹿野郎を無線で呼び出せ！」ボルビコフは命じた。

突然、ボルビコフの暗視ゴーグルの視界にヘリが現われた。三機の予定なのに、二機だけだった。「もう一機はどこだ？　中央軍はわたしの任務を台無しにするつもりか？　帰ったら責任をとらせてやる！」

先頭のヘリコプターが、巨大なスポットライトをつけて、まばゆい光を浴びせ、スペツナズの兵士たちはあわてて暗視ゴーグルを押しあげて、目から遠ざけた。

味方のヘリコプターではないと気づいて、ボルビコフの怒りは一気に醒《さ》めた。「身を隠せ！」

兵士たちが飛び起きて、武器を取ろうとした。ボルビコフは、プラスティックの装備ケースを乗り越え、九ミリ口径のＧｓｈ‐18セミオートマティック・ピストルを抜いた。

すばやく体勢を立て直し、大声で射撃命令を下すと、ボルビコフは接近するヘリコプターに向けて何発も放った。それと同時に、接近するヘリめがけて開豁地からＡＫの七・六二ミリ曳光弾《えいこうだん》が、閃光を発しながら上昇した。弾丸が命中して、先頭のヘリのパイロットが回避機動を行なったため、スポットライトがそれた。

ただちに二機目のヘリが応戦した。二〇ミリ機関砲ポッドから銃弾が発射され、開豁地のまんなかに命中した。爆発が起き、火花や弾子が飛び散って、ロシア兵は四方で伏せた。開豁地には、襲いかかる弾丸から身を護《まも》れるものがなにもなかった。

スポットライトがふたたび開豁地を照らし、一機目のヘリが機関砲の狙いをつけた。あたりを照らす光は激しく揺れた。射撃を行なうと機関砲ポッドが震動するので、スポットライトを安定させることができないのだ。スペツナズ・チームのまんなかで、また何度も爆発が起き、装備が破壊され、グラスファイバーのケースがバラバラになり、死体がぬいぐるみの人形のように宙を飛んだ。

くなった。

だが、地上からの銃撃もつづいていて、ヘリコプター二機は攻撃を中断しなければならなかった。

スペツナズの兵士三人が、森の際へと全力疾走し、空の敵に対すべくふりかえった。すぐにRPG‐30〝鉤《クリューク》〟短距離対戦車擲弾《てきだん》発射器のロケット擲弾が、すさまじい速度で上昇した。二発はターゲットに当たらなかったが、一発が命中した。夜空の爆発と小さな火の玉に勇気づけられた射手三人が、すばやく再装塡《そうてん》した。

被弾したヘリコプターが機首をあげ、爆音を発して後退しながら、猛スピードで左に逃れた。RPGの狙いを狂わせようとしてジグザグに飛んでいたもう一機が、それにつづいた。つぎのロケット擲弾一発をきわどく避けたヘリコプター二機は、チェコ側の断崖の下に降下した。

「うしろの一機が煙を吐いていた！」兵士ひとりが叫んだ。

「こっちに負傷者がいる……死者も！」べつの兵士がいった。

ボルビコフは、負傷もせずに生きていたことに驚きながら、立ちあがった。「戦闘準備をしないと、全員死ぬぞ！　われわれを攻撃したヘリに、敵兵が乗っているかもしれない。大尉、チームを森の側に行かせて警戒させろ。櫓の人数を増やせ。まもなく引き揚げのヘリがここに来る」

大尉と生き残りの兵士たちが、武器と装備を集めはじめた。体を動かせる負傷者は、自分で傷の手当てをしてから、作業にくわわった。起きあがれないような重傷者は、手当てもされず、雪の上に横たわっていた。
二〇ミリ機関砲弾は、ロシア軍の装備の大半を損壊していた。小火器と数挺の機関銃がすばやく集められて、二グループに分かれたチームに配られた。大尉が四人を引き連れて物見櫓へ行き、ボルビコフが五人を率いて、物見櫓の西の森にはいり、防御陣地を設置した。

フランス特殊部隊のアポロ・アルク＝ブランシェット大尉は、木立と山から忍びおりてくる冬の霧に身を隠し、闇に包まれて森のなかの斜面を登っていた。アポロの部下たちも、暗視ゴーグルとスロートマイクを使って、はぐれないようにしながら、おなじように音もなく移動していた。

彼らは十五分前に、フランス軍のシュペルクーガー・ヘリコプター一機から降下し、音をたてないようにすばやく登攀《とうはん》をつづけていた。

アポロは、暗視ゴーグルをかけて、物見櫓の三〇〇メートル下で森のなかに集まっている軍曹と兵士たちに目を向けた。「ダリエル一等軍曹、きみのチームといっしょに物見櫓を右側面から攻撃する」

「了解です」

「飛行小隊《エスカドリーユ》3のもう一機から連絡は？」

「厳しい不時着だったようですが、重傷者はいません。コロネット二等軍曹が、鹿の獣道《けものみち》を登ってきます。あと五分で到着するといっています」

「よし。姿を隠し、開豁地《かいかつち》には出るなと、念を押してくれ。物見櫓と森のなかにロシア兵が潜んでいるはずだ。われわれが右側面にまわるあいだ掩護《えんご》する機関銃を、森の際に設置するよう命じてくれ。それから、森にスナイパーも配置させろ。分隊無線機で連絡をとり、コロネットが制圧射撃を行なうあいだに攻撃する」

「わかりました。伝えます」

夜の闇のなかでなにが見えるかをたしかめようとして、アポロは這《は》い進んだ。開豁地の向こう端の山を下る道の近くで、小さな炎がちらちら揺れていた。アポロの右前方の物見櫓が、その照明弾からほとばしる火明かりで、大きく揺れてねじれているように見えた。まもなく照明弾が消えて、物見櫓、開豁地、レストランは、ふたたび完全な闇に呑み込まれた。

それを見て、アポロは名案を思いついた。「おい、ダリエル」

「はい、大尉」

「計画に追加だ。ここにいるものから四〇ミリ擲弾《てきだん》を集めてくれ。ひとり一発だけ持つようにして、あとはコロネットに渡し、コロネットのチームに分配する」

十分後、アポロは森の際で雪の上に折り敷き、スロートマイクを押さえて、低くささやいた。「二分後に合図する。全チーム、攻撃位置についたことを報《しら》せろ」

「チーム1、準備よし」ダリエルがいった。

「チーム2、準備よし」コロネット二等軍曹がいった。

「チーム3、準備よし」迫撃砲射撃班が報告した。

アポロとチーム1の兵士たちは、身を低くして、重火器の射撃開始を待った。

突撃開始の二十秒前に、低いボシュッ……ボシュッという音が聞こえた。その三秒後に、ふたたび五発が発射されるボシュッという音が響いた。支援の射撃が開始されたのだと、チーム1の面々にはわかっていた。四七ミリ迫撃砲弾の弾着までの時間と、四〇ミリ擲弾の弾着を、精確に計算して発射したのだ。

アポロとそのチームは、すばやく雪の上で立ちあがり、暗視ゴーグルを上にはじいて目からはずし、雪目になるのを避けるための黒いゴーグルをかけた。それと同時に、四七ミリ迫撃砲から発射された照明弾三発が、物見櫓の向こう側の地面に弾着し、まぶしい閃光を発した。同時に弾着した四〇ミリ擲弾の炎が、兄貴分の照明弾の閃光にくわわり、物見櫓の裏と側面はすさまじい白光に包まれた。

アポロとチーム1は、閃光とは反対側の暗がりを迅速に前進した。防御側は暗視ゴーグルで周囲を監視していたはずなので、照明弾と擲弾の閃光で、一時的に目が見えなくなっているはずだった。第四世代の装備を支給されているのをロシアのスペッナズが自慢しているのを、アポロは知っていた。だが、いまはその暗視ゴーグルの光増幅能力の高さが裏目に出て、敵兵は強烈な光のために目がくらんでいるはずだった。

その効果は長つづきしないが、アポロとチームが闇のなかを二〇〇メートル前進する時間を稼《かせ》いでくれた。開豁地と物見櫓の前の私設車道を一気に駆け抜け、櫓の土台のそばの壁を目指した。

櫓のてっぺんにいたスペッナズのスナイパーが一発を放ち、寒夜に銃声が響いて、アポロの部下ひとりが雪の上に倒れた。ふたりがかりで負傷した兵士を建物の蔭にひきずりこむあいだ、チーム１のそのほかの兵士たちが、物見櫓に熾烈《しれつ》な制圧射撃を見舞った。

溶けた雪が火を消して、照明弾は一発ずつ燃え尽き、あたりはふたたび闇に包まれた。

壁に達したアポロとチーム１は、ゴーグルをはずして首から垂らし、暗視ゴーグルをかけた。ロシア兵は、暗視ゴーグルを使っても視力を回復するのにあと二、三分かかるにちがいない。いまはフランス兵が闇を制していた。

フランスの竜騎兵たちは、すかさず行動した。ドアを破る係が蝶番《ちょうつがい》を叩いて枠からはずし、そのうしろで六人が折り重なって突入隊形《スタック》を組んだ。ドアが押し破られ、ダリエルを先頭にチーム１の半数が突入した。そして、なかにいたロシア兵ふたりを不意打ちし、サプレッサー付きのサブマシンガンで撃ち殺した。

アポロとチーム１のあとの半数は、向かいの森の際に用心深く目を配りながら、壁際を用心深く進んだ。まもなく、森に配置されたスペッナズたちが発砲を開始し、暗い松林が一斉射撃の炎で明るくなった。

アポロとあとの数人が物蔭に跳び込み、物見櫓の東の木立にいたアポロの支援部隊が、森の敵の位置を突き止めた。フランス軍のＦＮミニミ軽機関銃が火蓋《ひぶた》を切り、スペッナズの陣地に猛烈な弾幕を浴びせた。

28

チェコ　エルベ砂岩山地
十二月二十五日　〇一五九時

銃弾が木立を切り裂き、曳光弾《えいこうだん》が頭上と左右でレーザーのような赤い線を描いたので、ボルビコフは頭を低くして、雪と岩に身を隠した。

「大尉、あの森の際へ射撃の狙いを変更しろ！」

「はい、大佐」命じられなくても、そんなことはわかっていたが、大佐に口答えするわけには行かないので、大尉はそう答えた。

彼我の銃声のなかでも聞こえるように、通信士が大声でいった。「大佐、大尉、引き揚げチームから連絡がありました。あと五分で到着すると報告しています。安全な着陸地点を教えてくれといっています」

「無線機をよこせ」ボルビコフはそういって、無線機をひったくった。「われわれの位置の一〇〇メートル以内に着陸しろ。南に林道がある。三機とも、そこに着陸しろ」

「はい、大佐！」と応答があった。

スナイパー同士の戦いがはじまっていた。石造りの物見櫓の見晴らしがいい五階にいたスペツナズのスナイパーふたりが、壁の狭間を利用して、二〇〇メートル離れたフランス軍の機関銃部隊めがけて撃っていた。それに対して、フランス軍のスナイパー三人が、木立からゆっくりと着実に応射し、物見櫓のスナイパーふたりを用心させ、あわてさせて、精確な狙撃を阻《はば》んでいた。

アポロとチーム1の半数は、私設車道の横の低い石塀を掩蔽《カヴァー》に使っていた。その位置から、森のロシア軍陣地に必殺の十字砲火を浴びせることができる。

「受話器を渡してくれ」アポロが手をのばし、石塀をそろそろとまわってきた通信士から、受話器を受け取った。

「チーム3、迫撃砲の〝極地点《ポーラー》〟射撃任務（〝射撃任務〟観測者が射撃指揮所に指示をあたえることを予告する言葉。〝極地点〟は、射撃指揮所に観測者の位置〔極地点〕がわかっていて、観測者が自分から見たターゲットの方位と距離を伝える射撃要求のこと）に備えろ。数値は追って報せる」アポロが戦術無線機を使ったのは、迫撃砲射撃班に分隊無線での送信が届かないおそれがあったからだ。

「了解、スタンバイ」すみやかに応答があった。

アポロは、さきほど弾着した照明弾の位置を基準に、単純な射撃要求を行なった。迫撃砲射撃チームは、榴弾《りゅうだん》を発射するのに雷管を調整する必要があるが、射程は把握している。

数秒後に、迫撃砲から発射された榴弾が森に落下し、爆発音が聞こえた。ロシア軍の機関銃陣地からだいぶ左にそれていたが、一瞬、敵の射撃のリズムが狂った。

いいぞ、とアポロは思った。敵を動揺させた。

「一〇〇メートル右、三発撃て」その修正で、つぎの射撃が命中することを願った。

すぐに、森の際のスペッツナズ機関銃陣地のすぐ左に榴弾三発がつぎつぎと弾着し、弾子、土くれ、破片を浴びせた。

アポロはふたたび送話ボタンを押し、遠い弾着地点を見た。「五〇メートル右！　効力射（前回の修正で正しい射撃諸元が得られ、つぎは目標を破壊できるという判断による本格射撃命令）」

スナイパーの放った銃弾が頭のすぐ上を鋭い音とともに通過し、アポロは首をすくめた。


物見櫓のなかでは、ダリエルとチーム1の半数が、ひと部屋ずつ掃討しながら進んでいた。それによりロシア兵三人が死に、フランス兵は櫓の錬鉄の螺旋《らせん》階段に達した。

櫓の上のロシア兵に接近を気づかれているかどうか、ダリエルにはわからなかったが、手榴弾一発が階段を転げ落ちてきて、その答がわかった。ダリエルと部下たちは、手榴弾《しゅりゅうだん》が爆発する一瞬前に階段室から跳び出した。それでも、石の壁に爆発音が響き、耳がおかしくなった。

ダリエルとフランス兵たちも手榴弾を階段の上に投げ、逆に投げ落とされた場合のために、そのたびに階段室から跳び出した。

そのあと、櫓の上の敵兵がまったく反応しなくなり、じきに錬鉄の階段から血が流れ落ちてきた。

アポロが飛行小隊3に無線で指示し、一分後にシュペルクーガー一機が、距離六〇〇メートルから二〇ミリ機関砲の熾烈《しれつ》な射撃で森を明るく照らし出した。スペツナズの機関銃がたちまち沈黙した。アポロは前進するよう部下たちに合図して、雪に覆《おお》われた岩を掩蔽《えんぺい》に使いながら、あっというまに距離を詰めた。

アポロたちの前進を小火器が迎え撃ったが、チーム3が軽機関銃でふたたび激しく連射しはじめた。制圧射撃の支援を受けたアポロのチームは、ターゲットを狙い撃ちながら接近した。

ヘリコプターの掩護を受けながら、チームは森の際を進んでいった。

チーム1の伍長が、分隊無線で伝えた。「べつのヘリがいる……敵陣地の後方、三、四〇〇メートル」

遠い木立の上を飛んでいるヘリコプターが見えた。一、二、三機。

アポロは、シュペルクーガーに呼びかけた。「射撃を敵ヘリコプターに向けろ」つづいて、チーム3に連絡した。「ロシアのスナイパーにうしろから撃たれたくない。こっちのスナイパーに、ロシアのスナイパーの射撃を妨害させろ」

アポロのチームは、敵陣地にかなり近づき、沈黙しているロシアの機関銃抵抗巣《マシンガン・ネスト》まで数メートルに迫っていた。

「手榴弾を用意、三つ数えたら投げろ。それからようすを見て接近する」

アポロは、自分の手榴弾のピンを抜き、三つ数えると同時に、藪《やぶ》と倒木が何本かあるところへ投げた。数秒後に、破片手榴弾八個が、凍った土、雪、堆積物《たいせきぶつ》を吹っ飛ばし、スペツナズの機関銃陣地二カ所に残っていたものをすべて破壊した。アポロは、ＵＭＰ45ＳＤサブマシンガンの光学照準器を覗《のぞ》いた。身をかがめ、戦術歩行で進んでいった。煙と舞いあがっている屑《くず》を透かして、森に逃げ込もうとしている四人の人影が見えた。

まわりにロシア軍の死者と負傷者が転がっていた。

「負傷兵を調べて武器を取りあげるのに、ふたり残れ。あとはわたしといっしょに行く。あいつらを逃がしはしない」

アポロは、ぐずぐずしてはいなかった。命令は実行されると信じて、先頭に立ち、ロシア軍の装備、折れた太い枝、死体の上を跳び越えた。

逃げているロシア兵とは、まだかなり距離があったが、生き残りが待ち伏せ攻撃を仕掛けるおそれがあったので、開豁地《かいかっち》を出るとすぐに、アポロは歩度を落とした。

まもなく、明るくなってきた月明かりのなかで、足跡と、白い雪の上で光っているように見える深紅の血痕が見つかった。

「こっちだ」アポロは、足跡と血痕を指さした。「やつら、道しるべを残していった」

アポロのチームは、木立のなかを突き進んだ。吹き溜まりの雪は深く、進むのを遅らせたが、ロシア兵よりも用心深く森のなかを進めるのは有利だった。

ほどなく敵のヘリコプターに接近した。ローターの起こす風に妨害されて、まったく見通しがきかなかった。ロシア軍のパイロットは、コレクティブ・ピッチを小さくせず、故意にできるだけ多くの雪を捲《ま》きあげているようだった。

パイロットのほうからも見通しがきかないはずだ。超一流のパイロットしかやらない、豪胆な行為だった。

アポロは、木から木へ身を隠しながら走った。黒っぽい輪郭《りんかく》と、敵ヘリコプターの回転するブレードがぼやけてかすかに見えるだけだった。

自分の小規模なチームを無用の危険にさらしているとアポロはすぐさま気づき、無線で命じた。「くそ《メルド》！　後退しろ。身を隠せ。ヘリはじきに離陸して、あらゆる兵器で森を掃射するにちがいない」数人がスロートマイクで了解したと応答したが、ロシア軍のヘリの爆音のせいで聞き取れなかったものも多かったようだった。

ほどなくヘリのエンジン音の高さが変わり、雪や堆積物がいっそう激しく飛び散った。暗視ゴーグルでは透かし見ることができないので、叩きつける雪や空中を舞う森の堆積物を避けるために、アポロのチームはゴーグルをかけた。ヘリコプターが地面から一〇メートル浮きあがったとたんに、ライフルと機関銃の連射で森そのものが明るく照らし出された。ほとんどは当たることを祈ってでたらめに撃っていただけだが、チーム1の近くで木立がずたずたに引き裂かれた。フランスの竜騎兵たちは、大きな岩や木立の蔭に伏せて、凍った地面に体を押しつけ、ヘリが樹冠の上に出て、永遠につづくかと思われた敵の射撃が熄《や》むまで耐えた。

そのとき、フランス軍のシュペルクーガー・ヘリコプターが、距離五〇〇メートルに戻ってきて、二〇ミリ機関砲の射撃を開始した。

重火器の腹に響くドーンドーンという発射音を聞いて、ヘリに乗っていたロシア兵は、そっちのほうがより大きな脅威だと察して、シュペルクーガーに銃撃を集中した。ロシア兵が森を掃射するのをやめると、アポロのチームは掩蔽物《えんぺいぶつ》の蔭から出て、すべての武器で敵ヘリを撃った。

敵ヘリ一機のエンジンから火花が散り、やがて煙が噴き出した。ヘリが激しく縦揺れしてから、横向きになって高度を落としたあと、斜《なな》め上に大きく弧を描いてから、アポロの位置から六〇〇メートル離れた岩場の山の斜面にかなりの速度で激突した。

墜落したヘリが目のくらむような閃光を発したので、二機目と三機目を目視できなくなり、アポロのチームは攻撃の手をゆるめた。その二機は、僚機の断末魔のあがきを掩蔽に使って、戦場から離脱した。

アポロは、一〇〇メートルに接近していたヘリに呼びかけた。「敵は見えるか？　追跡できるか？」

「見えません。墜落したヘリの爆発の光で、暗視ゴーグルと赤外線前方監視装置をやられた。なにも見えない状態で、なんとかホヴァリングを維持している。被弾した。油圧に漏れが生じている。目が見えるようになったら、物見櫓前に着陸する。その目標地点で会おう」

「了解」アポロは部下にいった。「射撃禁止。弾薬の無駄遣いだ。あの火炎地獄ではだれも生き残れなかっただろう。神よ、あわれな連中を許したまえ」そういって、十字を切った。

雪が踏みしだかれる音が聞こえ、ダリエル一等軍曹がアポロのそばに現われた。「ボス、負傷者を大至急、後送する必要があります。おれと通信士が手配します。どういうわけか衛《SA》星通信《TCOM》が通じないんですが、短波《HF》でやります」言葉を切り、アポロの顔を見た。「物見櫓へ行ったほうがいいですよ。コンスタンチンがなにを見つけたか、想像もつかないでしょうね」

「当てさせてくれ。例のレーザー装置があったんだろう」

「ええ、大尉。こんどのやつは作動していました。べつのレーザーと通信していると、コンスタンチンはいってます。ツークシュピッツェにあった地図どおりに」

「レーザー航法機器だな」アポロはいった。「なにか、もしくはだれかを、ターゲットに導くためのものだ」

「誘導ミサイル？　それとも攻撃ヘリ？」

アポロは答えなかった。ロシア軍のヘリコプターが消えた方角を一瞬睨《にら》みつけて、考えていた。遠くの山の蔭にはいっていたが、エンジン音がまだ聞こえていた。やがて、ダリエルのほうを向いた。「このレーザーも停止させる。これを司令部に報告できるように、ＨＦ無線機を準備してくれ」

凍れる暗い空をなおも見つめて、アポロはいった。「なにか邪悪なものが、こっちへ近づいている」

ベラルーシ
十二月二十五日　〇三三〇時

レッド・ブリザード1と名付けられた偽装強襲列車は、ベラルーシのブレストを定刻に通過した。どこから見ても民間の特急列車ストリシそのものだった。外見もおなじだし、その特急とおなじ路線を、はじめのうちはまったくおなじ運行時刻で走る。ただし、どこの駅にもとまらない。いうまでもないが、最初の段階では多少の混乱が生じた。クリスマスの祝日で西に帰郷する乗客が、プラットフォームで待っていて、高速で駅を通過する列車を見守った。線路が不安定であてにならず、それに悪天候や、新型の特急列車に付き物の整備不良が重なったという説明で、取り残された乗客は駅の関係者になだめられ、べつの列車に変更させられる。ポーランドの中欧鉄道管制所も、なんの異状もないというように判断した。整備上の問題があるために、ドイツへ行くまでに何度か路線を変更すると、一時間前に連絡してあった。それに、ブレストから国境を越えたポーランド川のテレスポル駅の主任線路技師が、支障はないと伝えていた。

スペツナズ・チームP-6がすでにその駅を乗っ取っていたことを、中央鉄道管制所は知る由《よし》もなかった。

午前三時五十分、サバネーエフ将軍の先鋒部隊――ダニール・ドゥリャーギン大佐が率いる先導攻撃部隊――が、コズロヴィチ対戦車防御拠点でブク川渡河《とか》に取りかかった。T－14アルマータ戦車一個小隊が、橋の西側にある小さな国境渡河点に、時速三五キロメートルで迅速に接近した。

ポーランド地上軍の一個小隊が、ポーランド製のPT－91トファルディ戦車二両とともに、検問所を護《まも》っていた。ロシア軍がベラルーシで冬季演習を行なっているあいだ、国境を監視するようポーランド地上軍は命じて、その二両を祝日にもかかわらず配置していた。

警備兵たちは、クリスマスの朝の当直中にブランデーをまわし飲みし、国境警備隊員たちとカードゲームをやっていた。そのとき、彼らが予想もしていなかったことが起きた。

「車両が接近中！」ポーランド軍の歩哨のひとりが叫んだ。

熟練の当直士官が答えた。「どうせポーランドに帰るトラックだろう。国境渡河点の場所を忘れる馬鹿者が多いんだ。探照灯で照らしてやれ」ポーカーの手札に目を戻した。あと一枚でストレートができる。

探照灯がついたが、ヘッドライトは進みつづけた。

しばらくして、ひとりの兵士がいった。「この連中は停止しそうにないですよ。あれは……どうやら……」

当直士官は、手札を見た。ストレートができあがるカードを引いたところだった。「どうやら、なんだ？」カードを伏せ、長い溜息をついて、道路のほうを向いたとき、T－14二両が主砲でポーランド軍の戦車を撃ってバラバラにした。ポーランド軍の戦車は、エンジンをかけるひまもなかった。

主砲につづいて同軸機銃が射撃を開始し、一両目のアルマータが探照灯を撃ち砕いた。「バリケードをあげろ！」国境警備隊員が叫んだ。ひとりがスイッチをはじき、鋼鉄のバリケードをあげると同時に、木の遮断機を下げた。

ロシア軍車両縦隊の先頭は、BREM－1M装甲車両修理回収車だった。鋼鉄のバリケードと木の遮断機を、まるでなにもなかったかのように突き破り、引き裂かれた厚い鋼板が、砲弾の破片のように宙を飛んだ。T－14戦車隊がつづいて、小さな国境哨所と燃えているPT－91戦車を機銃掃射した。

戦車兵たちは、ようやく戦う機会がめぐってきたので、興奮して夢中になって発砲していた。

生き残ったポーランド兵は、分別を働かせて逃走し、雪に覆《おお》われた野原を抜けて近くのクリキという村へ逃げ込んだ。戦車につづいていたブメラーンク装輪装甲車やGAZティーグル全地形対応軍用車両に追われなかったのは、国境を警備していたポーランド軍一個小隊の残り半分など、ロシア軍の眼中にはなかったからだ。

車両縦隊には、もっと肝心な目的地があった。

ダニール・ドゥリャーギン大佐は、縦隊の十六両目の指揮統制型ブメラーンク装輪装甲車に乗り、ポーランド入りした。戦闘を見て、そのにおいが嗅《か》げるよう念入りに考えてそこに陣取っていた。だが、一分刻みの戦闘行動を気にする必要がない位置でもあった。たえず敵に向けて発砲しなければならないような前方ではなく、ただの観客になってしまうような後方でもなかった。ドゥリャーギンは頻繁《ひんぱん》に無線交信して、命令を下し、状況報告を受けていた。猛スピードで渡河点を通過したとき、道路の両側の闇で、砲弾がうがった穴から小さな炎があがっていた。

ドゥリャーギンは、時速五〇キロメートルで西進するよう部隊に命じた。かなり厳しい時間割に従わなければならなかったからだ。後方では破壊された渡河点検問所の前を、何十両もの装甲車両が通過していた。闇にまぎれ、上空の西側の衛星が機能しなくなっているので、その進撃はまったく探知されていなかった。

三十分後、レッド・ブリザード1が、機甲部隊が通った渡河点の数キロメートル南で、ベラルーシとポーランドの国境の川を渡り、誰何《すいか》されることなくポーランドのテレスポルという町を通過した。エドゥアルト・サバネーエフは、指揮車に座り、ときどきドゥリャーギンと連絡をとりながら、今後のルートの地図を穴があくほど見つめていた。

物事はぴったり計画どおりに進んでいる、と思った。

29

ヴァージニア州　フォールズチャーチ
十二月二十四日　二一一四時

ダン・コナリーは、ダイニングのテーブル越しに妻のジュリーのほうを見て、親指を立てて見せた。ジュリーが疲れた笑みを浮かべて、おなじしぐさで応じた。ふたりのあいだのテーブルには、ちょっとしたディナー・パーティの残り物があった。空《から》の皿、ワインや炭酸飲料が残っているグラス、クリスマスイブにたらふく食べて、へとへとになり、七面鳥でおなかがふくれている大家族。

八人のディナー・パーティは、とどこおりなく終わった。あすの食事は、義母がつくってくれることになっていたので、コナリー夫妻は祝日の大きな責任を果たした心地よい幸福感にひたっていた。

コナリーの母親、ジュリーのいとこ、コナリー夫妻の子供のジャックとエルサ、ジュリーの両親は、いずれも満足して座り、家族を話題におしゃべりをしていた。いま話し合われているのは、子供を大学に行かせる学費のことを考えず、プールを造るのに大金を費やした、ダンのいとこのことだった。

コナリーは、噂話を頭から締め出して、いまを楽しもうとした。成人してからずっと軍隊にいて、その大部分、戦争に従事してきた。この十五年間、祝日のディナー・パーティに出られなかったことのほうが多かったし、来年はアジアで戦うことになるかもしれないので、いまここで楽しまなければいけないと思った。

家族がいさかいもなく仲良くしているように見えることが、なによりもありがたかった。クリスマスの奇跡かな、とコナリーは思った。

一同をリビングの暖炉の前に移動させようと思ったとき、ポケットのなかで携帯電話が鳴った。携帯電話を出すと、ジュリーが殺意のこもった目を向けたが、コナリーはボイスメールで応答してすませるつもりだった。

だが、グリッグズからだとわかった。コナリーは、ジュリーのほうを見た。「ボブからだ、ハニー。メリークリスマスをいわせてくれ。みんなを連れていって、ジェスチャーゲームをはじめたら、すぐに火をつけに行くよ」

コナリーは電話に出た。「やあ、ボブ。砂漠にパラシュート降下しているものと思っていたよ。電話してくるとはね」

だが、グリッグズは真剣な口調だった。「ニュースを見ましたか？」

「見ていない。クリスマスイブなんだ。家族とディナーを――」

「テレビをつけて！　早く」コナリーは、携帯電話を耳に当てたまま、さっと立ちあがった。事情がわからなかったので、狭い書斎スペースへ行った。よほど重大なことでないかぎり、グリッグズが電話してきてこういうことをいうはずはない。

テレビのリモコンに手をのばしながら、コナリーはいった。「来週の選挙まで、中国はなにもやらないはずだろう」

「中国じゃない、ダン。ロシアですよ」

コナリーは、背すじをさむけが這《は》いおりるのを感じた。

テレビがつき、コナリーはフォックス・ニュースに合わせた。

女性アンカーがデスクに向かって座り、プロンプターを読んでいた。〝専門家は平静を呼びかけていますが、ヨーロッパではほとんどすべての光ファイバー、衛星、インターネット通信が途絶するという空前絶後の事件が起きているとのことです。くりかえします。ヨーロッパは全面的な通信ブラックアウトといわれるものに陥っています〟。

分割画面が出て、消えているモニターの列の前に立つフォックスのエンジニアが映し出された。〝ジム、あなたは二十年以上、電気通信を手がけてきましたね。どのように判断していますか？　これは祝日に起きがちな過負荷ですか？　それともなにか悪意のある行為でしょうか？〟。

〝こういうものは、一度も見たことがありません、ステイシー。ヨーロッパの支局とまったく連絡がとれなくなっていますし、陸上有線《ランドライン》もつながりません。個人の携帯電話もだめです。

これは、たったひとつの故障によって起きるようなことではありません。なんらかの調整された通信攻撃が行なわれている兆候だと考えるしかないでしょう〟。

「いつからだ？」コナリーは、電話で聞いた。

グリッグズがいった。「ほんの数分前かららしい。CNNもヨーロッパの支局すべてに配信できなくなり、どうやっても連絡できないといっています。ヨーロッパ大陸との送受信すべてが途絶しています。ヨーロッパ全体が闇に呑み込まれたみたいに」

コナリーはいった。「これはロシアの通信攻撃以外のものではありえない」

グリッグズは同意した。「それに、テレビや携帯電話を使えなくすることが、ロシアの最終目標だということもありえない。やつらはNATOの目を奪った。なにか重大なことが起きる。とてつもなく重大なことが」

コナリーは時計を見た。「もうすでに起きているかもしれない。ヨーロッパでは午前三時過ぎだ。明かりが消えるだけではすまないぞ。ロシアは明かりのスイッチを切ったとたんに、動き出すはずだ。べつのなにかが、これと同期して進められているにちがいない」

グリッグズがいった。「でも、なにが？　ロシアが侵攻することはありえないですよ。戦力整備の兆候はなかった。われわれの情報部のロシア担当は、ベラルーシにいた部隊だけでは、ポーランドやバルト諸国を占領できない。われわれはロシア軍の鉄道車両数を完全に把握していますが、進撃してNATO軍と戦うどころか、ポーランドを突破するのにも足りないほどなんですよ。それに、ロシア軍でもっとも優秀な将軍は、イランで演習をやっている」

コナリーはいった。「わたしにはまだ答がわからない。しかし、われわれがその答を見つけなければならない」

「出勤するんですか？」

コナリーは、ダイニングに目を向けた。ジュリーが自分の席で、じっとこっちを見ている。

「ああ、三十分で行く」

「それじゃあとで」

コナリーがリビングにはいっていくと、全員が目を向けた。

30

ポーランド　ラドム
十二月二十五日　〇四三五時

パウリナ・トビアスは、肩を強く揺すられて目を醒《さ》ました。目をあけると、テント内にトゥトゥスがいて、闇のなかでこちらを見おろしていた。うしろの入口フラップはあけてあり、まだ真っ暗で小雪が降っているのが見えた。

パウリナが口をひらく前に、トゥトゥスがいった。「起きろ、トビアス」

「おはよう《ジェン・ドーブルイ》」びっくりして笑みを浮かべ、パウリナは答えた。

だが、トゥトゥスの険しい表情に気づいた。トゥトゥスは真剣そのものだった。

「出発する。五分後にトラックが来る」

「出発？　ワルシャワに帰るの？」

トゥトゥスが首をふった。「べつの道だ。ノヴィツキは、西へ行くよう命じられたといってた」

パウリナは、ぱっと上半身を起こした。「きのうは一日、ここで土嚢《どのう》をこしらえて、木で防御を強化していたのよ。どうしてそれをぜんぶそのままにして——」

トゥトゥスが向きを変えた。「ロシアがポーランドに侵攻した」

「なんですって？」

トゥトゥスはそれ以上なにもいわずに、テントを出ていった。

小さなテントの反対側の簡易ベッドで寝袋にくるまって寝ていたウルシュラが、腫《は》れぼったい目をこすった。「彼、なんていったの？」

「ロシアがポーランドに来たとかなんとかいってた」

ウルシュラが、また寝そべった。「からかってるのよ。あなたのことが好きなのよ」

パウリナは、ニット帽を脱いで、くすんだブロンドの髪を整えようとした。ロシア軍がポーランドに来たというのは信じられなかったが、五分後に雪のなかに出ていって、トラックに乗らなければならない。べつの場所へ行って、また防御陣地を造るのだろう。

パウリナとウルシュラが準備をするのに、五分以上かかったが、中隊の全員がおなじように手間取っていた。ノヴィツキがようやく全員を乗せ、トラック数台が走り出した。だが、なんのためにどこへ行くのかということを、ノヴィツキはひとことも説明しなかった。

トゥトゥスがロシア軍についていったことは思いちがいだと、パウリナは確信していた。でも、ウルシュラのいうように、あれで口説《くど》いたつもりだとすると、あまり上手なやりかたではない。

トラック隊は二車線の舗装道路を西へしばらく走ってから、坂を登った。その地域はほとんど平坦なので、重大な意味があるように思われた。突然、舗装道路をはずれたトラックが、大きく揺れながら窪地《くぼち》を越え、用水路を通った。後部に乗っていたものは揺さぶられてぶつかり合い、トラックが弾むたびに装備のバッグが跳びはねた。五分間それがつづいて、トラックは開豁地《かいかつち》にはいり、停止した。

パウリナが、後部に乗っていたひとびととともに跳びおりると、そこは真っ白な雪に覆《おお》われたなだらかな丘だった。放牧地とおぼしいそこから、二〇〇メートル南の二車線道路を見渡すことができる。べた雪が小やみなく降っていたので、がらんとした道路までしか見えなかった。夜明け前に急いで移動したのは、あの道路を防御するためだろうかと、パウリナは思った。

班長の軍曹たちが、民兵中隊九十三人を丘の上に集合させた。志願兵たちは十五人か十六人の班ごとに整列したが、現役部隊の兵士ほど整然としてはいなかった。くるぶしまである雪のなかで、男も女もブーツを履《は》いた足を動かしながら、いったいどういうことなのか、説明されるのを待った。ノヴィッキはトラックの運転台にしばらくいてから、跳びおりて、雪を踏みしめながら、待っている志願兵たちに近づいた。

パウリナはすぐに、ノヴィッキがこれまで見たこともないような表情を浮かべていると気づいた。ふだんは自信に満ちているノヴィッキ少尉が……いまは怯《おび》えている。

「よく聞け！　おれはいまから話すことしか知らないから、質問攻めにするのはやめろ。

ポーランド地上軍《ＰＬＦ》の通信が、完全に途絶した。領土防衛軍《ＴＤＦ》の通信網も途切れつつある。だが、通信が途絶する前に、けさブレスト近くでロシア軍がポーランドに侵入したと、だれかが伝えてきた。さらに、民間のアマチュア無線も、ロシア軍がポーランド領内の軍事目標と交戦していると報告している」

全員が茫然《ぼうぜん》として無言で立ちつくし、ノヴィツキはつづけた。「それが事実なら、われわれの国は攻撃されている」

若い男女ははっと息を呑み、全員がいっせいにしゃべりはじめた。

ノヴィツキが、それよりもひときわ高くどなった。「情報部の報告では、ロシア軍は西に進んでいるという。地上軍がその正面に出ようとして急いで移動している。わが軍は、陣容を整えて北から国境へ部隊を展開させるようＮＡＴＯに要求しているが、ＮＡＴＯの通信網も異常をきたしているようだ。そこでわれわれが、国道12号線から離れ、あの二級道路７４０号線をここから監視するよう命じられた。ロシア軍があの道路を通るという情報はなにもない」ノヴィツキは、ぼた雪で視界がきかないなかで、精いっぱい四方を眺めてから、両手を腰に当てた。「おれならここは通らない。それでも、準備しなければならない」

Ｆ班の三十歳の女性が、質問した。「なにを準備するの？　ＲＰＧ六挺、小口径の迫撃砲二門、機関銃十二挺とライフル。それでロシア軍の侵攻を阻止しろっていうの？」

ノヴィツキは、その女性をじっと見た。「自分たちの国のために戦う準備をしなければならない。勝ち目にかかわらず」

全員の話す声が、わめき声になった。

四十代の男が叫んだ。「おれの家族はワルシャワにいて、おれはここにいる。子供がふたりいる。帰らなきゃならない」男は列を離れ、トラックに向かおうとした。

ノヴィツキは、その民兵よりも二十年下だった。「ワルシャワ市内と郊外にもPLFがいる。おまえの家族は彼らが護《まも》る」

「結構なことだな。いっぽうおれは、なにもないあの道路を護るわけだな？　帰るぜ」

ノヴィツキがふるえを帯びた声でいった。「現在のおまえは民兵部隊に自由意志で参加しているわけではない。脱走するものは班長によって射殺される。班長が撃たなかったら、おれが班長を射殺してからおまえを射殺する」

その言葉の意味が浸透すると、あたりは静まり返った。雪の降る音だけが聞こえていたが、それもつかのまだった。イエジーという名前の二十八歳の天然ガス・パイプライン技術者が、ライフルを雪の上に投げ捨てた。「くそったれの学生め。おれはウーバーで車を呼んで――

――」

その横で班長の軍曹がAK‐47の薬室に弾薬を送り込み、イエジーの側頭部に狙いをつけた。

金目当てで民兵になったイエジーがわめいた。「おれは兵隊なんかじゃないんだ！」何人もが賛成して叫んだ。険悪な雰囲気になって、抗議の声が高まった。

ノヴィツキがホルスターから拳銃を抜き、そばの雪に一発撃ち込むと、全員がまた静かになった。

二十三歳の歩兵少尉が口をひらいたとき、声がかすれていた。「われわれはだいじょうぶだ。家族もだいじょうぶだ。いいから落ち着いて、自分の仕事をやれ」

ノヴィッキは、咳払いをした。「作業をはじめよう。まもなく夜が明ける。班ごとに、全員で塹壕《ざんごう》を掘る」

E班に所属するパウリナは、他の五班の男女とともに、柔らかい雪を掘ってから、硬い地面を掘り、道路と東から身を隠せる場所を急いでこしらえた。

各班がそれぞれの戦闘陣地の前に土を盛りあげ、盛り土の貧弱な胸牆《きょうしょう》がしだいにできあがった。

パウリナが凍った土と戦っていると、隣で穴を掘っていた肥りすぎの高校サッカー部の監督が、鶴嘴《つるはし》を叩きつけて、塹壕掘りの音よりも大きな声でいった。「ロシア軍がこの道路を通るわけがない」

班長の若い軍曹が、数メートル離れたところにいた。何事も熱心にやる男で、とにかくE班ではもっともまじめだった。パウリナが掘っている塹壕でも、他人の倍の速さで掘っていた。軍曹はそれでも手をゆるめず、自分の作業から目を離さずにいった。「やつらが現われたら、どういう計画なのか聞いてみろ、イエジー」

パウリナとウルシュラは、並んで働いていた。美人のブルネットのウルシュラは、厚い手袋をはめているのに肉刺《まめ》ができたと、すぐに文句をいいはじめた。それから五分たつと、パウリナの手にも肉刺ができて、ひりひりとうずきはじめた。

雪に覆《おお》われた丘の斜面に、塹壕六本が間隔をあけて掘られた。道路と丘の麓《ふもと》に対する角度は、それぞれすこしずつずらしてあり、いずれも多少東を向くように造られていた。民兵中隊をそこまで運んだ軍用トラックは、西の森のなかに移動した。東はひらけていて、天候しだいでは塹壕から五〇〇メートル程度の範囲を見渡すことができる。雪が激しく降るようになっていて、濃い霧が眼下の道路を覆い、丘のなかばまで昇ってきた。

パウリナと相棒のブルーノは、丘のてっぺんから二番目の塹壕で、東側の胸墻の蔭に陣取った。携帯式対戦車擲弾《てきだん》発射器はすでに擲弾を装塡《そうてん》して、バックパックの上に置いてある。

パウリナのライフルは、予備擲弾の弾帯の横に立てかけてあった。

ウルシュラとそのRPGの相棒――最近やっと彼女を口説《くど》くのをあきらめた、禿頭《はげあたま》で厚い眼鏡をかけている五十三歳の男――が、パウリナの隣で地面にしゃがみ、E班のその戦闘陣地には、そのほかに十二人もの小銃手がひしめいていた。

ノヴィツキ歩兵少尉は、携帯電話を持って、もっとも南の塹壕の上でしゃがんでいた。ときどきいらだたしげなしぐさをしていたので、まだ司令部と連絡がとれないのだと、パウリナにはわかった。

ようやく、午前六時に、ノヴィツキが戦闘陣地を一ヵ所ずつまわり、十五人ないし十六人の民兵と話をした。

パウリナの塹壕にいたものは全員無言で立ち、軍服を着た少尉が来るのを待った。まるで、ノヴィツキの言葉で、自分たちの運命が決まるとでも思っているようだった。

ウルシュラはパウリナのそばに来て、親友に力づけてもらおうとして、パウリナをぎゅっと抱き締めた。ふたりは腕を組んで待ち、パウリナはノヴィツキがすでに話をした塹壕のようすをうかがった。雪と霧のせいで、話の内容についての手がかりを読み取るのは難しかったが、だれも荷物をまとめて出発するようすはなかったので、まだ終わってはいないのだとわかった。

ようやくノヴィツキがE班の掩体《えんたい》に来て、パウリナは彼の顔と目に宿る恐れを間近に見ることができた。たちまち、動悸《どうき》が激しくなった。

ノヴィツキがいった。「よく聞け。しゃべるな。二十分前にロシア軍がラドムの東にいて、重機甲部隊と斥候《せっこう》車も含めた部隊で、12号線を西に移動しはじめた」

「くそ《グヴノ》!」だれかが叫んだ。

E班の民兵は、それぞれ胸牆にもたれたり、しゃがみこんだりした。ウルシュラはパウリナの腕のなかでふるえ、膝《ひざ》の力が抜けて、パウリナに助け起こされた。

ノヴィツキがなおもいった。「地上軍一個大隊が来るが、まだ五〇キロメートル離れている。おれが話をした人間はだれも、NATOと連絡がとれていない」

ウルシュラが、ひとりごとのようにつぶやいた。「わたしたちは死ぬんだわ」

ノヴィツキは、腹立たしげにウルシュラを指さした。「そうはならない! 敵の主力は12

号線を進んでいる。ここから一五キロメートル南だ。740号線に敵が斥候を出したら、われわれはそれと交戦する。進撃を鈍らせるか、撃退する。鼻っ柱をぶん殴られたら、やつらは停止して計画を考え直すだろう。それで大隊が到着して、敵を片づける時間を稼《かせ》げる」

イエジーという名前のサッカー部監督が、口をひらいた。「一個大隊？　千二百人たらずの一個大隊で、ロシア軍の侵攻を阻止できるとでも思っているのか？」

ノヴィツキはすでに立ちあがって、頂上に近い最後の塹壕に向かいかけていた。「われわれはロシア軍も地上軍も統制できないが、自分たちの行動は統制できる。おれの命令を無線機できちんと聞くようにしろ」

ノヴィツキは、F班の塹壕へ小走りに登っていった。

パウリナは、塹壕の横手にいるトゥトゥスのほうに目を向けた。トゥトゥスは、東側の高さ一メートルの胸牆に伏せて、ドラグノフ・スナイパーライフルの望遠照準器《スコープ》を覗《のぞ》いていた。朝からずっと、パウリナはトゥトゥスが言葉を発するのを聞いたことがなかったので、自分とおなじように怯《おび》えているのだろうかと思った。トゥトゥスの側へ行って話をしようかと思い、動きかけたとき、隣の塹壕でだれかが、周囲の民兵に静かにしろとどなった。声を出した男のほうを全員が見たが、それも一瞬だった。どうして静かにしろといったのか、理由がわかったからだ。

低いゴロゴロという音が、途切れることなく丘を越えて聞こえていた。東から響いてくる。

「なんだろう？」ブルーノがきいた。

ウルシュラの相棒、禿頭の好色な擲弾発射器射手のクリュクがいった。「装甲車にしては音が小さいな」

「あっちにはなにがあるんだ？」べつの男がきいた。

トゥトゥスが、スコープでその方角を見た。「740号線沿いの家や建物しか見えない。動きは見えない。セミトレイラーか、もっと大型のトラックが走っているんだろう。あそこに――」

新たな音が全員に聞こえたので、トゥトゥスはしゃべるのをやめた。うねるような低い轟《ごう》音《おん》は、明らかに遠くでなにかが爆発している音だった。

ウルシュラが、そっとつぶやいた。「ああ、どうしよう」

パウリナは、親友の肩に手を置いた。「まだ何キロメートルも離れているし、あいだに道路が何本もある」

ブルーノがいった。「やつらはずっと広い国道を走るよ」

トゥトゥスがそれを聞いて、塹壕の向こう側からいった。「国道12号線よりも近い、740号線だ。何者かが――」

遠くからズーンという音が二度聞こえた。さらにもう一度。途切れることのないエンジンのうなりが大きくなった。

それから四分のあいだ、爆発音がつづき、間断ない震動音が一分ごとに増大した。

ノヴィツキは、携帯無線機を耳に当てて、塹壕の正面から出ていった。ノヴィツキが送信ボタンを押すと、E班の戦闘陣地で軍曹が持っていた無線機が雑音を発した。

「何者が来るのかわからないが、大型車両が明らかに740号線を通っている」

パウリナが塹壕から見守っていると、ノヴィツキは無線機でなにかをいいかけたが、そのとき口を閉じて、まわりを見た。

丘の斜面が震動しはじめた。足跡とトラックのタイヤの轍《わだち》で汚れ、乱れていた一〇〇メートル四方の雪が、接近するエンジンの爆音でびりびりとふるえて動きはじめた。E班の塹壕のパウリナは、胸牆《きょうしょう》から土くれが転がって、凍った穴に流れ落ちるのを見ていた。

ノヴィツキがふりむいて、民兵たちのほうを見た。パニックを起こしているのが、表情に表われていた。トゥトゥスが、ドラグノフを構えたままでいった。「道路に機甲部隊！　道路に機甲部隊！　急速に接近している！」

姿をさらけ出していたノヴィツキが、向きを変え、信じられないという顔で、E班のスナイパーのトゥトゥスを見つめた。ノヴィツキはどうすればいいのかわからないのだとパウリナは察して、自分もパニックを起こしそうになった。すこし離れたところにいた男が、塹壕のなかで嘔吐《おうと》した。パウリナは、小柄なブルーノの向こうを見て、ウルシュラと目を合わせた。ウルシュラが瞬《まばた》きをして、薔薇《ばら》色の頬を涙が流れ落ちた。手袋をはめた手のふるえがとまらないようだった。

パウリナは、ブルーノの背中のうしろから手をのばして、ウルシュラの手袋をはめた手を握った。そして、ふたりともRPGのそばへ行くために、手を離した。

東に閃光が現われ、炎の玉が上昇して、灰色の朝空に消えていった。衝撃波が伝わってから、爆発音が届いた。二度目の閃光につづいて、ふたたび轟音が鳴り響いた。

トゥトゥスが、スコープで見た。「戦車だ。T‐90。いや、ちがう！　T‐14だと思う」

ノヴィツキが、トゥトゥスのほうを向いた。「装甲人員輸送車からおりた兵士は？」

「いません。戦車だけです。複数の戦車」

イエジーがわめいていた。「おれたちはみんな死ぬんだ！」

ノヴィツキは、身を隠すものがない場所に立っていた。すべての塹壕に聞こえるように、無線機に向かってどなった。「全員、持ち場を維持しろ！　敵が撃つまで撃つのを控えろ！」戦闘能力が低い部隊がみずから主力戦車に立ち向かうのは愚かだと思っているのは、まちがいなかった。

ノヴィツキが、雪と泥の地面を走り、D班の塹壕に跳び込んだ。

パウリナの左にいた男が、あらたな脅威を見つけて叫んだ。パウリナがそちらに目を向けると、F班の戦闘陣地の民兵が全員、下の道路ではなく丘の斜面のほうを眺めていた。彼らの視線を追って東を向くと、黒いタイヤの大きな装甲車の群れが霧のなかを近づいてくるのが見えた。装甲車は道路と平行に雪のなかを突破し、塹壕にまっすぐ向かってきた。三〇〇メートルも離れておらず、どんどん接近しているようだった。

パウリナは本物の兵士ではないが、週末の数時間の訓練中に、ロシア軍の装備の写真を本で見ていたので、それをブメラーンク装輪装甲車共通車体の歩兵戦闘車型K‐17だと識別した。その兵器について、あらゆる知識があった。前部の装甲がかなり頑丈なので、ブルーノがRPGを後部に命中させないかぎり、なんの効き目もない。三〇ミリ機関砲一門、七・六二ミリ戦車用カラシニコフ機銃《PKT》一挺を搭載し、乗員は三人で、重装備の歩兵七人を戦闘に投入できる。装甲人員輸送車型K‐16の場合は、攻撃兵器は一二・七ミリ口径機銃のみだが、歩兵九人を運べる。

ロシアの装甲車をポーランド領内で見ることになるとは、夢にも思っていなかった。

その一瞬、静かにじっとしていて、敵が通過するのを待つというノヴィツキの計画は、完全に消滅した。赤外線カメラか上空のドローンによって発見されたのだろう。とにかく、雪を透かしてこの寄せ集めの部隊をだれかが見つけたのだ。

班長の軍曹たちが無線機で、接近する装甲車四両に降伏してほしいと、ノヴィツキに哀願した。パウリナはノヴィツキが応答するのを待っていたが、突然、自動火器の銃声の不協和音が、道路を通過する車両縦隊のけたたましい轟音に重なった。ブメラーンクがPKTで撃ちはじめ、E班の塹壕のわずか四〇メートル前で、雪と土が舞いあがった。

その瞬間、降伏という提案は、検討されるまもなく立ち消えになった。

31

ポーランド　ラドムの西
十二月二十五日

ノヴィツキ歩兵少尉の声が、携帯無線機から聞こえていた。「撃て！　装甲車を撃て！」

パウリナの周囲で、軽い感じの銃声が湧き起こった。とっさに左右を見ると、男も女も銃を持って東を狙い撃っていた。

ほんの数秒のあいだに、ただひざまずいたり、座ったり、地べたに伏せて、頭を手で覆《おお》っている男女がいるのも見えた。その向こうで、隣の塹壕《ざんごう》から迷彩服を着た大男が駆け出して、背後の林に向かうのが目にはいった。

パウリナとブルーノの目が合った。ふたりとも怯《おび》えていて、おたがいにそれを隠せなかった。つぎの瞬間、ニキビ面のブルーノがさっと向きを変えて、RPG‐7を左肩に担《かつ》ぎ、踏《とう》垜《だ》（射撃の足がかりにする塹壕の内側の段）に乗って立ちあがった。狙いをつけるあいだ、上半身と頭が盛り土の胸牆《きょうしょう》の上に露出していた。

パウリナは、そのうしろで立ちあがった。装塡手《そうてんしゅ》として、つぎの一発を準備しなければならないが、射撃を補助するのもパウリナの責任だった。ブルーノの背中に右手を添え、腕を突っ張って支えながら、擲弾《てきだん》発射器のうしろにだれもいないことを確認した。

パウリナの周囲で、鋭い銃声が荒れ狂っていた。

「後方爆風、支障なし！」うしろの森のほうを向いて雪を透かし見ながら、パウリナは甲高《かんだか》く叫び、擲弾が発射されるときの揺れと爆音と閃光に備えた。

だが、発射の熱い爆風はなかった。射手の後方に支障がないことを、もう一度叫ぼうとしたが、言葉を発する前に、ブルーノがうしろによろめいて、パウリナの手を押した。擲弾発射の閃光の代わりに見えたのは、濃い赤の血しぶきだった。

血が塹壕の奥と雪に向けてほとばしり、深紅の筋が四メートルにわたってひろがった。

ブルーノの体から力が抜け、パウリナが体をまわしてパウリナの上に倒れ込んだ。パウリナは塹壕に転び落ち、擲弾の弾帯の上に倒れた。パウリナがブルーノを押しのけたときも、周囲では発砲がつづいていて、男も女も悲鳴をあげ、叫び、倒れ、戦っていた。ブルーノのほうを見ると、ヘルメットが脱げて、後頭部がなかった。

ブルーノの血とその部分は、彼が引き金を引くことができなかった擲弾発射器の後方爆風のように、まうしろに飛び散っていた。

パウリナは悲鳴をあげたが、恐怖のために凍りつきはしなかった。そのとたんに生き延びたいという原始的な欲求にかられ、RPG‐7を取って、肩にかつぎ、踏垜《とうだ》に立って、胸牆の上からターゲットを探した。

もっとも近い装甲車は、予想したよりも間近にいて、六五メートルの距離から突進してくるところだった。パウリナは、その大型軍用車両に注意を集中し、円環照門と照星で狙いをつけて、引き金を引いた。

訓練のときとおなじように、発射器が大きく揺れて、閃光がほとばしった。

擲弾が飛んでいって、歩兵戦闘車の砲塔に命中し、爆発して火の玉がひろがった。

だが、歩兵戦闘車の速度は落ちなかった。炎を突き抜けて、進みつづけ、どんどん接近していた。

ノヴィツキ少尉の声が、E班の塹壕の地面に転がっていた無線機から聞こえた。「兵士だ！　降車兵（特に装甲車両からおりた兵士を指す）！」無線機のスピーカーから怯えきっているノヴィツキの声が響くと、塹壕内はよけい大混乱に陥った。

白ずくめで黒いライフルを持ったロシア兵が、歩兵戦闘車の後部から跳びおり、霧のなかから殺到してきた。数人が折り敷いて発砲し、べつの数人が伏射の姿勢で発砲し、あとの兵士たちはさかんに撃ちながら塹壕に向けて走っていた。

ノヴィツキが悲鳴のような声をあげた。「小銃手、敵兵と交戦しろ！　ダブロウスキ、ボロヴィチ、カラシニコフ機関銃《PK》から離れるな！　斜面を掃射しろ！」

ブメラーンク装輪装甲車の歩兵戦闘車型K－16四両が、雪上で急停止し、機関砲が連射を開始した。たちまち後方の森で大枝や幹が被弾して引き裂かれる音が響いた。スズメバチの

た。羽音を増幅したような荒々しいうなりとともに、機関砲弾がパウリナの頭上を音速で通過し

擲弾を再装塡《そうてん》して、おなじ歩兵戦闘車に発射器を向けたとき、パウリナの頰を冷たい涙が流れ落ちた。

隣でウルシュラが擲弾一発を片手で持ち、反対の手でクリュクの背中を叩いて、後方に支障がないことを伝えた。クリュクが、パウリナと同時に擲弾を発射した。

クリュクの擲弾はブメラーンクに命中したが、被害をあたえられなかった。パウリナの擲弾は、接近する歩兵戦闘車の上を飛び越えて、その二〇〇メートルうしろの斜面に落ちた。

「くそ！」《グヴノ》

ノヴィツキの声が無線機から聞こえた。「もう一度撃て！　狙いを下げろ！　早く！」

そのとき、あらたな爆風がパウリナの周囲の斜面を揺らした。耳鳴りがして、心臓が胸のなかで左右にぐらつくような気がした。四方で凍った土が降り注いだ。

イエス様、助けて。

パウリナの正面で胸墻の土が飛び散り、土煙が一〇メートルの高さまで噴きあがった。パウリナは擲弾発射器をほうり出して、塹壕の底に跳びおりた。まわりから悲鳴やうめき声が聞こえ、思わず右のほうを見た。ウルシュラが背中をこちらに向けて地面に倒れ、眠っているかのように体を丸めていた。身動きしていないウルシュラの上で、クリュクが独りでRPG‐7の狙いをつけていたが、機銃弾一発を胸に受けた。

クリュクはウルシュラの上に仰向《あおむ》けに落ちて、目をかっと見ひらいたまま、動かなくなった。

親友が横たわっているのを見て、パウリナ・トビアスの胸のなかで、なにかがぽきりと折れた。手近にあった自分の木製ライフル、モシン・ナガンを取った。ボルトアクションのそのライフルを持って、塹壕から這《は》い出し、胸牆の上に立って、悪天候のなかでターゲットを探した。

歩兵戦闘車からおりたロシア兵たちが、すぐ近くにいた。ライフルの銃口炎のせいで、降る雪のなかでも位置がわかった。パウリナはその人影に狙いをつけようとしたが、そのとき、白ずくめのロシア兵ふたりが、さながら霧に包まれた生霊《いきりょう》のように、突然、正面の降りしきる雪のなかから現われた。一五メートルしか離れていなかった。

パウリナが大きなライフルをそちらに向けると同時に、ロシア兵ふたりがその動きに気づいた。

・

村に住む七十一歳の年金生活者が、戦場を独りで見おろしていた。鳥を撮るために買ったニコンのカメラで、ふだんは平穏な羊の放牧地でくりひろげられている信じがたい光景を記録していた。ブルネットの女が倒れた場所から三メートルも離れていないところで、ブロンドの髪をポニーテイルにした女が、塹壕《ざんごう》から首を出すのが見えた。ブロンドの女の動きには、なにか目を惹《ひ》く特徴があった。確信ありげで、決然としていた。三十秒の戦いのあいだ、劣勢のポーランド民兵の多くが、縮こまり、身をさらけ出すのをためらって、それでも死んでいった。しかし、ブロンドの女は塹壕から出てきて、真正面の胸牆《きょうしょう》に立った。その女が右手に銃床が木の旧式ライフルを持っていたので、年金生活者には第二次世界大戦中の若い遊撃兵《パルチザン》のように見えた。年金生活者は、五〇〇ミリ・レンズを彼女に向けた。女の数メートル前で雪に覆《おお》われた地面が炸裂《さくれつ》し、炎と煙があがった。擲弾の爆発で茶色い土が吹き飛ばされたが、女は意に介さなかった。塹壕から接近するロシア兵のほうへ数歩進み、ライフルを肩付けして、向かってくるロシア兵に狙いをつけた。

年金生活者は、ニコンのシャッターを押しつづけ、一キロメートル近く離れている若い女を数十枚撮影した。女は胸牆の近くの木の枝が吹っ飛ばされるのも気にせず、ライフルで撃つたびに、体が揺れていた。いちばん近いロシア兵とは、一五メートルも離れていなかった。そのロシア兵が女に撃たれ、きりきり舞いをして地面に倒れた。女がライフルの槓桿《ボルトハンドル》を引き、年金生活者はなおも銃撃の光景を撮りつづけた。女がライフルを構えてつぎの弾丸を放ったとき——木製の長いライフルの銃口炎と煙を完璧に撮影できた——女がうしろによろめいた。

だが、それまでとはちがい、のけぞったのはライフルの反動のせいではなかった。女の体がねじれ、よろよろとあとずさった。女は右腕を突き出して、ライフルを持っていたが、脚の力が抜け、うしろ向きに倒れた。

女がライフルを落とし、頭から先に塹壕に落ちた。

盛り土の胸牆の縁の汚れた雪の上に、ライフルだけが残され、女の姿が見えなくなった。年金生活者は写真を撮りつづけていたが、女に撃たれた男が起きあがって、雪になかば埋もれた自分のライフルを拾いあげ、前進を開始したときも、ブロンドの女のことしか頭になかった。

女に抗弾ベストを撃たれただけで、ロシア兵はたいしてこたえなかったにちがいない。そして、戦場の二〇〇メートル南では、ロシア軍機甲部隊のいつ果てるともない長大な車両縦隊が、近くで戦闘が起きていることにも気づかないようすで、道路を西へと進軍していた。

パウリナ・トビアスは、ライフルにすさまじい衝撃が伝わるのを感じて、塹壕まで吹っ飛ばされ、凍った地面で胸を強く打った。

数秒後にやっと、死んでいないと気づいた——いまのところは。そう気づくとすぐに、右手をのばして、まわりの死傷者のあいだを必死で探り、あらたな武器を見つけようとした。モシン・ナガンは塹壕の外で落としてしまったので、なんでもいいから殺傷力のある武器がほしかった。

ワイヤーストックのAKが、二メートルしか離れていない、ラデックという二十六歳のトラック運転手の死体の下にあった。ラデックは視力が弱く、陸軍では不合格になっていた。レンズの厚い眼鏡《めがね》がAKのそばで割れて転がっていたが、それはラデックの武器ではなかった。戦闘で彼はSKSをふりかざしていた。AKがだれのものなのかを考えている場合ではなかった。かじかんだ手でそれを持って、塹壕から這《は》い出し、友人たちもろとも皆殺しにされる前に、最後の連射をロシア兵に浴びせたかった。

ラデックの向こう側で、イエジーという名前のワルシャワから来た四十五歳のサッカー部監督が膝立ちになっていた。顔が泥だらけで、血が縞模様《しまもよう》をこしらえていたが、やはりAKに目をつけた。パウリナがラデックの上を這っているのを見て、イエジーは急いでその上を乗り越え、AKに跳びついた。右耳の上を弾子に切り裂かれ、血が噴き出しているのに、塹壕の生き残りのパウリナとおなじように、戦意が旺盛だった。イエジーはラデックの死体の上で、パウリナを自分の重みで押し潰し、右手でAKを取った。イエジーがAKを持ったままきりきり舞いをして、パウリナの背中の上に倒れ込んだ。パウリナは息が詰まった。荒れた地面にうつぶせになっていたので、イエジーがどうしたのか見えなかったが。近くで銃声が響いたので、パウリナはぎゅっと目をつぶった。

丘の頂上の年金生活者は、白ずくめのロシア兵の集団がいくつか、勇敢な女が落ちた塹壕の正面の胸牆に向けて走っているのを見た。倍率の高いレンズで観察していると、若いロシア兵たちが、塹壕のなかを狙い撃ちはじめた。AKで塹壕内を掃射している。なかには吊り紐《ひも》を肩からはずし、銃を高く構えて、狙いもせずに撃っているものもいた。真下に向けて、弾倉が空《から》になるまで、つづけざまに撃っていた。

ロシア兵は、負傷者を虐殺している。

戦闘のあいだずっと、主力の車両縦隊は道路を進軍しつづけ、年金生活者のところから見える道路を、いまは戦車や装甲車に混じって、補給トラックなどの支援車両が走っていた。年金生活者は精いっぱい撮影をつづけた。画面を見ると、三分のあいだに五百枚以上、撮影していた。

急いでここから逃げ出す潮時だと、年金生活者は判断した。

32

ドイツ　グラーフェンヴェーア
十二月二十五日

まだ一日の仕事をはじめてもいないのに、トム・グラント陸軍中佐は早くもかなり機嫌をそこねていた。三十分前に起床して、ビデオ電話アプリの〈フェイスタイム〉を使って、ボールダーの自宅にいる妻にメリークリスマスをいおうとしたが、スマートフォンでインターネットに接続できなかった。そこで電話をかけようとしたが、耳にスマートフォンを当てて一分以上も待ったところで、携帯電話も接続できなくなっていると気づいた。

妻にこっぴどく叱られるにちがいない。

クリスマスなのに、朝からひどいことになりそうだ。

グラントは、一カ月前から米陸軍グラーフェンヴェーア駐屯地にいて、来年の一月下旬にドイツで行なわれるNATOの大規模演習〝剣《ブロードソード》〟のために装備の準備を手がけていた。

グラントは第37機甲連隊の戦車兵站《へいたん》・整備部長で、演習に参加する米軍のM1A2エイブラムズ戦車すべての機能に最終的な責任を負っているため、クリスマスを家族といっしょに過ごすことができない。

〝ブロードソード〟はNATOの演習だが、ポーランド軍、ドイツ軍、米軍が兵員の大多数を占める。

他の加盟国も参加するが、ヨーロッパ北部の防衛はもっぱらその三カ国が担《にな》っているので、今回の演習でも大規模な地上軍と航空戦力の機動を行なうことになっている。

それでなくても厄介《やっかい》な仕事を担っているのに、朝いちばんにこういう通信問題が起きた。グラントは、アップル、ドイツテレコム、自分に対する陰謀を仕組んでいるそのほかの得体の知れない勢力をののしりながらシャワーを浴び、戦闘服《BDU》を着て、ブーツの紐《ひも》を結んだ。廊下を歩き、いくつものドアを通って、広大な戦車整備場へいくあいだ、また何度も自宅の番号にかけた。

以前はミネソタ大学のオフェンスタックルだったグラントは、身長一八三センチで、当時は筋肉隆々だった。若い戦車兵だったころは、砲弾を運んだり、戦車の履帯《りたい》を交換するのに、それがおおいに役立った。いまは筋肉の一部が垂れ下がり、赤茶色の髪は前のほうが薄くなって、白髪が混じっている。角張った頑健な外見は維持しているが、仕事熱心な男の常として、体を鍛えるのにもっと時間をかければよかったと後悔していた。

「部長」あいた戸口から声をかけられ、グラントは、つながらない電話をかけようとするのを邪魔された。そちらを向くと、兵站・整備次長のダーネル・チャンドラー陸軍中尉だった。

「おはようございます。〝ベビー用品室《レイアト・ルーム》〟（品目別端数品置場。梱包せず、すぐに使えるように箱や戸棚に収納してある）に部長宛ての電話がかかっています」

「とにかく通じる電話が一本はあるわけだな」

「そうです。わたしもけさ、スカイプで彼女に連絡がとれませんでした。インターネットが使えません。やっと話ができるようになったら、わたしのせいになるんでしょうね」

「いや、チャンドラー」そこを通り過ぎながら、グラントはいった。「結婚するまで、そうはならない。結婚したら、どんなことでも、悪いのはおまえだということになる」

エンジンオイルや油圧作動油のにおいを嗅《か》ぐのは朝食後にするというのが、グラントの個人的なルールだったが、工具や装備を保管している部屋に向かう途中で、チャンドラーといっしょに整備場にはいった。

ドアからはいると、ドイツ軍の兵士と米陸軍の戦車兵数人が、二人組で一所懸命働いているのを見て、グラントは安心した。整備場には巨大なM1A2SEP（システム強化パッケージ。車長用独立熱映像装置／赤外線前方監視装置など一〇種類の改善がほどこされた）エイブラムズ戦車二両が置いてあり、整備している兵士はみんな多少なりともグリースにまみれていた。

「グラント中佐、グラント中佐」大型戦車のあいだを歩いていると、拡声装置《PA》のスピーカーからくりかえし聞こえた。「一番に電話がかかっています」

トム・グラント中佐は、大股の歩度を速めて、またスマートフォンを見た。あいかわらず〝接続なし《カイネ・フェルビンドゥング》〟と表示されている。

幹部下士官ふたり、ケロッグ曹長と、ヴォルフラム部課最先任曹長《オベルスタブスフェルドヴェベル》のそばを通ったときに、グラントはうなずいた。

「部長、整備場のオフィスに電話がかかっています」ケロッグがいった。

「ああ、知っている」グラントは、チャンドラーをすぐうしろに従えて、歩きつづけた。

グラントが話の聞こえないところへ遠ざかると、ヴォルフラムはケロッグに向かっていった。「新しいボスはどうだ？」

「優秀だよ」ケロッグがいった。「おれはグラントをゆっくりと飼い慣らしてきた。でも、もともと物事がわかってる男だ。おもに戦術レベルで、かなり経験を積んでる。機《A》甲幹《B》部初《O》級《L》課《C》程を終えているから、正真正銘の戦車兵で、車長もつとまる。しかし、どこかでしくじったようだ」

使い古したボロ布で手についたグリースを拭《ぬぐ》いながら、ヴォルフラムがきいた。「どういうことだ？」

「グラントはイラクの軍事訓練任務に派遣された。そこに行かせられるのは、失敗したときの罰なんだ。上層部に信用されなくなった将校は、みじめなんだよ。最悪のろくでもない任務をあたえられて、生き延びられたら――栄光を取り戻したら――ようやくまともな軍歴を回復できる」

「アメリカ人は将校に厳しすぎるな。一度失敗しただけで落第か？」

「まあ、それほどじゃないが、グラントは中佐より上にはなれないだろう」ケロッグは、肩をすくめた。「それでも、上層部はグラントを整備将校学校に行かせたわけだし、いまのグラントは、すこぶる優秀な整備将校だ。兵隊にも好かれている。仕事ぶりは猛烈だけどね——それはすごいと思う。グラントは、整備場のオフィスに泊まりこむこともあるんだ」ヴォルフラムはいった。「おれのボスとおなじだ。グラント中佐もこっちの少佐も、来月の演習のことで圧力をかけられてるんだろう」

グラント中佐の声が、PAのスピーカーから聞こえた。「ケロッグ曹長、オット少佐を呼んでくれ。ヴォルフラム曹長、いますぐベビー用品室《レイアト・ルーム》に来てくれ」

ケロッグとヴォルフラムは、顔を見合わせた。「くそ」ケロッグはいった。「PAであんな興奮した声を流さないように、ボスを躾《しつ》けないといけない。戦争でもはじまったかと思うような声だ」

三分後、ケロッグとヴォルフラムは、グラント中佐とチャンドラー中尉とともにベビー用品室《レイアト・ルーム》に立っていた。グラントが陸上有線《ランドライン》での通話を終えて、あとの三人のほうを向いたとき、ドイツ軍の整備部長ブラッ・オット少佐が、不安げな顔ではいってきた。

「ブラッ、座ってくれ。大変なことが起きた」

米軍の三等軍曹が、書類を挟んだクリップボードを持ってはいってきて、口をはさんだ。

「曹長《トップ》、指示されたコード〝03《オー・スリー》〟は注文できません。インターネットは使えないので—

――」ケロッグが指を鳴らしてどなった。「出ていけ！」

三等軍曹があとずさって、ドアを閉めた。

グラントはいった。「ボスたちからランドラインで連絡があった。知ってのとおり、クリスマス祝日だから、彼らはベルギーで家族といっしょにいる。ヨーロッパ全体で携帯電話が通じないそうだ。インターネットもおなじだ。ランドラインは何本か使えるが――一分話をしたところで、さっきの電話も通じなくなった。

それで、わかっているのはつぎのようなことだ。ロシア軍がポーランドで攻撃を開始した」

グラントの前で、あとの四人が目を丸くして、背すじをのばした。

「嘘だろう」ケロッグがつぶやいた。

「正確な部隊構成などは不明だし、ロシアの意図もまったくわからない」

オットがきいた。「だれにも知られずに、どうやってポーランドに侵入したんでしょうね？　ロシア軍部隊を隠せるわけがないし」

グラントはいった。「見当もつかない。現在、われわれは警戒態勢にある。ボスたちは、連隊をまとめて移動するようわれわれに要求している。支援大隊と戦闘中隊の兵士を集められるだけ集めて、走行できる戦車すべてに資格のある乗員を配置しなければならない」

「具体的になにをやるんですか？」ケロッグがきいた。

「急遽《きゅうきょ》、阻止陣地を構築する。ボスたちがあとから来て指揮をとる」

「部長、現役の戦車兵がいませんよ」ケロッグがいった。第37機甲連隊の主力は、まだアメリカ本土にいる。整備部門の兵士はだれも、連隊の戦闘装備であるM1A2エイブラムズ戦車で機動を行なうことなど、まったく考えていなかった。

「それはわかっている。准将もわかっているはずだ。しかし、主力の到着を待っている時間がない。旅団戦闘団《BCT》の残りが本土を出発するのは一月一日だ。いまはわれわれとドイツのきょうだいしかいない」

チャンドラーが、信じられないという口調でいった。「部長……ということは……部長が連隊長になるんですか?」戦車に乗った経験があっても、整備部門の人間が戦車連隊を指揮することなどありえないからだ。

「数時間だけだ。十分後にみんなに説明する。それから一時間以内に戦車で移動を開始する」

少人数の幹部を見まわした。グラントは、度肝を抜かれたような表情を隠せなかった。支援大隊の兵士たちが、ひとりも19K——装甲車両乗員の特技区分——の完全な訓練を受けていないことを、グラントはその場にいた四人とおなじように承知していた。グラーフェンヴェーアに配属されている兵士の大多数の特技区分は、91Aもしくは45E、つまりエイブラムズ戦車のシステム整備か戦車砲塔機械整備が専門だった。

「諸君、考えていることはわかっているが、われわれの91A兵士はすべて、初級操縦訓練を受けている。それに、たいがいのものが、じっさいの戦車操縦手よりも操縦時間が長い。それに、砲撃にも熟練している」

ヴォルフラムが口をひらいた。「しかし、連隊のあとの戦車部隊が到着する前に、ロシア軍がドイツに侵入したら、どうなりますか？」

「われわれは命令されたことをやる。いまはわれわれが戦車部隊だ。命令が撤回されるまで、移動を行なう」

チャンドラーがいった。「部長には本部車両と、指揮統制のための通信機器が必要です」

「そうだな、本部車両を用意してくれ。通信機器もありったけ集めろ。衛星通信はすべて使用不能だから、大隊との連絡は長距離通信機を使う」

「三個戦車大隊ですよ！」オット少佐が口をはさんだ。「われわれも、中佐の命令に従いますので」

イラン中部

十二月二十五日

ボリス・ラザール大将は、戦車の砲塔に乗っているときの騒音、土埃《つちぼこり》、震動、鋭く固い表面にたえずこすられることに慣れていたので、どれもまったく気にならなかった。ヘッドセットで無線交信を聞きながら、前方にのびている砂色の装甲車両の長い列を、ひたすら眺めていた。車両縦隊はいま、ザンジャーンの南西のハマダーン－ビージャール街道を轟々《ごうごう》と走っていた。

ラザール用の指揮車もあるのだが、この行程ではT－90戦車に乗ることを望んだ。それでも無線で情報が得られるし、五〇メートル後方の指揮車に閉じこもっている参謀長のドミートリー・キール大佐と連絡をとることもできる。

指揮車は、ラザールの部隊にごく少数含まれているブメラーンク装甲人員輸送車のうちの一両だった。ブメラーンクの大多数はサバネーエフが確保し、ラザールの装甲人員輸送車《ブロネトランスポルチョール》の主力は、古びているが信頼できるBTR－82Aだった。ラザールは、このBTRのさまざまな型に、三十年以上乗ってきたので、いまさらべつの装備を使いたいとは思わなかった。だが、ブメラーンク指揮車の通信設備は抜群に優れていたので、その最新世代の装甲人員輸送車五両を、しぶしぶ部隊に加えた。

新型のろくでもないやつ――ブメラーンクとT－14――は、サバネーエフにくれてやる。

ラザールは昔気質《かたぎ》の軍人なので、信頼性を戦場で立証された装備で戦争をやりたかった。

友好国を通過しているとはいえ、全力をあげて必死で取り組まなければならないとわかっていた。なじみのない地形で、戦闘部隊、司令部、補給部隊を一三〇〇キロメートル移動させなければならない。ラザールはイランに来たことはなかったし、モスクワとテヘランの政治家が、ロシア軍の兵員数千と装甲車両百両がイランを南北に縦断することに同意したとはいえ、たいへんな難事に変わりはない。ラザールの部隊は、イラン軍の大規模な機甲部隊と歩兵部隊とともに移動していた。警備してもらうためではなく、中東上空の偵察衛星に、イランとロシアの合同演習のように見せかけるためだった。合同部隊ではなくラザールの部隊だけ、南の海岸線に向けて一日もしくは二日間、高速で移動すれば、当然、不審に思われるにちがいない。ラザールの任務はその日にちで既成事実になると、ボルビコフ大佐は判断していた。

三十二時間の移動によってラザールの部隊は、アメリカになにが起きているかを悟られる前に、港に到着する――ボルビコフはそれに賭けていた。アジアやヨーロッパの戦域から遠く離れたイランでロシア軍とイラン軍が合同演習を行なっていても、アメリカはさほど不安には思わないはずだ。

しかし、ラザールの部隊が、アフリカの角《つの》に向けて出港した瞬間から、それが最大の懸念材料に変わる。

33

ヴァージニア州　アーリントン
国防総省
十二月二十五日

コナリーとグリッグズは、クリスマスの朝までデスクに向かって働き、中欧で起きていることについての情報を探した。

最初の数時間、情報はほとんど存在しなかった。ふたりはブルペンでテレビのニュース・チャンネルをあちこち見ながら、DIA（国防情報局）、CIA、NSAのネットワークにも問い合わせた。東ティモールやパラグアイで起きていることについてリアルタイム情報が得られるのに、ヨーロッパの現状がまったくわからないと、グリッグズが指摘した。

東部標準時で午前一時ごろに、ポーランドのクラクフのアマチュア無線が、ロシア軍機甲部隊が街の北で移動していると報告しているのを傍受した。それが地上軍の侵攻を示す最初の確実な重要情報になった。その前にも、エストニアのタリン、ラトヴィアのダグダ、リトアニアのルダミナでも、ロシア軍が国境を越えて殺到していると、アマチュア無線が報告していた。しかし、それらの報告のすべてか一部が、ロシアの情報欺瞞《ぎまん》作戦だという可能性もあったし、国境付近での大規模な戦力整備は探知されていなかったので、一五〇〇キロメートルもの範囲でロシアの侵攻が行なわれているという話は、とうてい信じられなかった。

午前十一時ごろに、グリッグズはコナリーのところへ六杯目のコーヒーを持っていった。コナリーの隣に腰をおろして、グリッグズはいった。「これが本物のヨーロッパ侵攻だとしたら、ラザール将軍が指揮するのが当然ではないですか。ラザールは生涯ずっと、これの準備をしてきたんですから」

コナリーはいった。「わたしも納得がいかない。パットン策略でもやっているのならべつだが」

グリッグズには、その比喩《ひゆ》が理解できた。パットン将軍については、第二次世界大戦末期にさまざまな逸話《いつわ》がある。アメリカは、まもなく行なわれるノルマンディー上陸作戦に備えて戦車部隊を訓練させるためだと称して、パットンをイギリスに派遣したが、それは策略だった。上陸作戦が行なわれたとき、パットンはイギリスで公然と姿を現わしていたので、ノルマンディーで重要なことが起きるはずはないと、ドイツ軍は思い込んだ。

グリッグズはいった。「ずる賢い手口ですが、そうではないでしょう。NATO攻撃の策略にラザールを使わなかったのだとしても、ロシアが反攻の危険にさらされるとわかっているのに、国外に派遣するのは、正気の沙汰ではありませんよ。サバネーエフが大規模侵攻部隊をヨーロッパに送り込んだとしたら、ロシアは無防備になります」

コナリーが、急にグリッグズのほうを向いた。「だが、われわれが見逃している大規模侵攻部隊などなかったとしたら？　NATOは七十年にわたって監視をつづけ、赤い潮流が大挙して西欧になだれ込むのに備えてきた。だが、ロシア軍を総動員するのではなく、もっと小さな規模の部隊でやれば、NATOの防御に穴をあけることができる。衛星と通信を途絶させ、混乱を引き起こせば、それがさらに容易になる」

グリッグズは、その推理を考えた。「なんてこった。ダン！　襲撃《レイド》（敵地の占領確保をせずに、指揮・通信施設の破壊などを意図して、限定された目標を攻撃すること）だ。実用的な目的のある襲撃ですよ！」

「つじつまが合うのはそれだけだ。数百両の第一線機甲部隊が高速でヨーロッパに突入すれば、防御に穴をあけることができる。クリスマスでNATOは警戒をゆるめているし、ましてなにが起きているのか、見ることも聞くこともできない」

「しかし……理由は？」グリッグズは疑問を投げた。「ヨーロッパを走りまわって、あちこちぶち壊すのは、それをやれるのを示すためですか？　ベルリンを占領して飛び地にでもするつもりですかね？」

「理由は皆目《かいもく》わからない」コナリーはいった。「NSAのニクに電話して、イランの演習を覗《のぞ》き見してくれないか、頼んでみたらどうかな？」

グリッグズは口笛を吹いた。「ニクはヨーロッパ侵攻と差し迫っている台湾侵攻で手いっぱいじゃないでしょうか？」

「考えてもみろ。ニクは台湾の一件に、四カ月前から取り組んでいる。ヨーロッパの攻撃については、情報がはいってこないから、分析のしようがない。イラン上空の衛星はちゃんと機能している。電話してくれ」

グリッグズはうなずいた。「やってみて損はないですね」

ドイツ　ホーフ
十二月二十五日

ロシアの侵攻を目撃した最初のアメリカ人は、ユタ州出身の二十一歳の兵士だった。侵攻が開始されてから、すでに十六時間が過ぎていた。

吹き溜まった雪が九〇センチの深さで、ホーフの集落の北にある深い森を歩くのは、単独の斥候《せっこう》にとってかなり難儀だったが、前進して遠くのようすを見るよう命じられていた。

三両の装甲偵察車――五〇口径機関銃を搭載した高機動多目的装輪車《ハンヴィー》――に乗ってきたチームは、夜の闇と低い雲に覆《おお》われている林の奥に車両をとめた。

ユタ州出身の若い兵士は、森の端まで三〇メートルほど進むあいだに、何度も転び、同輩や軍曹に見られているにちがいないので、そのたびにみっともないと思った。

雪を踏みしだきながら進んで、ようやく雪の深さが三〇センチしかないところで、膝《ひざ》をつき、遠くの高速自動車国道《アウトバーン》を暗視ゴーグルで観察しはじめた。最初はなにも見えなかったが、訓練された目が、南西に向けて着実な速度で進んでいる車両の列のかすかな輪郭《りんかく》を捉えた。それまで午後から夜にかけて、民間の車の往来を見たときには、なにも警戒するようなことはなかったが、この大型車両の列には、際立った特徴があった。一台もヘッドライトをつけていなかったのだ。

兵士は、その車列がもうすこし接近するのを待った。冷たく透明な夜気を通して、個々の車両の形が見分けられるようになった。まず斥候車。長くずんぐりした装甲戦闘車で、識別できなかった。

やがて、戦車が見えた。

ものすごい数の戦車。

兵士はさっと立ちあがって向きを変え、精いっぱいの速さでハンヴィーへひきかえした。助手席のドアの前で、一等軍曹が待っていた。

「装甲車両と大型斥候車です、軍曹。まちがいなくロシア軍です。ライトをつけていません。南西に向かっています」

一キロメートル後方の俄《にわ》か造りの阻止陣地に、戦車部隊とともにいるトム・グラント中佐に、そのことがただちに無線で報告された。

グラーフェンヴェーアから出発する前に、グラントは一個大隊あたり四十両、合計八十両

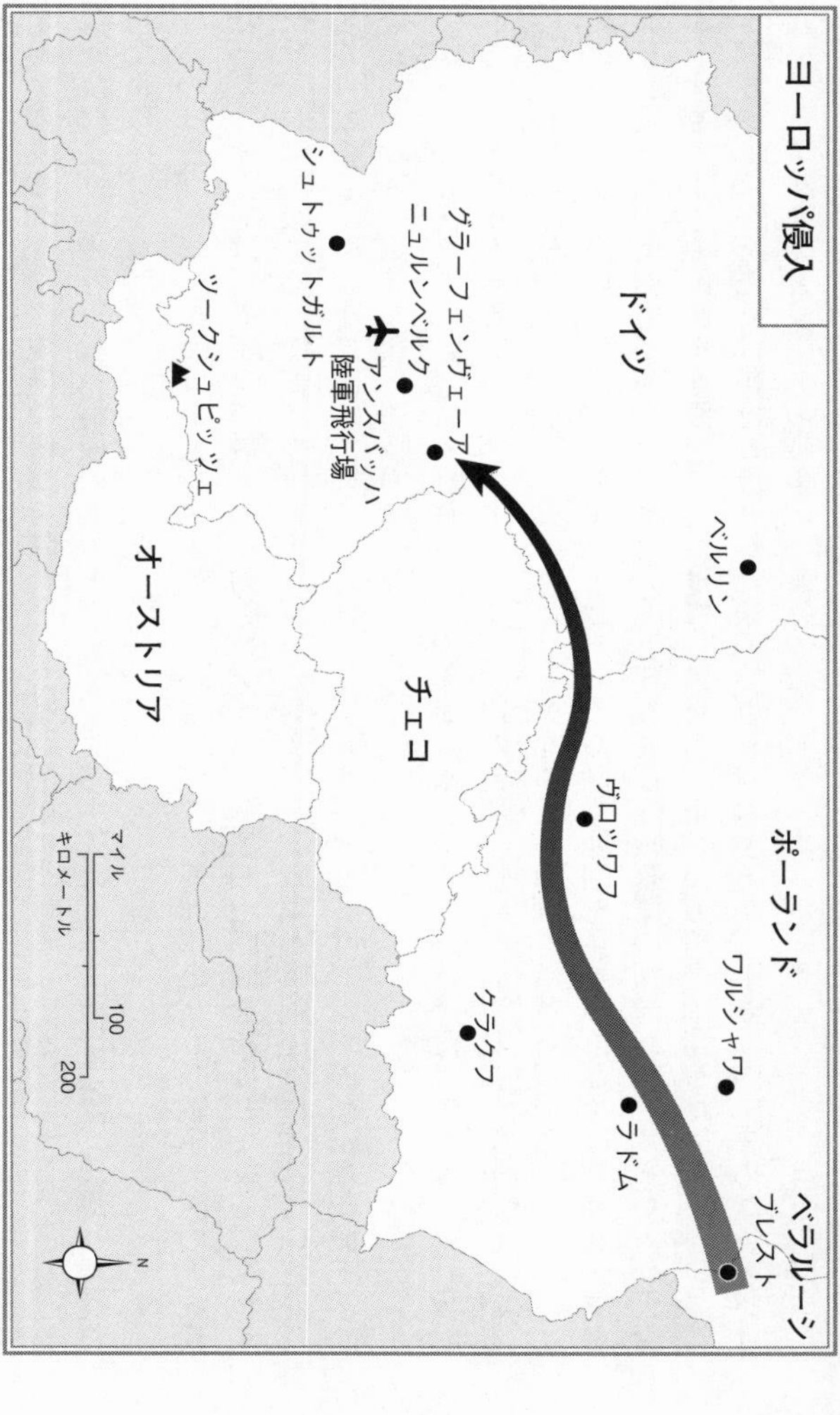
ヨーロッパ侵入
ドイツ
ベルリン
グラーフェンヴェーア
ニュルンベルク
アンスバッハ
陸軍飛行場
シュトゥットガルト
ツークシュピッツェ
オーストリア
チェコ
ポーランド
ワルシャワ
ヴロツワフ
ラドム
クラクフ
ベラルーシ
ブレスト
マイル
キロメートル
100
200
N

のM1A2SEPエイブラムズ戦車と、ハンヴィー数十両およびストライカー装甲戦闘車数十両から成るかなりの規模の偵察中隊一個を、戦闘配置につけることができた。

それにより、米陸軍兵站《へいたん》将校のトム・グラント陸軍中佐は、第37機甲連隊（混成）の実質的な連隊長になった。

いっぽう、ブラッ・オット独陸軍少佐は、いまやドイツ連邦軍第203戦車大隊の大隊長だった。オットは、ドイツで最大の主力戦車レオパルト2四十四両を指揮している。冷戦がたけなわだったころ、西ドイツは二千両以上のレオパルト戦車を戦闘配置につけていたが、現在は二百五十両以下に減っている。とはいえ、レオパルト2はドイツの精密な機械工学の驚異的な産物で、並々ならぬ戦力だった。

グラントとオットにとっての好材料は、弾薬が豊富にあることだった。米軍のヨーロッパ軍とドイツ連邦軍司令部は、ブロードソード演習の実弾射撃に参加することを予定しているので、戦車の主砲の砲弾、機関砲弾、ロケット弾を、どの車両も満載していた。

グラントが自分のハンヴィーのボンネットにひろげた地図を見ていたときに、ロシア軍を発見したと無線で報告があった。グラントと連隊暫定作戦幕僚のブラッド・スピレーン大尉が、すぐさまその位置を地図上で見つけて、アウトバーンの方角を確認した。

グラントはいった。「敵はこっちから来る。どう対処するか、十分以内に決めないといけないが、アメリカとロシアの戦争はいまここではじまる」

グラントは、もっとも経験が豊富な士官を作戦幕僚と本部に配置していた。退役間近の士官や、指揮官を経験していて、つぎの配置指定を待っているものを選んだ。そうすると、車長には最高の人材を割りふれないが、戦闘中の指揮を最善にしておかないと、もっとひどい事態になりかねない。

元戦車中隊中隊長のスピレーンが運営する連隊本部は、無線機を備えたハンヴィー数両、指揮統制車一両、迷彩をほどこした指揮所テント数張りから成っていた。

高みにあるその指揮所から、最善の戦闘指揮統制を行なうことができると、グラントは考えていた。

ロシア軍に対してグラントとスピレーンが用意している待ち伏せ攻撃は、おおむね直線的なもので、敵が進んでくる可能性が高いと想定した部分に攻撃を集中する。また、高速道路9号線と72号線を見おろす尾根に陣取ることで、自分たちの賭けを精いっぱいヘッジしていた。北東にある93号線と72号線の交差点には、わずか八両の戦車しかない別働隊を急遽《きゅうきょ》派遣した。それではたいした損害はあたえられないだろうが、グラントとオットはぎりぎりになって、部隊を半分に分けるのをやめて、敵がやってくる可能性が高い西側の待ち伏せ攻撃を強化しようと決断した。

ドイツ　カッターバッハ駐屯地
アンスバッハ陸軍飛行場

第3航空連隊　連隊本部

十二月二十五日

第3航空連隊第1大隊（攻撃／偵察）のパイロット受令室で、陸上有線電話機《ランドライン》が二度、三度、四度、呼び出し音を鳴らしたが、サンドラ・グリソン陸軍中尉は、〈プレイステーション4〉のコントローラーを置いて電話に出るのを渋っていた。

大隊の受令室は休憩室を兼ねているが、クリスマスなのでほとんどひと気がなかった。士官はほとんど休暇をとっていて、受令室に残っているのはわずか数人だった。ふたりがビデオゲームをやっていて、ひとりがイヤホンをはめてiPhoneで音楽をがんがん鳴らしながら飛行日誌に記入し、ひとりが大画面テレビの前のソファで寝ている――テレビは電源がはいっているが、一日ずっとなにも映らず、画面がブルーのままだった。

連隊長は、攻撃ヘリ二機とその搭乗員を、警戒待機のために残していた。連隊長は着任したばかりで、自分の隊是《モットー》は〝戦うがごとく訓練せよ〟だと強調していた。しかし、当直士官にしてみれば、そんなものはお偉方のたわごとだった。連隊の情報幕僚《G2》が全員に、ポーランドの警戒態勢が〝高まっている〟ので、招集情報がたしかかどうかを確認する必要があると説明した。ところが、その情報幕僚も、副連隊長も、連隊長も、すべて休暇をとってアメリカに帰ってしまった。

「おれの勝ちだ！」アレン・トーマス中尉が、鳴りつづける電話とビデオゲームのやかましい音よりもひときわ高く叫んだ。「電話に出たほうがいい――どうせあんたは死んだんだ！」

「ゲームを一時停止したら出るわよ！」サンドラは応じた。

トーマスがゲームをつづけたので、サンドラはしぶしぶ立ちあがり、コントローラーを使いつづけながら電話機のほうへ歩いていった。

支援大隊で小隊長をつとめているトーマスが、ようやくゲームを一時停止したので、サンドラはコントローラーをソファに置いて、受話器を取った。

すると、トーマスが笑って一時停止を切り、ゲームを再開した。

サンドラは、それを見て目を剝《む》いた。「もしもし」

相手がどなった。「なにが〝もしもし〟だ？　受令室の電話に出るのに、そんなのんびりしたことでいいのか？　おまえはだれだ？」

カサード少佐の声だとわかった。サンドラは、当直中であることすら忘れていた。「すみません。第1攻撃偵察大隊、サンドラ・グリソン中尉です」

通話にシューッという音やカチカチという音が混じっていたが、少佐の言葉は聞き取れた。

「よく聞け、グリソン！　攻撃兵器チームはたったいま活動を開始した。おまえは二番機《ウィングマン》を見つけて、ただちに出撃しろ。通信を確立したら、中隊無線でブリーフィングする」

「少佐……」サンドラは信じられずにいった。「冗談ですよね？」

「わたしが冗談をいっているように聞こえるか、中尉。さっさと乗機へ行け――急げ！」

サンドラは、トーマス中尉のほうを見て、黙り込んだ。

「どうして電話を切らないんだ？」カサード少佐がわめいた。

サンドラは受話器をかけて、受令室にいたあとの三人をじっと見た。

そして、「出撃よ！」と叫んだ。サンドラが壁のボタンに手を叩きつけると、大隊本部のいたるところで赤い〝ブーブー〟ライトが明滅しはじめた。

搭乗員ふたりがソファからさっと立ちあがったが、茫然《ぼうぜん》としてたたずむばかりだった。

「わたしが冗談をいってるみたいに見える？　演習じゃないのよ！　さっさと乗機へ行きなさい！」サンドラはわめいた。


三分後、ＡＨ－64アパッチ攻撃ヘリコプター、機番４２の士官ふたりがチェックリストを進めていた。その隣にサンドラの乗機、機番４１がとまっていた。部下の操縦士がまだ来ていなかったが、サンドラは前席に乗り込んだ。あわてたせいで防寒服を忘れ、作業を進めるあいだ、ドイツの冬の冱寒《ごかん》で凍えそうになった。

電源車が接続されると、攻撃ヘリコプター二機の上で赤と白の回転灯がひらめき、夜の闇を照らして、切迫した感じがいっそう強まった。全長一七・七メートルのヘリコプター二機のまわりを整備員が走りまわって、システムを点検し、ローターと操縦翼面の固定索具をはずした。弾薬を積んだ台車三台がきしんでとまり、航空武器整備員ふたりがミサイルやガンポッドを機体に取り付けた。

整備員がヘリの出撃準備を進めるあいだサンドラと話ができるように、整備長が42の機体側面のFMコネクターにヘッドセットを接続した。

整備長がまず弁解した。「マーム、整備予定があったので、兵装をすべて二、三時間前にはずしました……きょう出撃があるとは思わなかったので」

「整備長《チーフ》、気にしないで。わたしもおなじよ。とにかく大至急ぜんぶ取り付けて」

サンドラの極超短波無線《UHF》のスイッチがはいり、カサード少佐の声が聞こえた。「ヴァイパー16《ワン・シックス》、ヴァイパー16、こちらグリフィン3《スリー》。受信しているか？ どうぞ」

サンドラは、マイクのスイッチを入れた。「グリフィン3、こちらヴァイパー16、L《リーマ》・C《チャーリー》(loud and clear、明瞭に聞こえる)。命令を待つ。どうぞ」

「二番機《ウィングマン》にこの周波数に合わせて聞くようにいってくれ。離陸するときにブリーフィングをやる」

サンドラは、機番42のほうへ手をふってから、ヘッドセットを指さし、二番機の機長と射手に大隊戦術周波数で聞くように合図した。

ふたりが無線を切り替えると同時に、カサードがいった。「衛星通信はまったく使えない。離陸したらUHF国際緊急周波数《ガード》で連絡をつづけるが、それも途絶するだろう。きみの操縦士は、さっきまでここ、戦術運用センター《TOC》にいた。地図を持ってそっちに行かせた。もうじき到着するはずだ。どうぞ」

「了解。なにを探せばいいのか、教えてください。どうぞ」作戦幕僚のカサードが話をしているあいだ、サンドラはコクピットから首を出して、整備員が取り付けた武器から赤い小旗《タグ》を抜いて安全解除するのを見ていた。

「操縦士といっしょに聞いてくれ」

「ちょっと待ってください」サンドラがそういったとき、ジェイムズ三等准尉が大隊本部ビルから出てきて、凍《い》てつく小雨のなかを走ってきた。ジェイムズが地図をサンドラに渡し、前席よりも高くなっている後席に乗り込み、すばやくヘルメットをかぶった。

「ジェイムズが到着、聞いています」ジェイムズ三等准尉が、すぐさま飛行前チェックリストを進めていった。この出撃ではジェイムズが機長をつとめる。航空任務指揮官をつとめるサンドラは、武器と通信の点検を終えた。

カサード少佐がいった。「ロシア軍が攻撃を開始した。部隊構成の全容はまだわかっていないが、T-14主力戦車とブメラーンク装輪装甲車が含まれているのはわかっている。偵察車両もあるようだ——おそらくGAZ歩兵機動車だろう——さまざまな補給・兵站《へいたん》の車両も含まれている。兵力は不明だ。最後に目撃されたのは、ドレスデンの南一五〇キロメートルの高速道路72号線。進行方向はほぼ南西。地対空ミサイル《SAM》の脅威の有無は、現時点ではわかっていない」

「ぶったまげました、少佐!」サンドラはマイクに向かって大声を出した。

カサードが、ブリーフィングをつづけた。「報《しら》せる。地上の友軍はコールサイン〝勇気《カーリジ》〟。米陸軍のM1A2とグラーフェンヴェーアのドイツ連邦軍のレオパルトの混成部隊だ。高速道路9号線と72号線の付近で、彼らはロシア軍を発見した。カーリジは彼らの部隊のUHF無線網できみたちと連絡をとる。周波数は213・12。最後に連絡があったのは陸上有線《ランドライン》で、いま彼らの連隊本部は沈黙している。携帯電話も通じない。

きみたちはグラーフェンヴェーア駐屯のこの地上攻撃部隊を支援するために、敵車両縦隊を手早く偵察しろ。もっと武器をそろえ、きみたちの飛行隊長を行かせるまで、積極的な交戦は控えろ。敵車両縦隊の構成と配置について、できるだけ多くのデータを地上部隊に提供することが目的だ。受領通知しろ」

コクピットのグリーンの明かりのなかで、サンドラはジェイムズ三等准尉に渡された地図の座標をじっくりと見た。ヨーロッパで戦闘に突入するのだと気づいて衝撃を受けたが、それを押し殺して応答した。「少佐、了解しました」

整備長に目を向け、親指を立てる合図を受けた。

サンドラは、ヘルメットに内蔵されたディスプレイを引きおろし、飛行様態《プロファイル》をクリックして、照準コンピューターを設定した。連隊作戦幕僚から伝えられた情報をニーボードに書き移し、通信パネルにあらたな周波数を打ち込むとき、デジタル地図と照準表示の光で顔がグリーンに染まった。

うしろでジェイムズ三等准尉が〝点火〟と記されたスイッチふたつをはじき、スロットルレバーをゆっくりと押した。エンジンがばらついたバタバタという音をたて、やがて安定した轟音《ごうおん》を響かせた。ローターが回転し、整備員たちが無意識に首をすくめて、サンドラのヘリコプターの機外点検をつづけた。

カサードがいった。「悪天候だ。晴れているが、北のほうは低い霧が出ている。あとで気象海洋情報《METOC》を送るが、飛行をわたしが許可する。今夜晩《おそ》く、〇三時くらいに雪になる。ロシア軍を攻撃するよりも重大な緊急事態はないから、きみたちの偵察は基本的な安全限度よりも優先される」

連隊作戦幕僚がつかのま考えるあいだ、交信に間があいたが、すぐに聞こえた。「グリソン、飛行隊長が基地に戻ってくるまで、きみが戦闘を指揮する。中隊の人数がそろったら、できるだけ早く飛行隊長以下を出撃させて、北でなにが起きているのかを見届けるよう命じる。

質問はあるか？　どうぞ」

サンドラ・グリソン中尉の乗機と二番機は、発着場に向けて牽引《けんいん》されていた。

「友軍部隊はいまロシア軍と交戦しているんですね？」

カサードがいった。「まったくわからない。わたしより先に、きみが知ることになるだろう」

「了解しました。ヴァイパー１　６《ワン・シックス》、離陸承認を要求します」

「許可する、ヴァイパー１６。離陸を承認する。任務中、ずっとＵＨＦで連絡を維持しろ。たとえ連絡が途切れても、傍受はつづける」

整備員たちが、二機を離陸位置に牽引していき、遠ざかった。整備長が敬礼した。グリソンと操縦士が答礼した。

「了解、グリフィン3、こちらヴァイパー16。これから離陸する、どうぞ」ヴァイパー16が離昇して、機体を前傾させ、地表から数メートルの高さを飛びはじめ、どんどん高度を上げた。

「幸運を祈る、中尉。グリフィン3は、ひきつづきこの周波数で交信する」

34

ドイツ　ミュンヒベルク
第37機甲連隊（混成）および第２０３戦車大隊
戦車71号車
十二月二十五日

二十二歳のオリヴァー・ルッツ上級兵長（米軍の上等兵に相当）の額から汗が噴き出し、グリースと火薬の煤《すす》と泥にまみれた顔と首に、きれいな白い条《すじ》を何本かこしらえていた。

ロシア軍戦車の最初の一斉射撃が襲いかかってから九十分、戦闘は切れ目なしにつづいていた。自分の戦車が木っ端微塵《こっぱみじん》になるまでつづくのではないかと、ルッツは不安になっていた。

ルッツの透明なプラスティックのゴーグルは、割れてまっぷたつになりかけていた。イヤホンの片方は、一三〇ミリ砲弾の焼尽薬莢《しょうじんやっきょう》（砲弾の取り扱いが楽なように、金属の底部以外の大部分を燃え尽きさせる薬莢）の弾底部、糧食の包装紙、松葉、〈ヤコプス・クリューヌング〉インスタント・コーヒーの空《から》の小袋が散乱している、レオパルト2主力戦車の金属製のフロアに落ちていた。

砲塔内部に顔をぶつけたときにゴーグルが割れたが、ありがたいことにそのおかげで怪我《けが》はなかった。ルッツはL／51（五一口径）一三〇ミリ滑腔砲《かっこうほう》に砲弾を装塡《そうてん》するのに躍起《やっき》になっていたので、壊れたゴーグルのことなどかまっていられなかった。だが、車長のオット少佐が機動のために一瞬、砲撃を中断したので、ルッツはそのあいだにゴーグルをはずして、自分と乗員の足もとに散らかっている戦争のゴミのなかに投げ捨てた。肘《ひじ》まである革と〈ノメックス〉の手袋も、閉鎖機にひっかかってちぎれた袖《そで》の一部をいまも覆《おお》っている。

そのときに、手か腕を持っていかれるよりましだ、と思ったのを覚えている。

耳が鳴り、頭のなかで容赦なくブーンという低い音が響いている。被弾したのか？　疲労とストレスのせいで、これまで起きたことすべてを思い出すことができなかった。

オット少佐の声が、インターコムから聞こえた。「ターゲット！　二〇〇メートル、装甲《A》人員輸送車《PC》」一瞬の平穏は終わった。ルッツはわれに返って、注意を集中した。

「識別した。対戦車榴弾《HEAT》を装塡」砲手がどなった。

ルッツは座席で体をぱっとまわして、金属製のペダルを踏み、弾庫の扉をあけて、対戦車榴弾を出し、閉鎖機に押し込んだ。砲弾が入れられると、自動的にそこが閉鎖され、鋭いガタンという音とともに薬室に送り込まれた。

「装塡！」ルッツはかすれた声でマイクに向かっていった。インターコムの具合が悪いので、他の乗員に聞こえるように、もっと大きな声を出さなければならないのはわかっていた。

汗が目に流れ込んだ。

「射て！」オット少佐が命じた。ルッツがそちらを見ると、オットは赤外線照準装置の上で両手を丸めて、闇に目を凝らしていた。

「発射！」砲手が叫び、巨大戦車の主砲が一三〇ミリ砲弾を射ち出すズーンという音が響いた。閉鎖機が戻り、弾底部と呼ばれる円盤が排出され、熱した灰色の煙が砲塔内に押し寄せた。

数秒遅れて、オットが告げた。「ターゲットは破壊された。砲手、監視をつづけろ」

一度の強烈な爆風につづいて、遠い爆発音が何度も、あけてあるハッチから車内にはいってきた。

二次爆発だと、ルッツは思った。弾庫に命中したにちがいない。

レオパルト戦車の乗員たちは、おたがいを名前で呼ぶのをやめていた。意識を集中しているので、戦車学校で習った言葉に立ち返り、戦車内の持ち場で呼び合うようになっていた。戦車外での暮らしのひけらかしや、インターコムでの品のいいやりとりは、ロシア軍主力戦車の一発目の砲弾が森に撃ち込まれたとたんに消え失せた。

一秒一秒の決断のひとつひとつが、生死を分ける。だから、全員が真剣そのものだった。

ルッツの指は、太いソーセージのようになって、感覚が鈍っていた。弾庫の棚のほうへ体をねじっては、また閉鎖機のほうを向いて弾薬をこめる動きをくりかえしているために、背中が痛かった。重さ二五キログラムの劣化ウランA4徹甲弾《てっこうだん》を押し込む合間に手をとめると、そのたびに頭が濃い霧に包まれるような心地がした。

ルッツはひとつだけ、他の乗員にはない贅沢《ぜいたく》を味わっていた。表がまったく見えないことだ。ルッツは他の乗員の命令と、自分の勘と、全員の声に感じられる切迫感、エンジン音の高低、砲塔の旋回する速さを頼りに働いていた。砲塔が速く旋回するのは、危険があるからだ。ゆっくりと旋回するときは、砲手か車長が用心深く監視していることを意味する。

直前の動きは、それまでよりも真剣だった。極端なくらい真剣な動きだった。他の乗員の声や、照準器の接眼レンズのゴムキャップに目を押しつけているようす、襲来する敵弾の特徴のある甲高《かんだか》い音から、それが感じ取れた。砲弾が頭上を通過するときのバチバチという音でもわかった。

恐怖が戦車内に充満していたが、それを口にするひまはだれにもなかった。

ルッツは、砲手と車長の要求するペースに合わせた。ふたりがターゲットを捉えると、一所懸命行動した。ターゲットを探しているか、あらたな位置へ戦車が移動しているときには、じっと待機し、レオパルト2の厚さ八二センチの装甲の外でなにが起きているかを、想像しようとした。

頭の動きを鈍らせる感覚麻痺《まひ》が、ふたたび忍び込んできた。疲労による体力の消耗に、全身が呑み込まれそうになった。

そのとき、以前の戦車学校の教官を思い出した。上級軍曹（米軍の二等軍曹に相当）の教官は、ルッツたちを何度もどなりつけた。「馬鹿者ども！　戦車戦の第三の法則はなんだ？」ドイツ戦車兵の機甲戦の金科玉条《きんかぎょくじょう》のことだ。

戦車学校の訓練生は、声をそろえて答える。「注意散漫は敵に首を差し出すも同然！」

当時は、よく意味がわからなかった。八つの原則を暗記できなかったら、どなりつけられると思っていただけだ——それだけのことだった。

だが、いまは上級軍曹の言葉の意味を、完全に理解していた。主砲を担当しているときに居眠りをしたら、敵のＴ－14戦車に自分の戦車の車体を引き裂かれる。現に、混成部隊のドイツ軍と米軍の戦車数両が、その憂き目を見ている。

また二次爆発が起きた。夜空が明るくなり、砲塔の外から光が漏れてきた。影が躍り、ゆるやかに前後に揺れた。ルッツは疲れた目で、ぼんやりとそれを見守った。

母さんのクリスマスの蠟燭《ろうそく》みたいだと、ルッツは思った。母親の家でクリスマスを送ったときのことを思い出した。

母さんはいまでもほんものの蠟燭を使う。脱力しそうになりながら、ルッツは記憶をたどった。黒ずみはじめた影を目で追っていると、またバチバチという音がして、ルッツはほほえんだ。クリスマス祝日のときに父親が燃やしつける暖炉で、薪《まき》がはぜる音に似ている。

目がいつのまにか閉じた。

ルッツは、頭をゆすった。意識をぼやけさせる靄《もや》から脱け出し、クリスマスの蠟燭の甘いにおいを考えないようにした。

砲塔内の吐き気をもよおすにおいのおかげで、ルッツは感覚麻痺から醒《さ》めた。じとじとの汗、排泄物《はいせつぶつ》、火薬、グリース、ディーゼル燃料。

外の戦闘でゴムが燃えるにおい。

くそったれども。目を醒まさなきゃだめだ。怒りと興奮がたちまちほんのすこし戻ってきて、ルッツはしゃんとした姿勢で、背すじをのばした。

さきほど敵戦車の砲弾が、砲塔の避弾経始《ひだんけいし》（砲弾を逸らして弾くために装甲につけられた傾斜のこと）をかすめて、インターコムが壊れ、ルッツには他の乗員の声がどうにか聞き取れるだけだった。

それで耳鳴りが起きたのだと気づいた。

それよりもあとのこの三十分間は、記憶がぼやけていた。

すこし前に、戦車が深いV字谷にはまり、ルッツはそのときに砲塔側面に頭をぶつけて、ヘルメットにひびがはいり、ゴーグルが割れた。操縦手も気絶し、オットがインターコムで目を醒ませとどなった。砲手が外に這《は》い出して、十九歳の操縦手のハッチを叩いたが、効き目はなかった。

そこでルッツが車内を這っていって、操縦手を揺すり起こした。

そしてまた走りつづけ、あらたな陣地へと疾走した。オットのその場その場の行動から判断して、森を抜けてアウトバーンへ撤退しようとしている敵めがけて進撃しているのだと、ルッツは判断した。

戦車がどこを走っているのかを知る手がかりは、無線交信の断片的な情報と、砲塔内に降り注ぐ雪のかけらと松の枝と松葉だけだった。ルッツは、落ちてくる雪のかけらをむさぼり食った。

やがて、戦車の近くでたてつづけに爆発が起き、砲手が戦車服のなかで脱糞したようだったが、それをからかう元気はだれにもなかった。

つづいて、エンジンが直撃をくらい、明らかになにかが貫通したようだった。詳しいことはわからなかったが、馬力が半分に落ちた。速度がかなり遅くなったが、それでも戦いつづけた。南へ撤退する敵を攻撃している友軍の戦車と横陣《おうじん》を組んでいるらしいと、ルッツは無線のやりとりから判断した。

こんな夜が来るとは、ルッツは夢にも思っていなかった。

だが、じっさいに来たし、その渦中にいる。

ルッツは、ラインメタル製L／51一三〇ミリ滑腔砲の熱い閉鎖機から顔を遠ざけて、一瞬、車体の冷たい金属にもたれた。戦車服から湯気が立ち昇っている。汗と熱気が、砲手のハッチからおりてくる冷気と入り混じっていた。

「砲手、こちら装填手。対戦車弾《AT》、残り三発」目を醒ましているために、ルッツは残弾の報告義務を利用した。

砲手からは、「用意《クラール》！」という応答があっただけだった。

砲手のヘルベルト・カンスト軍曹（ドイツ連邦軍は階級が細分化されていて、軍曹は上級軍曹とおなじように米軍の二等軍曹に相当する）は、照準装置を覗《のぞ》いていた。ルッツは、そちらをちらりと見た。脱糞したのに気づいていたとしても、カンストはそれを態度に表わしていなかった。手の甲が白くなるほど強く、砲塔を操作するジョイスティックを握っている。自分の戦車が敵に探知される前にロシア軍の戦車やその他の車両を見つけようとして、砲塔を制御するパームスイッチを押したまま、闇のあちこちを監視しているのだ。ルッツや他の乗員が自分の仕事に没頭しているのとおなじように、カンストもその仕事に没頭していた。

インターコムから聞こえるとぎれとぎれの交信で、操縦手が、正面の二〇〇メートル先にある木立に向けて突進する許可を得ようとしているのがわかった。

「停止《ハルト》!」カンスト軍曹がどなった。「降車兵! 正面二〇〇メートル……アメリカの戦車が破壊した歩兵戦闘車《BMP》から出てきた乗員のようだ。林のなかで整列している……RPGが見える」

「交戦。同軸機銃を使え」オットがすかさず命じた。

「交戦する!」カンストが応答し、レオパルト2のMG3A1同軸機銃から七・六二ミリ弾が発射されるくぐもったダダダダという音に、ルッツは耳を澄ました。そして、すぐさま機銃給弾シュートのほうに体をずらし、四百発弾帯の動きを〝補助〟した。弾薬箱と機銃の給弾口のあいだにでっぱりがあり、訓練中はよくそのせいで給弾不良が起きたので、ルッツは反射的にそこに手を入れて、速く動いている弾帯を支えた。

機銃の狙いは正確だった。射撃を停止したとき、オット少佐の声がまたインターコムから聞こえた。「左側の群れを機銃掃射しろ。Zパターンでやれ。非常にいいぞ《ゼール・グート》! そこを撃ちつづけろ。ロシア軍の降車兵がその付近にいる。戦車《パンツァー》、右《リンクス・ウント》前方《フォールヴァーツ》へ進軍《マーシェ》！」カンストが射撃を停止すると、オットは命じた。

重量六五トンの怪物のような戦車が、操縦手の見つけた木立に向けてガクンと前進し、ルッツは砲塔内で体を突っ張った。

オットがふたたびいった。「乗員、小火器を持ち、はぐれた敵兵を始末しろ。おれは回転銃座に昇る」砲塔上の回転銃座の七・六二ミリ対空機銃は、地上の敵に対しても使用できる。

ルッツはヘッケラー＆コッホＭＰ７サブマシンガンをつかみ、砲手が先にハッチから出るのを待った。

数秒後、ルッツ上級兵長は、カンバスの砲手席のべとべとの濡れた汚物を踏んで、十時間ぶりに砲塔の上に這い出した。隣にいる砲手はすでに、ＭＰ７をいつでも撃てるようにして、レオパルト２がはいっていった林に向け、暗視ゴーグルで樹木のあいだを見張っていた。

十二月のすさまじい寒気のせいで、ルッツの露出した鼻の穴と目がひりひり痛んだ。〈ノーメックス〉の戦車服にしみこんだ汗が、たちどころに冷えたが、砲塔内の耐えがたい暑さを味わっていたあとなので、心地よかった。オット少佐は上で機銃を構え、前方の木立に視線を走らせていた。

前方で赤々と燃えている車両の残骸《ざんがい》を、ルッツははじめて目にした。数両は、ルッツが装塡したレオパルト２の一三〇ミリ砲弾によって破壊された敵車両だった。ルッツの戦車と平行して、左のほうの森をひそかに進んでいる米軍のＭ１Ａ２エイブラムズ戦車が見えた。それが闇のなかをゆっくりと走って、森の際の手前で停止し、巨大な砲塔がゆっくりと規則正しく旋回していた。エイブラムズの乗員ひとりが、砲塔の上に座り、M4カービンをしっかりと肩付けしていた。ルッツとおなじように、敵の降車兵を捜しているのだ。

第203戦車大隊のルッツ上級兵長は、清々《すがすが》しい冬の大気を深く吸い、一瞬、いまはクリスマスなのだと思い出した。肉の燃えるにおいが、オイルや燃料のにおいとともに、鼻腔《びくう》にはいり込んだ。いままで嗅《か》いだことのないにおいだったが、なんであるかルッツはすぐさま悟った。MP7をいっそう強く握り締め、暗く深い森と雪に覆《おお》われた斜面や野原に目を凝らし、敵の動きを捜した。

ロシア軍の戦車は、消え失せてしまったようだった。いまのところは。

35

ドイツ　ヴァイセノーエ付近
第3航空連隊第1大隊（攻撃／偵察）
D中隊　第1小隊
十二月二十五日

サンドラ・グリソン中尉と二番機《ウイングマン》のパイロットは、その地域を何百回も飛んでいたが、微妙な政治問題とドイツの米軍基地に反対する運動のせいで、夜間飛行はほとんど皆無に近くなっていた。暗視ゴーグルを使って飛ぶのは、異様な感じで、方向感覚がおかしくなったが、アメリカとアフガニスタンでじゅうぶんに経験していたので、サンドラは自分の能力を信頼できた。

無線で読みあげられた、最後に報告された敵と味方の位置で3D地図の情報を更新しようとすると、ヘルメット内蔵のディスプレイに、地平線《ホライズン》が表示された。〝最後に報告された位置〟は、現時点では推測にすぎないが、巡航速度から偵察速度に落として捜索を開始する基準になる戦闘地域前縁が、それで把握できる。

「了解、キラキラちゃん《グリッター》」ショーン・〝ジェシー〟・ジェイムズ三等准尉が応答した。

サンドラ・グリソン中尉がそう呼ばれているのは、安全訓練任務中に、中隊長の攻撃ヘリの真上に、M130チャフ・フレアー散布装置からチャフをあやまって十六発投下したからだった。隊長機はパイロットの安全手順を観察するために、下を飛んでいた。金属箔《はく》の細片のチャフは、ラメのようにキラキラ輝く。隊長機の上空から遠ざかって、自分の花火をふりかえったとき、サンドラは「まあ、きれい！」とひとことといった。悪いことに、うかつにも無線を切るのを忘れていたので、そのひとりごとを中隊の全員に聞かれてしまった。

酔っ払ってコールサインをつけるパーティで、サンドラは〝キラキラちゃん〟と命名された。サンドラがもっと嫌っている〝キラキラ姫〟という綽名《あだな》で呼ばれることもある。

サンドラは、そんなことでくよくよ悩みはしなかった。女性である自分をわざと挑発しているのだと考えることもできたが、そのパーティでつけられた男性の相棒のコールサイン——昔の西部の悪党ジェシー・ジェイムズにちなむ——もひどかった。そっちのほうが最悪だ。しかも、サンドラの射撃場での成績は、射手のジェイムズの成績の九二パーセント以上なのだ。

いくつかのルールに従いさえすれば、若い男たちは仲間に入れてくれるのだと、サンドラは悟った。ルールその一は、通過儀礼のようなもので、ひどい言葉でからかわれても気にしないふりをすることだった。悪いルールではないし、自意識過剰を容認できないパイロットのコミュニティでだれもが自制して謙虚になるのに役立つ。

〝乗機を飛ばし、僚機を支え、任務を終え、歩兵を支援し、ヘリコプターを武器に友軍の前線に連れ帰る〟。陸軍にはいると、そこで若い男の仲間入りをするためのルールは、社会全体のルールよりもずっと単純だとわかった。

サンドラは、無線で二番機に呼びかけた。「バッドフィンガー、ジェシーが地図で、わたしたちの攻撃針路の約二キロメートル北東の一点を見ている。そこを赤外線で調べてから、試射を許可する」

「了解、グリッター。えー……それをやるのを許可されているのか？」

「わからない。気にしない。それをやる」

二機が機関砲と機銃で射撃を開始し、眼下の雪に覆《おお》われた静かな地面が、鮮烈な赤い輝きに照らし出された。

すぐさま二番機の機長が連絡した。「グリッター、こちらバッドフィンガー。報《しら》せる。ロケット・ポッド一基が機能不全。どちらも使えない。主兵装システムと接続していないか、安全解除タグの抜き忘れだろう。とにかく、ヘルファイア八発は使用可能。機関砲は問題なし。残弾千発」

「了解」サンドラは応答した。「ひきつづきターゲットに向かう」

一分後にジェイムズがいった。「グリッター、カーリジと無線がつながりました。米軍戦車連隊です。彼らの陣地の隊形図を教わりました。戦闘正面は直線、３２Ｕ《ユニフォーム》Ｐ《パパ》Ａ《アルファ》、

9979（NATOのMGRS〔軍用グリッド標準方式〕による位置標示。この数字は一キロメートルの範囲まで特定できていることを示している）に面し、ほぼ東西に展開しています。統合型ヘルメット表示照準システム《IHADSS》に表示」

「見えた。町のすぐ北……地図にはホーフと書いてある」

「それです」

「わかった。その周波数につないで。指揮官《アクチュアル》につながったの？」

「指揮官じゃないっていってます。指揮官がいない理由やどこにいるかは聞いていません」

「了解」サンドラはいい、ジェイムズが選択した通信認識符号に切り換えた。「カーリジ、カーリジ、こちらグリッター。アパッチ二機編隊、そちらの位置までの距離は約二二キロメートル、東《イースティング》距九〇（座標の南北基準線から東へ進んだ距離）に沿い南から北へ飛んでいる。戦闘準備完了、偵察任務中ですが、必要とあれば支援する用意あり。どうぞ」

短い間があり、雑音まじりの声が、サンドラのヘッドセットから聞こえた。「受信した、グリッター。われわれは、各種装甲人員輸送車《BTR》、ブメラーンク、T－14主力戦車の混成、一個連隊規模のロシア軍と対峙《たいじ》している。南西に武器を向け、東《イースティング》距七九五に沿い陣地を設置している。この車両の位置は32U　P《ユニフォーム・パパ》……ブレーク……A《アルファ》九九四八七九七六（この数字は一〇メートルの範囲まで特定されている）。報せる。今回われわれは接敵し、損害を出した。これが敵主力なのか、それとも前衛なのか、わかっていないが、われわれを迂回して高速道路9号線を南下しようとしている」

サンドラはいった。「了解、カーリジ。そちらの位置と状況はわかった。われわれは9号線に沿って南から北へ飛行している。前進する敵車両縦隊を側面から攻撃できる。敵の戦術状況がもっと詳しくわかるまで、そちらの砲目線外《GTL》にいる」ヘリコプターが砲目線内を飛ぶのはまずい。米軍かドイツ軍の戦車砲の射線に飛び込んだら、おなじターゲットに味方が集中して、友軍相撃のおそれが高まる〝でかい砲弾と狭い空〟理論と呼ばれる窮地に陥る。

カーリジが応答した。「すべて了解、よくない霧が出てきたぞ」二〇キロメートル以上離れているのに、ときどき戦車の機銃の鈍い銃声が聞こえた。やがて、赤外線画像にいくつかまばゆい画像が表われた。まだ遠く、動いていないが、木立の上で炎が瞬《また》き、輝いて、ドイツの山野の上で暗い星空を照らし出した。

後席でジェイムズがいった。「グリッター、あれはおれが考えてるようなものですよね？」

「燃える装甲車両。味方じゃなくて敵だといいけど」

「ですね」ジェイムズは一瞬の間を置いた。「ロシアと戦うなんて、予想してましたか？おれはまったく予想してなかった」

サンドラも、おなじことを考えていた。この一時間の出来事は、とうてい現実とは思えない。「ビデオゲームやホットワインを飲むために、政府はわたしたちをここに配備したわけじゃなかったようね」

「まったくです」ジェイムズがいった。

「しかも、くそクリスマスなのに」前方で激化している戦闘に向けて飛びながら、サンドラはいった。

ドイツ　ホーフ
十二月二十五日

配下の指揮官たちからグラント中佐のもとへ届く報告は、あまり芳《かんば》しくなかった。高レベルの戦車隊指揮経験が限られているうえに、霧、夜の闇、寒気という過酷な環境が——ロシア侵攻部隊の反撃もあって——損害を大きくしていた。戦車がそれぞれ雪に覆われた小麦畑で戦っているあいだ、無線交信からかなりの混乱と感情の乱れが伝わってきた。

だが、グラントがこれからアパッチ攻撃ヘリ二機と協働できるのは、さいわいだった。

通信士とアパッチの交信を聞いたグラントは、戦車から跳びおりて、指揮統制車のハンヴィーに首を突っ込んでいった。「ハンドセットをよこせ。わたしが彼女と話をする」

グラントは、助手席に座った。前部にはSPI‐IR‐360赤外線目標照準装置が取り付けてあるので、ハンドセットを耳に当てながら、それを見ることができる。そのきわめて先進的で精確な赤外線照準器を使えば、ドイツの濃い霧を通して、ターゲットを識別できる。

熟練した有能なロシア軍戦車部隊に対して、グラントと部下たちはありとあらゆる優位を利用するつもりだった。

「ヴァイパー16《ワン・シックス》、こちらカーリジ6《シックスアクチュアル》指揮官。報《しら》せる。われわれはロシア軍戦車の一二〇ミリ砲の精確な砲撃を受けている。戦車六両が被弾し、敵はなおもわれわれの陣地を突破している。すべてのあらゆる支援射撃に感謝する」SPI-IR-360を戦場に向けると、アパッチと交信しながら、戦っている車両を何両か見ることができた。一キロメートル前方で、味方の戦車二両が激しく交戦している。ターゲットは見えなかったが、敵戦車の主砲が放つ曳光弾《えいこうだん》が霧を貫いて弧を描いているのが見えた。

グラントの頭のなかを、無数の物事が同時に駆けめぐっていた。いくつかの思念はいまここで起きていることと、直接の関係があった。それ以外のことは、もっとあとにならないと処理できない。グラントの部隊は、再補給が必要になる割合で弾薬を消費していたが、ロシア軍の車両縦隊から離脱しないかぎり、補給は望めないとわかっていた。

「ヴァイパー16、了解」アパッチの女性指揮官が応答した。ローターが風を切る音が、交信に混じって聞こえた。アパッチは力強い操縦によって、高速で荒々しく飛び、グラントの連隊を有効に支援できる位置につこうとしているにちがいない。

グラントはいった。「霧のなかでこっちの位置がわかるように、赤外線ストロボをつけるが、うまくそっちにボールを渡せたら、〝危険近接〟をやってもらう必要がある。きみたちの支援がありったけ必要なんだ。べつの編隊が来る可能性は？」

「カーリジ6アクチュアル、了解した。わたしたちは持っているものは精いっぱいあげます。ひとつ質問。アパッチ攻撃ヘリ二機では不足なんですか？」

グラントは、にやりと笑った。このパイロットは、パイロットがやるべきことをやっている。ユーモアで地上の兵士を落ち着かせようとしているのだ。

「ヴァイパー16。贅沢《ぜいたく》はいわないよ。なんでもくれるものを受け取る」

「了解、カーリジ6。わたしたちは先遣隊です。じきに後続がきます」

よかった、とグラントは思った。夜の戦いは、まだはじまったばかりなのだ。グラントは、スピレーン大尉を指さした。スピレーンが即座に、なにをやればいいかを察した。

スピレーンが戦車兵たちに、赤外線化学発光スティックを出して、アンテナに取り付けるよう命じた。ふつう、識別できないターゲットをアパッチが攻撃することはないが、現場指揮官が〝危険近接〟命令を出したので、敵だと怪しまれるものすべてに向けて射撃を行なうはずだった。

「中佐、ロシア軍に赤外線ストロボを発見されるおそれはないですか？」グラントが乗っていた戦車の砲手、アンダーソン三等軍曹が、口をはさんだ。アンダーソンは砲塔から首を出して、グラントの命令を聞いていた。優秀な砲手はつねに指揮官がやろうとしていることを把握するし、代理として通信に応答することも多い。

アンダーソン三等軍曹もそのほかの乗員も、連隊長の戦車ではなく眼下の霧のなかで戦っている戦車に乗っていて、騒音と銃撃のさなかを走りまわりたいと思っているのを、グラントは察していた。グラント自身も、鋼鉄が激突する渦中にいたかったが、それをやると、大隊を支援する余裕がなくなり、主砲での射撃に集中しなければならなくなる。

「最新報告では、われわれのＩＲストロボはロシア軍の暗視装置《NOD》に同期しないように特殊な設計がほどこされているそうだ。つまり、敵がわれわれの暗視装置を使っていないかぎり、見えることはない」グラントは間を置いた。「そのとおりなのかどうか、もうじきわかる」

衛生科のハンヴィー二両が、グラントの指揮統制車のそばを通過した。凍《い》てつく闇に二両が遠ざかるのを、グラントは赤外線画像で見守った。衛生科の運転手は、ヘッドライトをつけず、暗視ゴーグルを使う。無事に病院まで行けるように気を配りながら、無線交信を聞いていようと、グラントは頭にメモした。

通信士の軍曹が、アパッチが短波《HF》無線で要請を基地に伝えたと、グラントに報告した。アパッチは上空にいるので、航過したり射撃を行なっていないときには、遠くの基地と連絡がとりやすく、通信を中継できる。

こんどはドイツ軍のブラッツ・オット少佐から無線連絡があり、位置情報を伝えてきた。グラントはハンヴィーから跳びおりて、戦車に置いてきた地図を出し、自分の位置をスピレーン大尉とともに確認した。

オット少佐とグラントの第一大隊の班が、さきほど集合し、進軍の許可を求めていた。グラントは、赤外線ストロボが有効なら進軍してもいいと告げた。アパッチ二機がロシア軍の側面にまわるときに、ドイツ軍の戦車を攻撃するようなことがあってはならない。

グラントの通信士が、ふたたび呼んだ。「オット少佐がまた連絡してきて、中佐と話がしたいそうです」

グラントは、指揮統制ハンヴィーに戻って、無線機を連隊通信網に切り換えた。「ブラッ、いまも動きが見えるか？」

「もう見えません。危険が大きすぎないと思えるところまで進軍しました。敵を見失い、わたしの部隊の一部ともはぐれました。霧と闇のせいで分かれてしまったんです。アパッチが南の上空を飛んでいるのが聞こえます。無線で連絡できません。アパッチはロシア軍と接敵できるかもしれない。われわれが数えたところでは、敵車両は四十ないし四十五両前後です。大半はブメラーンク、BTR、ティーグルですが、T－14も二両いました。ここととそちらの第1大隊で、敵を八両破壊しました。第1大隊は、座標U　P《ユニフォーム・パパ》994692でわれわれといっしょにいます」オットは座標を読みあげた。

「了解、ブラッ。よくやった。追撃は無用だ。全車両を密集隊形の周辺防御に戻し、状況を検討しよう。きみの歩兵局地末端情報交換《SLAN》報告《Tレポート》（指揮官が正しい判断を下せるように、末端の兵士が正確な情報を伝える手順）は？」

「よくないです。システムすべてに異状があります。そちらのチャンドラー中尉はすごいで《ヴンデル》す《バー》ね。交戦中にわたしの部下に再補給してくれました。機関銃の弾薬や缶入りの燃料です。ドイツ連邦軍にほしい人材です」

「まあ、今夜の彼は、われわれとドイツ連邦軍の両方のために働いている。天性のリーダーだ」

グラントもチャンドラーを高く買っていた。チャンドラーは一時的にグラントの整備・兵《へい》站《たん》部に配属されたのだが、完全にそこを牛耳《ぎゅうじ》っていて、リーダーシップを発揮できるチャンスはぜったいに逃さなかった。

衛生科のハンヴィー二両が、丘の上にあるグラントの指揮所に到着し、チャンドラーがそちらに走っていった。今夜の戦場で、チャンドラーは神出鬼没だな、とグラントは思った。もっとも必要とされるところにチャンドラーはかならず姿を現わし、兵站支援を行なっている。

チャンドラーは、車輪付き簡易寝台《ストレッチャー》をおろすのを手伝った。そこへオットの部下の士官が近づいて、地図をふたりで眺めた。オットの部下の士官が、チャンドラーといっしょに先頭のハンヴィーの助手席に乗った。そして、あっというまに病院へ向けて走り出した。衛生科のハンヴィー二両がつづいた。

あいつは、このあたりに詳しいドイツ軍士官を連れていって、地元の病院まで案内させるつもりなのだ、とグラントは心のなかでつぶやいた。それで病院まで行く時間を短縮でき、負傷兵が生き延びられる可能性が大きくなる。

チャンドラーは、下級補給将校にはもったいないくらい頭が切れる。

医療後送チーム《MEDEVAC》は、これから手の込んだ運転をしなければならない。この戦闘のせいで一般市民が車で逃げ出したか、あるいは家に閉じこもっているか、判断がつかない。それに、ドイツの都市には予備役の兵士がいるから、東側を相手どった有事が宣言されたら道路標識を取りはずすことが服務規程になっているかもしれない。地元住民が状況を把握していて、そういう計画を実行するかどうか、グラントには予想がつかなかった。

地元チームといっしょに戦っていてよかった、と思った。

グラントは、ふたたび無線でオットの報告を受けた。「よし、ブラッ、われわれの周辺防御に戻ってきたら、すべての戦車に一〇〇パーセント警戒態勢を維持させろ。第1大隊と第2大隊もおなじようにしろ。指揮官《アクチュアル》は十五分後にわたしの陣地に来てくれ。状況を検討する」

受信して内容を理解したことを伝えるために、オットと大隊長ふたりが了解しましたと無線で応答した。

通信士が即座にいった。「中佐、ヴァイパー16から連絡です。敵を目視しているそうです。座標軸74の南に味方がいるかどうか教えてほしいといっています」

グラントは、地図を入念に確認した。「いないといってくれ。そいつらと交戦してかまわない。思い切り叩きのめせと伝えろ」

36

ドイツ　ホーフ
十二月二十五日

ショーン・〝ジェシー〟・ジェイムズの操縦で、ヴァイパー16は夜空を貫いて飛んだ。前席のサンドラは、カーリジの通信士の軍曹に受領通知を返してから、二番機に呼びかけた。

「26、こちら16。ターゲットとの交戦を許可する」

バッドフィンガーが応答した。「わかった、26。しかし、霧で観測が難しい。この状態ではターゲットにレーザーを照射できない」

サンドラはジェイムズに、自分が操縦桿を握り、操縦すると伝えた。

「26」サンドラはいった。「降下して、視程がよくなってロケットで交戦できるかどうかをたしかめる。わたしの左、南に注意していて。なにか見えたら、レーザーで照射する」

サンドラは、アパッチを高度二〇〇〇フィートまで降下させ、二五ノットに減速した。空はくっきりと晴れ、ふくれた半月と星が霧を照らして、地物《ちぶつ》は白一色に覆《おお》われていた。高みにある木立が、あちこちでそこから突き出していた。

突然、重火器の数連射が、霧を明るく照らした。ロシア軍はサンドラのアパッチの接近を追跡していたにちがいない。さいわい、霧は敵にもアパッチ二機とおなじように障害になっていて、激しい銃撃は調整されておらず、散らばっていた。

「バッドフィンガー、見えているわね？　やつらが撃つたびに霧が照らされる」ロシア軍の重火器の射撃と曳光弾《えいこうだん》は、ほんの一瞬、くっきりと黄色と赤の輝きを発し、その周囲の霧が環状に白く輝いた。

アパッチ二機は、ロシア軍機甲部隊の位置を精確につかんでいた。

「捕捉した」バッドフィンガーがいった。「しかし、カーリジはもう接敵していないといってる。やつら、どこに向けて撃ってるんだ？」

「行く手にあるものすべてでしょう」

バッドフィンガーが、怒りをこめた声で応答した。「やつらをぶっつぶそう」

「了解」

敵射撃の閃光が、霧に無数の白い光輪をこしらえていた。サンドラはもっとも近い光輪にアパッチの機首を向けた。照準環の中心に光輪を合わせ、引き金を引いて、ロケット弾ポッドから、ハイドラ二・七五インチ・ロケット弾二十発を発射した。

ロケット弾はターゲットに向けて数秒間飛翔し、大きな爆発が起きて、まばゆい閃光が何度も輝いた。

二次爆発と火災によって、たちまちその付近の霧は明るく照らし出された。

やつらを叩き潰した、とサンドラは心のなかでつぶやいた。

サンドラとジェイムズは、霧めがけてでたらめに撃ってきたつぎのロシア軍車両にただちに照準を変更し、ふたたびロケット弾二十発を発射した。また火の玉が噴きあがった。今回は、火柱が立ち昇って、その車両の真上の霧に穴があいた。T－14戦車の車体全体の輪郭《りんかく》がくっきりと見えた。弾薬が誘爆して、上面のハッチから炎が轟々《ごうごう》と噴き出した。

「26、こっちへ来て、左側で9号線に沿って飛んで。敵は高速でそこを走っている。たぶん時速四十キロメートルを超えているわ」

「了解」バッドフィンガーが応答した。

サンドラとバッドフィンガーは、ロシア軍の銃口炎を狙ってロケット弾を発射し、ロケット弾がなくなると、三〇ミリ機関砲に切り換えた。ロシア軍は、ようやく状況を理解し、射撃規律を維持して攻撃ヘリコプターから姿を隠さないと、霧に護《まも》ってもらえないと気づいた。

サンドラは、右目で照準してM230E1三〇ミリ・チェーンガンを連動させ、燃えている敵車両を掃射した。念のために一両に二十発ずつ機関砲弾を〝たっぷりと浴びせた〟。敵車両はいっそう明るい炎を噴き出し、航過するときにサンドラが見ると、オイルやガソリンが燃えつづけて夜空を明々《あかあか》と照らし、弾薬が誘爆してときどき花火のようにはぜていた。

サンドラは首をまわして、赤外線装置で熱源を追跡した。装甲人員輸送車の可能性が高い数両を調べて射撃に神経を集中するとき、チェーンガンがサンドラの動きに連動して向きを変えた。

サンドラはターゲットを選び、発砲した。

ブルルルルルル。樹冠のすぐ上を飛んでいたアパッチが、チェーンガンの射撃のせいで揺れた。

あらたな声が通信網から聞こえた。「ヴァイパー16、こちらヴァイパー6指揮官《アクチュアル》」中隊長だった。サンドラはその声を聞いたとたんに安心した。中隊長が言った。「きみの空域へ南から行く。基準升目《グリッド》98・64にいて、9号線に沿い進んでいる。現況を教えてくれ」

「了解しました。声をきいてほっとしました。われわれはほぼ連隊規模のロシア軍機甲部隊と交戦しています。敵部隊は時速四五キロメートルほどで9号線を南へ進んでいます。まったく停止しません。われわれが支援している味方戦車部隊は、これはロシア軍の前衛だと考えています。部隊構成がそれと一致します。おもに前線装甲車両です。ブメラーンクと新型のT‐14戦車が中心です」

中隊長が急いで応答した。「こうしてもらいたい。ロシア軍車両縦隊が9号線でミュンヒベルクの南に達したら、こちらの視界は晴れるだろう。わたしは通過するロシア軍を攻撃する。わたしは先頭車両を撃つから、きみたちは側面からやつらを撃て。攻撃航過は9号線沿いのオフセット照準点――」

送信が突然途切れ、全ヘリコプターのコクピットに脅威警報が鳴り響いた。サンドラが顔をあげると、九時の方向（左真横）にあらたな光が見えた。サンドラのところから西に何キロメートルも離れている霧に覆われた地表から、すさまじい炎の条《すじ》が上昇した。黄色と赤の条は、まもなくサンドラのはるか後方を通過して、南へ飛んでいった。

サンドラのアパッチを狙った射撃ではなかった。

その兵器《オードナンス》（兵器・武器・弾薬・装備・機械などの総称）の速度に、サンドラは肝をつぶした。携帯式の対空ミサイルではない。SA‐21地対空ミサイルのように思われた。だとすると、マッハ6という信じがたい速度で飛ぶ。

中隊長の声がうわずり、不安が伝わってきた。「ヴァイパー6アクチュアル、回避する！」

北から南へ針路をとったミサイルは、マッハ6弱で飛翔した。六秒でターゲットに達し、ヴァイパー中隊長のAH‐64は空中で火の玉と化して、輝く弧を下に向けて描き、地面に激突した。ジェシーが機首を右に向け、二番機もおなじように機動したときもまだ、それが見えていた。

「くそ、ジェシー」サンドラはいった。「あれはSA‐21よ！」

「くそ、くそ、くそ！」ジェイムズがいった。「どうやってSA‐21の移動式垂直起倒型発射機《TEL》をこんなに早くドイツに移動できたんだ？」

「見当もつかない。そんなのは不可能よ。でも、わたしたちが交戦してる部隊から発射されたんじゃない！　ほかになにかがあるにちがいない。アンスバッハで兵装を積み直してから、できるだけ早く戻ってこないといけない」

ドイツ　ミュンヒベルクの一七キロメートル南西
十二月二十五日

　エドゥアルト・サバネーエフ大将は、射撃指揮統制士官の肩を叩いた。「よくやった、少佐。だが、敵のヘリコプターごときに、大勝利《トリウームフ》ミサイルはあまり使いたくない。でかいやつはジェット機用に温存しろ」

　部下のその決定を支えてやる必要があると察して、サバネーエフは感心したようにうなずきながらつけくわえた。「しかし、米軍とドイツ軍の搭乗員どもがいまごろは、急襲部隊が対空ミサイルの防御の楯《たて》に囲まれていることを、伝え合っているはずだ。ミサイルの防御範囲にはいったやつらは、われわれの憤怒《ふんぬ》の炎に包まれるだろう」

　慈父めいたしぐさで射撃指揮統制士官の肩をもう一度叩いて、サバネーエフはその言葉を強調した。

　サバネーエフ大将に慈父めいたところがなにもないのは有名だったので、少佐は見るからにたじろいでいた。

　少佐はいった。「はい、将軍。この山地の蔭になっていなければ、もっと早くロックオンできたはずです。アメリカの攻撃ヘリがほかにもいるという報告を受けていますが、低空飛行しているので、ここからは交戦できません」

サバネーエフは、また作り笑いをした。「ひきつづき頼むぞ」一列に並べた折りたたみデスクのコンピューターに向かっている士官たちのほうを向いていった。「作戦課、ドゥリャーギン大佐の部隊の損耗《そんもう》は？」

「将軍、ドゥリャーギン大佐は、BTR八両が破壊されて使用不能になったと報告しています」参謀部作戦課の先任中佐が答えた。「T－14も五両が被弾して走行不能です。破壊されたT－14はまだあるかもしれないと、ドゥリャーギン大佐はいっています。任務続行のために、あとに残してきたからです。敵の待ち伏せ攻撃地点は指示どおり迂回できたが、移動中にヘリコプターの機銃掃射を受けたそうです。支援車両三両は機械的故障のために置き去りにされましたが、進軍速度は回復したとのことです」

サバネーエフは、不意に作戦課の将校たちから顔をそむけて、地図を見た。列車の隔壁に、つないだマップボードが五つ吊るしてある。その横で、デジタル・レーダーの画面がライトグリーンの光を発していた。しかし、それは明らかに、指揮車のあちこちで使われている最新テクノロジーの市販品ではなかった。指揮車は最新鋭のテクノロジーをかなり備えているが、必要に応じて列車に適合させた軍の標準装備も含まれている。

ロシア軍の対空レーダーは、列車の周囲のさまざまな高度や空域に同調されていた。戦術区域の上の高高度を飛ぶジェット機の輝点が、画面にはいくつか映っていた。識別符号により、すべて高高度を飛行する定期便の旅客機だとわかる。それらの航空機の航跡には既知の飛行計画書《フライト・プラン》に応じて、数字と文字列が付されていた。高高度を一定の速度で飛ぶのをやめて、航路から大きく逸脱する航空機があれば——その様態が、たとえ五パーセントの確率でも、NATOの爆撃機が戦闘区域に侵入しようとしているように見えたなら——誰何《すいか》されることなく撃墜されるはずだった。

GPSが使えないので、ヨーロッパの民間航空機は、もうほとんど地上におりて、飛行禁止になっていると、サバネーエフは確信していた。いくつか残っている輝点は、アメリカからアフリカや中東へ行く長距離便の可能性が高いと見ていた。

万事、順調に進んでいる、とサバネーエフは自分にいい聞かせた。急襲部隊の車両縦隊と支援列車二本は、最低限の接敵のみでドイツのここまで侵入できた。

つまり、レッド・メタル作戦は、戦略と作戦面で奇襲を達成した。NATOの現地指揮官少数が、準備不足のまま戦闘に参加するのはまちがいない。しかし、ドゥリャーギンが、速度と奇襲と猛攻で、なんなく対処するはずだ。

それで、ロシア軍の損耗はどうか？　損耗が生じているのは遺憾《いかん》だが、予想されていたことだし、作戦の進捗《しんちょく》を思えば、予想以上に小さかったといえるだろう。ここからシュトゥットガルトを文字どおり直撃できるし、敵とのあらたな接触はなんら報告されていない。

カーブをまわるときに、列車がガタゴトと大きく揺れたので、サバネーエフは頭上のグリップをつかんで体を支えた。線路がきしみ、列車が跳ね、震動した。

それでも、ロシアの鉄道よりもなめらかな乗り心地だ、とサバネーエフは思った。
サバネーエフは、指揮通信網に接続して、ベラルーシの攻撃司令部にデジタル報告書を送った。強襲列車は短波《HF》無線の長いワイヤーアンテナを備えていて、通信衛星がなくても三〇〇〇キロメートルもの距離と交信できる。大量のデータは送れないが、簡単な通信文を送るのには事足りる。

レッド・ブリザード：予定より早く進捗。
ミュンヒベルク近辺に敵機甲部隊。
急襲部隊に軽微な損害。
進路上の米軍航空基地を攻撃する。
進路上の米軍補給基地を攻撃する。
西進を続行。
勝利は確実。
三時間後に目標達成。

覆《おお》いのなかでレーダーが低くうなっている音が、サバネーエフの頭上から聞こえた。無指向性の29YA6レーダーと短距離防空システム42S6〝眠りの神《モルフェイ》〟のアクティヴ電子アレイ・アンテナによって、レーダー覆域は二五キロメートル以上に達している。いまはレードームが列車の上に出ているが、トンネルにはいるときや、隠したいときには、覆いの下に収納できる。

レッド・ブリザード1は、空から襲来する脅威を探知するために、合計四基のレーダー・システムを備えている。分岐器《ポイント》切替所を乗っ取ったスペツナズ部隊が線路の前方をあけておけば、列車は急襲部隊の二〇キロメートル以内を走りつづけることができる。その範囲内の空と地上のターゲットを、列車のレーダー・システムで探知し、攻撃して、目的地までずっと敵を排除できる。

線路にも道路にも障害はない。われわれに敵対するものは、もう残っていない。目標までほんの数歩だし、NATOはわれわれの小規模で高速で頭のいい部隊には備えていなかった。

馬鹿者ども、とサバネーエフは思った。西側はずっと、ロシアの全面的な侵攻が〝ピザのひと切れ〟のような形でベラルーシからドイツに向けて集束しても、対応する時間はじゅうぶんにあると思い込んでいた。ロシア軍がポーランド国境を幅広い範囲で越え、その後、いくつもの侵攻ルートがしだいにすぼまって、勢力を強め、ベルリンに突入すると想定していた。だが、NATOは、実効のある古典的な急襲はまったく考えていなかった。小規模な部隊による急襲は、集中、電撃的な速さ、猛攻で戦果をあげることができる。

ヨーロッパの心臓にメスを突き刺し、なんなく肉を切り開いて、アメリカ・アフリカ軍《USAFRICOM》という癌《がん》を切除する。老将ボリス・ラザールが、米軍のことを心配せずにアフリカのターゲットを占領確保できるように。

37

ドイツ　カッターバッハ駐屯地
アンスバッハ陸軍飛行場
第３航空連隊　連隊本部
十二月二十六日

午前一時過ぎ、受令室の外にある駐機場で、サンドラ・グリソン中尉は、アパッチ攻撃ヘリの航法システムのスイッチを入れたが、画面は空白のままだった。

サンドラはマイクでいった。「ＧＰＳはあいかわらず使えない、ジェシー」

「了解。まいりましたね」

電子地図をひととおり見たが、どれも同期しないので、とうとう横のフライトケースから紙の地図を出した。これまでにわかっている敵と味方の位置を急いで地図に記入し、休憩したためにぼんやりしている頭をはっきりさせようとしながら、座標を三度確認した。

しばし手を止めて、機体の左側に目を向けると、整備員が給油を行なっていた。寒い夜の薄暗がりのなかで、若い兵士の何人かの顔が見えた。作業に真剣に集中している。サンドラとその部下の戦場での働きを、整備長が彼らに教えたにちがいない。それでこの男の子たちは、給油して兵装を積み込むという日常的な作業が、今夜はきわめて重要だというのを知ったのだ。

サンドラは、短《スタブウィング》翼の兵装パイロンにミサイルを取り付けている整備員ふたりを見た。明滅する光のなかで、そのふたりは昔のモノクロ映画の登場人物のように見えた。

男の子ではない――男だ、と心のなかでサンドラは訂正した。

神と祖国のために責務を果たすことができる齢《とし》になっている。

死ぬこともある。今夜、戦場でもう何人の若者が死んだのだろう？

それはわからない。でも、自分がロシア人の若者を何人も墓場に送り込んだことはわかっている。

彼らは猛火を浴び、煙で窒息し、焼け死んだ。

そんなことを考えてはいけない、と自分を戒《いまし》めた。ロシア兵は、国境を越えたときに、こういう運命を選んだ。それに、直属の指揮官である中隊長も命を落とした――操縦士もろとも。アメリカとドイツの戦車の乗員たちも、おおぜい死んだ。

ぼうっとして物思いにふけっていると、トーマス中尉の姿が右側に現われて、サンドラは我に返った。梯子《はしご》を昇ってきたトーマスが、風防を叩いた。サンドラは昇降ハッチをあけて、バイザーを押しあげた。

「すごいな、キラキラ《グリッター》ちゃん。戦場にいたと聞いたよ！　少佐が、最新情報と、E《エコー》中隊が集合したらどこへ行かせればいいか、意見を聞きたいそうだ。いま、三分の一くらい集まってる。みんな少佐といっしょに受令室にいて、あんたの交戦状況の説明を聞いてる。手が空いたら無線で話をするって少佐がいってる。でも、すぐにまた出撃してほしいそうだ。あんたにD《デルタ》中隊を指揮させるんだって」

サンドラは、うわの空でうなずき、地図に視線を落とした。

トーマスがなおもいった。「それはそうと、整備員があんたのヘリの機体にキルマークを三つ描くよ。どうだ？」

サンドラは昇降ハッチに手をのばした。「五つよ……馬鹿！」突然ハッチを閉めて、紙の地図に経由目標点を書き込んでいった。

サンドラは、連隊作戦幕僚《S3》のカサード少佐に最新情報を伝えると、すぐにアンスバッハ飛行場から離陸し、北東のニュルンベルクを目指した。UHF無線に切り換え、僚機三機にブリーフィングを行なった。

「地上の機甲部隊と連絡を確立する必要がある。精いっぱい偵察し、地上部隊が主要ターゲットを攻撃するのを支援する。できれば、敵車両の数を確認したい。飛行隊の残りが出撃したら、つぎに国境を突破する可能性がある敵主力部隊を機甲部隊が攻撃するのを、彼らが支援する」

数秒沈黙してから、サンドラはつづけた。「敵がベルリンに向かわずに南へ進んでいる理由が、まだ理解できない。訓練所で勉強したのは、つねにそういう図式だった。ロシアがポーランドに侵攻したら、つぎはベルリンを目指すと教えられた……」冷戦時代のソ連の戦術を思い出そうとしたために、言葉が途切れた。

アフガニスタンでは得体の知れない敵と戦った。今回の敵も、正体がわかっていない。それが厄介《やっかい》な問題だと気づいた。

ドイツ　ニュルンベルク付近
十二月二十六日

ドゥリャーギン大佐は、通過したばかりの確認点《チェックポイント》（作戦中の部隊の統制・調整を容易にするためにあらかじめ決めておく参照地点）にチェックマークをつけた。ドイツのアウトバーンを指揮車が高速で走っているせいで、手が震動していた。ドゥリャーギンはあけ放ったハッチに立ち、凜冽《りんれつ》な激しい風がまわりで渦巻き、車内に流れ込んでいた。ドゥリャーギンの連隊本部の士官たちは、寒風に慣れている。寒いほうが眠くならないと、ドゥリャーギンは確信していたし、地形、天候、部隊の戦闘状況をもっとよく知るために、頻繁《ひんぱん》に外を眺めたかった。

下で士官たちが無線連絡に耳を澄まし、前のアナログ・マップボードのピンを動かして、車両縦隊の先頭のブメラーンク装輪装甲車の位置情報を更新していた。

先頭部隊が予定よりも三〇キロメートル先行し、ニュルンベルクの南西に達していることに、ドゥリャーギンは目を留めた。

「おい、ヴィクトル」指揮車の車内に上半身を戻して、ドゥリャーギンは呼んだ。ゴーグルをはずし、もっとはっきりしゃべれるように、湯気が凍ってへばりついているフェイスマスクを首まで引きおろした。寒風のせいで顔が真っ赤になっていた。「つぎの攻撃目標のそばで、一個以上の敵戦車大隊が森に潜んでいるとわかっている。離脱は進入ほど容易ではないだろう。予測していたことだが、何者がそこにいるかわかっている。敵の戦車指揮官は、なかなか機敏だ。われわれを釘づけにして、直接戦に持ち込もうとするだろう。代替ルートCに戻る計画を、将軍と相談してくれ。燃料消費を計算し、シュトゥットガルト急襲後に給油するために、強襲列車と交差する場所を決めてほしい」

「はい、大佐」

「それから、急襲部隊全体の機械的問題も把握してくれ。一両残らず、補給列車から補給を受けられるようにしたい。いいな?」

「はい、大佐」

「よし。アメリカの戦車大隊のデータをまとめてくれ。考えがある」手袋をはめた手で金属の車体を叩きながら、ドゥリャーギンはいった。「敵はグラーフェンヴェーアに戻って、補給品を積み込むはずだ。その補給部隊を交差攻撃する。補給車両縦隊一個を殲滅《せんめつ》するのだ」

「はい、大——」

「そのために、支援列車からBTR一個班をただちに引き出す許可を、将軍から得てくれ」

「はい、大佐」

ドゥリャーギンはふたたび立ちあがり、沍寒《ごかん》の風景に視線を走らせて脅威を探した。車長と砲手二百人が、おなじように目を配っているはずだと知っていた。

ドゥリャーギンとその急襲部隊は、奇襲攻撃を受けるのをぜったいに避けたかった。なぜなら、このロシア軍部隊そのものが、これから奇襲攻撃を行なう予定だったからだ。

ドイツ　ミュンヒベルク
第37機甲連隊（混成）
第203戦車大隊
十二月二十六日

トム・グラント中佐とブラッツ・オット少佐は、グラントのハンヴィーの正面で、脛《すね》まで雪に埋もれて立っていた。午前三時だった。それまで六時間、砲弾を装塡《そうてん》しては機動を行ない、ぶっつづけで躍起《やっき》になって戦っていた。ふたりは前のボンネットにひろげた地図をじっと見て、自分たちがどういう状況に置かれているのかを突き止めようとした。

第37混成機甲連隊の戦車兵と整備員に、ロシア軍を根気強く追撃する技倆《ぎりょう》がないことが、グラントにはわかっていた。ロシア軍の従来のドクトリンが意識の中心を占めているうえに、戦場の情報がまったくはいってこないので、自分たちが遭遇した連隊規模の部隊は、全容がまだわかっていない大規模なロシア軍部隊の前衛だと、グラントは想定していた。上級部隊の司令部からの情報がなにもない以上、そう解釈するしかなかった。

グラントはいった。「敵がわれわれの予測どおりのやりかたで戦うとしたら、つぎの攻撃はロシア軍機甲部隊の巨大な横陣《おうじん》になるだろう。その場合、われわれが積極的に先手を打たなかったら、敵は威力偵察でわれわれの位置と勢力を突き止め、側面から攻撃を仕掛けてくるはずだ」

オット少佐は、月に照らされているドイツの起伏の多い地形を眺めた。「わたしもそう思いますが……それ以外に重大なことが進んでいます」

「ああ、わたしもそう感じている。この前衛には、なんらかの目的がある。われわれの待ち伏せ攻撃の位置を探りもせず、われわれの側面を衝《つ》こうともしなかった。こちらの機甲部隊を殲滅するよりも、もっと重要な目標があるにちがいない」

「ヤー」オットが相槌《あいづち》を打った。「われわれの横を通過して西に進軍をつづけるようにと、やつらは命令されているんでしょう」

「しかし……どこへ向かっているのか？」グラントは疑問を投げた。

「まったくわかりません」オットが認めた。

「それをひきつづき探求してもらいたいが、ほかのなにかも、われわれに向けて突進しているかもしれない。燃料給油車が二両しかないから、われわれはそう遠くへは行けない。わたしの部隊ときみの部隊の最新歩兵局地末端情報交換《SLANT》報告《レポート》は、あまり芳《かんば》しくなかった。弾薬を八〇パーセント以上消費している」グラントは溜息をついた。「これではなにも攻撃できない。ここにいて、防御陣地を強化し、再補給を待つあいだ何時間か休息できるように、配置人員を五〇パーセントに減らそう」

「委細了解です《アレス・クラー》」オットがいった。「弾薬と燃料は、いつ届きますか？」

「チャンドラーが、補給車両縦隊を呼び寄せるために、グラーフェンヴェーアに向かっている。戻ってくるという連絡を待っているところだ。補給品がありったけ必要だ」グラントは、暗く冷たい遠くの地形に目を凝らした。

「中佐、どうかしましたか？」

「ロシア軍がなにか秘策を隠しているという疑いを払拭《ふっしょく》できない」

ドイツ　バイロイト
グラーフェンヴェーア陸軍訓練所の四八キロメートル北
十二月二十六日

チャンドラーがグラーフェンヴェーアに到着したときには、補給車両二十五台への積載は終わっていたので、ただちに車両縦隊を道路に出し、ミュンヒベルクに向けて出発した。基地に配置されていた人員の大多数が、通常はべつの補給部門に属しているものも含めて、積み込みを手伝うために駆けつけた。郵便局の事務職、監理部の人間、食堂関係者に至るまで、全員が関わった。

衛星無線が使えないため、長距離通信にはかなり苦労していたが、第二次世界大戦時のテクノロジーを使っているベトナム戦争時代の古い短波《HF》無線機の使いかたを、数人が憶えていた。ボタンを押すだけで連続交信ができる衛星通信があまりにも好まれているため、もうHF無線機の訓練は行なわれていない。そのため、HF無線機を操れる人間は、一瞬にして人気者になった。

ドイツ軍と米軍の補給・支援車両の混成車両縦列は、一時間走ってから、バイロイトの北のジャンクションで停止した。チャンドラーと先頭の数両の運転手たちが、前進するのに最適なルートを検討するためだった。一同がトラックのボンネットの前に集まって、紙の地図をひろげたとき、突然、たてつづけに爆発音が響いて、彼らのまんなかを突き抜けた。完全な不意打ちだった。

ドーン——ドーン——ドーン！

チャンドラー中尉とあとの数人は、ハイウェイに伏せた。

ドーン——ドーン——ドーン！

彼らの背後の道路で、重火器の轟音《ごうおん》が鳴り響いた。

チャンドラーがふりかえると、ロシア軍のブメラーンク装輪装甲車四両が、発砲しながら高速道路9号線にとまっている車両の長い列の横を疾走してくるのが見えた。

ドイツ軍の弾薬トラックが最初に爆発した。直撃だった――その距離では、はずすわけがない。すさまじい爆発が、隣の燃料給油車二台も含めて、付近のものをすべて吹っ飛ばした。熱が押し寄せるのをチャンドラーは感じ、付近の雪が溶けて水になった。爆発の近くにいた兵士たちは、体がちぎれてから燃える燃料に焼かれた。

チャンドラーは、自分が乗っていたM88装甲回収車に走っていって、急いで上によじ登った。素手だったので、冷えた装甲や金属製の梯子《はしご》に手の皮膚がへばりついた。車長用ハッチに跳び込んで、五〇口径機銃をまわし、追ってくるロシア軍車両に向けた。視界にはいった装甲人員輸送車めがけてがむしゃらに発砲した。

爆発と煙と炎のさなかで、チャンドラーは大口径の機銃をロシア軍車両に向けたまま、撃ちつづけた。四〇メートル、三〇メートル、二〇メートル。機銃の弾薬箱の二百発を、すべて撃ち尽くした。

闇のなかで、チャンドラーの支援車両縦隊が何台も炎上していた。通過するロシア軍車両に向けて放たれた弾丸は、厚い装甲に跳ね返されただけだった。いっぽう、ロシア軍車両は、装甲のないトラックを砲撃で切り裂いていた。

絶望的だと、チャンドラーは悟った。自分の車両縦隊は無防備なまま不意打ちされた。できることはひとつしかない。

戦って死ぬ。

チャンドラーは機銃の給弾ベルトを交換して、射撃を再開し、曳光弾《えいこうだん》と白熱した銃弾が敵の先頭車両に何発も命中するのを見守った。数発が前部の覘視孔《てんしこう》の厚い防弾ガラスを貫通したようだった。強襲のために猛進していた先頭のブメラーンクの速度が落ちた。操縦手が死ぬか負傷したのは明らかで、制御を失ったブメラーンクは、燃えている給油車に突っ込み、それを道路から森へ押しのけた。

燃えている給油車からこぼれ落ちた燃料を浴びたブメラーンクが、たちまち炎に呑み込まれた。

ロシア軍のあとの三両は、速度をゆるめもせずに、炎上する仲間の車両のそばを通過し、手当たりしだいにあらゆるものを機関砲で撃ちまくった。チャンドラー中尉が見ていると、一両が先頭を交替して、砲塔をまわし、すさまじい威力の三〇ミリ機関砲をチャンドラーに向けた。

チャンドラーの脳が危険を察知する前に、機関砲が火を噴いた。チャンドラーの上半身は、胸のところから両断された。だが、指は機銃を握り締めたままで、チャンドラーは戦いながら死んだ。

38

ドイツ　カッターバッハ駐屯地
アンスバッハ陸軍飛行場の東
第3航空連隊　連隊本部
十二月二十六日

サンドラ・グリソン中尉のアパッチは、兵装を積み、給油し、ドイツの町バイロイトの一〇〇メートル上空を高速で通過した。家々の尖《とが》った屋根が、雪に覆《おお》われていた。ニーボードの地図を見て、ロシア軍が最後に目撃された場所との距離を確認していると、インターコムからジェイムズの声が聞こえた。「グリッター、カーリジが連絡してきた。ロシア軍機甲部隊を見失ったので、南西を調べてほしいといってる」

地図をもう一度見て、サンドラは答えた。「了解、左に急旋回、偵察編隊を組む。わたしは無線を切り換え、カーリジの指揮官と話をする」

サンドラは、飛行隊周波数から、米陸軍機甲連隊が使っている周波数に切り換えた。

「カーリジ6《シックス》、こちらグリッター。ロシア機甲部隊のだいたいの位置はつかんでいるのか?」

「グリッター、こちらカーリジ6。つかんでいない《ネガティヴ》。失探した。われわれの燃料と弾薬は危機的状況。だが、南西から爆発音が聞こえた。山が連なっているので、距離は判断できない」

「了解」サンドラはいった。「そちらの南西を調べて報告する」

「ありがたい。これが前衛で重装備の偵察部隊だとしたら、もっと大規模な後続部隊が来るはずだと思う。それに備えて、防御を固めなければならない。しかし、これまでのところ、われわれの斥候《せっこう》はなにも見つけていない。それから、補給部隊が、こちらに向かっている」

「すべて了解。そこでがんばって」

「了解。カーリジ6、通信終わり」

ジェイムズが、左手で飛行制御スイッチをふたつはじいてから、重いヘリコプターを北西に向けた。寒い夜空で、アパッチはきびきびと反応した。ヴァイパー16とヴァイパー26は、狩りを開始した。だが、敵はすでに牙を剝《む》いているので、用心深く忍び寄らなければならないことを、サンドラは承知していた。

ポーランド　ラドム

十二月二十六日

パウリナ・トビアスは、意識を取り戻したとき、明るく清潔な部屋のベッドに寝ているとわかってとまどった。腕には点滴がつながれ、戦闘服ではなく患者衣を着ていた。左前腕に包帯が巻かれ、頭と左肩が痛かったが、鈍い痛みで、雪の上に倒れていたときに感じた痛みほどではなかった……あれからどれくらい時間がたったのか。

病室を見まわして、時計を見つけると、四時五十一分だった。窓はなかったが、意識を失ったのは朝だったとわかっているので、夕方だろうと思った。

医師が廊下路の境のあいた戸口からはいってきて、パウリナが目醒《めざ》めているのを見て、笑みを浮かべた。

「気分はどうかね、パウリナ？」

パウリナは、黙って肩をすくめた。気分はよくなかった。生きているのをうれしいとも感じなかった。いまはほとんどなにも感じない。

ウルシュラやブルーノやおおぜいの仲間が死ぬのを見たのだ。

パウリナはいった。「何人……何人殺されたの？」

医師が痛ましげな笑みを浮かべ、ベッドの縁に腰かけた。髪は白髪《しらが》まじりで、痩《や》せていて、慈父のような雰囲気があった。「もうすこしたってから――」

「教えて」パウリナはきっぱりといい、自分の声に力がこもっていることに驚いた。そのせいで頭がずきずき痛んだ。

医師が床に視線を落とした。「きみの中隊は民兵九十三人、地上軍の士官ひとりだったと聞いている。その少尉も含めて七十四人の死亡が確認されている。きみも含めて十人が負傷。怪我《けが》がなかったものが九人」

パウリナは、それを聞いて首をかしげた。「ほんとう？」

医師がいった。「きみたちが死ぬのを尻目に、武器を投げ捨てて森に逃げたからだ」

パウリナは、宙に視線を据えた。パウリナの考えでは、逃げたものは少佐に昇級されるべきだった。あの殺戮《さつりく》の場から逃げるのは、戦術的には英断だったといえるかもしれない。パウリナも含めて、あとの民兵はそういう行動をとらなかった。

医師がいった。「電話は通じないが、復旧したら、お母さんに電話してみよう」

「父に。父に電話して」パウリナは、あられもなく泣き出した。「無事だと伝えて」

「伝えるとも。それに、きみが英雄だということも」

涙を流しながら、パウリナは目を凝らした。「英雄？」あの戦場に英雄などいなかったと、パウリナは確信していた。自分は虐殺を運よく生き延びただけだ。竜巻のようにポーランドを進撃したロシア軍によって負傷したうちのひとりだ。

「きみは英雄なんだよ。あの戦闘が写真撮影されていた」医師がいった。

パウリナは、首をかしげた。「あれが戦闘？」

「そうだな。戦闘とはいえない。しかし、きみは敵機甲部隊の前に立ちはだかった。おおぜいの敵兵の前に。ロシア兵もひとり殺した。きみはとても勇敢だった」

パウリナは思い出した。たしかにひとりを撃った。敵の大部隊のたったひとりを。医師はそれを誇るのが当然だと思っているようだが、パウリナはそんな気持ちにはなれなかった。勇敢ではなかった。怯《おび》えていただけだ。体が勝手に動き、あわてふためいて撃ったにすぎない。

わたしは兵隊じゃない、と心のなかでつぶやいた。

「わたしはどうして生きているの？」

「きみは塹壕《ざんごう》で死んでいる男の下から引き出された。その男は四発受けていたが、弾丸は体を貫通しなかった」医師は、手にしたクリップボードを見た。「脳震盪《のうしんとう》を起こしている。たぶん手榴弾のせいだろう。左の前腕に貫通銃創もあるが、それも運がよかった。たいした傷ではなく、縫《ぬ》って包帯を巻いてある。簡単な外科手術だった。注射を打ったので、十六時間ずっと眠っていた」

午前四時なのだと、パウリナは気づいた。廊下に目を向けた。「あいつらはどこ？」

「あいつらとは、だれのことかね？」

「ロシア軍。侵攻部隊」

医師が、かすかな笑みを浮かべた。「ああ……もちろん、知っているはずがないね。ロシア軍はポーランドを占領しなかった。電撃戦《ブリッツクリーク》だったんだ。小規模な部隊でわれわれの国の南部を高速で進軍し、ドイツにはいった。もっと大規模な侵攻を予期していたが、丸一日たっても、ほかにはなにも起きていない」

「ドイツ？　どうしてロシア軍はドイツに侵入したの？」

「だれにもわかっていない。通信がまったく使えないからだ。しかし、ロシア軍がなにをやっているにせよ、もうポーランドでは活動していない」

パウリナは、しばし考えた。「でも……いつかロシアに帰るかもしれないわけでしょう。それにはポーランドを通らなければならない」

「それは事実だ」医師は認めた。「しかし、きみは本分を果たした。ゆっくり休まなければいけない」

パウリナは、上半身を起こした。「いいえ、やつらに対する備えをしなければならない」動いたせいで点滴の針が手に食い込み、パウリナはうめいた。

「お嬢さん、あと一日は入院している必要があるよ」

ポーランド地上軍の大尉が、廊下から病室にはいってきた。真新しい迷彩の戦闘服を着て、注意を集中している真剣な表情だった。「先生、トビアスが戦えるというのであれば、戦わせてあげましょう」かすかな笑みを浮かべた。「きみは英雄なんだ、お嬢さん」

英雄と呼ぶのをやめてほしいと、パウリナは思った。自分が英雄なら、ウルシュラは生きていたはずだ。

ドイツ　ミュンヒベルク
第37機甲連隊（混成）
第203戦車大隊
十二月二十六日

みずから足を運ばなければならないと、グラントにはわかっていた。とはいえ、わずか一時間でも部隊を離れるのは耐えがたかった。

自分のボス、戦車連隊連隊長の准将のことを考えた。いったいどこにいるんだ？　この二十時間、自分の技倆《ぎりょう》を危ぶむときにはつねに、それぱかり考えていた。そもそも連隊を指揮する技倆などあるのか？

ロシア軍がいま自分の機甲連隊を攻撃したら、オット少佐が自力で切り抜けなければならないことが気がかりだった。留守中は、連隊の指揮をオットに委《ゆだ》ねることになる。

グラントと少数のハンヴィーの車両縦隊は、アパッチの女性パイロットに教えられた大虐殺の現場に向かった。二キロメートル以内に近づくと、早朝の空に点々と浮かぶ雲に映る赤い炎で方角がわかった。

悲惨な現場の周辺に近づくと、弾薬が何発かはぜる音が聞こえたので、一行は車をおりて、アウトバーンの脇の凍った地面を歩いていった。あとのものを遠くに控えさせて、グラントはまだ燃えている車両縦隊に向けて歩きつづけた。足もとの硬く凍っていた地面が、爆発とそれが引き起こした火災によって、やがてぬかるんだ泥に変わった。炎が消えたら、このハイウェイはまた氷に覆《おお》われるのだろう、とグラントは思った。

グラントと十数人が、炎上した車列の横を歩いて調べた。ぞっとするような損害だった。ロシアのブメラーンク装輪装甲車一両が破壊されていたが、それを除けば、戦闘で破片の山と化したのは、すべて米軍の装備だった。破壊された車両のいくつかは、車両番号を読み取ることができたが、あとは判別できないねじれた金属の残骸《ざんがい》だった。

チャンドラー中尉のM88は、すぐに見分けがついた。それと給油車三台を含めた数台は、ロシア軍が急いで攻撃したせいで、あまり損壊していなかった。

どういうふうにやったのか、ロシア軍は補給車両縦隊の後背《こうはい》に出現し、後方から接近している。つまり、戦闘正面がなかった。これをどう解釈すればよいのか？　グラントは、林の奥の暗がりをちらりと見た。連隊本部の部下たちが、そこにいた。誘爆している弾薬を怖れて、グラントの真横で森の際を移動している。

だが、グラントは自分の身の安全など考えていなかった。そのときは、死のうが生きようがどうでもよかった。これは自分の犯した失態だ。敵が補給線を直接攻撃することを、予測すべきだった。

自分がほんものの戦車部隊指揮官だったら、偵察車両を出していたはずだ。最低限でも、ハンヴィーに重火器を積むか、対装甲車両を用意しただろう。自分が戦車の整備を担当する兵站《へいたん》将校でなかったら、こういうことは起きなかったはずだ。

しかし、チャンドラーに装甲車両をつけてやらなかった理由が、グラントにはわかっていた。ヨーロッパでロシア軍と戦う場合について、あらゆることを学んでいるので、最悪の事態はまだはじまっていないはずだと確信していた。いまにもロシア軍戦車の巨大な横陣《おうじん》が、ポーランドを突破してドイツになだれ込むはずだ。前線のはるか後背にいた補給車両縦列を護《まも》るために、規模の小さな部隊から戦力を割《さ》くのは無用の措置だろう。

だが、いくら理屈をつけても、自分を責めるのをやめられなかった。

グラントは、ちらつく明かりのなかで、チャンドラー中尉の両断された上半身に近づいた。一瞬、目を閉じたが、すぐに無理にあけた。ロシア軍の三〇ミリ機関砲弾は、M88を貫通していなかった。装甲がかなり厚いからだ。だが、ロシア軍は、M88の巨大な車体とフロントウィンドウを掃射していた。そのため、弾子が車体前部の傾斜した装甲を扇状にひろがって登っていった。剃刀《かみそり》のように鋭い無数の破片が、アフリカ系アメリカ人中尉の胴体を両断した。

グラントはかがんで、遺体の上半分を抱えた。持ちあげて、遺体回収要員が来たときのために、汚れていない場所を見つけて横たえた。若者の体からにじみ出す体液やはみ出た内臓は、見ないようにした。

アフガニスタンで、簡易爆破装置《IED》が爆発したあとで、友人の遺体をつなぎ合わせたことがあるので、ふつうの人間が経験しないような光景や臭気には慣れていた。それでも今回は吐き気をもよおした。嘔吐《おうと》して、補給車両縦列が全滅したという連絡が届いたときに食べかけていた調理済み糧食《MRE》といっしょに、恐怖と怒りを吐き出したい気持ちにかられた。

我慢しろ、と自分にいい聞かせた。弱っているのを部下に見られてはならない。

かなり意志の力が必要だったが、グラントは吐き気を抑え込んだ。中尉の顔を見おろした。血の気がなく、生気が抜けて、灰色がかっていたが、チャンドラーの顔に変わりはなかった。優秀な士官だったと思った。有望だった。

これはわたしの失態だ。汚名を返上できるかどうかは、自分しだいだ。

ちくしょう！　グラントは心のなかで悪態をついた。連隊長が来るのを待ってはいられない。正式に交替を命じられるまで、これはわたしの戦いだ。善《よ》し悪《あ》しは関係ない。みんなわたしの部下だ。これはわたしの戦争だ。これはわたしの部隊で、わたしが指揮している。

この戦場はわたしのものだ。

五分後、グラントは目的意識をあらたにしてハンヴィーに歩いて戻り、運転手に近寄った。

「連隊に戻る。弾薬と燃料をすこし持っていき、畜生どもを攻撃する！」

39

ドイツ
アンスバッハ陸軍飛行場
十二月二十六日

最初の弾着は夜明け前で、闇のなかから低いドーンという音が聞こえた。ドアを閉めたような音だった。各中隊が集合して出撃準備を進めている飛行列線に弾薬を運ぶために走りまわっている、何台ものトラックのバックファイアかもしれない。

戦闘経験者数人が、作業の手をとめて、顔をあげた。聞き慣れた音のようだったからだ。ただ、周囲の状況からすると、ありそうにないことだった。

トーマス中尉は、デスクワークから目を離した。兵站《へいたん》科の反対側のワークステーションにいた整備長が立ちあがり、窓から外を見つめた。

「なにが起きたんだ、整備長《ボス》？」トーマスがきいた。

「ちょっと待ってください」整備長は答えた。

つぎのドーンという音は、もっと近かった。つづいて三度目、そのあとの四度目と五度目はたてつづけで、さらに近かった。

整備長が向きを変えて、窓から離れた。「敵弾来襲！　伏せて！」六発目が弾着したときには、飛行場の遠く離れたところで、サイレンが荒々しく低いうなりをあげはじめた。

機銃のカタカタという発射音がつづいた。はじめは北東から聞こえたが、やがてさらに多くの武器が射撃を開始したときには、基地の真東の農場から襲ってくるように思われた。トーマスは、信じられない思いだった。

整備長が二階の鋼鉄のドアを用心深くあけた。そこから飛行列線を見渡すことができる。ロシア軍のブメラーンク装輪装甲車の長い縦列が二本、基地周辺の照明のなかに突進してきた。そして、外側周辺防御フェンスを突き破り、すさまじい速度で走りながら発砲し、滑走路に殺到した。三〇ミリ機関砲が容赦なく射撃をつづけて、砲口炎が夜明け前の空を照らした。砲塔の機銃も飛行場に銃弾を撒《ま》き散らした。

攻撃ヘリコプターが、一機ずつ、トーマスと整備長の目の前で燃えあがって火の玉になった。給油車が爆発し、弾薬庫で誘爆が起きた。

信じられないような速さでそうなった。

ドイツ
アンスバッハ陸軍飛行場の一八キロメートル北東
十二月二十六日

サンドラ・〝キラキラちゃん《グリッター》〟・グリソン中尉の腹の奥で、不安がふくれあがっていた。アンスバッハを何度呼び出しても、連絡がとれなかった。サンドラと僚機三機は速度をあげて無線で呼びかけつづけ、飛行場の一〇キロメートル以内に達したときには、朝の光が明るくなっていて、真っ黒な煙が遠くで立ち昇っているのが見えた。

「ジェシー、左を見て。あれはアンスバッハ?」

ジェイムズは、最初は応答しなかった。だが、数秒後にはサンドラに遠くの火災が見分けられるようになった。

ジェイムズがいった。「くそ」

接近すると、周囲の特徴のある地物《ちぶつ》で、まちがいなくアンスバッハだとわかった。

「そうね」サンドラは、煙と炎をなおも見つめながら、低い声でいった。「わたしたちの基地よ」

自分たちが敵軍を捜索しているあいだに、敵部隊がここまで到達して基地を攻撃したという事実に驚愕して、サンドラはつかのま茫然《ぼうぜん》とした。

ジェイムズがいった。「どうするんですか?」

サンドラは声をあげて泣きたかったが、我慢した。サンドラは戦士なので、すぐさま敵と戦い、殺し、破壊したいという衝動がこみあげた。悲しみや恐怖や迷いが声に出ないようにして、応答した。「左梯隊《ひだりていたい》で攻撃隊形を組み、すこし上昇して、敵に追いつけるかどうかたしかめる。やつら、そう遠くへはいっていないはずよ」

「了解、ボス。赤外線で捜索します」ジェイムズが、ガンカメラの走査範囲をひろげ、サンドラが多機能ディスプレイでおなじ画像を見られるようにした。

南に向けて飛ぶうちに、迷いが忍び込んだ。どこで給油するの？　だれが負傷し、だれが死んだの？　首をふって、疲れた頭脳をはっきりさせようとした。くよくよ考えているひまはない。行くのよ。早く！

サンドラは、無線を切り換えて、飛行小隊のあとの三機に呼びかけた。「よし、よく聞いて。戦いつづけるために、安全な飛行場を見つける必要がある」

シュトゥットガルトの六キロメートル東
十二月二十六日

若い中尉の吐く息が白くなり、顔と手袋のあいだで渦巻いた。双眼鏡で周囲を監視するときに肘《ひじ》で砲塔をこすり、積もった雪に跡が残って、そこだけ鋼鉄がむき出した。

中尉は頬桁《ほおげた》が張っていて、戦車用ヘルメットを覆《おお》う〈ゴアテックス〉の白いフードからブロンドの髪がひと房はみ出していた。風雪にさらされているのは、若々しい顔だけだった。中尉が乗っている車両は、遠くの町を見霽《みはる》かす丘の上で音もなく停止していた。ロシア軍中尉の厚い冬用コートから、湯気が立ち昇っていた。

中尉が息を吐いた。ひたすら双眼鏡で監視することに集中しているので、ゆっくりとした大きな呼吸だった。中尉は自分の仕事を心得ていた。数分後に最後の急襲を開始する。ターゲットは前方にあり、ロシア軍の存在や意図にまったく気づいていない。

〝われは祖国《ロージナ》の利器なり！〟中尉は、七十五年前にドイツに侵攻した最後のロシア軍兵士たちが歌った部隊歌を、心のなかで歌った。

〝砲声は轟《とどろ》き、鋼鉄は輝く。この砲塔の力で、勝利へ、勝利へと進め。信頼できる兵士たちを左右に従え、わが人民の敵に向けて、前線へと進め。猛火よ、四方で燃えあがれ。われらは厳しい冬を生き抜いた。いまは胸躍る戦闘に向けて前進あるのみ。われらがすべての同志よ、進め！〟

遠い目標をもっとよく見るために、中尉は目を細めてから大きくひらいた。よく知られている特徴のある地物《ちぶつ》を記憶にとどめた。車内にあったためにまた暖かかった双眼鏡が、すぐに曇った。

中尉の下、歩兵戦闘車型のブメラーンク装輪装甲車の車内では、砲手の軍曹が照準器で遠い街のスカイラインを捉え、砲塔がゆっくりと旋回した。砲手はまばらな林をひとしきり見て、四倍の望遠照準器で街の細かい部分まで見分けた。起伏の多い地形、煙突から昇る煙、雪に覆われた屋根……。

軍曹はヘッドセットで呼びかけた。「中尉。テレビ塔が見えます」

即座に応答があった。「おれにも見える、軍曹《セルジャーント》。目標はテレビ塔の左二〇度にある。地形に邪魔されて、ここからは見えないが、8号線に乗って西に向かえば、まっすぐそこへ行ける」

中尉は双眼鏡をコートの下にしまい、厚い冬用手袋の乾いた部分で拭こうとした。うまくいかなかった――ずぶ濡れの手袋で縞模《しまも》様《よう》ができたが、曇っているよりはましだった。ヒーターの熱気が下から昇ってきて、砲塔のハッチから出ていった。また走り出せば、もっとましになる、と中尉は思った。

〝前進せよ、祖国の同志、前進せよ!〟

無線機が雑音を発して息を吹き返したとたんに、中尉の頭のなかの歌はとまった。

「ストライク1、ストライク2。攻撃開始」

中尉は右手で双眼鏡を握ったまま、左手でマイクボタンを押した。「了解」つづいて、コートに取り付けた制御盤のスイッチで周波数を切り換え、装甲人員輸送車小隊に向けて送信した。「ストライク1、おれが先頭に出る。縦隊を組み、ついてこい」

ブメラーンク八両のエンジンが轟音《ごうおん》とともに、いっせいに始動した。煙草《たばこ》を吸ったり小便をしたりしていた降車兵たちが、車両に駆け戻って乗り込み、道路脇の小高い丘はにわかに活気づいた。

ロシア軍の若い中尉は、ふたたび無線で命じた。「ケリー隊舎群に着くまで、弾薬を節約しろ。たいした抵抗には遭わないだろう。運転手、前進、高速自動車国道《アウトバーン》に出ろ。全車が国道に出て走り出すまで、速度は六〇キロメートル。そのあとは一〇〇キロメートル」体が温かくなり、ブメラーンクの車輪八つが雪に覆われた草地で何度も弾むあいだ、中尉は砲塔のハッチをつかんでいた。

ロシア軍の縦隊は、一分とたたないうちに高速道路313号線に出て、加速していた。

ドイツ　シュトゥットガルト
パッチ隊舎群
アメリカ欧州軍司令部《USEUCOM》
副司令官室
十二月二十六日

副司令官室のドアはあいていたが、当直将校はノックし、黙って立ったまま、返事があるのを待った。なかを覗《のぞ》くと、副司令官がコンピューターのキーボードを叩いていた。インターネットが使えなくても、報告書を書いてファイルしなければならない。

欧州軍副司令官のうしろには、星三つの将官旗が掲げられていた。

数秒後に、副司令官がコンピューターから視線を上に向けた。「大尉か」

「将軍、あらたな報告があります」当直将校の大尉は、はいれと手招きされるのを待った。

「なにがわかった、ベニー？」副司令官は、通信と情報の劣悪な状況に二十四時間対処して、疲れ切ったようすだった。しかも、きのうロシア軍がポーランドで攻撃を行ない、すでにドイツに侵入して、ドレスデン近くに達したことがわかっているので、緊張にさいなまれていた。

当直将校がいった。「アンスバッハ飛行場が攻撃されました。詳細はまだわかっていません。陸軍のＡＨ－64ヘリコプター部隊の作戦幕僚がドイツの陸上有線《ランドライン》で報《しら》せてきましたが、その電話も途絶しました。地上部隊の攻撃でヘリコプター部隊の大多数が破壊されたという噂があります」

副司令官が、目を丸くしてゆっくりと立ちあがった。「アンスバッハ？　地上部隊の攻撃？」

「はい」

「それが正確な情報だと思っているのか？　部隊規模は？　構成は？　完全な戦闘正面ではありえない。小規模な部隊で探りを入れたのだろう。偵察部隊ではないか？」

だが、大尉はほかの情報をなにも知らなかった。

副司令官はいった。「幹部を全員呼べ。作戦室で作戦会議をひらく。それから、国防総省に通じる電話を見つけろ！」

ドイツ　ケンゲン
シュトゥットガルトの四キロメートル東
十二月二十六日

その朝、軍の車両縦列がドイツの高速道路313号線を南西へ進軍しているのを見ても、そのアウトバーンを走る車に乗っていたものは驚かなかった。ポーランドで攻撃があったという噂はかなりひろまっていたが、ヨーロッパ全体で通信が途絶に近い状態だったので、ドイツ国民には事情がまったくわからなかった。313号線は、一部を除けば速度制限がない道路なので、雪が降る十二月の朝でも車の流れはかなり速かった。

いちばん右側の車線は軍用車両専用なので、一般車両は、従順で効率的なドイツ人らしく、左車線に移った。第二次世界大戦後ずっと、ドイツ人はそういうルールをきちんと守ってきたのだ。

砲塔がある装輪の戦闘車両が合計四十両ほど、時速一〇〇キロメートルでそのアウトバーンを疾走していた。ドイツ連合軍や米軍のデジタルパターンの迷彩ではなく、白と赤茶色の塗装だったが、一般市民はそれにも目を留めなかった。

車両縦隊が速度を落とし、313号線から8号線にはいって、西のシュトゥットガルトを目指した。軍用車両が出口ランプにつかえたので、ヒーターが効いて暖かい車のなかで、何人かのドライバーが悪態をついた。

ほどなく十両が車両縦隊を離れて南に曲がり、シュトゥットガルト空港を目指した。あとの三十両は、8号線をおりて北のフィルダーハウプト通りに出て、シュトゥットガルト郊外のプリーニンゲンにはいった。ホーエンハイム大学の学生がほとんど、大学を離れてクリスマス祝日を楽しんでいるので、町にはほとんどひと気がなかった。

プリーニンゲンを囲む畑は、それまでの数カ月に鋤《す》き返され、剃刀《かみそり》で剃《そ》ったようにきれいに均《なら》されていた。町の北の端に住む農民がひとり、大型エンジンの音を聞いて、自分の家の前で道路からはずれて畑を通りはじめた車両を見るために表に出た。農民は怒り狂って、パイプの煙草《たばこ》が赤くなるまで強く吸った。パジャマでポーチに立つ農民のまわりに、煙が濛々《もうもう》とひろがった。

縦隊で道路を走っていた大型軍用車両が、農民の目の前できちんと扇形にひろがり、整然と耕して休ませてあるイチゴ畑に巨大な轍《わだち》を残した。

またアメリカ人のやつらにちがいない。やつらには配慮というものがない。軍用車両がすべて家の前を通過し、エンジン音が聞こえるだけになるまで、農民はじっと眺めていたが、やがて古い木のドアをバタンと閉めて、怒りにまかせてパイプをふかしながら、暖炉の前の暖かい場所に戻った。

ドイツ　シュトゥットガルト
パッチ隊舎群
アメリカ欧州軍司令部《USEUCOM》
十二月二十六日

機銃の射撃の攻撃波は、遠くで聞くと毛布を切り裂く音のようだった。米軍のヨーロッパにおける活動すべてを担当する司令部がある隊舎内で、その音が間断なく鳴り響いた。戦闘情報中枢《CIC》に詰めていた米空軍兵士のひとりが、仲間の兵士のほうを向き、暖房・換気・空調《HVAC》システムが故障したのかときいた。

非常事態であることを告げる最初の兆候は、司令部隊舎の煉瓦《れんが》の壁に銃弾が当たる音だった。激しい音をたてて壁に激突しているのは、明らかに大口径の機銃弾だった。

つぎに三〇ミリ機関砲の榴弾が襲いかかった。司令部隊舎の壁を突き破った砲弾が、東に面したオフィス内に火花、粉々《こなごな》になった煉瓦、破裂した砲弾の小さな金属弾子を撒《ま》き散らした。無慈悲な絶え間ない波状攻撃が、司令部を切り裂いていた。最初の爆風で死ななかったものも、つぎつぎと倒れた。

ひとりの女性陸軍准尉が廊下を必死で走り、ブリーフィング・ルームに跳び込んで、隊舎を切り裂いている砲弾から逃れようとした。そこで厚い木の会議テーブルの下に潜り込み、会議中に不意打ちに遭った数人といっしょに身を縮めた。三つ星の将軍が、椅子に体を押しつけ、床の手の届かないところに転がっている電話機を取ろうとしているのが目にはいった。准尉は電話不通対策チームのひとりだったので、電話機が取れても無駄だと知っていた。いまは送話も受話もできない。

また表で爆発があり、超音速の砲弾が空気を切り裂く音がつづいた。つぎの集中射撃が壁と天井を貫通し、長い蛍光灯の列が瞬《また》き、一本がはずれてテーブルのそばの床に落ちた。軍服の男女が、ドアの外の廊下を走って逃げていた。

准尉は、自分も逃げ出そうかと思ったが、将軍が電話機のほうから向き直った。

「よく聞け！　わたしの命令だ。われわれは立ちあがって、移動する――」

主力戦車の主砲の初弾が、司令部隊舎に命中して、ブリーフィング・ルームが揺れ、膝立ちしていたものも、肘《ひじ》をついて体を起こしていたものも、腹這《はらば》いに伏せた。

つぎの耳障りな爆発音とともに、隣の部屋との境の壁に巨大な穴があいた。配線、防音パネル、断熱材の塊が、テーブルのまわりに降り注いだ。無数の鋼鉄の破片が、コンクリートの床や壁から跳ね返り、騒音がいっそうけたたましくなった。

三発目は、テーブルの下に隠れている一団の真上で屋根に穴をあけ、曇った昼間の暗い光が射し込んだ。鋼鉄の支持梁《ばり》が崩れ、屋根の材料、氷、雪が落下した。大梁《おおばり》の重みでテーブルが割れ、将軍とあとのふたりが押し潰された。残りの数人は、衝撃波のせいで、下腹を殴られたように息が詰まり、四方を破壊されている絶望的な状況のなかで、茫然《ぼうぜん》と顔を見合わせるばかりだった。ひとりの男が、あいたドアからよろよろとはいってきた。目の上の傷口から、血があふれ出していた。男はなにかを叫んでいたが、テーブルの下にいた数人は、三発目の砲弾で全員耳鳴りに襲われていて、なにをいっているのか、聞こえなかった。

若い女性准尉が濃くなる煙のなかに目を凝らした。ふたりが血だまりに倒れているのが、隣室の壁の穴から見えた。埃《ほこり》と残骸《ざんがい》が、いまもその上に滝のように流れ落ちていた。隊舎のべつの部分に弾着して、床がまた揺れた。また弾着。爆風は感じられたが、まだなにも聞こえず、五感が鈍って、動きが悪くなっていた。

残っていたアドレナリンの力で、准尉は身を起こし、姿勢を低くして逃げようとした。べつの場所へ行こう。ここ以外の場所に。

そのとき、床がまたふるえ、胸に鋭い打撃を感じた。座り直して、下を見ると、二十五セント硬貨ほどの赤い小さな染みが、グリーンの軍服の胸に付けられた略綬《りゃくじゅ》の横に現われた。見ているとそれがどんどん大きくなったが、いったいなんなのか、准尉の脳には判断できなかった。

向きを変えると、ひとりの兵士が隣にしゃがんでいたので、准尉は口の動きでなんとか伝えようとした。「撃たれたみたい」ひろがる赤い染みを指さしながらいった。兵士には理解できないようで、無表情に見つめ返しただけだった。混乱と殺戮《さつりく》とショックで無感覚になり、戦車の砲声で五感が狂っていたのだ。

数秒後に、准尉の袖《そで》と胸が汚い赤黒い色に染まった。どろどろしたどす黒いもので胸と腕が濡れるのが感じられた。一瞬、馬鹿げた怒りにとらわれた。軍服と苦労して得た略綬を捨てなければならない。水道の蛇口から水が流れるように、袖から血が流れ落ち、膝とコンクリートの床に降りかかった。

若い女性准尉の顔から血の気が失せ、目が裏返り、重い残骸のあいだに転がっている数人のなかに仰向《あおむ》けに倒れ込んだ。ロシアの戦車は、その間も苛烈に攻撃し、発砲をつづけていた。

ドイツ　シュトゥットガルト

ケリー隊舎群

アメリカ・アフリカ軍司令部《USAFRICOM》

十二月二十六日

「ちくしょう！」正面ゲートで警衛をつとめていた米空軍憲兵が、ドイツ連邦軍憲兵にいった。「あれはなんだ？」

灰色の朝のどこからともなく、光が湧き起こり、それに轟音《ごうおん》がつづいた。ふたりが小雪を透かしてしばし見ていると、遠くで煙が立ち昇った。

「基地の向こう側で自動車事故でもあったんだろう」ドイツ連邦軍の憲兵が、ようやくそういった。

だが、無線からなにも伝えられなかったので、ふたりは手をふって、ＩＤ確認を待っている車の列の数台を通した。

やがて、銃声が聞こえた。最大発射速度で機銃を連射している腹に響く音。それから、もっと大口径の武器。

けさゲートを通る車の流れが途切れないのは、休暇から呼び戻された士官たちの車がいっせいにやってきたからだった。十二時間ずっとこんな状態で、正面ゲートの警衛たちは、ポーランドで危機が起きているので、お偉方をできるだけ早く基地に入れるよう命じられていた。

北のほうでなにか重大なことが起きている。それに、休暇から戻ってきたさまざまな部門の幕僚がひどく急いでいるようなので、ポーランドはたいへんな事態になっているにちがいないと、ゲートの警衛たちは憶測していた。

だが、ロシア軍がシュトゥットガルト付近にいることなど、だれも知らなかった。

警衛の憲兵ふたりは、遠くの物音に首をかしげながら、拳銃を抜いた。

「呼び出してみたほうがいい」米軍の憲兵が、ドイツ連邦軍の憲兵にいった。

ドイツ連邦軍の憲兵軍曹が、遠くの煙に目を向けたまま、無線機に手をのばした。

40

ヴァージニア州　アーリントン
国防総省
十二月二十六日

　ボブ・グリッグズ陸軍少佐が、午前二時過ぎにデスクの上に頭《こうべ》を垂れて眠り込んだとき、電話が鳴った。呼び出し音をしばらく聞いてから、片手をのばし、顔をデスクにつけたまま、ねぼけまなこで電話に出た。

「はい」

「グリッグ、ニクだ。好意で電話してる。あまり時間がないんだ。コナリー中佐はそこにいるか？」

「いや。気の毒に、デスクで眠り込んでいたから、何時間か家で休んだほうがいいと勧めた。ペンタゴンにいたら休めない」グリッグズは、まだ頭を持ちあげなかった。

「電話したのは、あんたをぶったまげさせるためだ。ロシア軍のイランでの演習をずっと監視していた」

「知っている」グリッグズはいった。「おれとダンが頼んだからだ」

「そうとも。ヨーロッパを攻撃するつもりなのに、かなりの規模の部隊とともにロシアでもっとも経験豊富な将軍をべつの方面に派遣するのは不審だと、わたしも思った。しかし、よく調べると、ラザール将軍は増強された一個旅団を、イラン・イスラム共和国の北から南へずっと移動させて、現地時間で午前零時にイラン南岸に到着した。その時刻にわれわれはその地域を監視していなかったが、つぎに見たときに、チャーバハール湾でロシア軍が民間のコンテナ船に乗り込んでいるのがわかった」

グリッグズは、ぱっと身を起こして、電話を耳に押し当てた。「コンテナ船？　いったいなんのために？」

「ラザールは航海するつもりらしい。シンガポール船籍の標準コンテナ船だ。アナリストが経歴を調べたところ、ロシア政府とのつながりは見つからなかったが、いま兵員輸送船として使われていることに疑問の余地はない。おなじ船会社に、コンテナ船がほかに三隻ある——そちらがロシアと関係があるのかもしれない。三隻ともすでにオマーン湾にいる。きのうの朝バンダレアッバースから出港し、チャーバハール湾に向かっているようだ。ところで、バンダレアッバースにはロシアの軍艦もいるが、われわれが調べたところでは、外海には出ていない」

グリッグズはいった。「ラザールの演習は策略だった！　サバネーエフの演習とおなじだ！」

「そのとおり」メラノポリスがいった。

「そっちの幹部はこれをどう処置するつもりだ？」

「さあ。しかし想像はつく。わたしが上の反応を探ると、上司も上の反応を探る。四、五人がこの情報に唾《つば》をつけて、部下に説明を要求し、どういう会議をひらけばいいかを会議で検討し、会議で上層部に、どうすればいいのか考えるために、大統領《POTUS》との会議をひらく必要があるというだろうね」

「くそ」グリッグズはいった。「とてつもなく重大なことなのに」

「ヨーロッパで戦争が起きておらず、中国が戦争に突入しかけていなかったら、もっと重大視されるはずだがね。現況では、ロシア軍一個旅団がオマーン湾できな臭い行動をとっているというだけだ。ひとつの重大事は、それよりも大きな重大事がいくつもあたりを覆《おお》いつくしているときには、影が薄くなる。なあ、あんた、わたしは急いでるんだ」

　ニクが電話を切ると同時に、ブルペンのドアがあいた。

　グリッグズが目を向けると、ダン・コナリーが顔を覗《のぞ》かせた。

「ちょっと、ボス」グリッグズはいった。「何時間か休むんじゃなかったんですか」

「提督に呼び出された」

「くそ」

「それどころじゃない。呼び出されたのはきみとわたしのふたりだ。第二会議室にいますぐに来いといわれた」

グリッグズは立ちあがり、ドアに向かった。「給料を上げて昇級するっていう話ですかね」

コナリーは笑わなかった。「ああ、ボブ。そうにちがいない」

〈タンバーグ〉テレビ会議システムが、会議室中央の大きなオークのテーブルに設置してあった。太平洋班が集まって作業するのに、うってつけの場所だった。

プライバシーを守れるので、叱りつけるのにもうってつけだ。

コナリーとグリッグズは、気をつけの姿勢で立っていた。ハーバーズ提督が、しかめ面でふたりの前に立っていた。

コナリーが黙って見返したので、ハーバーズは視線をそらし、グリッグズを睨《にら》みつけた。

「NSAに行って駆けずりまわるのはやめろ。ふたりとも、情報部門に任せておいたほうがいい問題を嗅《か》ぎまわるのはやめろ。わたしと副議長のために太平洋の計画を立案する仕事に戻れ。わかったな？」

グリッグズとコナリーはうなずいた。

ハーバーズがすこしだけ口調を和らげた。両手で顔をこすり、さきほどまでの怒りを抑えようとしたが、やはり緊張した苦々しい顔だった。「いいか、わたしは、きみたちがこのロシアのハッキング問題に執着しすぎていると受けとめている——あるいは、正しい部分もあるのかもしれない。きみたちがいまのような華々しい地位についたのは、優秀な分析を行なってきたからだろう。しかし、ロシアはいまのきみたちには専門外だし、その状況をわれわれは把握している。現地の米軍はロシア軍を撃退した。欧州軍《EUCOM》の報告も嘘をついてはいない。われわれはやつらを叩きのめした。徹底的にやっつけたと、ミラー将軍がいっている。わたしがいうのではない。現地の司令官の言葉だ。

　ロシア軍の第一波がポーランドに侵入したあと、なんの報告も届いていない。われわれはロシア軍の急襲を鈍らせ、大規模侵攻の下準備をするのを阻止した。第一波の侵攻部隊はこれから撃退できるだろう。ヨーロッパとNATOは、通信と衛星の復旧につとめるだろうし、数日もしくは数週間でもとに戻るはずだ。そのころにはロシアの真意が明らかになる。だが、それはわたしの問題ではないし、きみたちの問題でもない。

わたしたちの問題は、諸君、アジアだ。ただちにインド太平洋軍《INDOPACOM》の問題に戻れ。わかったな？」

「わかりました」グリッグズとコナリーは、声をそろえていった。ハーバーズが、命令を受領したふたりにうなずき、向きを変えて、会議室の壁に貼ってある太平洋の大きな地図を見た。

　グリッグズが咳払いをした、黙っていられないようだった。「提督、せめて検討するだけでも――」

　コナリーが、そっと溜息をついた。

ハーバーズがふたりのほうへ向き直り、グリッグズを睨みつけた。「グリッグズ少佐、きみは口を閉じていなければならないときをわきまえたほうがいい。ひょっとして、計画部に向いていないのかもしれない」すこし詰め寄った。「陸軍に戻ったほうがいいのかもしれない。口数の多いきみが軍隊生活をつづけられるかどうかを健康状態で確認するための体重検査を、まだ受けていないという話を聞いている」グリッグズの鼻に触れそうなほど近くに、指を突き出した「あと一度でも埒《らち》を越えたら、もといた場所に投げ返してやる。リクター大佐がきみの使い道を考えてくれるにちがいない」

その名前を聞いて、グリッグズが顔をひきつらせた。だいぶおとなしい口調でいった。

「イエッサー。かしこまりました」

「よろしい。進歩を期待する。あす〇六時に、きみとチームが台湾について調べあげたことのブリーフィングをやってくれ。それから、コナリー中佐、この相棒の面倒をみてやれ――きみはまだすこしは信用が残っているからな。わかったか？」

「イエッサー。きわめて明快に」

ハーバーズが向きを変え、大きな両開きの木のドアから出ていった。

ふたりは肩を落とし、コナリーはグリッグズのほうを向いた。「きみのせいで、わたしまでだめになる。提督のいったとおりにしなければならない。わたしたちの軍歴よりもずっと大きなものが懸かっているんだ。わたしたちにはべつの戦域があって、副議長のためにそこに責任を負っている」

「ちがいます。コナリー中佐殿。提督にやれといわれたことはやらない」

「ちがうだと？」

「ちがう」

「ボブ……いいかげんにしろよ」

「話を最後まで聞いてほしい」

「もうひとことも聞きたくない。きみのせいでわたしたちはふたりとも――」

「聞かなきゃだめだ」

「いまさら、なにをいうつもりだ」

「〝チャーバハール湾〟といったら？」

「なんだって？」

「チャーバハール湾。イラン南部の小さな港町。状態がものすごくいい道路が、そこへ通じています」

コナリーが向きを変えて、グリッグズの両肩をつかんだ。「だから……なんだって……いうんだ？」

「ボリス・ラザール将軍が、その港で一個旅団をすべて民間の貨物船に乗せたところです。まもなく出航します」

コナリーは手を離し、半歩さがって、会議テーブルにもたれた。「冗談だろう」

「ラザールは、アゼルバイジャン経由で一個旅団をまるまるイランに移動させ、乗船させた。

だれもが台湾とその後のヨーロッパに注意を集中しているあいだに。これがロシアの計画だったんですよ。ボクサーとおなじだ。最初はジャブ。それが台湾危機だった。ロシアが仕組んだことではなかったかもしれませんが、提督のノートパソコン・ハッキングによる影響を深刻化させ、われわれの目をそらすために便乗したのは明らかです。

つづいて右クロス。それがヨーロッパだ。われわれが反撃のパンチをくり出すように仕向けた。

それでもっと注意をそらしておいて、アッパーカットを見舞う」

「ボブ、比喩《ひゆ》ばかりいわないで、ラザールがどこへ行こうとしているのか、教えてくれ」

「アフリカですよ。ほかには考えられないでしょう」

コナリーは、ゆっくりとうなずいた。「そうだな。ケニアだ」

「ええ」グリッグズは、にやりと笑った。「三年前にケニア軍によって追い出された、レアアースが豊富な鉱山を取り戻そうとしているんでしょう」

「そうにちがいない、ボブ。たいへんだ」

グリッグズはいった。「それに、やつらが鉱山を乗っ取るのを阻止できなかったら、やつらが鉱山の防御を強化するのも阻止できない可能性が高い。奪回するための本格的な戦力を準備するには、一カ月か二カ月、あるいはもっと長くかかるかもしれない」

コナリーは答えた。「そのとおりだが、われわれはそれでもやるだろう。ロシアがそんなことをやるのを放置できない」

「さてどうするか?」グリッグズはいった。「いまのわれわれはふたつの大陸で戦争をやっているか、あるいはやりかけている。もうひとつくらい戦争をやっても、かまわないんじゃないですか?」皮肉だったが、コナリーは思わずうなずいてから、首をかしげた。

「すると、ポーランドに侵攻して、ドイツに到達することで、ラザールがアフリカに忍び込むのを容易にするというのが、ヨーロッパ方面でのロシアの計画だったのか? ほかに目標はないのか? そうとは考えられない」

ふたりはしばらく黙って立っていたが、同時にいった。「アフリカ軍《AFRICOM》だ!」

コナリーは、はっとして背すじをのばした。「やつらはシュトゥットガルトへ行く!」

グリッグズはうなずいた。「米軍のアフリカ専門家は全員、ドイツに配属されています。彼らを殺すか、捕虜にすれば――AFRICOMの指揮統制機能を破壊すれば――われわれの対応はごくわずかか、皆無になり、ロシア軍はアフリカのどこでも進撃できる。支援を提供できず、軍の連絡担当もいないので、アフリカ諸国の連合軍を結成することすらできない」

コナリーはいった。「AFRICOMが態勢を立て直すには、一年かかるだろう――そのあいだにロシアは鉱山の防御を改善できる。そこはロシアの領土になる」

コナリーの頭に、べつの考えが浮かんだ。「待てよ。ラザールについてこういうことを知っていたのに、ぼろくそに叱られていたときに、どうしてハーバーズに話さなかったんだ?」

グリッグズが、満面に笑みを浮かべてウィンクをした。「ハーバーズを通じてこれを進めるつもりはないからですよ。ハーバーズは、われわれが主張してほしいことを上に伝えないでしょうね。万事説明するには、副議長のところへ行くしかない」

コナリーはいった。「そんなことをやったら、われわれはハーバーズに――」

「これはきわめて重大なんですよ、ダン。おれたちが軍歴を棒にふっても、上層部の目をアフリカに向けさせることができれば、やった甲斐《かい》があります」

コナリーは、ゆっくりとうなずいてからいった。「きみが正論をいうと、正直ぞっとするよ」

ふたりはそれから一時間かけて、イランの幹線道路を進むラザールの部隊と港のコンテナ船の情報処理前の衛星画像をつぶさに調べた。自分たちが見ている画像について確認するために、ニク・メラノポリスに三度電話をかけたが、メラノポリスが電話に出たのは一度だけで、彼自身の仕事が猛烈に忙しいので、三分しか割《さ》いてもらえなかった。

ところが、その二十分後にメラノポリスが電話をかけてきて、前言を翻《ひるがえ》し、会議をやりたいのでペンタゴンへ行ってもいいかとたずねた。

メラノポリス博士は、大量の必要書類を持参していた。「ロシア軍は膨大な量の装備を持ち込んでいる。イラン軍の許可を得ていることは明らかだ。これを見てくれ……」上空から撮影した画像一式を画面に表示した。チャーバハールの港湾施設の沖で、イラン軍の小型艇の小部隊がつなぎ合って錨泊《びょうはく》していた。

「大型船が港にはいるには、どこかから水を引かないといけないんじゃないか？　港内にいるのは漁船ばかりだ」

「それが巧妙なところだ。吃水《きっすい》の深い船がここで貨物を積めるとは、だれも思わない。しかし、細い水路が一本、ここにあるんだ。吃水の深い貨物船かタンカーが一隻か、あるいは二隻通れる幅がある。巨大なスーパータンカーは無理だが、一個旅団の数カ月分もしくはもっと長期分の燃料を積めるような大型船でも通れる。上陸してからどれくらいの距離を走るのかによるだろうが」

グリッグズがきいた。「ふつうの貨物船で送り込まないのはなぜだ？　そのほうが監視の目をごまかせる。どうして軍艦の護衛をつける？」

コナリーが質問に答えた。「戦争中だからだ。ロシア海軍の巡洋艦のような大型艦で護衛したら、われわれの目に留まる。だから、万一に備えてイラン海軍の小型艇を使っているんだ。われわれが知らず、捜索していないようなら、監視の目がそちらに向くこともない。われわれが捜索していても、時間を稼《かせ》ぐことができる。イラン海軍の小型艇は、好奇心を抱いたアメリカの駆逐艦や潜水艦をおびき寄せるのに使える。よくできた計画だ。大きすぎず、小さすぎない」

コナリーは、メラノポリスに視線を戻した。「さて、教えてくれ。あとの資料はどういうものだ？　その画面に映っている、港に並べられたものは？」

「なんだかわかるまで、しばらくかかった。巨大な金属ケースがいくつも並んでいるのが、見えるだろう？」ふたりがうなずくと、メラノポリスは画面をボールペンで軽く叩いた。「これはケースじゃない。筒だ。ミサイルが収まっている。運送用の木箱だとわたしが最初に思ったものも、木箱などではなかった。中国製の紅旗《ホンチー》9の改良型で、略してHQ－9Bと呼ばれている。中国の最新世代のフェイズドアレイ対空ミサイル発射機だ。こいつは同時に六つのターゲットを識別し、ミサイル六本を発射して同時に追跡できる。その発射機が四基ある」

「それだけで足りるのか？」

「アメリカの誇り高きぴかぴかの空軍を抑えておくにはじゅうぶんだ。それに、地平線を挟んで二〇〇キロメートルの距離から、それをやれる」

「ずる賢いやつらだ」コナリーはいった。「つまり、ロシアはミサイルを中国から買ったんだな。それをイランに運ばせ、イランのふつうの近代化対策のように見せかけた。ロシアが先進的な武器をイランに持ち込めば目につくから、そういう手を使ったわけだ。中国人はだれに渡されるかも知らなかったかもしれない」

グリッグズが回転椅子をまわして、ラザールの部隊の船団について検索した。MarineTraffic.com にアクセスして、一隻の船の現在と過去の情報を引き出し、船団の平均速力を割り出した。

グリッグズがすぐさまコナリーのほうを向いた。

グリッグズはいった。「ラザールはすでにアラビア海に出ている。ケニアに行くとしたら、ムリマ山の鉱山にいちばん近いアフリカの港はモンバサが目的地だ。鉱山まで五〇キロメートルたらずだ。現在の速力で、モンバサまで五十時間でいける」

コナリーが、すこし考えた。「丸二日以上も、海に出ているのか？　リスクが大きすぎないか？」

「ああ。でもそれはラザールの抱え込んでいる問題ですよ。おれには関係ない。もし上層部に重要性を認識させることができれば、ラザールの部隊が航海しているあいだにこの急襲に対応するには、二日あればじゅうぶんでしょうね。爆撃機、潜水艦、巡航ミサイルを準備して攻撃する時間がある」

コナリーは、まだ疑っていた。「しかし……そういっても、ラザールはそんなことは予測していたはずだ。中東とアフリカでわれわれの衛星と通信が機能しているのを、ラザールは知っている。それなのに、われわれが仕掛けるはずの罠に向けて航海しているのは、どういうわけだ？」しばし黙り込んだ。「ちがう……もうひとつパズルのピースがある。ぜったいにあるはずだ」

「たとえばどんな？」

「わからない。ロシアはじつに巧妙にことを進めている。このこと全体で、われわれに一歩先んじている。急にわれわれが彼らに一歩先んじるというのは、ありえないと思う」

グリッグズはいった。「答がすべてわかっていなくても、副議長にブリーフィングしないといけませんよ」

「そうだな」コナリーはいった。「そのことだが、ハーバーズ提督に知られないように、どうやってやるんだ？」

グリッグズはいった。「計画があります。〝犠牲フライ作戦〟と呼ぶべきだと思っています」

コナリーは、溜息をついた。「いまからげんなりしてきたよ」

41

ドイツ　シュトゥットガルトの北
十二月二十六日

サンドラ・〝グリッター〟・グリソン中尉のアパッチのコクピットは、熱気と汗のせいで曇っていた。風防とヘルメットのバイザーを、しじゅう拭かなければならなかった。小さなハッチのひとつをあけて、冬の冷たい風を機内に入れるよりもましだった。外気温は零下一五度以下だろうし、一〇〇ノット以上で飛んでいるので、ものすごい勢いで風が吹き込むはずだ。

ヒーターを消して温度を下げることもできるが、それは賢明ではないとわかっていた。ヒーターが再始動する可能性は低い。数カ月前の涼しい九月の午後ですら、ヒーターを消したあとで、飛行の最後の一時間は全身が凍えた。

きょうそれをやるのは愚かしい。いましばらく汗をかいていたほうがずっといい。

ヘッドセットから声が聞こえて、ほかにも考えなければならないことがあるのを思い出させた。「グリッター、残燃料ではあと三十分程度しか飛べない」ジェイムズがいった。「いまの燃料消費で計算しました。なにか機動をやったら、もっと短くなる」

「敵には近づかないようにしないといけない。シュトゥットガルトでの敵の目的がなんにせよ、交信してる部隊は数すくない。敵は抵抗に遭わずに駐屯地を直撃してる」

「どう思う？　空港を乗っ取るつもりかな？　ラムシュタインへ行くのかな？　それとも欧《EU》州軍《COM》を狙ったのか？」

「わたしにわかるわけがないでしょう。あと三十分しか飛べないんだから、この先もわからないわよ」

「ボスの計画は？」

「やつらを早く見つけて、激しく攻撃する」

「いいね。でも、そうしたらどこかの畑に着陸することになる。予定時刻に帰れない」

「どうせ帰れないのよ、ジェシー。馬鹿ね。アンスバッハでだれかが生き残ってるかどうかもわからないのに」

サンドラは手をのばして、手袋でまた風防を拭いた。「敵車両縦隊先頭の最後にわかっている位置への攻撃針路を割り出して。もう一度だけ攻撃する。二度の航過が精いっぱいよ。そうしたら、さっさとそこから逃げ出して、着陸できる安全な駐車場を探す」

「了解」しばらく間を置いて、ジェイムズがいった。「敵がこのままの方向へ進んでいるとしたら、ＥＵＣＯＭ司令部に向かっているんでしょう。でも、ラムシュタインか……パリを攻撃するために、べつの道路に乗る可能性もある」

サンドラはいった。「わたしたちは、EUCOM司令部まで行ける。たぶんそこよ。でも、地図に記入して。その線に沿って飛ぶから」巨大なたくましい猛禽《もうきん》のようなヘリコプターの操縦に集中した。

それから十五分、サンドラとジェイムズのアパッチは、低空飛行で南のシュトゥットガルトを目指して飛んだ。無線からはなにも聞こえず、そのあたりの空を飛んでいるNATOの資産《アセット》は自分たちだけだろうと、ふたりはなんとなく思っていた。残燃料は〝ビンゴー〟と呼ばれる、帰投に必要な最低量になっていた。その状態で指揮系統のO‐6――連隊長の大佐――の許可なく飛行することは、禁じられている。アンスバッハにいた連隊長は死んでいる可能性が高いので、サンドラはみずから許可した。

曇った風防をまた拭《ぬぐ》おうとしたとき、インターコムでジェイムズがいった。「グリッター、シュトゥットガルトの煙が見えるでしょう？」

朝の雪を通して、地平線上に四本の煙の柱と炎の輝きがどうにか見えた。

「ええ、見える」サンドラはいった。「いちばん大きな炎への攻撃針路を割り出して」

雪のなかに見える輝きに、サンドラは目を凝らした。数棟の建物が、すっかり炎に呑み込まれているようだった。

接近しながら、サンドラはいった。「敵はまだあの付近にいるにちがいない。市内に。わたしが操縦する。あなたが撃って。三回航過できるかどうか、やってみる」そういったとき、燃料残量警報がコクピットで鳴りはじめた。「撤回。二度航過。高速で突入するしかない。ターゲットをしっかり確認して、命中させて」

「準備よし」

アパッチは建物の屋根すれすれを一四〇ノットで飛翔し、ローターが凍りつくような大気を切り裂いた。サンドラは、できるだけ機首を下に向けた。前方の炎が、風防いっぱいに見えた。

数秒後に、アパッチは戦場に飛び込んでいた。サンドラは、炎上する最大の建物の上で、文字どおり煙と炎のなかを突っ切り、それを地上砲火からの遮掩《しゃえん》に使った。まるで廃墟のような戦景《ウォースケープ》の上で、ローターが炎と煙を荒々しく切り裂いた。

ジェイムズがすぐさま行動を開始した。思ったとおり、燃え盛る炎の向こう側で、ロシア軍車両がシュトゥットガルト市内の南西部の道路を進んでいた。ブメラーンク装輪装甲車十両、T-14アルマータ戦車三両が見えた。戦車は砲撃していなかったが、装甲人員輸送車型のブメラーンクが、機関砲で付近の建物をさかんに撃っていた。

ジェイムズは、射線を定めて、三〇ミリ・チェーンガンの引き金《トリガー》を握り込んだ。アパッチは高速で車両縦隊の横を通過していたが、どうにか狙いをつけることができた。ジェイムズが放った機関砲弾が、土くれや舗装を飛ばし、木を切り裂き、機関砲の掃射から逃れるために物蔭に跳び込もうとするロシア兵数人の体をずたずたにした。機関砲弾の流れがブメラーンク一両と交差し、火花が飛び散った。二両目と三両目にも当たった。装甲車両への集中射撃で命中したのは、一両あたり数発だったが、轟然《ごうぜん》とつぎの建物の列のうしろにはいるまで、ジェイムズが放つことができたのは、それが精いっぱいだった。

最初の航過を終え、ロシア軍部隊の上を通過したと判断したサンドラは、アパッチを左に急旋回させた。「もう一度行くわよ」サンドラはいった。「今度は煙の上を飛ぶ」

旋回したアパッチが、戦いが行なわれている方角に機首を向けたとき、すさまじい数の曳《えい》光弾《こうだん》が空で弧を描いた。アパッチの前方でいろいろな方向を撃っている。空から攻撃されていることに、数百人のロシア軍兵士が気づいたのだ。その銃弾の嵐に飛び込むのは、自殺に近いが、サンドラはそれを強行した。

ターゲット地域の手前半分まで飛んだところで、サイクリック・コントロール・スティックが重くなり、速度が落ちるのを、サンドラは感じた。操縦に対する反応が鈍くなった。サンドラは、スティックを両手で握って制御しようとしたが、ヘリコプターの生命を維持する燃料が尽きかけているのが感じられた。

エンジンが咳き込んだ。ロシア軍急襲部隊が集中しているところへ、ジェイムズがもう一度掃射できることを願い、サンドラはアパッチを飛ばしつづけた。制御を維持して降下するだけの燃料すら、残っていなかった。

航過が終わったときには、まちがいなく墜落する。それまで持たないかもしれない。

「戦果をあげて、ジェシー」

「合点」ジェイムズが答えた。

公園脇の道路を高速で移動しているブメラーンク装輪装甲車の列が、ジェイムズの目にはいった。ジェイムズは先頭車両に狙いをつけ、トリガーを握り込んだ、車両縦隊のあちこちに弾着するのが見え、土くれが舞いあがり、建物から駆け出してきた兵士の群れを薙《な》ぎ倒した。

サンドラは、アパッチをまっすぐ飛ばしつづけていたが、一秒ごとに高度と速度が落ちていった。

「ジェシー」渾身の力でスティックを操りながら、歯を食いしばってサンドラはいった。

「墜落する！」

「わかってる」アパッチが地面に向けて斜《なな》めに降下するあいだも、ジェイムズはロシア軍部隊に機関砲弾を送り込みつづけた。チェーンガンの砲身が数秒で熔《と》けそうな発射速度で撃っていたが、どのみち死ぬと思っていたので、気にならなかった。

アパッチは大量の応射に遭って、数発が機体に突き刺さったが、すぐに建物の上を越えて、ロシア軍の視界から逃れた。

そこでようやく、ジェイムズはトリガーから手を離した。

降下が加速した。エンジンが沈黙し、電源がバッテリーに切り替わるあいだ、電子機器がついたり消えたりした。

「落ちる、ジェシー！」サンドラが叫んだ。

尾部から先に墜落し、二階建ての建物の屋根にぶつかって折れ曲がった。

胴体が上に曲がって内側につぶれたとき、アルミ合金の巨大な野獣がふるえるのを、サンドラは感じた。墜落の衝撃でサンドラとジェイムズは前のめりになり、ハーネスが食い込み、コクピット部分が建物に激突すると、座席に叩きつけられた。四方で風防が割れて、その音が、機体の金属が曲がり、ねじれて、バラバラになるときに、はらわたがよじれそうな騒音と混じり合った。メインローターが屋根にぶつかってもぎ取れ、その破片が四方に飛び散った。

さいわい、引火するような燃料は残っていないので、爆発はなかった。

めちゃめちゃになったコクピットは、ほんの一瞬、静かになった。

そのとき、建物の屋根が抜けた。

屋根の穴からアパッチが二階に落ちていき、ジェイムズとサンドラはうしろ向きでその穴を抜けた。アパッチが裏返ってから、もとの姿勢に戻った。コクピットがむき出した鋼鉄の梁《はり》に削られ、巨大な穴がふたつあいた。

ジェイムズはハーネスで体を座席に固定していたが、コクピットの後席部分がちぎれたために、コクピットの穴から建物内に落ちていった。

サンドラは、なんとかコクピットのハーネスで固定されていた。いくつもの傷から出血し、ワイヤーやケーブルに何度もひっかかったせいで、左腕と左脚がぞっとするような角度にねじれていた。空を向いて仰向《あおむ》けに横たわり、コクピットの残骸《ざんがい》のなかで動けずにいた。不思まっていた。コクピット部分は、三階建て建物の二階にある壊れた窓のそばで、ぴたりととまっていた。

ガラスや金属や建物の材料がすべて、サンドラのまわりに落ちてしまうと、あたりは静まり返った。

体がショック状態に陥りかけ、感覚が麻痺《まひ》しそうだったが、サンドラは口をきくことができた。「ジェシー……ジェシー？」インターコムが機能しているのかどうかわからなかったが、サンドラは呼んだ。マイクが口の前にあるのか、ヘルメットがはずれていないか、ということすらわからない。ジェシーが後席にいるのか、生きているかどうかもわからない。

「ジェシー？」もう一度呼んでから、コールサインではなくファーストネームに切り換えた。

「ショーン？　ショーン？　目を醒《さ》まして！」

応答はなかった。

そのとき、左から震動をともなう轟音《ごうおん》が聞こえ、サンドラはもがいて首をまわした。周囲のからまったワイヤー、割れた壁板、判別できない物体越しに、壊れた窓から下の通りを見ることができた。

サンドラがいたのは、中央分離帯のある四車線の公園道路《パークウェイ》を見おろす二階だった。地面は雪に覆《おお》われていた。パークウェイを眺めると、一〇〇メートル先に交差点があった。

数秒間、轟音が大きくなった。それがなにかわかっていたので、サンドラは目を閉じた。

目をあけたとき、T－14戦車一両が交差点を曲がって、パークウェイにはいってくるのが見えた。視界にはいったとたんに、T‐14は停止し、砲塔が旋回して、主砲がサンドラのほうを向きかけていた。

汗と血が流れているうなじの毛が逆立った。なんとか起きあがって必死で逃げたかったが、体の筋肉がまったく動かなかった。サンドラはじっと横たわっていた。

ヘッドセットから、ものをひっかくような音が聞こえたので、サンドラはびっくりした。耳慣れない男の声が聞こえた。冷静できぱきした口調で、サンドラはなんとなく安心した。

「すべての無線局、すべての無線局、こちらのコールサインはシャンク。A‐10二機編隊でシュトゥットガルト上空を飛行中、支援を提供する。えー……これから戦闘区域に降下する」

A‐10二機は、このパーティに来るのは遅すぎたが、それでも到着してくれてよかったと、サンドラは思った。

腕が動かないので、送信ボタンは押せない。サンドラはじっと横たわったままで、戦車を見つめた。巨大な砲身がゆっくりと、ヴァイパー16の残骸に狙いをつけようとしていた。

サンドラは気が遠くなりかけたが、そのとき大きな灰色の十字が縦一列になって空を翔《か》けるのが見えたので、びっくりした。A‐10近接航空支援機二機が、サンドラの頭上を低速の低空飛行で通過し、その一番機がロシア軍戦車に向けて発砲していた。

A‐10の三〇ミリ機関砲がバリバリというすさまじい音を発し、サンドラが見ているとT‐14戦車の正面の地面が炸裂《さくれつ》した。一秒後に劣化ウランの機関砲弾がアルマータ戦車の装甲を貫通し、一〇〇メートル離れた交差点のまんなかで、巨大な戦車が爆発した。

　そのとき、二十八歳のサンドラ・グリソン中尉は、意識を失った。

　爆発する戦車の上を飛び抜けたA‐10近接航空支援機を操縦していた三十四歳のレイモンド・〝ジャンク〟・ヴァンス大尉が、無線機の送信ボタンを押して、二番機に呼びかけた。

「ズーマー、あそこでAH‐64が建物内に墜落してるぞ。見たか？」

「見た。座標をメモした。残骸のところへ行く医療後送《MEDEVAC》か救難落下傘降下員《パラレスキュー・ジャンパー》をどこで見つければいいのか、見当もつかないが、位置は記録した。シュトゥットガルト全体が、めちゃめちゃだな」

　シャンクは、しばし考えた。「おれたちの燃料はビンゴーに近い。帰投《RTB》しよう。戻ったら、陸上有線《ランドライン》で近くの病院に電話する。アパッチの搭乗員があまり長く待たされなければいいと思うが、おれたちにできるのは、それが精いっぱいだ」

42

ドイツ　シュトゥットガルト
十二月二十六日

シュトゥットガルトで進軍を停止してから三時間後に、サバネーエフ将軍は本部機能を、ストリシ特急に見せかけた隠密強襲列車レッド・ブリザード1から、急襲部隊と数時間の差をあけて走っていた、正体をむき出しにしたあからさまな攻撃列車ブリザード2に移転させた。

レッド・ブリザード2は、先にシュトゥットガルトに達したレッド・ブリザード1とよく似ていたが、はるかに規模が大きく、さらに強力な攻撃力を備えていた。偽装や隠密性をかなぐり捨てた軍用列車そのものだった。防御兵器と攻撃兵器の威力を頼みにしているので、隠れる必要はまったくないし、襲いかかるものをすべて破壊できる。

ブリザード2は、さまざまな型の車両五十八両から成り、おおむね三種類に分かれている。三分の一は、大量の補給を必要とする戦車、ブメラーンク、斥候《せっこうしゃ》車用に弾薬や燃料などの兵《へい》站《たん》物資を搭載していた。つぎの三分の一は、指揮統制《C2》設備を備え、人員を輸送する。強襲列車ブリザード1とおなじように、このC2と戦闘統制支隊は、衛星通信、無線通信、対空ミサイル、多連装ロケット発射機、一二〇ミリ自動迫撃砲を装備している。最後の三分の一には、一個自動車化歩兵大隊が乗り、ドゥリャーギンが必要とする場合に、先発の急襲部隊を増援する。

あからさまな戦闘列車を、侵攻部隊の後尾とわずか数時間の差をあけて送り込むのは、大きな賭けだったが、ボルビコフは、侵攻部隊がすでに通過した地域のポーランド軍とドイツ軍は戦闘後《シェル》ショックに陥り、状況がまったくわからなくなっているはずだと断定していた。その賭けが成功し、ブリザード2はこの侵攻の後半で、ロシア軍攻撃部隊の中枢の役目を果たすはずだった。

ブリザード2に移動してから一時間後に、サバネーエフは人員輸送車の車内に立ち、二十人の集団——男が十九人、女がひとり——を見渡した。座っているものもいれば、壁際の床に横たわっているものもいる。ほとんどが後ろ手に手錠をかけられていたが、負傷者数人は拘束されていなかった。

彼らは、サバネーエフの捕虜だった。

アフリカ軍《AFRICOM》急襲は、一時間以下で終わった。ボルビコフが割り当てていた時間の四分の一だった。米軍は、通信システムやリアルタイム画像を提供する衛星に、過度に依存している。

彼らは目隠しをされ、なにもわからずによろめきながら歩いていたのだと、サバネーエフは戦闘後に部下を戒《いまし》めた。チェチェンの地階や瓦礫《がれき》のなかでは、この三十六時間に対決したNATO軍よりも忠誠で有能な敵と戦った、と語った。

軍服も階級もさまざまな捕虜を、サバネーエフは見まわした。アメリカとドイツの陸軍と空軍の大佐十二人と、AFRICOM副司令官をはじめとする将官四人が含まれている。

ロシア軍兵士が二十人を見張っていたが、その将士《しょうし》の一団に戦意がないのは明らかだった。捕虜のほとんどが、ロシア軍の電撃的な襲撃の力と衝撃によって、茫然自失《ぼうぜんじしつ》していた。負傷者はロシア軍の軍医が手当てし、投薬し、包帯を巻き、破片の摘出や骨を接《つ》ぐような処置が必要かどうかを診《み》ていた。AFRICOM副司令官は最大の獲物なので、熱心な治療を受けていたが、背中と肩の傷は深刻なものではなかった。

それでも、列車の手術室に運ばれ、傷を縫合《ほうごう》された。

その客車には、ほかに八人のロシア兵がいた。傷はさまざまで、いずれも包帯を巻き、出血していた。モスクワやヤロスラヴリやエカテリンブルクの農場出身の若者たちよりも捕虜のほうが価値があるので、ロシア兵の治療はあとまわしにされていた。

レッド・ブリザード1は、シュトゥットガルトで放棄しなければならなかった。もう実用性がないし、二編成の列車を移動させるには労力と時間がかかり、ドイツを電撃的に急襲して迅速に撤収する作戦には適合しない。それに、急襲には成功したので、もう隠密行動をつづける必要はない。

レッド・ブリザード1は、ローゼンシュタイン通りにある中央駅の東の線路にとめられ、入念に爆薬を仕掛けられて破壊され、火の玉と化した。

サバネーエフは、レッド・ブリザード1が消滅するのを見たくなかったが、燃料、弾薬、火力支援など、ロシアに帰るために必要なものはすべて、レッド・ブリザード2に完備されていることがわかっていた。しかも、対空ミサイルや迫撃砲システムは、レッド・ブリザード2のほうが、はるかに充実している。一時間前に、車体にロシア国旗が描かれ、暗色の迷彩模様をほどこした列車は、見るからに強力で無気味な感じだった。

サバネーエフは、ひとこともいわずに捕虜から視線をそらし、司令部列車に向かった。窓に近づき、外を見た。

レッド・ブリザード2は、中央駅近くにとまっていた。夜の暗がりのなかで、シュトゥットガルト中心部は森閑としていた。サバネーエフや列車を警備する哨兵線を張っているロシア兵や装甲車が見えたが、ドイツの市民や兵士の姿はどこにもなかった。けさ戦闘がはじまったときに、ドイツ人はすばやく街路から立ち去り、自宅やアパートメントで身を縮めている。

低い灰色の雲の下では、まだ大気中に煙が漂っている。

サバネーエフは、数分のあいだ両手を腰に当てて立ち、いらいらしながらドゥリャーギンからの連絡を待った。ドゥリャーギン大佐は、急襲部隊の一部を、ラムシュタイン航空基地や付近の小規模な飛行場にふりむけている。滑走路を漏斗孔《クレーター》だらけにして、着陸不能にし、発見した作戦機（戦闘機、爆撃機、偵察機など、軍事作戦に投入されるすべての航空機）を破壊してから、シュトゥットガルトに戻ることになっている。そうやってNATOの戦力をさらに低下させることに、サバネーエフは満足していた。西側の反撃能力を阻害し、この紛争をロシアが牛耳《ぎゅうじ》っていることをNATOに対して実証できる。今後の交渉で、それがおおいに役立つはずだ。

ようやく副官がサバネーエフのもとへ来た。「将軍、ドゥリャーギン大佐が、ラムシュタインですべての目標を達成したと報告しています。他の飛行場の攻撃は小部隊に行なわせ、大佐は一時間以内にシュトゥットガルトに帰着するとのことです。到着予定時刻《ETA》は二一〇〇時です」

「よろしい《ハラショー》」サバネーエフはいった。誇らしい気持ちになった。遂行した。自分の戦争は終わった。あとはロシアに帰ればいいだけだ。

その後のことは、政治家とボリス・ラザールじいさんがやる。

サバネーエフは、列車内を歩いて、指揮統制車へ行った。まるで蜂の巣のように全員がせっせと働いていた。作戦中枢を兵士が出入りし、対空ミサイル砲兵中隊の兵士がレーダー画面を睨《にら》んで警戒にあたり、ミサイルの状況を確認していた。火力支援士官が自分たちの砲兵中隊をすべて〝異状なし〟に保ち、列車の車両のまんなかに置かれた対勢図で準備を整えていた。

サバネーエフは、短波無線機《HF》の前に座っている通信士官のところへ行った。HF無線ではモスクワとは交信できないが、ベラルーシのロシア軍司令部までは確実に電波が届く。

通信士官が差し出したヘッドセットを、サバネーエフは受け取った。

サバネーエフは、部屋のまんなかを向いてどなった。「作戦幕僚、作戦中枢を静粛にさせろ」それほどやかましくはなかったのだが、全員の注意を自分に向けさせるために、わざとそういったのだ。これから行なう無線通信は、きわめて重要だし、全員がそれを傾聴するように仕向けたかった。

作戦中枢の士官たちがすぐさま声をひそめ、サバネーエフは無線で話しはじめた。「急襲司令部、急襲司令部、こちらは赤い金属《クラースヌイ・メタル》部隊司令官。感明度は？」

つぎの瞬間、空電雑音とピッという音が、スピーカーから聞こえた。電子的手段で暗号化した送信が行なわれることを示す、最初の応答だった。すこし遠いが聞き取れる声がつづいた。「こちら急襲司令部、クラースヌイ・メタル。受信しています。送信してください」

サバネーエフはいった。「シュトゥットガルトの司令部数カ所への襲撃に成功したことを報告する。死傷者と損害は最小限だった。AFRICOM副司令官とその参謀数人を含む二十人を捕虜にした。捕虜の氏名と階級は、この通信後に知らせる。AFRICOMとEUCOMの司令部ビルの通信システムをすべて破壊したことを報告できて幸甚《こうじん》である。ひきつづき近辺の目標をすべて攻撃する。それらの攻撃は一時間以内に終わる。外交手順を開始してくれ」

サバネーエフは笑みを浮かべて送信を終え、誇らしげな司令部要員たちを見まわした。

数秒後に、ベラルーシ国境のすぐ先から応答があった。「こちら急襲司令部。委細了解しました。全初期目標達成、二次目標達成、近辺のターゲットすべてを処理中。あなたがたが無事帰還できるプロセスを指導部が開始できるように、秘匿《ひとく》略号をモスクワに送信します」

列車内で歓声が轟《とどろ》いた。捕虜のなかにロシア語がわかるものはいなかったが、攻撃で鼓膜を痛めていなかった人間には、ロシア軍が歓喜の声をあげている意味が理解できた。なにがあったにせよ、ロシア軍が勝利を収めたのだ。

サバネーエフ将軍は、ヘッドセットを返して、つぎの行動を相談するために、作戦幕僚のところへ行った。ドゥリャーギンがシュトゥットガルトに戻ってきたときには、列車を東に向けて出発させたいと考えていた。捕虜が交渉材料になるはずだと期待していた。急襲部隊がベラルーシにはいるまで――最終的にロシアに達するまで――アメリカが安全な通行を保障すれば、捕虜は返還される。邪魔だてしなければ、NATOはこれ以上損害を受けることはない。

ロシア　モスクワ

クレムリン

十二月二十六日

クレムリンは、こういう目的のために温存されていたモスクワ－ワシントンDC直通の海底ケーブルで、暗号通信を送った。英訳から誤解が生じない完璧な文章を編むために、大統領府のチームが昼夜兼行で作業を進めていた。捕虜に関する主張の信憑性《しんぴょうせい》を疑われないように、サバネーエフ将軍が送ったデータを加味し、捕虜の人数、氏名、階級を書き添えた。

通信文は長々しく、荒々しく、かなり潤色がほどこされていた。クレムリンが述べた筋書きでは、大規模侵攻の前衛はシュトゥットガルトに達したが、NATOの機甲・航空混成部隊によって急襲の進撃が鈍ったため、侵攻部隊の主力はロシアにとどめるという決定が下されたことになっていた。膠着《こうちゃく》状態に陥ったため、ロシア軍をヨーロッパから撤収するという条件をロシア側は提示した。ただし、前衛が妨害を受けずにベラルーシへ引き揚げることが認められなかった場合には、ロシアはヨーロッパへの大規模侵攻を強行し、ポーランドとドイツの存続を脅《おびや》かす、と釘を刺した。

通信文は西側の犯罪行為と中欧での戦力整備を、開戦を正当化する理由にあげつつ、即時の敵対行為中止と侵攻前の国境の回復を要求していた。

国防総省では、ロシアの主張に困惑していた。まず、ロシア西部とベラルーシを監視していた衛星が機能を失う前に、その地域での戦力整備は探知されていなかった。つぎに、ポーランドとドイツの戦闘地域のNATO部隊からの報告は乏しかったが、探りを入れてきた敵前衛の進軍を鈍らせるような働きがあったとは思えなかった。では、どうしてロシアは、主力の大部隊を戦闘に投入するのを、これほどためらっているのか？　クリスマスでNATOが警戒していなかったときに、ロシアは不意打ちをかけたのだし、米軍は大多数が太平洋にふりむけられている。

この急襲自体が、ロシアの示威行動で、国内でナショナリスト政権への支持を強化するとともに、NATOが有効ではなくなったことを内外に示して、加盟国の結束を弱める狙いがあったのだろうというのが、おおかたの推測だった。

しかし、国防総省には、クレムリンの提案を、喉《のど》の渇きを癒《いや》す清涼飲料水のようにありがたく飲み込んだものもいた。それに、大規模なロシアの侵攻がつづいて行なわれるだろうというのは、国防総省が従来から予想していた攻撃の図式に一致していた。小規模だが強力な先鋒部隊の突進は、大規模侵攻の前触れだと解釈されていたのだ。ヨーロッパの米軍が目と耳を失っているときに、ロシア軍が停戦してくれるのはありがたいと、国防総省の高官たちは判断した。現地の指揮官たちがすばやく反撃を決断し、ロシア軍の先鋒部隊に回復できないような打撃をあたえて、予定どおりヨーロッパをさらに進撃するのを阻《はば》んだにちがいない。たしかに、ロシアの暗号通信の言葉を借りれば〝膠着状態での勝利〟だった。ロシア軍の急襲に大規模な航空戦力を投入して報復するという、NATOの前線防衛戦略が決定的な効果をあげ、総力戦を防いだのだと、国防総省の将軍たちは見なしていた。

議会がヨーロッパとNATOの防衛協定予算を削減しても害はないだろうという近視眼的な見かたの根底にも、それとおなじ根拠のない思い込みがある。中東で二十年も戦争をつづけてきたアメリカは、ロシアに武力紛争に復帰する能力と意志があるとは予想していなかったのだ。ヨーロッパがロシアに脅かされているというのは、いまや途方もない考えなので、西側はそれに対する布石を怠《おこた》っていた。

ロシアの休戦の申し出を受け入れるかどうかは、正式にはNATOが決定する事項だが、ヨーロッパの通信インフラがほとんど使用不能になっていたし、侵攻を撃退するには米軍の即応部隊が必要になるので、ブリュッセルのNATO指導部はアメリカ大統領に相談した。公《おおやけ》にではなく、内密に。

ワシントンDC
ホワイトハウス
十二月二十六日

ジョナサン・ヘンリー大統領は、ホワイトハウスの危機管理室《シチユエーシヨン・ルーム》で会議テーブルに向かって座り、通信文を読んでいた。これで四度目になる。周囲には国家安全保障問題チームがいた。全員がロシアの提案を熟知していて、大統領が読むあいだ、黙然《もくねん》と座っていた。

読み終えると、ヘンリー大統領は、疲れた目をこすり、知識が豊富な補佐官たちを順繰りに指名して助言を求めた。出席者は全員、ドイツでの攻撃に憤激していて、ロシアの条件に合意するのは正気の沙汰ではないと考えているものが多かったが、目と耳を失い、口もきけない状態でアメリカとNATOが戦いつづけた場合の明るい見通しを、だれも示せなかった。

大統領がもっとも意見を聞きたかった相手は、国防長官と国務長官だったが、そのふたりは最後に指名するつもりだった。ようやく意見を聞くと、ふたりとも休戦を受け入れるよう進言したので、大統領は意外に思った。

国防長官は、国防総省の論理を明快に説明した。「受け入れれば、大統領、われわれの勝ちです。ただそれだけのことです。ヨーロッパへの全面的侵攻を、大統領独りでみごとに阻止した、という結果になります。われわれは下腹を殴られたが、ノックアウトパンチは防いだ。それに、ジャブをいくつか決めましたよ。それに、超大国と二カ所の前線で戦争に直面しているときに得た勝利です。勝利以外の何物でもありません、大統領。大きな勝利です。ただちにそう発表し、ふたたび中国の封じ込めに専念しましょう。ヨーロッパは予備の兵力で増強し、ロシアにはなんらかの制裁を課す――厳しい制裁です。それに、議会でも、よっぽど偏屈《へんくつ》な議員でないかぎり、来年度の国防予算増加要求に抵抗するものはいないはずです。

いっぽう、休戦を拒否すれば、われわれがまだ掌握していない侵攻部隊に、ヨーロッパは支配されるかもしれません――あるいは、一日半でベラルーシからフランス国境近くまで進撃したこの急襲部隊に席巻されるかもしれない……つまり、われわれは容易には勝てない、大損害が生じかねない危険な大作戦を、行なわざるをえなくなります。アメリカとヨーロッパの将兵多数が死に、その後、ロシア軍が急襲を仕掛けてきたときに、それを撃退する能力が著しく低下します」

国防長官は、なおもいった。「また、仮に休戦を拒否した場合、台湾の正面に〝歓迎〟という字入りのドアマットを敷いてやることになり、中国がそれを踏んで侵攻するでしょうね。米軍がふた手に分かれたのを見て、中国は突破口があいたと見なすはずです」

ヘンリー大統領は反論し、通信が回復したら、ロシアによる破壊の状況をメディアが何週間も報じ、そういう行為を犯したロシアを罰しなかった自分は軟弱だと見られるだろうと告げた。だが、ロシアにはこの犯罪行為の罪を償《つぐな》わせる、と大統領は一同ととりわけ国防長官に断言した。

国務長官がいった。「アナトーリー・リーフキン大統領は、政権を守る起死回生の手段としてヨーロッパ急襲に踏み切ったのでしょう。しかし、計画どおりに進まなかった。われわれがアジアの危機に対処するあいだ、二カ月ほどリーフキンが敗北後の立て直しを計るのを放置しておきましょう。それから、経済の力でロシアを痛打する。いまのロシアは貧しく、これからもっと落ち目になります。数年前にケニアのレアアース鉱山からやつらを追い出したときに、リーフキンの政治生命の終わりを告げる時計が動き出しました。終わりの時は刻々と迫っています」

国務長官は、さらにつけくわえた。「大統領、ロシア軍がわれわれの国民を殺して立ち去るのを見過ごすのは嫌ですが、中国、台湾、環太平洋の同盟国の安定のほうが、もっと大きな問題です」

ヘンリー大統領は、頭を抱えた。「ちょっと待ってくれ、諸君」それから三分間、黙って座っていた。国家安全保障問題担当大統領補佐官がべつの意見をいおうとしたが、大統領は片手をあげて、静粛にしてほしいことを示した。

ようやく、大統領はぼそぼそといった。「くそ」顔をあげ、一同に向かっていった。「世界の大国二ヵ国が、まったく同時に脅威をもたらしている。この問題で重要な視点は、そのことだ。第二次世界大戦前にハル国務長官がいったように、アメリカは来週アジアで起きることに注意を集中する必要がある。いまヨーロッパで攻撃を行なうために戦力を整備する余裕はない。

わたしは任期の残りを、この二日間の行為の代償をロシアに払わせる努力に費やすつもりだ。だが、いまは戦争を防ぐために、なんとしても太平洋で力と決意を示す必要がある。ヨーロッパは自分の身を自分で護《まも》れる。NATOがある。いっぽう……台湾、日本、韓国、太平洋のわれわれのパートナーたちには、NATOのような強力な相互防衛条約がない。アジア太平洋地域のバランスを維持する枠組みがなにもない。東南アジア条約機構《SEATO》は何十年も前に崩壊した」

SEATOは外交上の失敗だったし、いまほどそれが痛感されるときはなかった。

大統領は立ちあがり、国務長官に向かっていった。「よし……これがわたしの決定だ。NATO本部《ブリュッセル》に、休戦を受け入れ、現在ドイツにいるロシア軍が、武装護衛付きでベラルーシ国境まで無事に戻れるように手配するべきだと伝えてくれ。ロシアはわれわれに手出しをしたことを後悔するだろうが、これから二週間ほど、われわれを打ち負かしたと思ってほくそ笑むのを、黙って見ていよう」

「賢明なご決断です、大統領」

三時間後、シュトゥットガルトの現地時間で午前二時に、エドゥアルト・サバネーエフ大将は、条件が合意に達し、ただちに中立のベラルーシへの迅速な引き揚げを実行することが望ましいという、モスクワからの報せを受け取った。ドゥリャーギン大佐の部隊は、レッド・ブリザード1をシュトゥットガルトで破壊する前に卸下《しゃが》した装甲車両と兵員で増強され、先に東へ出発していた。

レッド・ブリザード2は、ドゥリャーギンの部隊の火力をさらに強化するために、戦車とブメラーンクを貨車から卸下するあいだだけ、シュトゥットガルトにとどまった。

「NATOのやつらが合意にそむくとしたら、ポーランド領内でやるだろう」サバネーエフはいった。

はるか遠いアフリカでラザールがやっていることが、ヨーロッパでのロシア軍の行動と関わりがあり、〝休戦〟はロシア軍部隊がヨーロッパで明白な勝利をものにするための策謀だったとアメリカが気づく前に、国境を越えなければならないと、サバネーエフにはわかっていた。この戦勝によって、レッド・メタル作戦が最終段階にはいったのだ。

43

ヴァージニア州　アーリントン
国防総省
十二月二十六日

ダン・コナリー海兵隊中佐は、ボリス・ラザール大将とその旅団の行動について、統合参謀本部副議長とその参謀たちに三十分間のブリーフィングを行なった。ラザールがダーチャを長期賃貸に出したことから、アゼルバイジャン南部への移動、クリスマスの抜き打ち演習を突然発表したが、それが抜き打ち演習には見えず、目的を持ってイラン南岸に急行していたことなど、すべてを説明した。

つづいて、一個旅団がチャーバハール湾でコンテナ船に乗り、イランの軍艦と船団《コンヴォイ》（商船や補助艦艇に武装艦艇の護衛が付けられたもの）を組んで、オマーン湾を目指し、南へ出航したことを話した。

ブリーフィングに出席していた人間の大多数は、最初のうちは、戦略・計画・政策部の中佐の話をいらいらしながら聞いていた。ヨーロッパとアジアの危機に対処しようとしているのに、この間抜けな男は、イランでの機動展開演習の話をしている。だが、数分後には、全員がコナリーの話に真剣に聞き入っていた。それがあらたな危機……現在のヨーロッパの危機から拡大した危機だとわかったからだ。

コナリーが話を終える前に、出席者のひとりがいった。「やつらはケニアのレアアース鉱山に向かっている。鉱山を武力で奪取するつもりだ！」

コナリーはつけくわえた。「それ以外の可能性は、考えられません」

副議長が、コナリーの労力に感謝し、着席するよう進めた。コナリーは、ノートとボールペンを用意して、席についた。

副議長がいった。「これは大統領にご報告しなければならない。ロシアとの紛争を拡大するのを、大統領は望んでおられないだろうが、アフリカにロシアが侵攻してムリマ山の鉱山を奪うのを許すことはできないはずだ。ラザールの部隊が航海しているあいだに攻撃することを提案する」

海兵隊の将軍がいった。「賛成です。しかし、代案《プランB》も用意したほうがいいと思います。ラザールが逃げおおせた場合に備え、地上にも部隊を配置しましょう」

「そのとおりだ」副議長がいった。「最低でも一個海外遠征隊《MEU》だな。どれほど早く配置できる？」

「強襲揚陸艦〈ボクサー〉に一個タスク・フォースが乗っています。大型揚陸艦三隻編成の遠征打撃群《ESG》で、タンザニア港まで一日以内で行けます。鉱山の南ですが、ロシア軍を叩けるくらい近くです。航海中に阻止できなかったら、ということですが」

副議長の提督がうなずいていった。「現地にひとり行かせる必要がある。海軍と海兵隊の両用戦タスク・フォースに同行させる。この件を最初からよく知っていて、事態が大爆発したときに抑え込める人間だ」会議室をひとしきりみてから、副議長はいった。「コナリー」

副議長がいつものように速射なみの速さで考えを口にするのを必死でメモしていたコナリーは、顔をあげた。書き落として、あとで責任を問われるのが心配だった。

「はい」どうして名前を呼ばれたのだろうと思った。

「きみだ、エース」

「わたしが……なんでしょうか？」

「きみに〈ボクサー〉に乗ってもらいたい。統合参謀本部の人間がその場にいる必要がある。危険にさらされている問題の全容を理解している人間だ。国家の意思に統合する計画を立案できる人間だよ」

長い沈黙が流れた。コナリーは口もきけないほど驚いていたが、ようやく口をひらいた。

「わたしが、ですか？　情報部門の人間が必要なのではないですか？　任務に貢献できる人間が。大隊長か連隊長……つまりその、ペンタゴンの〝スパイ〟が同行するのを、彼らはよろこばないでしょう」

副議長の提督がいった。「コナリー中佐、きみは〈ボクサー〉乗り組みの連隊戦闘団5《RCT・5》団長に直属することになる。キャスター大佐だ。知っているだろう？」

「よく知っています。旧《ふる》い友人です」

「よし、立案責任者として来たと、大佐に伝えるんだ。本部連絡担当でもなんでもいい……ただ、わたしの部下であることを忘れるな。きみがわたしに報告をつづければ、わたしはここで仕事をやる。そうすることで、ロシアの政治工作に遅れをとらずにすむ。ヨーロッパでやったようにロシアが和平を求めてきても、きみが現地にいれば、その場の真実をわたしにじかに伝えられる」

コナリーは、最初の衝撃から立ち直った。「了解しました、装備を整えます」

「おい、あとひとつだけ。わたしは戦略立案者のコナリー中佐に、報告と〈ボクサー〉ESGへの適切な助言を望んでいる。ダン兵長が藪《やぶ》の蔭に隠れて、ロシア軍のAKに撃たれ、戦闘功績章をもらおうとするようなことは望んでいない。戦闘は歩兵に任せておけ」

「すみません、わたしも歩兵ですが」

提督がにやりと笑った。「もっと若い歩兵のことだ、ダン。引き金を引くのは彼らにやらせろ。きみではなく、わかったか？」

「わかりました。承知しました」

「この役立たずのくそったれ！」ハーバーズ提督がどなったとき、口から唾《つば》が飛んで、ボブ・グリッグズ少佐の顎《あご》にかかった。「おまえみたいな最低のくそったれ士官には、会ったことがない！」

「イエッサー」グリッグズはまばたきもしなかった。気を付けの姿勢で、まっすぐ前を見ていた。

ハーバーズの叱責《しっせき》はすでに三十秒つづいていたが、具体的なことも、怒っている理由も、まだ語られていなかった。もちろんグリッグズには察しがついていて、怒りのこもったつぎの言葉で、それが裏付けられた。「わたしをさしおいて副議長に会おうとしてもばれないと、本気で思っていたのか？　デジタル日程表を見ることができるんだぞ！　毎日の会議予定にグリッグズ少佐の名前があっても、わたしが気づかないとでも思ったのか？」

ハーバーズはなおもいった。「おまえがわたしに隠れてやろうとしたことがわかった。コナリーは賢明にも、そういうトリックを使おうとしなかったようだ。日程表におまえと並んで名前がなかった」

グリッグズはにべもなくいった。「ノー、サー。日程表にコナリー中佐の名前は書きませんでした」

「統合参謀本部副議長におまえの突拍子もないでっちあげを聞く時間があると、本気で思っていたのか？」

「ノー、サー」グリッグズはまた答えた。

「あたりまえだ。そんな時間があるはずがない。さて……」ハーバーズが、声をひそめていった。「うれしい報《しら》せだ。おまえの旧《ふる》い友だちに連絡した。まもなく、リクター大佐がみずから、おまえを迎えにくる」

グリッグズが一瞬目を丸くしたが、また無表情に戻った。

ハーバーズがいった。「これからは、おまえのことでいらいらせずにすむ。毎日おまえに手を焼くこともなくなる。おまえが退役までのらくらするための仕事を、国防総省が見つけてくれるだろう」

ドアにノックがあり、ハーバーズの長ったらしい説教がとまった。糊《のり》のきいた白い上着にくっきりと折り目がはいっているブルーのズボンといういでたちの、いかめしくきびきびした態度の陸軍大佐が、廊下からはいってきた。

胸にいくつも略綬《りゃくじゅ》をつけていることからして、かなり戦闘経験が豊富らしく、顔もなめし革のような色だった。ペンタゴンでは、日焼けした男女を目にしたときには、フロリダやハワイで休暇を過ごしたわけではないと考えるのがふつうだ。

ここでは、日焼けした顔は、戦場にいたことを意味する。

名札には、〝リクター〟とあった。「提督、お邪魔でしたか？」

「いや、かまわないよ、大佐。グリッグズ少佐の態度を直そうとしていたところだ」

「それはなかなか難しいでしょうね。お気づきのとおり」リクター大佐は、ドアを閉めて、大股で近づいた。「グリッグズじいさんは、まわりのだれよりも知恵者だと思っていますからね」向きを変えて、ハーバーズのほうを見た。「提督、グリッグズ少佐とは、何度かいっしょに仕事をやったことがあります。彼は現場に出るのがほんとうに大嫌いのようです。陸軍の現場での仕事など役不足だと思っているんでしょう。高尚なシンクタンクでデスクに向からのが、自分の居場所だと。自分は頭がいいから、下っ端の兵隊のような下層な人間に交じることはできないと」

リクター大佐が、口臭のある息がグリッグズにかかるほど近づいた。「計画部長のオフィスでおまえがわたしの軍歴を汚すようなことには、もう我慢できない。そろそろ塹壕《ざんごう》に戻る潮時だ。それに、おまえは退役間近だから、活動的なところにぶち込んでやろう。書き直さなければならない教範《マニュアル》が大量にある。おまえはわたしの最高の書類仕事人になる。それがふさわしくないか、グリッグズ少佐？」

「イエッサー」細い汗の条《すじ》が、グリッグズの額から鼻梁《びりょう》に流れ落ちた。グリッグズは、垂れる汗を拭きもしなかった。

「その勤務の最後の数カ月間、おまえが自分の役割を果たせなかったら、退役条件を満たしていないと解釈することになるぞ。十九年半勤務したのに、給付金付きで正式に退役する直前に勤務評定で不適格とされたら、さぞかしつらい思いをするだろうな」

リクターが、ハーバーズのほうを向いた。「提督、この重荷から解放して差しあげます。あとはお任せください」

「ありがとう、大佐」ハーバーズが笑みを浮かべて、ドアに向かいかけた。

だが、出ていく前に、統合参謀本部副議長の先任アシスタントがはいってきた。エリナは五十代だが、頭がよく、はっとするような美人で、フィットネスのインストラクターのように引き締まった体つきだった。統合参謀本部の実力者で、調停役でもある。連邦政府の公務員として三十二年勤務するあいだに、八人の議長に仕えてきた。計画部にも十二年以上前から関わっている。

よほどの下っ端でないかぎり、エリナを知らないものはいない。

「提督。こちらにいらっしゃると思っていました」エリナが満面に笑みを浮かべた。「副議長がおっしゃったので参りました。副議長はいましがた、提督の部下のコナリー中佐と、建設的な会議を持ったところで、提督と中佐の部下が出席できなかったのは残念だとおっしゃっています」体を傾け、ハーバーズの向こう側、部屋のまんなかで、あいかわらず棒でも呑んだように直立不動の姿勢をつづけているグリッグズに目を留めた。

「あら、そこにいたの、ボブ。おふたりがまとめた情報データは最高だと、副議長がおっしゃっているわよ。大至急、対策を講じるそうよ。あなたがたふたりで、議長にもブリーフィングしてほしいそうよ。計画部のあなたやスタッフに絶大な賛辞を伝えてほしいとおっしゃっているわ。あなたたちのチームのおかげで、やっとロシアに先んじることができたからだそうよ」

三人の男は、黙ってじっと立っていた。

エリナが小首をかしげた。「ごめんなさい。お邪魔だったかしら?」

「いや、ありがとう、エリナ」ハーバーズが、低い声でいった。「コナリー中佐には、午後に議長にブリーフィングする用意をさせる」

グリッグズは、エリナが出ていったあとも気を付けの姿勢をつづけていたが、我慢できずに、かすかな笑みを浮かべた。

「笑うのはやめろ」リクターが、またグリッグズに詰め寄った。「提督……こいつを連れていってもいいですか？」

ハーバーズは、まだ衝撃から醒《さ》めていなかった。ふだんの表情に戻ってからいった。「ああ、いい。わたしはコナリーを引き受ける。グリッグズはきみに任せる」

リクター大佐がいった。「十五分後にわたしのオフィスに来い、グリッグズ。ここのデスクは空《から》にしろ。おまえはわたしのものだ」

ハーバーズとリクターは、それ以上ひとこともいわずに出ていき、気を付けの姿勢のグリッグズだけが残された。

グリッグズの薄笑いが消えて、汗が襟《えり》に流れ落ちた。肩を落とし、体の力を抜くと、働きはじめたばかりの快適なオフィスで真新しいデスクから持ち物を出して、ダンボール箱に入れた。

ボブ・グリッグズの栄光は長つづきしなかったが、コナリーとともに〝犠牲フライ作戦〟と名付けたものを成功させることができた。グリッグズが犠牲になって日程表に名前を記入し、コナリーが代わりに副議長にブリーフィングを行なえるようにしたのだ。

それは計画どおり完璧に達成された。これからグリッグズは、その代償を払わなければならない。

44

ドイツ　ホーフ付近
十二月二十六日

トム・グラント中佐の顔が、これほど冷たくなったことは、いまだかつてなかったが、双眼鏡で地平線を監視するのに集中していたため、M1A2エイブラムズ戦車の暖かい車内にかがみ込もうとしなかった。気温は零下一〇度程度だったが、戦車がドイツのアウトバーンを疾走していたので、凍りつくような風がグラントの顔に叩きつけていた。

システム整備や機械整備が専門の兵士から成る部隊を率いることには、大きな利点がある。エンジンから調速機をすべてはずせというグラントの命令は、二時間未満ですんなりと実行された。いまでは、ハネウェルAGT1500Cマルチフューエル・ターボシャフト・エンジンによって、戦車の速度は時速一〇〇キロメートルに達していた。

グラントの戦車の操縦手は、命じられたとおりアクセルをめいっぱい踏んでいた。若い特技下士官の操縦士が、戦車を側溝に突っ込ませるか、一般車両の上に乗りあげるのではないかと、グラントは心配になった。

砲手のアンダーソン三等軍曹が、グラントが砲塔にあがっているために空いた車長席に座って、車長用独立熱線映像装置《ＣＩＴＶ》と呼ばれる照準システムで監視していた。Ｍ１Ａ２ＳＥＰには、高性能の赤外線照準システムが二系統ある。車長はスイッチをひとつはじくだけで、砲手に数個のターゲットを指定でき、砲手がそれをつづけて破壊する。

だが、いまはグラントが双眼鏡でロシア軍がいる気配を探しているので、砲手が車長用の照準システムを使い、長距離のターゲットを探しながら、操縦手が運転を誤らないように気をつけていた。

グラントの作戦幕僚スピレーン大尉の声が、ヘッドセットから聞こえた。「中佐、ＡＨ‐64の機長からＵＨＦで中継です。地上基地の通信を国際緊急周波数《ＧＵＡＲＤ》で受信したそうです」

「了解、ブラッド。この無線で読みあげてくれ」前方にいるはずの敵機甲部隊をなおも双眼鏡で探しながら、グラントはいった。

「中佐、通信は以下のとおりです。〝停戦、停戦、停戦。全ＮＡＴＯ部隊、敵対行為を中止せよ。ＥＵＣＯＭ司令官代理は、ＮＡＴＯの戦闘作戦すべての中止を命じる〟」

そこでようやく、グラントは双眼鏡をおろした。

アンダーソン三等軍曹が、インターコムでいった。「冗談だろう！」

「アンダーソン、黙れ——作戦幕僚の声が聞こえない」グラントはどなりつけてから、マイクのスイッチを押した。「ブラッド、きみがいまいったことを確認する。ＥＵＣＯＭ司令官代理が、われわれにすべての戦闘を中止しろと命じたんだな？」

「そのとおりです、中佐。いまNATOの周波数でも聞いています。アパッチからの中継ほど明瞭ではないですが、それも停戦を正式に認めています」

アンダーソンが、またインターコムでいった。「ロシア軍の策略にちがいない。そうでしょう、大佐？」

グラントは、あらたな事態のことで頭がいっぱいで、インターコムを使うなとアンダーソンを叱るのも忘れていた。砲塔内におりて、車長席からアンダーソンをどかし、自分が座った。顔を拭いてから、インターコムで命じた。

「アンダーソン、味方追尾装置《ブルー・フォース・トラッカー》（GPSを利用する米軍の位置情報システム）か、それとも地図で、なんでもいい——シュトゥットガルトの東へ誘導してくれ。わかったか？」

「わかりました」

グラントは、無線の送信ボタンを押した。「敵軍がシュトゥットガルトを出るところを捕まえられるかもしれない。われわれは位置につく」

スピレーンが答えた。「えー……了解ですが……そのあと、どうしますか？　停戦をぶっ壊すんですか？」

「ロシアが無線スプーフィング攻撃でなりすましている可能性が高い。EUCOMの命令が確認できなかったときに、街を出るロシア軍をあらためて攻撃できる位置にいたい。せめてやつらが停戦を監視しながらドイツから逃げ出すのを、監視できる位置にいたい。必要とあれば、やつらがポーランドを抜けるまで、尻を追いかける。なんらかの手段でEUCOMと連絡をとるようにして、確認と指示を求めてくれ。いいな？」

「わかりました。指示を伝え、連隊を誘導します。ドイツの相棒に近道を教えてもらってもいいですか？」

「なんでも必要なことをやってくれ。ロシア野郎が遠くへ行く前に到着できるようにしてくれ」


一時間半後、グラント中佐と第37機甲連隊のM1A2SEP戦車十四両は、ゲッピンゲンという町のすぐ外で停止していた。

グラントが車長用照準システムで眺めていると、ロシア国旗が車体側面に描かれた巨大な軍用列車がはっきりと見えた。列車は二キロメートル離れたまばらな木立のなかの線路を轟《ごう》然《ぜん》と走り、警護のブメラーンク装輪装甲車数両が、そばの道路を並走していた。

アンダーソンも、砲手用照準システムでおなじものを見ていた。「列車ですか？　だれかが、列車のことをいってましたか？」

グラントはいった。「われわれはあまり情報をもらっていなかったようだ、アンダーソン」

「中佐」アンダーソンがまたいった。「熱圧弾《サーモバリツク》をあの列車のケツにぶち込んで、ロシア人を皆殺しにできますよ。くそ、対空監視のために四、五人が屋根にあがって、遠くのアパッチを見張ってるのが見えます」

グラントもおなじ気持ちだったが、こういった。「それはできない。停戦がほんものだったら、われわれ戦車兵の出番はなくなったことになる」明らかに不服な口ぶりだった。

スピレーンが無線で呼びかけた。「カーリジ6、こちらカーリジ3」

「どうぞ、ブラッド」

「中佐、戦車隊舎の大佐と連絡がとれました」

「海兵隊基地だな？」

「ええ、でも、陸上有線《ランドライン》がパッチ隊舎群につながったそうです。われわれがさきほど聞いたことを確認し、必要とあれば燃料を補給するといっています。だれかが——だれかはよくわからないそうですが——ロシア軍と接触を維持し、ドイツを出てポーランドにはいるまで護衛するよう指示しています。ポーランドにロシア軍がはいったら、ポーランド側に引き継ぐように、と。追って無線で指示するとのことですが、われわれの連隊がいちばん〝やりまくられていない〟そうです——わたしではなく、先方の言葉です。街はかなり混乱しているんでしょう。いや、ヨーロッパ中がそうです。しかし、われわれがもっとも近いし、武装護衛にいちばん適しています。交戦規則《ROE》はあとで知らされます」

交信に間があったときに、アンダーソンがいった。「中佐、機関車に一発ぶち込んだら、列車は動けなくなりますよ」

「命令を聞いただろう。しっかり見張れ。それから、やつらのあとを追い、見張りつづける」

「やつらが逃げるのを見張るんですか？」

グラントは、目を閉じた。吐きたかった。あのロシア人どもに部下を殺されたのに、ロシアに帰るのをお守《も》りしなければならない。

グラントは、送信ボタンを押した。「委細了解した、ブラッド。大佐に、われわれが命令を受領し、任務を理解したことを伝えてほしいといってくれ」

トム・グラントは、怒りのあまりうしろの弾薬庫に頭を叩きつけたが、鋼鉄の弾薬庫はびくとも動かなかった。

45

ポーランド　ワルシャワ
十二月二十六日

ポーランドのコンラト・ジエリンスキ大統領は、一方的に決定を下し、この国の国民の大多数にとって最悪の嫌われ者になることを覚悟した。

しかし、冷静にそういう決定を下すのは容易だった。ポーランド中で国民を殺し、不自由な体にし、国中を破壊して横断していったロシア軍を平穏にロシアに帰すわけにはいかない──断じてそれはできない。

何事もなかったかのような顔はできない。

とんでもない。反撃する。NATOは停戦を宣言したが、ポーランドはあらゆる手立てでロシア軍車両縦隊を攻撃する。

一方的に休戦を破棄する。

ロシア軍侵攻部隊を壊滅させる戦力がポーランド軍にないことはわかっていた。車両縦列を守るロシア軍の航空戦力は膨大にあるし、部隊の移動は速い。ロシア軍の地上部隊の装備は充実しているし、練度も高い。往路のポーランド地上軍《PLF》への不意打ち攻撃は、完璧だった。だが、隣国を侵攻すれば代償を払うことになるのをロシアが思い知るように、ポーランド軍が厳しい教訓をあたえる必要がある。

それをポーランドが単独でやらなければならないことを、ジエリンスキ大統領は明確に承知していた。NATOの支援はない。手助けはない。西側の大国は、ポーランドを取引の材料として、随意に通行できる土地のように扱い、ロシア軍急襲部隊の撤退を承認した。そういうことは二度と許されない。ロシアはポーランドの底力を知るだろうし、NATOも知ることになる。

会議が招集され、将軍たちがすばやくひそかに、ワルシャワ中央部のクロノヴァ通りにある国防省に集まった。ジエリンスキ大統領は、軍服を着ていないただひとりの出席者だった。第二次世界大戦と、ロシアに苦しめられ、不当な扱いを受けてきたポーランドの歴史をひもとく情熱的な短い演説を終えてから、大統領は将校たちのうしろの椅子に座った。

つづいて将校たちが軍事オプションを検討し、打てる手はきわめてすくないという点で、意見が一致した。ポーランド地上軍を指揮する中将が、急襲には断固として反対だということを認めた。ロシア軍は停戦条約に護《まも》られて、みずからの意志でドイツを出ようとしているから、ポーランドを迅速に抜けて、この問題は収拾するだろうと、中将はいった。ポーランド空軍司令官も同意した。二日前のロシア軍の電撃的な襲撃で、新鋭機をかなり損耗《そんもう》していた。残った戦力でロシア侵攻軍に対して調整された計画的な攻撃を行なうのは、非常に難しい。軍事用語でいえば、〝寡勢《かせい》での対応〟になってしまう——部隊を寄せ集めしなければならないし、予定が組めない。つぎの戦闘で空軍はさらなる損害を出し、ポーランドの航空戦力が大幅に劣化したことをロシアが悟って、将来の脅威がいや増す。

それに、ポーランドが休戦に違反した場合、NATOからどういう反動があるか？　ポーランド地上軍は襲撃によって敵に多少の打撃をあたえることはできるだろうが、最初の急襲後にNATOの支援がなかったら、ベラルーシ国境を越えてロシア軍がふたたび攻撃してくるかもしれない。それが現実的な脅威だし、ポーランドの存続に関わってくるおそれがある。

望めるのは奇襲攻撃のたぐいのみだった。本格的な作戦には劣るが、国の存亡を脅《おびや》かすことなく戦って、ロシアの急襲部隊にかなり打撃をあたえることができるかもしれない。

だが、ポーランド地上軍が奇襲攻撃を立案するのは無理だった。ロシアの情報収集網にかからないように部隊を移動して、ロシア軍機甲部隊を遮断できる位置に配置するのは不可能だからだ。スパイやドローンが大量に、急襲部隊とともに国境を越えていたと想定しなければならない。この二日のあいだに、ポーランド南部の鉄道駅周辺で、銃撃事件や殺人事件が多数発生し、ロシア製の武器を所持していた私服の兵役年齢の男の死体が発見されていた。

将校たちは、テーブルのまわりに立ち、ポーランドの地図を眺めていた。侵攻ルートのもっとも近くを通る主要ハイウェイを通るのが、サバネーエフの部隊がポーランドを通ってひきかえすのに、もっとも容易で、時間がかからず、賢明な移動方法だというのは、明白だった。そうすれば、翌日の日没には、無事にベラルーシに到達する。自動車専用道路の周囲の農地は完全な田園地で、そういう地形で待ち伏せ攻撃を行なうのは無謀だから、ポーランド軍が待ち伏せ攻撃を行なう可能性は低い。空からの攻撃でも、ロシア軍が主導権を握ることになる。

将軍たちが攻撃計画を案出できず、ジエリンスキ大統領がいらだちをあらわにしていると、ポーランド軍の特殊部隊ポーランド特別軍《ヴィスカ・スペチャルネ》の大佐が口をひらいた。たしかに、それらの高速道路を通れば、都市部を抜けずにすむが、想定されるロシア軍の引き揚げルートの近くに大都市がふたつあると、大佐は指摘した。ヴロツワフとクラクフ。そのどちらかの市街に特殊部隊の支援付きの正規軍を埋伏《まいふく》させることができ、ロシア軍車両縦隊が罠を避けられないくらい接近するまで、察知されずにすむかもしれないと、大佐は提案した。

機械化騎兵部隊の将軍が、それを言下に否定した。たとえ都市部の近くを高速道路が通っていたとしても、ある程度以上の規模の部隊が街を出て道路沿いの戦闘陣地まで進むのは無理だ。それまでに防御の固いロシア軍車両縦隊に殲滅《せんめつ》されるだろう、と。

だが、特別軍の大佐は大胆に反論し、ある計画を示した。それを聞いた将校のなかには、大佐はいったいどちらの味方なのだろうと、しばし疑問に思うものがいた。

「ロシア軍を騙《だま》さなければなりません。ロシア人が、自分たちはこうだと思いたいことを思うように仕向けるのです。いかにもロシア人らしく……自分たちのほうが優れているのだと思い込むように。

ロシア軍は、とどこおりなく迅速に機動する戦いに備えて編成されています。われわれの装備のすべてを撃退する技術があります。ですから、われわれは、彼らがいるべきではないところへ行くように仕向けます。都市部に移動させます」大佐は言葉を切り、困惑した顔を向けられているのを見てとった。

「それでどうする？」くだんの騎兵部隊将軍がいった。「一般市民がひしめくクラクフかヴロツワフの街路で、ロシア軍機甲部隊と戦えというのか？」

大佐が重々しくうなずいた。「そうです《ターク》」

数秒のあいだ、あたりは静まり返った。やがてジエリンスキ大統領がいった。「大佐……話を聞かせてくれ。計画の全容を説明してほしい。派手な演説はいらない。どうすれば、それがうまくいくのか？」

大佐は、ジエリンスキ大統領のほうを向いた。「大統領、どうかご理解いただきたい。急襲でロシア軍機甲部隊に全滅に近い損害をあたえることはできると、確信しています。しかし、それと同時に、人口密集地も破壊されます。選択肢はふたつです。クラクフか、ヴロツワフか。地図を見ると、いずれもわたしの案に適しているようです」

決断を求められているのだと、ジエリンスキにはわかっていた。どちらの都市が生き、どちらの都市が死ぬかを、選ばなければならない。

考えるのに、さほど長くはかからなかった。この二日間、祖国を戦争に導くために、覚悟を固めてきた。旧《ふる》い考えかたを捨て、憐《あわ》れみや気遣いをふり払って、戦いのことだけを考えていた。

ジエリンスキは、感情をまじえずに判断したが、一般市民が死傷する可能性は考慮した。

「クラクフはポーランドで二番目に大きい都市だ。ヴロツワフは四位。都市で戦うのであれば……ヴロツワフで戦おう」

すばやく決断が下されると、当番兵がヴロツワフの詳細な地図を持ってきた。地図がひろげられ、一時間検討されて、大佐の計画の概要がまとめられた。

ポーランド地上軍が、第12機械化師団、第18偵察連隊、第10機甲騎兵旅団を、ヴロツワフの北を環状に巻いている高速道路8号線——ロシア軍が通過すると推定されるルート——沿いに配置する。兵力は約五千。この兵員と装備の移動を隠す対策が行なわれる。もちろん、隠すのには失敗するだろう。ロシア軍に急激な戦力整備を察知されるはずだ。

ポーランド軍が大規模な待ち伏せ攻撃を計画していると、サバネーエフは判断するにちがいない。

それどころか、高速道路沿いの平原でポーランド軍が戦うはめになったら、大敗北を喫するだろう。だが、ロシア軍が情報報告を信じて、戦えば移動に一日余分にかかるという認識にとらわれたなら、ロシア軍のほうが大損害をこうむることになる。

なぜなら、ヴロツワフの北にポーランド地上軍を配置するという大佐の計画は、ロシア軍と戦うのが目的ではないからだ。そこに地上軍を配置するのは、ロシア軍がべつのルートを取るように仕向けるためだった——そして、戦車戦に適したポーランドの広い平原から、歩兵や特殊部隊が本領を発揮できる場所へと誘い込む。

都市部へ。

これまでサバネーエフの部隊は、ポーランド、アメリカ、ドイツの部隊との正面戦闘《ピッチト・ファイト》（双方が戦場と戦う日時を選んで正々堂々と戦い、双方とも好きなときに後撤退できる戦い。十八世紀半ばに廃れた）を避けるために、あらゆる努力を払ってきた。速度と機動性を利用して、敵の強みを避け、弱みを狙った。間隙《かんげき》を見つけては、すばやく移動してきた。

ポーランド軍は、ロシア軍のその性癖につけ入る。

国防省に集まった将校たちが、特別軍の大佐の提案に賛成すると、大佐は、この戦術はロシア軍が東に向けて引き揚げるあいだずっと続行することが肝心だと、釘を刺した。ある程度の規模のポーランド軍部隊をサバネーエフの部隊の前方に配置すれば、サバネーエフはそのたびに代替ルートを探す可能性がある。

北に向きを変えることもできるが、そうするとポーランドの奥へはいり込んでしまう。ひらけた平地が多い南部とは地形が異なるし、ベラルーシから侵攻の主力が来ると想定して、いまもワルシャワ付近に集結しているポーランド軍主力の近くを通過しなければならない。ポーランド空軍基地数ヵ所に接近するため、ロシア軍が空からの脅威に車両縦隊か航空支援で対応する時間が逼迫《ひっぱく》する。

ロシア軍が北へ向かえば、進軍速度が落ちるとともに、危険が増大する。サバネーエフはそういうルートは選ばないはずだ。

だが、ポーランド地上軍との直接遭遇を避けられる部隊機動が、ひとつだけ残されている。高速道路8号線沿いの兵力五〇〇〇を避けるためには、ヴロツワフ市内を突っ切ればいい。それなら、十二時間ないし二十四時間の遅れではなく、四時間ないし六時間、余分にかかるだけだ。陣地を構築しているポーランド軍の反対側で8号線に出て車両縦隊を組み直し、防御の薄いポーランド南部をふたたび疾走して、ベラルーシに到達できる。

ヴロツワフを護《まも》っているのは、ポーランド民兵ぐらいのものだ。前方にはなんの障害もないと、サバネーエフは考え、飾り物にすぎない民兵部隊をすばやく撃破する絶好の機会に飛びつくはずだ。

ヴロツワフ市内を通過すると、サバネーエフが安直に決定することはないはずだ。自動車化部隊であろうと、その他の部隊であろうと、道路が狭く、一般車両が通り、高い建物が四方にある大都市で動きがとれなくなるのは避けたい。だが、都市を通過するほうが、都市を迂回するよりもはるかに楽で、確実のように思えたら、ひとりよがりで自信過剰のサバネーエフ将軍は、そのルートを選ぶにちがいないと、大佐は意見を述べた。

ヴロツワフにポーランド軍がいる気配はないかどうかと、オードラ川に架かる橋数カ所を調べるために、サバネーエフは偵察を出すにちがいない。橋に爆発物が仕掛けられていないことをたしかめ、市民の動向を探って、街から避難するよう命じられた証拠の有無をつきとめるだろう。

だが、正規軍の大規模な陣地がある気配はないと知ったら、リスクをとってもかまわないとサバネーエフは判断するはずだ。

やがて、サバネーエフの機甲部隊は、ヴロツワフ市内に誘い込まれたあとで、現代の正規軍がもっとも嫌い、怖れている罠にかかったことを知る。ロシア軍部隊は、通りや建物をひとつずつ掃討していかなければならなくなる。ポーランド側は、特別軍の小規模な部隊、約四百人を、私服の民兵数千人で増強し、ロシア軍部隊の通り道に点々と配置する。サバネーエフの部隊は、一ブロックごとに装甲人員輸送車一両、通り一本ごとに戦車一両を失い、一キロメートルごとにロシア軍一個中隊分の兵士が死ぬ。

数百人の男女が少人数に分かれ、ポーランド第四の都市に十二時間かけて潜入したなら、ロシアのドローンには探知されないはずだ。仮に民兵の動きを追っているものがいて、時代遅れの旧式武器を持った二千人が市内にはいるのに気づいたとしても、ポーランド地上軍が待ち伏せ攻撃を行なう邪魔にならないように、引き揚げるロシア軍の行く手から移動するよう命じられたように見えるにちがいない。

計画が組み立てられるにつれて、あらゆる面に関して議論がなされた。ことに問題だったのは、奇襲の要素の維持と市民の避難を両立させるのが不可能であることだった。ヨーロッパでもっとも美しい歴史的都市のひとつであるヴロツワフは、第二次世界大戦後最大の激戦の坩堝《るつぼ》になる。

ヴロツワフに住むポーランド国民に被害が及ぶことはまちがいない。

しかし、ジエリンスキ大統領は、どんな犠牲を払ってでも成功する方策を示すよう、将軍たちに要求した。そういう方策が見つかりそうだった。

急襲でもっとも重要なのは、街を流れるオードラ川に架かる橋五本を同時に破壊することだった。ロシア軍がポーランド側の選んだ経路を通らざるをえないようにするには、橋を崩落させる必要がある。

橋に爆発物を仕掛けると、ロシアの前方偵察部隊に待ち伏せ攻撃を察知されるおそれがあるので、べつの方法でそれをやらなければならない。

空軍の将軍が、この問題を解決した。部下の将校と相談してから、残っているF－16戦闘機三十四機のうち十二機が出撃して、橋をじかに爆撃するという案を述べた。この編隊はロシア軍に探知されるだろうが、ワスク近くの第32戦術航空団基地からべつの編隊が出撃すれば、ロシア軍はそちらへの対応に追われ、爆弾を投下して離脱する前にF－16を撃ち落とす時間はほとんどないはずだった。

そのあと、F－16編隊はあわよくばロシア軍車両縦隊の防空域から離脱し、北の基地に着陸して、爆装を積み直し、戦闘に復帰する――ただし、今度は市内ではなく、罠から逃れようとする車両縦隊後尾の臨機目標を狙う。

ジエリンスキ大統領は、数百人――いや……数千人――の市民が、戦闘の殺戮《さつりく》と混乱のさなかで死ぬことを予測していた。そういう運命に陥れたことで、永遠に非難されるだろう。しかし、ポーランドを侵略してもたいした影響はないとロシアが確信したら、国の存続が危ぶまれると、ジエリンスキは最終的な決断を下していた。

ジエリンスキは、これに政治生命を賭けた。これがすべて終わったあと、自国民の手で絞首刑にならなくても、解任されるのはまちがいない。だが、ほかに手立てがないのはNATOのせいだから、ヴロツワフが壊滅の憂き目に遭うのはNATOに責任があると、ジエリンスキは考えていた。

ジエリンスキ大統領は、計画書に署名した。それによって、政治生命と名声をなげうち、無数の市民と兵士の死亡証明書に署名したことになる。

ヴロツワフには、ジエリンスキの友人や親類がいるが、電話をかけて逃げるように伝えはしなかった。一九一八年にポーランドがロシアとドイツから離れて再生したときに政府が置かれた大統領宮殿に戻った。そこもポーランドの誇りと独立の象徴だった。だが、その後またソ連とドイツの軍靴に踏みにじられることになる。ジエリンスキは、控えの間で、のんきな秘書から熱いコーヒーを受け取り、執務室へはいって、どっしりした古い革の椅子に腰をおろした。

十二月の朝の光が、床から天井まである巨大なガラス窓から射し込んでいた。正面に馬にまたがって、サーベルを抜き、騎馬隊の突撃の姿勢を永遠に保っている、ヨゼフ・アントニ・ポニャトフスキ大公の有名な銅像が見える。窓の外は植物が豊富な庭園で、夏は青々としているが、冬の厳しい寒さと枯葉色のせいで、いまはわびしい感じだった。

銅像の向こうには、無名戦士の墓のてっぺんが見える。ポーランドのあらゆる戦場の土を大きな石棺《せっかん》に収めて建てられたものだ。永遠の炎の門も、どうにか見える。

いまのようなときに、過去と未来の大統領に自分の責務をはっきりと思い出させるために、墓はあそこに建てられたのだと、ジエリンスキはは じめて気づいた。

ジエリンスキは、とてつもなく大きな怖れに呑み込まれた。ポーランドが
ポーランド南部の男女のことを思った。兵士や市民がまもなく命を落とす。

生き延びるために、美しい街が滅びる。

ジエリンスキは巨大な木のデスクに顔を伏せた。涙がとめどもなく流れた。

46

アデン湾
攻撃原潜〈ジョン・ウォーナー〉（SSN-785）
十二月二十七日

ダイアナ・デルヴェッキオ海軍中佐は、びっくりした顔で目の前のモニターを見た。そういう表情になることはめったになかった。

デルヴェッキオは大声で呼んだ。「副長《XO》、ちょっとこれを見て」

副長のテッド・ジェンキンズ少佐が、航海長が作図台にひろげていた深度・通航権海図から顔をあげた。セイル（現代の潜水艦では司令塔の機能はなく、潜望鏡やシュノーケルやマストなどが渦を発生させて雑音を出すのを防ぐための整流用構造物）の潜望鏡の画像に目を向けて、拡大・縮小コントロールを操作した。

「大艦隊ですね、艦長」アデン湾の雨が降る灰色の薄闇に、なんの標章もない黒い輪郭《りんかく》の大きな群れがあった。

古い潜水艦には旧式の潜望鏡があり、それを覗《のぞ》きながら、体の向きをあちこちに変えなければならなかった。潜水艦乗りはそれを〝隻眼《せきがん》の貴婦人とのダンス〟と呼んでいた。〈ジョン・ウォーナー〉は、UMM——万能組み合わせマスト《ユニヴァーサル・モジュラー》——と呼ばれる最新鋭のデジタル潜望鏡システムを備えている（電子光学マスト、高速データ通信マスト、多機能マスト、多機能組み合わせマスト、統合電子信号監視マストなど、五種類のマストを交換運用できるマスト。電子光学マストが潜望鏡）。電子光学マストが送ってくる画像を、複数のモニターで何人もが見ることができるし、旧式なレンズと鏡の潜望鏡よりも解像度がはるかに優れている。

　ジェンキンズが、暗視機能を強化するスイッチをはじき、赤外線センサーで船団の熱源を探知しようとした。デルヴェッキオは探知されるのを避けるために、潜望鏡をつねに水中に沈めているので、ジェンキンズは特殊なコーティングをほどこしたレンズの上を波が砕ける合間に画像を一時停止した。

「目的がある艦隊だ」画像をよく見ようと目を凝らして、ジェンキンズがつけくわえた。「民間の船ですが、軍の船団《コンヴォイ》ですよ。護衛の艦艇がいるし、戦闘計画に基づいて配置されています」

　ジェンキンズは、UMMの電子光学マストを右に向け、遠い灰色の船を一隻ずつ見ながら、船団を入念に観察した。つぎに、めいっぱいズームしてから、ゆっくりと左に動かし、船団の規模と編成をもっと明確につかもうとした。

「XO、打電して」デルヴェッキオは命じた。

「潜望鏡下げ」ジェンキンズが、電子光学マストを収納した。「通信、潜水艦情報交換衛星通信システム《SSIXS》送信準備。艦隊司令部に画像と音響を送りたい。水測《ソナー》が波形をそっちに送るまで待て。もっといいパノラマ動画を暗視と赤外線で得られるかもしれない」

「アイ、サー」哨戒長《OOD》がいった。

ジェンキンズは、哨戒長のほうを向いた。「必要とあれば潜望鏡を任せるが、艦長の望む断続的な捜索をつづけて画像を取得、レーザーで測距しろ。通信文を用意してから、一度だけマストを出して衛星にバースト送信する」

〈ジョン・ウォーナー〉は、ヴァージニア級原潜のブロックⅢアップグレード型だった。つまり、聴音《パッシヴ》ソナーには最新のテクノロジーが盛り込まれて、広開口艦首《LAB》ソナー・アレー、〝艦首下取付型〟および〝セイル取付型〟の高周波強化型聴音測距《アクティヴ》ソナー・アレーなどで敵を捜索できる。

そして、先進的なテクノロジーを駆使して、狡猾《こうかつ》そのもののやりかたで敵を狩るのは、ダイアナ・デルヴェッキオ中佐がもっとも得意とするところだった。

デルヴェッキオはスケールの大きい手法を使うので、一五〇センチという身長よりもずっと背が高く見える。

デルヴェッキオはイタリア系アメリカ人一世として生まれ、ときどきかすかなイタリアなまりがわかるときがあるが、それは怒っているときと、艦隊会議で追いつめられたと感じるときだけだった。自分の乗組員やその勤務ぶりに疑問を投げかけられたときにも激怒して、なまりがあらわになる。

乗組員はデルヴェッキオが大好きで、深く尊敬している。敬意の示しかたがすこし馴《な》れ馴れしいが、デルヴェッキオはそれを許している。デルヴェッキオは全乗組員の名前だけではなく、妻や子供の名前も知っている。乗組員はたいがい、デルヴェッキオに褒めてもらいたくて、一所懸命働く。海軍士官としての技倆《ぎりよう》を敬《うやま》っているだけではなく、彼女が乗組員を思いやり、窮地でも公平な扱いをするからだ。

数分後に〈ジョン・ウォーナー〉はふたたびUMMマストをあげた。今回は、第5艦隊司令部に届くように、空に向けて情報を発信するためだった。第5艦隊の情報専門家が作業を開始し、これまでにわかっているソナーのデータや録音や画像を使って、船団の船を一隻ずつ分析するはずだった。作業が順調に進めば、艦隊の他の艦艇もデータを共有し、〈ジョン・ウォーナー〉にもデータ分析結果の一部が送信される。

デルヴェッキオは、隔壁をしばし見つめて考えてから、向きを変え、戦闘指揮コンソールへ行った。そこで船団の動画を見て、音響と水測員の熟練した耳の助けを借りて、この奇妙な取り合わせの船団の本質を見抜こうとした。

ボルビコフ大佐は、土砂《どしやぶ》降りの雨が降っている外を見ながら、イラン海軍のフリゲイト〈サバラン〉の狭いブリッジを歩きまわっていた。この時季は地元の漁師たちに〝短い雨季〟と呼ばれていて、アデン湾では短時間の疾風《スコール》が頻繁《ひんぱん》に起きる。その季節は終わりかけていたが、今夜は小雨の地域がとぎれとぎれにあり、視程が悪化していた。たしかに、三〇度以上ある昼間よりは涼しく、過ごしやすいという利点はある。下甲板でうだるような暑さにさらされている兵士たちが、それに気づかないはずがない。

ボルビコフは、ブリッジの窓から水滴を払っているワイパー越しに、外を見た。歩兵ふたりが、スコールで涼気を味わおうとして、甲板に出ていた。艦首の水密戸から出てきて、空を見あげ、爽《さわ》やかな空気とやさしい雨を味わっていた。

軍法会議にかけると上官たちを脅したのだが、それでも兵士数人が三十分ごとに、兵員輸送艦に付き物の暑さと悪臭から逃れようとして、甲板に出てきた。ボルビコフの部下のスペツナズ隊員はおおむね規律を守っていたが、〈サバラン〉に乗っているラザール将軍の正規軍の兵士たちは、つねに罰せられるかどうかの限界を試そうとする。ラザールと部隊幹部が他の船に乗っているので、やむをえないことでもあった。〈サバラン〉ではボルビコフが最先任の将校だった。

ボルビコフは、ブリッジのメガホンを使って、歩兵たちを甲板から追い払い、狭苦しい船内に戻すことにした。

ロシア軍がイランのフリゲイトと貨物船を借りるにあたっては、果たさなければならない約束がいくつかあった。ひとつは、陸地に接近するまでロシア兵は上甲板に出てはならないという条件だった。もうひとつは、ロシア軍の作戦全体の最終段階を支援する見返りとして、レアアース鉱山の収入の一部をイランが得るという条件だった。それには数年かかるが、イランは利益を得ることに関しては辛抱強い。

レッド・メタル作戦がこの段階に達した時点で、アメリカはロシアの真の目標を悟るはずだと、ボルビコフははじめから明確に予測していた。イラン沿岸で兵員五千人のロシア軍部隊と装甲車両が船に積み込まれたことが、気づかれないわけがない。その軍事行動の目的が、ケニア南部にある係争中のレアアース鉱山だということは、容易に推論できるはずだ。

だが、ボルビコフにはもうひとつ牽制《フェイント》の用意があった。米軍は現在、他の地域での負担が大きいため、探知、分析、対応に遅れが出るにちがいないと、予想していた。ロシアの狙いがレアアース鉱山だとアメリカが断定したときには、当然ながら、船団はムリマ山まで五〇キロメートルのモンバサで部隊を上陸させると判断するにちがいない。チャーバハール湾を出航した船団が、現在位置からモンバサ港へ行くまで、丸二日かかる。ロシア軍が上陸して卸下《しゃが》する前に、西側はその二日のあいだに海と空から軍事対応しなければならない。

当然ながら、アメリカとNATOは、ロシア軍と海上で交戦しようとするはずだ。ドイツでAFRICOMの司令部機能が破壊されたので、アメリカはアフリカで極大攻撃を組織して実行するのは困難だが、イラン船団に爆弾を投下するか、ミサイルを発射すれば、ロシア軍のケニア侵攻を開始前に阻止できる。いったん上陸すれば、ロシア軍は貨物船の船艙に積んであった地対空兵器をすべて設置して運用できるから、その前に殲滅《せんめつ》したいと思うのは当然だろう。

しかし、西側にはそういう防衛策を講じるのに、丸二日もの余裕はない。アラビア海に出たあと、アデン湾にはいるというのが、ボルビコフの計画だった。そしてジブチ市で上陸する。ラザールの部隊は、ジブチ、エチオピア、ケニアを陸路で延々《えんえん》一三〇〇キロメートルも長駆《ちょうく》しなければならないが、攻撃にさらされやすい航海時間を半分に短縮できる。

そこにも脅威がないわけではないと、ボルビコフは認めていた。しかし、アデン湾にアメリカの水上艦や潜水艦がいたときは、イランとロシアの護衛艦と海中の潜水艦が対処する。モンバサまでずっと航行しようとして、周到に準備されて調整された待ち伏せ攻撃を受けるよりも、ずっと賢明なやりかただ。

ボルビコフ大佐は、メガホンを持ち、張り出し甲板に出て、午後の雨を浴びながら立った。

「おまえらの肥ったのろまなケツを、さっさと水密戸のなかに戻せ、兵卒！」

47

ドイツ・ポーランド国境
十二月二十七日

戦車用ヘルメットをかぶったトム・グラント中佐は、戦車の上に座っていた。ヘルメットと砲塔が通信ケーブルで接続されている。砲手は主砲の照準システムで、おなじ河岸の遠くに集結しているロシア軍機甲部隊に狙いをつけていた。

「ねえ、中佐」アンダーソン三等軍曹が、照準器の接眼レンズに目を押し当てたままでいった。「いつから眠っていないんですか？」

「二日間だ、アンダーソン。おまえやみんなとおなじだ」

「そうですが、中佐は決定を下さないといけないでしょう」

「おまえに任せたいよ。おまえがあの敵車両に照準を合わせ、つぎに撃つターゲットを五つ決める。そういうふうにやりたいね」

「うわー、中佐。あいつらに別れの挨拶《あいさつ》代わりに、何発かくらわせたいですね」

グラントは、かすかにうなずいた。ピッツバーグ出身で二十歳のアフリカ系アメリカ人のアンダーソンに向かっていった。「考える分には、いくらでも考えていいぞ、軍曹。やってはいかん。考えているときには、引き金から指を離しておけ。休戦を破る張本人にはなりたくない」

グラントは注意すべきことを注意したが、正直なところ、彼の連隊のだれよりも、ロシアのくそ野郎どもを撃ちたいと思っていた。

グラントは、ロシア軍の車両縦隊のブメラーンク一両に、双眼鏡の焦点を合わせた。車両縦隊は橋を渡ってポーランドを通る撤退を再開していた。ブメラーンクの後部ハッチのロシア兵が身を乗り出して、ズボンをおろし、尻をむき出しにして、両手で叩きはじめた。

「中佐、あれが見えるでしょう？」アンダーソンがどなった。「あの尻っぺたを照準器で捉えてます……撃てっていってくれませんかね」

グラントは溜息をついた。いまの立場は嫌なものだが、男性ホルモン過剰の二十歳のアメリカの英雄たち――この紛争で二日にわたってアメリカの堡塁《ほるい》の役をつとめて力量を示してきた男たち――に囲まれていることで、その立場がなぜかいくぶんましに思えていた。かつては自分もそういう若者で、イラクで戦った。当時も、交戦規則を不満に思っていたことを思い出した。

あのときからほとんど変わっていない、と思った。いまも交戦規則が嫌いだった。敵機甲部隊をふたたび吹っ飛ばせという命令を、アンダーソンや他の砲手たちに下したいと思った。

だが、グラントはマイクのスイッチを押した。「オット少佐、先頭の戦車を交差点の左に移動させろ」

「了解」ドイツ連邦軍部隊を指揮するオットが応答した。

ロシア軍車両は、橋に向けてゆっくりと移動していた。先頭車両がグラント中佐の真横に来たとき、GAZ虎《ティーグル》歩兵機動車からロシア軍中尉がおりた。二十代後半のくすんだブロンドの髪の若者で、場違いに見えたが、偵察部隊の降雪地用迷彩戦闘服を着ていた。ミュンヒベルクやシュトゥットガルトでこちらの戦闘陣地を偵察したくそ野郎のひとりだろうと、グラントは思った。その中尉が、なにもいわずに横柄《おうへい》なしぐさで、道端に下がってもっと広く道をあけろと、グラントの戦車に指示した。

中尉は応答も待たずに、GAZティーグルに戻り、無線でなにかを伝えた。やがて、ロシア軍の長い車両縦隊が、橋を渡りはじめた。まず、ブメラーンクやさまざまな小型車両の偵察部隊。ティーグルにくわえて、バイクの斥候《せっこう》もいた。つぎが大隊規模のT‐14主力戦車。

ロシア軍の車両と装備は、ほとんど傷ついていなかった。ブメラーンク数両に戦闘による被害がいくらか見られたが、それでもすべて自力で走行していた。

一時間後、グラントと戦車乗員たちは、後衛をつとめるブメラーンクの最後の群れが橋を渡るのを見送った。ロシア軍が通過したあと、グラントの部隊はつづいて橋を渡り、ポーランドにはいった。中継を経て受信した通信文によれば、ロシア軍のうしろに位置し、ロシア軍が敵対行為を再開しないことを見届ける予定だった。

「カーリジ・メイン、こちらカーリジ6。数えたか？」

「はい、中佐。ブメラーンク四十二両、装甲人員輸送車《BTR》十両、戦車三十一両——これはすべてT-14です。整備、支援車両が三十八両。合計百二十一両です」

グラントは考えた。自分の部隊よりもはるかに大規模な敵部隊を監視しなければならない。所在のわからない列車を計算に入れなくても、彼我の差はきわめて大きい。アンダーソン三等軍曹の願いをかなえてやりたいのは山々だが、敵対行為を再開すれば、陰惨な戦いになることはまちがいない。


十二月二十六日の夜晩《おそ》くに、大規模なポーランド地上軍部隊が、ヴロツワフの北の定位置に到着しはじめた。偵察部隊と司令部部隊が、ただちに戦列を設定し、設営班を発足させた。つぎに、前衛が非常に硬いポーランドの地面を掘り、カムフラージュをほどこした対戦車掩《えん》体《たい》を急造する困難な作業に取りかかった。

テクノロジーの発達した現代でも、硬く凍った黒い土は、みじめな歩兵にとって最後の避難所なのだ。

ささやき声よりも大きい物音は、どんな音であろうと、幹部将校を不安にさせた。ポーランド側は、ロシア軍が付近で監視していることを想定していた。明かりを制限してもしなくても、どんな音をたてても、数千人の兵士の存在は知られるにちがいない。それでも、国防省はこの行動を指示した。静かにしろ。だが、常時観察されているのを忘れるな、と命じていた。

ポーランド軍特殊部隊の〝第一階層（第一線級の精鋭）〟部隊は、即応作戦機動群《GROM》と呼ばれる。また、ポーランド語の〝グロム〟は雷鳴を意味する。A、B、Cの三個戦闘中隊はいずれもワルシャワに配置されていたが、午後十時過ぎに空路でヴロツワフに移動し、オードラ川沿いのホテル数軒にバスで運ばれた。いずれも橋五本が見える位置にある。

その数時間後に、べつのポーランド軍特殊部隊がヴロツワフに到着し、午前零時にはGROM戦闘員四百人が市内にいた。いずれも私服で、トラック、列車、ヘリコプターで運ばれた。

ポーランドの民兵組織、領土防衛軍のさまざまな部隊も順繰りに、ヴロツワフ市内に配置換えするよう命じられていた。理由は告げられず、いまある装備だけを持っていった。市内の指定された目的地へ終夜移動するために、長距離バス、列車、古い軍用トラックが、それぞれの部隊に用意された。領土防衛軍は大規模な部隊ではなく、中隊規模の部隊でぽつりぽつりと到着した。

こちらにバス一台、あちらにスクールバス三台の車列、というふうに。

午前二時には、特殊部隊と民兵が配置され、ロシア軍部隊の予想進路に沿い、戦闘陣地を設けた。アパートメントの窓、商店、オフィス、官庁ビル内で、携帯式対戦車擲弾《てきだん》発射器、機関銃、ライフルや手榴弾まで用意された。

街中で一般市民が、どういうことなのかと質問したが、市民保護のために部隊が配置されたのだと説明されただけで、なにも教えられなかった。

つらくて長い夜の作業になることが予想された。だが、ヴロツワフの無辜《むこ》の民は、攻撃を受ければひとたまりもない。優勢で装備が整っている敵とこの街で午前中いっぱい戦えば、それで苦しみは終わるのだろうかと、待ち伏せ攻撃に参加しているものたちは悩んだ。

ドイツ　ヴァイスヴァッサー
十二月二十七日

エドゥアルト・サバネーエフ大将は、レッド・ブリザード2の専用車室で目を醒《さ》ました。九十分間揺られながら休息したあとで、簡易ベッドで上半身を起こし、前にあるノートパソコンのリアルタイム地図を見て、まもなく国境を越えてポーランドにはいることを知った。地図によれば、ドゥリャーギンとその車両縦列は四〇キロメートルほど南を横断し、すでにポーランドにはいっている。

万事、計画どおりに進んでいる。

サバネーエフが指揮車にはいって、スミルノフ大佐が差し出した紅茶のはいった魔法瓶を受け取ったとき、無線で特別緊急《フラッシュ》（最高の優先度の通信文）情報報告が届いた。サバネーエフにヘッドセットが渡された。

「サバネーエフだ」

「司令官」——情報幕僚のオルロフ少佐だった——「そちらにファイルをいくつか送ります」サバネーエフのワークステーションの上のディスプレイに、地図がぱっと映った。ポーランド南部の地形図で、ヴロツワフの北に赤外線で捉えた熱源が固まっていた。

「これはなんだ？」

オルロフが五分かけて、ポーランド軍が闇にまぎれ、車両縦隊の通り道に急遽《きゅうきょ》、戦力を集中していることを伝えた。

サバネーエフは、その情報をあらためてオルロフに確認した。「二個機械化旅団、一個機甲旅団、一個偵察連隊だな？」

「はい、そうです」

「航空関連の態勢に変化は？」

「ありませんが、現在のこちらの部隊の速度では、到着があすの〇八〇〇時になることを、敵は知っています。なんらかの待ち伏せ攻撃を行なおうとしているのでしょう」

サバネーエフは、驚きに打たれた。ロシア軍部隊は往路でポーランド軍を叩きのめした。大打撃を受けたポーランド軍が、ふたたび戦いを望むとは思えなかった。

だが、ポーランド大統領は、軍をそそのかしてまさに戦いを挑もうとしているようだった。

「馬鹿者めが！」

オルロフ少佐が、口ごもってから、指揮通信網でふたたびいった。「司令官?」

「ジエリンスキのことだ。抵抗して戦おうとしている。愚かなやつだ」

「はい、将軍」

スミルノフが、サバネーエフのほうへかがんで、ディスプレイを見た。ヘッドセットをかけているので、オルロフの意見は聞いていた。「その三倍の規模のポーランド軍でも、打倒できますよ」

サバネーエフは肩をすくめ、熱い紅茶をひと口飲んだ。「時間をかければの話だ。しかし、車両縦隊を戦闘配置にすると、ポーランド西部の平地で無用の時間を費やすことになる」無線でオルロフに質問した。「ヴロツワフ市内はどうなっている?」

「スペツナズチーム二個を現地に先行させています。一個はポーランド軍のこの兵力集中を監視するために高速道路8号線の近くに、もう一個は8号線と4号線が交差する付近にいます。そこはヴロツワフの西にあたります」

「わたしは市内はどうかときいているのだ」

情報幕僚のオルロフが答えた。「三十分前に無人機を飛ばしましたが、なにも変わったことはありません。ふだんの夜と同じです。幹線道路に動きはありますが、ヴロツワフ市内に部隊の動きは見られません。民兵が多少、市内にいますが、強化された陣地を護《まも》っているわけではありません」

サバネーエフは、作戦主任幕僚のスミルノフのほうを向いた。「スミルノフ、ヴロツワフを通過する移動計画を画面に出してくれ」

スミルノフがコンピューターのほうを向き、すぐに中央のディスプレイに、傍注付きの地図が表示された。

当然ながら、引き揚げルートにポーランド軍が阻止部隊を配置する可能性を、ロシア軍は考慮していたので、緊急対処計画がいくつもできあがっていた。ヴロツワフにもっとも近い高速道路である8号線に敵の大部隊が配置されている場合には、直進してヴロツワフを突っ切ることが代案として挙げられていた。

しかし、緊急対処計画としてヴロツワフ通過が立案されたときには、サバネーエフはよもやそれを採用することになるとは思っていなかった。

サバネーエフは、溜息をついた。どういう手を打つにせよ、数時間の遅れが生じる。だが、ふとあらたな考えが浮かんだ。ヴロツワフを通過すれば、ポーランド民兵と対峙《たいじ》することになるのは必至だ。ろくに訓練を受けていない領土防衛軍は、規律を守れないから、射撃を控えられないだろう。通過ルートで衝突が起きることはまちがいない。

サバネーエフは、すでに回顧録を執筆するときのことを想像していた。じつは、クレムリンでラザールとともに命令を受けたときから、そのことを考えていた。ベラルーシへの帰路でNATO軍と戦えば、自慢の種がひとつ増える。たとえ偵察部隊と民兵の小競り合いであっても、大都市で行なわれるので、その〝戦闘〟を天性の文章力で粉飾し、レッド・メタル作戦中の英雄的な行動の物語に刺激的な最後の一幕をつけくわえることができる。

サバネーエフは、にわかにヴロツワフ突破という発想が気に入ったが、あさはかではないので、スミルノフにはこういった。「偵察部隊を車両縦隊の前方に出せ。ヴロツワフに送り込むのだ。二個……いや、三個自動車化歩兵中隊を西に配置して、それを増強する。偵察部隊は、われわれの進路にある民兵の拠点を把握する。すでに市内にいるスペツナズ部隊を、橋にひらけたルートを見つけるよう指示してくれ。オードラ川に架かる橋への、もっとも行かせて、橋桁《はしげた》を調べ、爆薬が仕掛けられていないことを確認させろ」

サバネーエフは、肩をすくめた。「われわれが装備を渡河《とか》させることができ、ポーランドが妙な小細工をしないようなら、8号線のポーランド地上軍を迂回し、ヴロツワフ中心部をまっすぐに突っ切る」にやりと笑った。「いまではわれわれがこの国を牛耳《ぎゅうじ》っているのだ――なんでも望むことをやれる」

〔下巻につづく〕

訳者略歴　1951年生，早稲田大学商学部卒，英米文学翻訳家　訳書『暗殺者グレイマン』グリーニー，『レッド・プラトーン』ロメシャ，『無人の兵団』シャーレ（以上早川書房刊）他多数

HM=Hayakawa Mystery
SF=Science Fiction
JA=Japanese Author
NV=Novel
NF=Nonfiction
FT=Fantasy

レッド・メタル作戦発動《さくせんはつどう》
〔上〕

〈NV1464〉

二〇二〇年四月二十日　印刷
二〇二〇年四月二十五日　発行
（定価はカバーに表示してあります）

著者　マーク・グリーニー　H・リプリー・ローリングス四世
訳者　伏《ふし》見《み》威《い》蕃《わん》
発行者　早川　浩
発行所　株式会社　早川書房
郵便番号　一〇一‐〇〇四六
東京都千代田区神田多町二ノ二
電話　〇三‐三二五二‐三一一一
振替　〇〇一六〇‐三‐四七七九九
https://www.hayakawa-online.co.jp

乱丁・落丁本は小社制作部宛お送り下さい。送料小社負担にてお取りかえいたします。

印刷・中央精版印刷株式会社　製本・株式会社川島製本所
Printed and bound in Japan
ISBN978-4-15-041464-1 C0197

本書は活字が大きく読みやすい〈トールサイズ〉です。